2005 '작가'가 선정한

오늘의 소설

작가

■ 펴내면서

2005년은 을유 광복을 맞이한 지 60년이 되는 해다. 열악한 환경에서 출발한 한국 근대문학은 일제강점기라는 혹독한 시련기를 극복하고 광복을 거쳐 2005년 오늘의 자리에 우뚝 서 있다. 광복 이후 강산이 여섯 번이나 변하는 시기 동안 한국문학은 양적, 질적인 측면에서 엄청난 도약을 하였다. 문학인의 숫자는 헤아릴 수 없을 만큼 증가하였고, 더불어 각종 문예지도 활발하게 간행되고 있다. 그러다보니 한 해 발표되는 작품의 양이 너무 많아 작품의 더미 속에 파묻혀 어느 것이 좋고 나쁜 것인지를 판단하기조차 힘든 상황이 벌어지고 있다.

문학작품을 두고 옳다 혹은 그르다고 판단할 수 없다. 문학작품은 좋거나 나쁠 뿐이다. 그렇다면 좋은 작품은 무엇일까? 좋은 작품은 당대의 사회 · 역사적 측면에서 본질적인 모순을 비판하고, 그 모순이 극복된 가능세계를 지향하는 것이다. 조세희의 「난쟁이가 쏘아올린 작은 공」이 좋은 작품이라면, 그것은 1970년대 한국사회의 구조적 모순을 문제삼으면서 그 모순이 극복된 세계를 지향하기 때문이다. 곧 좋은 작품은 당대 사회가 나아갈 올바른 역사적 방향성을 천착해 들어가는 것이어야 한다. 이러한 기준에 의거할 때, 현단계 소설들 중 좋은 작품은 우리가 살아가는 정보사회의 제반 부조리한 측면을 비판하고, 진정 인간다운 삶이 가능한 세계를 지향하는 것이라 할 수 있다.

그러나 풍요 속의 빈곤이라 할까, 광복 60년이 지난 오늘날 수많은 작품들이 발표되고 있지만, 갈수록 좋은 작품의 비중은 줄어들고 있다. 대부분의 작품들이 정보사회의 화려한 이미지에 현혹되어 그것을 무비판적으로 수용하면서 정보사회를 선전하는 심부름꾼으로 전락하고 있다. 그런 작품은 이름만 소설일 뿐 진정한 소설이 아니다. 대개 그런 작품은 상업적 측면에서 대중의 호기심에 영합하여 책을 많이 팔아보려는 불순한 의도를 강하게 지니고 있다. 영화를 비롯한 멀티미디어 상상력의 세계에 함몰되어 그것을 무차별적으로 차용한 작품들을 보노라면, 문학인으로서 심한 자괴감마저 든다. 비현실적인 황당무계한 이야기, 사이버 세계에서나 볼 수 있는 무자비한 폭력과 난잡한 섹스로 도배된 작품, 심지어 한국소설인지 일본소설인지 알 수 없는 국적 불명의 작품에 이르기까지 오늘 우리 소설은 심각한 문제점을 노정하고 있다.

소설을 두고 "길이 시작되자 여행은 끝났다."라고 한 위대한 사상가의 명제를 상기하자. 소설은 즐거운 여행이 될 수 없다. 소설은 사회와의 긴장 관계에서 그 사회의 모순과 치열하게 대결하는 것이지, 사회가 주는 쾌락에 몸을 파는 것이 아니다. 그래서 소설은 자신이 속한 사회의 총체적 모순을 파악한 문제적 개인을 주인공으로 내세워, 그 주인공으로 하여금 작품 속에서 길을 떠나게 하고, 그 과정에서 사회라는 거대한 적과 대결하게 한다. 그러기에 주인공의 여정은 즐거운 여행이 아니라 대립과 갈등과 투쟁의 연속인 것이다. 주인공은 결국 거대한 적에게 패배하지만, 그 패배를 통해 상실된 아름다운 영혼을 현현시킨다. 이를 두고 "내 영혼을 증명하기 위해 길을 떠난다."라고 표현하지 않는가.

고독하면서도 비극적인, 그러면서 새로운 세계를 강하게 지향하는 투쟁의 여정, 그것이 소설 본연의 존재 의의이다. 그래서 소설을 가장 위대한 예술장르라고 하지 않는가. 오늘날 소설이 독자대중의 관심으로부터 멀어지게 된 것은 강력한 영향력을 발휘하면서 모든 것을 지배하는 정보사회의 화려한 매체 때문이기도 하지만, 보다 본질적인 원인은 고독한 투쟁의 길을 걸어가야 할 소설이 그 본연의 몫을 망각하고 즐거운 여행을 떠나고자 하는 데에 있다.

『2005 '작가'가 선정한 오늘의 소설』은 홀로 고독한 길을 걸어가는 좋은 소설작품을 널리 알림으로써 한국소설의 질적 비약을 꾀하고자 하는 취지에서 마련되었다. 이제 그 결실을 2004년에 이어 2005년에 두 번째로 내놓는다. 문단에 만연해 있는 상업주의와 패권주의를 배제하고 좋은 작품을 선정하기 위해 현역 소설가, 평론가에게 2004년 한 해 동안 발표된 모든 작품과 작품집(장편 포함)에 대한 추천을 의뢰했고, 그 결과를 투명하게 반영하였다. 이 글을 빌어 좋은 작품을 추천해 주신 모든 분들께 진심으로 감사를 드린다.

추천된 횟수에 따라 8편의 작품을 실었고, 더불어 작품집 10권에 대한 서평을 실었다. 가장 많은 추천을 받은 작품은 신인작가인 박민규의 「그렇습니까? 기린입니다」이며, 작품집은 공지영의 『별들의 들판』이다. 그리고 추천횟수에 따라 10편의 작품을 선정하였으나, 두 분 작가의 추천 작품이 신작 소설집에 게재된 관계로 이번 책에 싣지 못한 점 대단히 아쉽게 생각한다. 좋은 소설을 쓴 모든 작가들에게 축하와 함께 문학인의 한 사람으로 깊은 감사를 드린다.

이 책이 소설을 사랑하는 이들에게 오늘날의 좋은 소설에 대한 판단을 내릴 수 있는 한 기준을 제시하고, 나아가 소설을 통해 삶과 인생과 사회에 대한 진지한 성찰을 할 수 있는 계기가 되길 기대한다. 앞으로도 '작가'는 한국문학의 질적 풍성화를 위해 매년 좋은 작품을 발굴해서 독자 여러분들께 최고의 작품을 선물해 드릴 수 있도록 최선을 다할 것이다.

2005년 2월 기획위원회

목차

■ 펴내면서

오 늘 의 소 설

오 늘 의　소 설 · 서 평

오늘의 소설

박민규 김연수

그렇습니까? 기린입니다 _ 부넝숴〔不能說〕

김재영 박범신

코끼리 _ 감자꽃 필 때

이현수 전성태

집사의 사랑 _ 사형(私刑)

이혜경 정이현

무화과 나무 아래 _ 위험한 독신녀

박민규

1968년 경남 울산 출생.
중앙대학교 문예창작과 졸업.
2003년 『지구영웅 전설』로 문학동네 신인작가상,
『삼미 슈퍼스타즈의 마지막 팬클럽』으로 한겨레문학상 수상.
kazuyajun@hanmail.net

그렇습니다, 기린입니다

무렵 나는 동물을 모티브로 한 여러 편의 소설을 쓰고 있었다. 너구리, 개복치, 펠리컨 그리고 떠오른 것이 기린이었다. 이유는 알 수 없고, 여하튼 기린이었다. 그리고 각각의 소설을 나는 가까운 예인(藝人)들에게 선물하기로 했다. 이 소설은, 그리하여 연극배우 박상종 형에게 주기 위해 쓰여졌다. 그런 마음을 먹었을 무렵 상종이형의 전화를 받았다. 형은 연극연습을 마치고, 여지없이 술을 걸치고, 늦은밤 집으로 돌아가는 버스 속에서 나에게 전화를 걸었다. 젠장, 버스를 못타 얼마나 고생했는지 아니? 시민의 반대를 무릅쓰고, 서울시가 시내버스 체제를 대폭 개선한 직후의 일이었다. 그리하여, 질척하게, 또 힘들게 대중교통을 이용하는 사람들과 기린의 결합이 시작되었다. 대략, 인류역사상 최초의 결합이 아닐 수 없었다. 얼마 전 이 글이 수록된 책을 나는 상종이형에게 건넸다. 그런데 왜 기린이냐? 상종이형이 물었다. 무언가 할말이 많이 떠오르기도 했고, 할말이 전혀 떠오르지 않기도 했다. 불판 위에선 기린과 아무 상관없는 소의 곱창이 지글지글 구워지고 있었다. 이구아노돈으로 할 걸 그랬나? 내심 생각하다가 내가 대답했다. 그렇습니다, 기린입니다.

그렇습니까? 기린입니다

박민규

나의 산수

화성인들은 좋겠다. 그해 여름은 너무 무더워, 나는 늘 그런 상념에 젖고는 했다. 상고(商高)의 여름방학은 생각보다 길어서, 그런 상념에라도 빠지지 않으면 견딜 수가 없었다. 긴긴 여름, 게다가 나는 여러 일터를 전전했다. 오후엔 주유소에서, 또 밤에는 편의점에서. 있으나마나 한 여자애들이 일터마다 있긴 했지만, 있으나마나 했으므로 지루하긴 마찬가지였다. 비하자면 수성과 금성과, 있으나마나인 별들을 지나, 지구까지 오던 태양광선이 나 같은 기분이었을까? 덥지도 않고, 멀고 먼, 화성.

일터를 돌다 보면 별의별 일들을 겪게 마련인데, 모쪼록 그해의 여름이 그러했단 생각이다. 주유소에선 시간당 천오백원을, 편의점에선 천원을 받았으므로 나는 늘 불만이 가득했다. 그게 그러니까, 시작 때완 달리 불만이 생기는 것이다. 편의점 사장은, 이러면서 세상을 배운다— 라고 말했지만, 이천원씩 받고 배우면 어디가 덧나나? 뭐야, 그럼 당신 자식에겐 왜 팍팍 주는데?를 떠나서— 못해도 이천원 정도의 일은 하고 있다고 나는 늘 생각했다. 글쎄 천원이라니. 덥기만 덥고, 짜디짠, 지구.

코치 형이 가게를 찾아온 것은 그 무렵의 새벽이었다. 어떠냐? 좋아요. 편의점 알바 역시 코치 형의 소개로 얻은 것이므로, 좋다고밖에는 말할 도리가 없었다. 지역의 알바 정보를 한손에 쥐었다고 할까, 아무튼 그래서 후배들에게 일자릴 소개하고 요모조모 코치하길 좋아하는 인물이었다. 이 얼마나 요긴한가, 나는 카프리썬 하나를 꺼내 그에게 건넸다. 제 돈으로 사는 거예요. 웃으며 말은 했지만, 알고나 드세요. 제 인생의 이십오분이랍니다— 시계를 쳐다보며 나는 생각했다. 지금 일하는 덴 사장이 꼴통이라서 말야…… 오늘도 여자애 허벅질 만졌지 뭐냐…… 나 참…… 그래도 되는 거냐? 되고 말고를 떠나 허벅지를 만지면 시간당 만원은 줘야 되는 게 아닌가, 나는 생각했다. 만지는 게 나쁜 게 아니다. 그러고 고작, 천원을 주는 게 나쁜 짓이다. 적어도 나는, 그렇게 생각했다.

그건 그렇고, 너 푸시업 잘하냐? 푸시업이라뇨? 팔굽혀펴기 말이다. 무조건 잘한다고 나는 대답했다. 그래야 일자리가 생긴다는 건, 그때도 이미 기본 중의 기본이었다. 페이가 세. 시간당 삼천원인데…… 대신 몸이 좀 힘들어. 삼천원이요? 앞뒤 잴 것도 없이, 시간당 삼천원이란 말에 귀가 확 뚫리는 기분이었다. 내 주변에 그런 고부가가치산업이 존재하고 있었다니. 제의를 받은 사실만으로도, 갑자기 확, 고도산업 사회의 일원으로 성장한 느낌이었다. 좋구말구요. 수성과 금성과 지구를 지나, 비로소 화성에 다다른 태양광선이 바로 나 같은 기분일까? 있으나마나에 받으나마나, 지구여 안녕.

그런 이유로, 나는 푸시맨이 되었다. 좋은 점은 전철을 공짜로 탄다는 것, 팔힘이 세진다는 것, 게다가 다른 알바에 전혀 지장을 안 준다는 거야. 이를테면 여기 일을 마친 다음 슬슬 역에 나가 '한딱가리' 하면 그만이란 거지. 깔끔해. 공사 소속이니 지불 확실하지, 운동이 되니 밥맛도 좋아, 그러니 잠 잘 자고 주유소 일도 계속하고…… 코치 형의 코치가 쉬지 않고 이어진 것도 까닭은 까닭이었지만— 다른 무엇보다 이유는 삼천원이었다. 요는 짧고 굵게 번다, 이거군요. 그런가? 뭐…… 그런 식으로 생각할 수도 있을까 모르겠군. 코치 형이 어리둥절한 표정을 지었지만, 확실히 그런 식이라고, 나는 생각했다. 그것이 나의 산수(算數)다. 웃건 말건, 세상엔 그런 산수를 하며 살아야 하는 사람이 있다, 있게 마련이다.

미안하구나.

아버진 그렇게 얘기했다. 또 그 소리. 내가 일만 한다 하면 늘 같은 소리였다. 처음엔 들을 만했는데, 결국 들으나마나가 돼버린 지 오래다. 나이 마흔다섯에 시간당 삼천오백원, 즉 그것이 아버지의 산수였다. 여하튼 무슨 상사(商社)에 다녔는데, 여하튼 '무슨 상사' 라고밖에 말할 수 없는 직장이었다. 딱 한번 나는 그곳을 찾아간 적이 있다. 중학생 때의 일인데 도시락을 갖다주는 심부름이었다. 약도가 틀렸나? 엄마가 그려준

약도를 몇번이고 확인하며 근처의 골목을 서성이고 서성였다. 간신히 찾아낸 아버지의 사무실은— 여하튼 그곳에 있기는 한, 그런 사무실이었다. 쥐들이 다닐 것 같은 어둑한 복도와, 형광등과, 칠이 벗겨진 목조의 문. 혹시 외국인가?라는 생각이 들 만큼이나 '을씨넌' 스러운 곳이었다. 깜짝이야, 그런 단어가 머릿속에 있었다니. 넉넉한 환경은 아니어도, 제법 메탈리카 같은 걸 듣던 시절이었다. 그래도 세상은 뭔가 ESP 플라잉브이('메탈리카' 가 사용한 기타의 모델명)와 같은 게 아닐까, 막연한 생각을 나는 했었다. 했는데, 해서 문을 열고 들어서자— 꼬박꼬박 도시락만 먹어온 얼굴의 아버지가 가냘픈 표정으로 사무를 보고 있었다. 아버지, 저 왔어요.

원래 좀 노는 편이었는데 이상하게 그날 이후 나는 조용한 소년이 되어버렸다. 뭐랄까, 그때는 몰랐지만— 그 순간 마음속에 〈나의 산수〉와 같은 게 생겨났기 때문이었다. 아마도 그랬다고, 지금의 나는 생각한다. 그것은 슬픈 일도 기쁜 일도 아니었으며, 누구를 원망할 성질의 것은 더더욱 아니었다. 그저, 말 그대로 수(數)였던 것이다. 말수가 줄어든 대신, 나는 열심히 알바를 하고 돈을 모으기 시작했다. 야, 세상은 한 방이야— 어울리던 친구들이 안쓰럽단 투로 말했지만, 나는 알고 있었다, 결국 이들도 같은 산수를 할 수밖에 없단 사실을. 넌 뭘 할 건데? 나? 글쎄 요샌 연예계가 어떨까 싶어.

인간에겐 누구나 자신만의 산수가 있다. 그리고 언젠가는 그것을 발견하게 마련이다. 물론 세상엔— 수학(數學) 정도가 필요한 인생도 있겠지만, 대부분의 삶은 산수에서 끝장이다. 즉 높은 가지의 잎을 따먹듯— 균등하고 소소한 돈을 가까스로 더하고 빼다보면, 어느새 삶은 저물게 마련이다. 디 엔드다. 어쩌면 그날— 나는 '아버지의 산수'를 목격했거나, 그 연산(演算)의 답을 보았거나, 혹 그것을 고스란히 물려받았는지도 모를 일이다. 즉 그런 셈이었다. 도시락을 건네주고, 산수를 받는다. 도시락을 건네주고, 산수를 받았다. 그리고 느낌만으로 〈아버지 돈 좀 줘〉와 같은 말을 두번 다시 하지 않는 인간이 되었다.

참으로, 나의 산수란.

미안하구나. 아버지는 그렇게 말했지만, 아버지, 이건 나의 산수예요— 라고 나는 생각했다. 정기적금 정기적금, 또 한통의 자유적금. 시급 천오백원과 천원이 따로따로 쌓여가는 통장들을 생각하면, 세상에 힘든 일은 없었다. 말할 것 같으면, 내 주변은 주로 그랬다. 코치 형만 해도 통장이 다섯개다. 코치 형네엔 아버지가 없지만, 우리집처럼 병든 할머니가 있는 것도 아니었다, 쌤쌤이다. 코치형의 어머닌 식당일을, 누나는 서점일을, 그밖의 사정은 말을 안해 모르겠다. 들은 바, 중학생 때의 코치 형은 본드로 유명한 소년이었다, 한다. 무렵엔 그 말을 도저히 믿을 수 없었다. 그래, 누구나 자신의 산수를 가지고 살아가는 거겠지. 그러니까

나의, 산수.

지금 열차가 들어오고 있습니다

승객 여러분들은 안전선 밖으로 물러나 주셔야겠지만, 그게 될 리가 없는 것이다. 승객들은 모두 전철을 타야 하고, 전철엔 이미 탈 자리가 없다. 타지 않으면, 늦는다. 신체의 안전선은 이곳이지만, 삶의 안전선은 전철 속이다. 당신이라면, 어떤 곳을 택하겠는가.

처음 열차가 들어오던 그 순간을 나는 잊을 수 없다. 그러니까 열차라기보다는, 공포스러울 정도의 거대한 동물이 파아, 하아. 플랫폼에 기어와 마치 구토물을 쏟아내듯 옆구리를 찢고 사람들을 토해냈다. 아아, 절로 신음이 새어나왔다. 뭔가 댐 같은 것이 무너지는 광경이었고, 눈과 귀와 코를 통해 머릿속 가득 구토물이 차오르는 느낌이었다. 야! 코치 형이 고함을 질러주지 않았으면, 나는 아마도 놈의 먹이가 되었을 테지. 정신이 들고 보니, 놈의 옆구리가 흥건히 고여 있던 구토물을 다시금 빨아들이고 있었다. 발전(發電)이라도 일어날 기세였다. 힘! 그때 코치 형이 고함을 질렀다. 해서, 엉겁결에— 영차, 영차 무언가 물컹하거나 무언가 딱딱한 것들을 마구마구 밀어넣긴 했지만, 그것이 무엇이었는지는 지금도 기억나지 않는다. 아니, 어찌 내 입으로 그것이 인류(人類)였다고 말할 수 있겠는가.

정신 차려. 열차가 출발하자 코치 형이 다가와 단단히 주의를 주었다. 네. 심호흡을 크게 했지만 다리가 떨리긴 마찬가지였다. 저 사람들을 사람이라고 생각하지 마. 화물이나, 뭐 그런 걸로 생각하란 말이야. 알겠니? 알겠지? 알겠지,에서 다시 열차가 들어왔으므로, 나는 새로이 전열을 가다듬었다. 파아, 하아. 의정부행이었던 두번째 열차는, 아마도 두배의 사람들이 쏟아져나오는 느낌이었다. 이건 마치, 전인류가 아닌가.

그렇게 한시간이 지나갔다. 정신을 차리고 보니 나는 안전선 밖의, 그러니까 '물러서 주시기 바랍니다' 정도의 지점에 주저앉아 있었다. 그리고 눈앞에는— 세개의 넥타이핀과 두개의 단추, 더불어 부러진 안경다리가 부상병의 목발처럼 뒹굴고 있었다. 뽈테였다. 인류의 분실물들을 수거하며, 나는 비로소 온몸이 땀으로 젖어 있다는 사실을 알게 되었다. 그러니까, 화성인들은 좋겠다. 참, 좋겠다.

일주일이 그런 식으로 지나갔다. 아침이면 전인류의 참상을 목격하고, 오전의 짧은 잠, 이어지는 주유소의 알바와 밤의 편의점. 온종일 머리 어깨 무릎 발 무릎 발이 아프더니, 다음날엔 머리 어깨 무릎 발 무릎 발 무릎이 아팠고, 그 다음날엔 머리 어깨 발 무릎 발 머리 어깨 무릎 귀 코 귀까지가 아프다고 할 정도로, 온몸이 아파왔다. 이건…… 시간당 삼만원은 받아야 하는 게 아닌가. 나는 다시 불만에 사로잡혔지만, 지금 관두면 억울하지 않니? 코치 형의 코치도 과연 옳은 말이다 싶어 이를 악물고 출근을 계속했다. 어쩌면 피라미드의 건설 비결도 '억울함'이었는지 모른다. 지금 관두면 너무 억울해. 노예들의 산수란, 보다 그런 것이었겠지.

이상하게 이를 악물고 일을 하다보니, 그럭저럭 일에도 재미가 붙기 시작했다. 머리 어깨 무릎 발 무릎 발도 더이상 아프거나 쑤시지 않았고, 이거야 원, 나는 즐거웠다. 여름의 새벽은 신선했고, 개봉역의 입구에선 대개 코치 형이 담배를 물고 서 있었다. 그리고 큰형(매표소의 직원을 코치 형은 큰형이라 불렀다)에게서 무임권을 얻는다. 얻고, 플랫폼에 올라선 우리는 어떤 특권처럼 라인의 맨 앞쪽에서 열차를 기다린다. 예전의 나였다면, 아마도 어김없이 여덟번째 출구(집에서 최단거리여서 항상 서게 되는 위치)의 대기선에서 열차를 기다렸겠지만, 그해 여름 나는 분명히 '푸시맨'이었다. 코치 형을 따라 공손히 인사를 하면, 기관사들은 대개 기관사석이나 차장석의 문을 열어주었다. 이 얼마나, 근사한 일인가.

사람들은 우리를 전설이라 부른다. 훈시랄까, 아니면 설교랄까— 숙직실에서 '감독'의 얘기를 듣는 것도 보통 재미가 아니었다. 나이와 경력, 팔뚝의 힘, 투철한 직업관, 그리고 개똥철학…… 모든 면에서 최고참인 그를 우리는 감독이라 불렀다. 실제 푸시맨들의 조장 역을 맡고 있었으므로 감독의 말은 곧 빛이자 생명, 까지는 아니고 아, 예예, 였다. 그럼요 그럼요, 요지는 늘 우리가 국가경제의 중추라는 둥, 교통대란을 막는 네덜란드의 소년(거 왜, 댐을 막았다는)이라는 둥, 하물며 우리 업계의 신화라는 둥. 아, 예예.

시급 삼천원을 받으며 네덜란드의 소년이 되고 싶진 않았지만, 모두가 수긍하는 감독의 말이 있었다. 그것은 우리가 '일당백'이라는 사실이었다. 정예, 정예, 감독은 늘 일당백의 정예가 아니고선 신도림역 푸시맨의 자격이 없다고 설교를 늘어놓았다. 해서 사람을 미는 요령, 틈 사이에 발이 빠진 사람의 구출요령, 또 열차 한 량의 정원이랄까 그런 것, 또 그런가 하면 갑자기 요새 '오 예스' 란 과자가 나왔는데 맛있더라, 너는 '초코파이' 와 '오 예스' 중 어떤 게 맛있냐고 물어서 사람을 당황케 하는 재주를 가지고 있었다. 하하, 예예.

그리고 많은 일들이 있었다. 어른들 사이에 파묻혀 기절한 어린이가 있었고— 도대체 이 시간에 애를 태워보내는 부모가 어딨어! 흥분한 감독이 부모를 찾았지만, 그런 부모 따위가 열차에 탔을 리 없었다. 숙직실에서 눈을 뜬 어린이는 수학경시대회에 가야 하는데, 엄마에게 혼나는데,라며 눈물을 흘렸다. 감독은 부천에서 왔다는 그 어린이에게 자신의 돈으로 콜라와 오 예스를 사주었다. 막내가 좀 갔다와라. 감독의, 인생의 삼십분을 건네받으며— 나는 평소와 달리 아, 네,라고 짧게 끊어 대답했다.

제발…… 지각이에요. 그런 여자도 있었다. 가능한 등이나 어깨를……즉 여성의 몸을 함부로 밀기가 아직은 곤란했던 무렵이었다. 그래서 머뭇머뭇 그만 두대의 열차를 놓쳐버렸다. 눈앞에서 울음을 터트리는데, 난감해서 견딜 수 없었다. 해서 코치 형을 불렀다. 그리고 의정부행이 들어왔는데, 어찌나 사람이 많은지 코치 형조차 여자를 넣는 데 실패했다. 결국 여자를 넣은 것은 감독이었다. 열차 쪽을 보지 마시고, 저를 보세요 저를. 그리고 척 보기에도 가슴 같은 곳을 막 눌러, 쑤욱 밀어넣었다. 잘 들어. 남자는 앞을 보게 해야 잘 들어가고, 여자는 돌아서게 해야 잘 들어가. 알았지? 왜 그런 겁니까? 하여튼 그래.

푸시맨 하나가 열차 속에 딸려들어간 적도 있었다. 뒤에 있던 사람들에게 떠밀려, 순식간에 일어난 일이었다. 일어날 수 있는 일이 일어난 것뿐이었는데, 문제는 그 다음이었다. 승객 한사람이 시비를 걸며 머리를 쥐어박은 것이다. 이유는 간단했다. 평소 이놈들이 싸가지없이 사람을 민다는 것이었다. 맞은 애도 보통 성질은 아니어서, 그만 사건이 커지고 말았다. 결과는 집단구타였다. 전치 3주. 도망친 승객들은 아무도 잡히지 않았고, 결국 그 친구는 자신의 돈으로 앞니를 해넣어야 했다. 그리고 아무도, 그 친구를 볼 수 없었다.

대신 나는, 여러 명의 변태를 볼 수 있었다. 또 보진 못해도, 여성의 비명이나 그런 걸 통해 차량의 어느 언저리에 변태가 있음을 알 수 있었다. 한번은 여자의 치마에 정액을 묻히던 사십대가 현장에서 붙잡혔다. 손을 움직일 틈이 있었을까? 그 속에서 그런 짓을 한 것도, 그 와중에 그런 인간을 붙잡은 것도 모두가 대단한 일이라고 나는 생각했다. 많아, 굉장히 많아. 코치 형이 고개를 가로저었다. 그런데 형…… 아무리 그게 좋다 쳐도…… 과연 저 속에 타고 싶을까요? 그건 모르지. 변태의 속사정을 어떻게 알겠니? 갓 경찰로 부임한 친구가 있거든. 그 친구가 그러는데 하루는 알몸의 삼십대 남자가 화단에서 꽃을 먹고 있다는 신고를 받았다지 뭐냐? 꽃,이라구요? 응, 꽃.

사정(射精)을 하다 붙잡힌 남자는 상습범으로 밝혀졌다. 과묵한 인상에, 피부가 매우 흰, 점이 많은 얼굴이었다. 살이 찐 목과 근처의 주름을 따라 연신 땀이 흘러내렸다. 변태 주제에 하와이라도 다녀온 모양이지?

감독이 빈정댔지만 그는 결코 얼굴을 들지 않았다. 다른 이유는 없고, 그저 곁에 선 경찰의 제복에 비해 그의 꽃무늬 알로하셔츠가 지나치게 아름답기도 해서— 불현듯 나는 이런 생각을 하게 되었다. 하와이에도 전철이 있을까? 하와이에도 화단에서 꽃을 먹는 알몸의 남자가 있을까? 그리고 하와이에도 푸시맨이 있을까? 지구는 둥그니까 자꾸 걸어나가면, 그러니까 알로하, 오에.

결국 모든 인간은 상습범이 아닐까, 나는 생각했다. 상습적으로 전철을 타고, 상습적으로 일을 하고, 상습적으로 밥을 먹고, 상습적으로 돈을 벌고, 상습적으로 놀고, 상습적으로 남을 괴롭히고, 상습적으로 착각을 하고, 상습적으로 사람을 만나고, 상습적으로 대화를 나누고, 상습적으로 회의를 열고, 상습적인 교육을 받고, 상습적으로 머리 어깨 무릎 발, 무릎 발이 아프고, 상습적으로 외롭고, 상습적으로 섹스를 하고, 상습적으로 잠을 잔다. 그리고 상습적으로, 죽는다. 승일아, 온몸으로 밀어, 온몸으로! 나는 다시 사람들을 밀기 시작했다. 온몸으로, 상습적으로.

8월이 되면서 점점 이력이랄까, 그런 게 붙기 시작했다. 게다가 신참들이 늘어났다. 집단폭행의 여파도 여파였고, 몸이 힘든 만큼 일을 관두는 숫자도 상당했기 때문이었다. 결국 나는 전철의 중심 쪽으로 점점 위치를 옮겨야 했다. 갈수록 사람들은 많아지고, 밀수록 사람들은 밀려나왔다. 물론 대우가 좋아지고, 다들 나의 근성을 인정하는 분위기라 어려움은 덜했지만, 정작 어려운 문제는 그런 것이 아니었다. 물론

돈도 좋지만

아침마다 수많은 사람들의 고통을 목격하는 일이 점점 하나의 스트레스로 변해갔다. 가까스로 문이 닫기면, 으레 유리창에 밀착된 누군가의 얼굴과 대면하기 일쑤였다. 이런 풍선을 봤나, 터질 듯 짓눌린 볼과 입술을, 또 납작해진 돼지코를 보고 처음엔 배를 잡고 웃었지만, 날이 갈수록 웃음은 사라져갔다. 좋아요, 다 좋은데 그러니까 당신이 기억하는 인류의 얼굴을 말해보란 얘기야. 화성의 누군가로부터 그런 추궁을 받는다면 나는 적잖이 고통스러울 것만 같았다. 다른 행성의 존재에게 알려주기엔, 인류의 몽따주는 얼마나 슬픈 것인가. 지금 열차가 들어오고 있습니다. 파아, 하아. 그래 전철만 다녀라, 은하철도 같은 건 아예 생각지도 말아야 한다. 지금 이대로의, 인류라면 말이다.

결국 또 한칸 신참에게 자리가 밀려, 나는 여덟번째 승강구를 맡게 되었다. 〈8〉. 노란색으로 박혀 있는 양각의 숫자를 내려다보다, 나는 문득 〈나의 산수〉를 떠올렸다. 왜, 이렇게 살아야 하나, 얼핏 바보 같은 생각이 들었지만— 산수란 말 그대로 수에 불과한 것이라고, 스스로를 다독여주었다. 유난히 머리 어깨 무릎 발, 무릎 발이 무겁게 느껴지는 아침이었다. 파아, 하아. 그리고 여전히 열차가 들어오고, 문이 열리고, 누군가가 압력에 의해 튕겨나왔는데, 그런가 했는데

아버지였다.

뭐랄까, 일이 끝나면— 옷을 전부 벗어던지고 근처의 화단으로 가 꽃이라도 뜯어먹고 싶은 심정이었다. 아, 아버지…… 그런 말을 했는지 안 했는지에 대해선 잘 기억이 나지 않는다. 다만 신설역까지 가야 하는 아버지를, 마치 처음 여자의 몸을 밀 때처럼, 그래서 잘못 밀고, 그래도 좀 밀었는데, 잘, 안 들어가고, 그랬다. 열차의 문이 닫혔다. 파아, 하아. 상체를 구부려 무릎에 손을 얹고, 나는 제법 숨을 몰아쉬었다. 파아, 하아. 어색한 표정으로 아버지는 어색해진 넥타이를 고쳐매고 서 계셨다. 그리고 잠깐, 넥타이를 맨 만큼의 짧은 시간이— 그러나 절대 풀리지 않을 매듭으로, 우리 둘 사이를 엮으며 지나갔다. 그것은 무척 이상한 체험이었다. 매듭의 바깥은 더없이 소란스러운데 아버지와 나 사이엔 우주의 고요, 같은 것이 고여드는 기분이었다. 고요 속에서, 그러나 눈을 못 마주치는 우리의 경계를 넘어, 또다시 안내방송이 흘러나왔다.

지금 열차가 들어오고 있습니다.

이 부근의 어느 지붕

정말로, 지구가 돈다는 것을 알게 될 때가 있다. 일을 끝내고, 코치 형과 나란히 역사의 벤치에 앉아 있을 때가 특히 그랬다. 다리를 길게 뻗고 머릴 젖히면, 구름이 흘러가는 모습을 보게 되는 것이다. 약간의 현기증이 일기도 하지만, 즉 그래서 아, 지구가 돌고 있구나,라는 사실을 알게 된다. 그 느낌이 나는 좋았다. 그래서 자주, 나는 벤치에 몸을 뉘었다. 아버지를 만난 그날도 그랬다.

승일아…… 이번엔 꼭 타야 한다. 그리고 세번째 열차가 들어왔는데, 흐름이 좋지 않음을 간파한 감독이 미는 것을 도와주었다. 힘! 힘! 물론 그 화물이 나의 아버지임을 알 리도 없었지만— 너무 거침없이 머릴 누르고, 막, 등을 팔굽으로 찧고, 밀고, 그랬다. 들어, 간다. 들어, 갔다. 들릴락말락, 그리고 그 순간 아버지의 흉곽에서 어떤 미약한 소리 같은 것이 새어나오는 듯했다. 파아, 하아. 하지만 흉곽을 닫아— 열차는 자신의 폐부 속에 아버지의 소릴 가두었고, 나는 더이상 그 소리의 정체를 확인할 길이 없었다. 아무튼 고작, 러시아워 전철 따위의 폐부에 갇힌 소리나 호흡, 그런 기포와도 같이— 답답하고

길고, 이상한 여름이었다. 형, 지구가 돌고 있어요. 그러냐? 뭔가 아버지에 대한 얘길 하고 싶었는데, 전혀 뜻밖의 말들만 튀어나왔다. 뭐 좀 마실래? 그리고 코치 형이 뽑아준 미린다 한잔을 마시고 그걸로 끝이었다. 그후로 제법, 자주, 나는 아버지를 보게 되었다. 서서히 서로에게 어떤 면역이 생겨나기도 했지만, 어떤 면역이 생겨도 자체가 즐거울 리 없는 만남이었다. 나는 때로, 제대로 아버지를 밀어넣기도 했고, 그건 방학이 끝나갈 무렵이었고, 그런 날이면 언제나 음료수를 뽑아마셨다. 구름은 흘러가고, 나는 목이 말랐다.

여름은 그렇게 지나갔다. 방학이 끝나면서 푸시맨 생활도 끝이 났고, 나는 다시 학교로 돌아왔다. 2학기가 시작된 학교는 몹시도 어수선한 분

위기였다. 자리가 없어, 이구동성으로 선배들은 얘기했다. 이구동성이 아니어도, 세상의 불황을 누구나 알고 있었다. 자격증도 소용없고, 또 정보산업고로 개명하면 취업률이 오를 거란 예상도, 그러나 모두 루머에 불과한 것이었다. 선배들은 낙심했고, 여전히 구름은 흘러갔고, 나는 목이 말랐다. 세상은 하나의 열차다. 한 량의 정원은 180명, 그러나 실은 400명이 타야만 한다— 답답하고

길고, 이상한 여름은 끝이 났지만— 대신 길고, 이상한 가을이 시작되었다. 그래서 구월이 끝나갈 무렵이었다. 엄마가 쓰러졌다. 상가건물의 청소일을 오랫동안 해왔는데, 과로인지 뭔지 아무튼 쓰러졌다. 다행히 곧장 병원으로 옮겨졌고, 그러나 확실한 원인이 발견된 것은 아니었고, 일단은 신경인지 어딘지가 나빠질 만큼 나빠졌다는 얘기였다. 검사를 계속해봅시다. 의사란 사람이, 그렇게 얘기했다. 검사는 계속해야만 하겠지. 의사란 사람이, 그렇게 말했으니.

병실에 들어서자, 엄마의 손을 잡고 있는 아버지의 모습이 들어왔다. 엄만 어때? 대답 대신 아버지는 말없이 나를 바라보았다. 초원의 복판에서 갑자기 한쪽 다리를 못 쓰게 된 타조처럼— 멍하고, 어두운 표정이었다. 실은 그동안— 그나마 아주 잘 걸어왔다는, 아니 달려왔다는 생각이 나도 들었다. 사라질 엄마의 봉급, 여전한 할머니의 약값, 발생할 엄마의 치료비…… 아버지의 눈동자가 그토록 잿빛이었단 사실을 그때 처음 알았다. 뭐랄까, 전지가 떨어진 계산기의 꺼진 액정과 같은 그런 잿빛이었다. 이제, 계산이 안 나온다. 나도, 계산이 서질 않았다. 병원의 불 꺼진

비상계단에서, 나는 코치 형에게 전화를 걸었다.

고학을 했던 담임은 비교적 이해심이 많은 인물이었다. 힘 내거라. 내가 잘 처리해주마. 해서 나는 1교시를 빼먹는 학생이 되었고, 덕분에 다시금 푸시맨 일을 하게 되었다. 나는 다시 전인류의 물결을 감당해야 했고, 그 속에서 마치 부유하는 미역줄기와도 같은 아버지를 대면하기 일쑤였다. 맞다, 내 정신 좀 봐. 아버진 그때 점심을 어떻게 했을까? 굶은 걸까? 즉, 도시락의 무게만큼 가벼워진 아버지를 나는 밀고, 또 밀었다. 그 가을의 찬바람 속에서 내 손에 밀리던 아버지는 때로 웅크렸고, 때로 늘어졌으며, 때로 파닥이는, 그런 느낌이었다. 문득, 아침바람 찬바람에 울고 가는 저, 기러기.

코치 형은 이런저런 알바 자리들을, 서슴없이 나에게 인계해주었다. 고마워 형, 나는 목각(木刻)의 기러기인형처럼 딱딱하게 고마움을 표했지만, 실은 울고 싶은 심정이었다. 새로 전지를 갈아끼운 계산기의 액정에서, 새롭고 소소한 액수의 숫자들이 깜박깜박 빠르게 점멸하는 나날이었다. 그런 느낌이었다. 어느날 거울을 보다가, 그런 잿빛의 눈동자를 나는 보았다. 아버지와 색이 같은 두개의 동심원…… 나는 결국 아버지의 연산이었다. 3.141592653589 7…… 그리고

편의점의 사장과 트러블이 있었다. 돈을 안 줘서, 그래서 달라고 했는데, 점점 수작이 떼먹자는 심산이었다. 옥신각신하던 차에 그만 밀었는데, 나도 놀랄 만큼이나 한참을 날아갔다. 되레 허릴 다쳤다는 둥, 고소

를 한다는 둥 난리를 쳤는데 이 역시 코치 형이 해결해주었다. 작은 소리로 잠시 얘길 했을 뿐인데, 사장이 나오더니 돈을 주었다. 아니, 뿌렸다. 줍자. 너무나 담담한 코치 형이 없었더라면, 또 한바탕 푸시를 할 뻔했다. 액수는 맞니? 천원이 모자라요. 저기, 천원 모자랍니다. 코치 형이 크게 소리 질렀다.

이상하게 그날 아침— 나는 아버지를 아주 거칠게, 그렇게, 밀었다. 부끄럽지만, 그런 기분이었다. 아마도 땅바닥에 떨어진 돈을 한장 한장 주워서겠지, 그래서겠지. 애써 자위를 해봤자 기분이 좋을 리 없었다. 승일아, 잠깐만…… 잠깐만. 아주 잠깐, 아버지의 신음이 내 귓속을 비집고 들었지만 이상하게도 아무런 느낌이 없었다. 아버지, 잘 다녀오세요.

잘 다녀온 아버지는, 그러나 그날 밤 이런저런 사정들을 나에게 털어놓았다. 요는, 산수에 관한 것이었다. 점점 회사가 힘들어진다. 지금 다른 곳을 알아보고 있다. 미안한데 당분간은 함께 좀 고생을 하자. 나는 하나도 힘들지 않다고, 얘기했다. 미안해하던 아버지를 다음날 또 마주쳤는데— 미안한 마음에 제대로 밀지 못했다. 아버지, 잘 다녀오세요.

다릴 뻗고 고갤 젖히고, 그래서 구름이 흘러가는 걸 쳐다보며— 나는 말했다. 형, 지구는 진짜 돌고 있어요. 그러냐? 이렇게 지구가 도는 게 느껴질 땐 말이죠, 문득 그런 생각이 들어요. 뭐가? 그러니까…… 정말 우주에서…… 행성 위에서 살고 있는 거잖아요. 그래서? 이런 곳에서…… 왜 고작 이따위로 사는 걸까,라고요. 잠시 침묵을 지키던 코치 형이 뭐 좀 마시자,라며 자리에서 일어섰다. 다릴 당기고 고갤 세워, 그래서 지구가 정지하고 나자, 〈얼음 없음〉을 눌러 양이 더 많은 미린다 한잔이 눈앞에 떠 있었다. 정지한 지구 위에서, 또, 지금 열차가 들어오고 있었다. 재밌는 얘기 하나 해줄까?

지금 들어온 열차가 출발하고 나자, 코치 형이 불쑥 그런 말을 뱉는 것이었다. 2교시도 빠지지 뭐, 해서 그날따라, 나 역시 벤치에 눌러앉게 되었다. 그것은 재밌다기보다는, 어딘가 모르게 이상한 이야기였다. 본드를 한창 하던 때의 일이야. 여느 때처럼 끝까지 갔다,라고 생각했는데, 갑자기 내가 지붕 위에 떠 있는 거야. 신기한 게 아래엔 머릴 처박은 내 모습이 보이고, 그걸 바라보는 나 자신은 이상한 빛이 나는 거야. 나 지금 죽은 건가, 그런 생각이 절로 들었지. 얼마나 무서웠나 몰라. 그래서 주위를 둘러보는데, 멀리 오류동 쪽에 아는 녀석 하나가 나처럼 떠 있는 거야. 진호라고, 그놈도 맨 본드하고 거기서 놀던 앤데…… 그래서 저놈도 죽은 건가? 생각을 한 거지. 그리고 얼마쯤 지났을까? 다시 정신이 들고 깨어났어. 아니, 살아났다고 그때는 생각했지. 휴 하고 가슴을 쓸었는데, 정말 놀랄 일은 오후에 일어났어. 글쎄 진호 그놈이 날 찾아온 거야. 그리고 혹시 어젯밤에 본드 했냐고. 그래서 했다 했지. 그러자 공중에 떠 있는 자길 보지 않았냐고, 자긴 날 봤다고 그러는 거야. 나 참 얼마나 놀랐던지.

어쨌거나 그 일이 있고 나서, 나 완전히 딴사람이 돼버렸어. 본드도 끊고, 이유는 잘 몰라. 혹 언제라도 빠져나가, 이 부근의 어느 지붕에 떠 있으면 어쩌지? 그래서 열심히 사는 거 외엔 달리 방법이 없는 게 아닌가, 그런 생각도 들고. 이 부근의 어느 지붕요? 응,

이 부근의 어느 지붕.

그렇습니까? 기린입니다

금성인들은 좋겠다. 그해 겨울엔 혹한이 닥쳐, 나는 늘 그런 상념에 젖고는 했다. 정보산업고의 겨울방학은 생각보다 가혹해서, 그런 상념에라도 빠지지 않으면 견딜 수가 없었다. 긴긴 겨울, 여전히 나는 여러 일터를 전전했다. 이른 아침의 전철역에서 늦은밤까지의 갈빗집 주방, 또 새벽엔 세 구역의 아파트를 돌며— 신문을 돌렸다. 파아, 하아. 펴오르는 입김과 옷 속의 땀. 돌이켜보면, 부근의 어느 지붕에서 그런 자신의 모습을 내려다보는 기분이다. 금성인의, 시각 같다.

새벽의 전철은 늘 은하철도와 같은 느낌이었다. 그렇게 말해도 괜찮습니까? 금성의 누군가로부터 추궁을 받는다 해도, 과연 나는 그렇게 말할 수 있다. 새벽은 광활하고 캄캄했으며, 혹한의 공기는 언제나 거칠었다. 말 그대로의 천자문, 집宇 집宙, 넓을洪 거칠荒. 그리고 나는, 혼자였다. 사람들은 모두 자고 있겠지, 사람들은 모두 무사하겠지. 구일과 구로를 지나 신도림으로 이어지는 선로의 어둠속에서, 나는 늘 흔들리며 생각했다. 조금씩, 열차는 흔들렸고 조금씩, 마음도 흔들렸다. 삶은, 세상은, 언

제나 흔들리는 것이었다.

무사한 사람은 아무도 없었다. 알바를 정리한 코치 형은 떴다방의 직원이 되었는데, 불과 한달 만에 사람이 달라졌다. 비록 중고지만 승용차를 구입했고, 돈의 씀씀이가 예전과 사뭇 달랐다. 우연히 길에서 만났는데, 내가 알던 코치 형과 유사한 인물이란 느낌만 간간이 들 뿐이었다. 유사한 것을 무사하다고 말할 순 없는 거니까, 즉 그런 거니까. 감독은 여전했지만, 그 역시도 무사한 것은 아니었다. 들리는 말로는 결혼사기를 당했다는데, 그후 열흘이나 무단결근을 했고, 그후 다시금 출근을 했다. 본인은 어떤 말도 하지 않았고, 우리 역시 어떤 말도 하지 않았다. 사람은 배워야 해. 언젠가 불쑥 그런 말을 하길래— 나는 아, 네,라고 짧게 끊어 대답해주었다. 또 그런가 했더니, 갑자기 요즘 '칙 촉'이란 게 나왔는데 먹어봤냐? 넌 '오 예스'와 '칙 촉' 중 어떤 게 맛있냐고 묻길래— 아, 예예. 그리고

그 겨울의 어느날이었다.

아버지가 사라졌다.

정말로 사라진 것이었다. 어떤 조짐도 보이지 않았고, 어떤 짐작도 할 수 없었다. 처음엔 사고가 아닌가 해서 백방으로 뛰어다녔지만, 사고의 흔적은 어디에도 없었다. 행적에 대해 말해줄 수 있습니까? 아버지를 마지막으로 본 것은 나였으므로, 당연히 나는 그에 대해 할말이 있었다. 그

날 아침 전철역에서 만났습니다. 전철역에서요? 네, 아버지는 출근을 하는 길이었고, 저는 그곳에서 아르바이트를 하고 있었습니다. 종종 만나는 편인데, 늘 그랬듯 그날도 역시 아버지를 밀어드렸습니다. 뭐 특이한 점은 없었나요? 글쎄요…… 그러고 보니 '잠깐만, 다음 걸 타자' 하고 몸을 한번 뺐습니다. 그런 적은 처음이었나요? 네, 아마도. 그래서 어떻게 했나요? 힘드신가보다,라고 쉽게 생각했습니다. 그래서 다음 열차에 태워보냈습니다. 순순히 타시던가요? 그런, 편이었습니다.

그리고 그것이, 아버지의 마지막 모습이었다. 아버지는 회사에도 가지 않았고, 집으로도 오지 않았다. 말 그대로의, 실종. 경찰은 요즘 그런 사람들이 꽤 있다는 말로 나를 위로했지만, 그런 사람들이 꽤 있다고 해서 위로가 될 리 없었다. 그후의 기억은…… 잘 정리가 되지 않는다. 나는 아버지의 회사를 상대로 밀렸던 두달치 임금을 받아냈고, 이는 보통 힘든 일이 아니었고, 이런저런 서류를 마련해 할머니를 관인 '사랑의 집'에 보내고, 이 또한 정말 까다롭고 힘든 일이었으며, 경찰서와 병원을 꾸준히 오고, 가고, 또 여전히 일을 했다, 해야만 했다. 때로 새벽의 전철에 지친 몸을 실으면, 그래서 나는— 어둠 속의 누군가에게 몸을 떠밀리는 기분이었다. 밀지 마, 그만 밀라니까. 왜 세상은 온통 '푸시'인가. 왜 세상엔 〈풀맨〉이 없는 것인가. 그리고 왜, 이 열차는

삶은, 세상은, 언제나 흔들리는가. 그렇게

흔들리던 겨울이 가고, 봄이 왔다. 봄은 금성인과 화성인이 모두 부러

워할 만큼이나 근사한 계절이었다. 끝내 아버지는 돌아오지 않았지만, 대신 어머니의 의식이 기적처럼 돌아왔다. 의식이 돌아왔다는 사실보다도, 퇴원을 할 수 있다는 사실이 기뻐 나는 울었다. 글쎄 그 정도의 서러운 이유라면, 누구나 눈물이 나오지 않았을까? 이제 재활치료만 받으면 됩니다. 의사란 사람이, 그렇게 얘기했다. 재활치료만 받으면 되는 거겠지. 의사란 사람이, 그렇게 말했으니.

그렇게 우리집은 다시금 숨을 트고 있었다. 아버지가 사라졌지만 할머니란 짐을 덜게 된 까닭으로, 또 엄마가 스스로 자신의 병원비를 번 까닭으로— 그대로, 그렇게. 근처의 지붕에서 지켜본다면, 아마도 그것은 잔디의 작은 싹이 움을 튼 모습과 비슷한 광경이었을 것이다. 살아, 있다. 무사하진 않았지만, 그래도 유사한 산수를 할 수 있단 것은 얼마나 큰 삶의 축복인가. 사라지기 전에, 사라지기 전에 말이다.

봄이 얼마쯤 완연한 날이었을까. 일을 마친 나는 잠깐 역사의 벤치에서 졸다가— 깊고, 완연한 잠을 자버리고 말았다. 그리고 눈을 떴다. 목이 말랐다. 여느때처럼 미린다 한잔을 마시고 나자, 탄산수처럼 쏘는 느낌의 봄볕이 피부를 찔러왔다. 당연히 〈얼음 없음〉인 봄볕 속에는, 그래서 그만큼의 온기가 더 스며 있었다. 아아, 마치 기지개처럼 나는 다릴 뻗고 고갤 젖혔다. 여전히 구름은 흘러가고 지구는 돌고, 그리고 다시 고개를 들었는데— 건너편 플랫폼의 지붕 부근에 떠 있는 이상한 얼굴 하나가 눈에 들어왔다. 저것은 설마 기린이 아닌가. 그것은 정말 한마리의 기린이었다. 기린은 단정한 차림새의 양복을 입고, 플랫폼의 이곳저곳을 천천히 거닐고 있었다. 오전의 역사는 한가했고, 아무리 한가해도 그렇지— 사람들은 그럴 수도 있지 뭐,의 표정으로 그닥 신경을 쓰지 않는 눈치였다. 이거야 원, 누군가 한 사람은 긴장을 해야 하는 게 아닌가,란 생각으로 나는 기린을 예의, 주시했다. 끄덕끄덕 머리를 흔들며 걷던 기린이 코너 근처의 벤치 앞에서 멈춰섰다. 그리고, 앉았다. 그것은 그리고, 앉았다,라고 해야 할 만큼이나 분리되고, 모션이 큰 동작이었다. 이상하게도 그 순간, 나는 기린이 아버지란 생각을 했다. 이유는 알 수 없지만 그런 확신이 들었다. 나는 이미 통로를 뛰어가고 있었다. 사라지기 전에, 사라지기 전에.

다행히 기린은 꼼짝 않고 앉아 있었다. 주저주저 그 곁으로 다가간 나는, 주저주저 기린의 곁에 조심스레 앉았다. 막상 앉으니— 기린은 앉은 키가 엄청났고, 전체적으로 다소곳하고 무신경한 느낌이었다. 기린은 이쪽을 쳐다보지도 않는데, 나는 혼자 울고 있었다. 이상하게도 자꾸만 눈물이 나오는 것이었다. 아버지…… 곧장 나는 가슴속의 말을 꺼냈고, 기린의 무릎 위에 내 손을 올려놓았다. 떨리는 손바닥을 통해, 손으로 밀어본 사람만이 기억하는 양복의 질감이 그대로 느껴져왔다. 구름의 그림자가 빠르게 지나갔다. 기린은 여전히 아무 반응이 없었다. 아버지, 아버지 맞죠?

어떻게 된 거예요? 기린의 무릎을 흔들던 나는, 결국 반응을 포기하고 이런저런 집안의 근황을 들려주었다. 할머니의 소식과 어머니의 회복,

그리고 나는 부동산 일을 배울 수도 있다, 선배가 자꾸 함께 일을 하자고 한다, 자리가, 자리가 있다고 한다, 경제도 차차 좋아질 거라고 한다, 무디슨가 어디서 우리의 신용등급이 또 한 계단 올라섰대요, 좋아졌어요. 그러니 돌아오세요. 이제 걱정 안하셔도 된다니까요. 구름의 그림자가 또 빠르게 지나갔다. 아버지, 그럼 한마디만 해주세요, 네? 아버지 맞죠? 그것만 얘기해줘요.

무관심한, 그러나 잿빛의 눈동자가 이윽고 물끄러미 나를 바라보았다. 기린은 자신의 앞발을 내 손 위에 포개더니, 천천히, 이렇게 얘기했다.

그렇습니까? 기린입니다.

김연수

1970년 경북 김천 출생.
1993년《작가세계》로 등단.
장편소설집으로 『꾿빠이, 이상』『가면을 가리키며 걷기』 등이 있음.
동인문학상, 동서문학상 등 수상.
larvatus@netian.com

언제부터인가 나는 많은 것들을 짐작하기 시작했다. 하지만 어느 정도 살아보니 그 짐작이 맞는 경우는 거의 없었다. 하지만 나는 짐작을 그만둘 생각이 없다. 짐작이야말로 내가 세계를 받아들이는 한 방식이기 때문이다. 짐작할 수 있는 한, 나는 소설을 쓸 수 있기 때문이다. 지난 몇 년간은 역사에 대해 짐작했었다. 그건 문헌을 쭉 펼쳐놓고 가장 상식적인 결론이 뭘까 따져보는 일이었다. 그 결과, 나는 짐작이 얼마나 인간적인 행위인지 알게 됐다. 다른 인간을 상상할 수 없다면 더 이상 글을 쓸 수 없다. 그게 내가 도달한 결론이다. 그리하여 나의 짐작은 이제 문헌에서 인간으로 옮겨가고 있는 중이다. 그 과정에 놓인 작품이 바로 〈부넝쒀〉다. '인문학적' 이라는 말은 '인간적' 으로 번역해서 이해해야만 한다.

부넝쒀〔不能說〕

김연수

그럼 어디서부터 이야기를 시작해볼까? 비 이야기라면 어떨까? 가슴의 가장 깊은 곳까지 스며들어서는 삶을 온통 뒤흔들어놓는 빗줄기 말이지. 전사로 하여금 삶의 모든 것을 걸게 만드는 빗줄기. 그러니까 1950년 10월 19일, 변경의 하늘로 하루종일 구름이 몰려들어 어두워지는가 싶더니 해가 질 무렵이 되자 빗방울이 떨어지기 시작했다네. 행군을 앞두고 군장 검사를 모두 끝마친 병사들만이 누릴 수 있는 긴장된 침묵이 어느새 고자누룩해지고 차가운 가을비가 병사들의 배낭과 털모자로 소리 없이 스며들었네. 빗방울이 아니었더라도 병사들의 눈빛이 하염없이 아래로 떨어졌을 그런 날이었네. 겁이 나서 그랬느냐고? 준부졘〔君不見〕. 그런 말이 어디 있는가? 전사가 겁을 내다니. "전쟁에서 지고 이기는 것은 예측할 수 없는 것,/수치스러운 것을 참고 견디는 것이 남자다(勝敗兵家事不期 包羞忍恥是男兒)". 출전에 앞선 전사의 심장에서는 가만히 있어도 그런 시가 흘러나온단 말이지. 노전사(老戰士)들은 알지. 인간의 마음이란 계집과 같은 것이라는 걸. 호두알처럼 내 손아귀에 꽉 잡혔는가 싶으면 어느새 수리가 되어 푸른 하늘의 자유를 만끽하지. 평생 몸에서 화약 냄새가 사라지지 않았던 노전사에게도 매번 전쟁은 새로운 것. 무서울 정도로 요염해서 온 마음과 온몸이 떨려오는 것. 우리는 국민당 놈들을 쫓아 해남도(海南島)까지 밀고 내려갔던 40군이었다네. 해남도를 완전히 해방시키고 난 뒤, 우리는 서로 부둥켜안고 기뻐하면서도 한편으로는 전쟁이 끝났다는 사실에 아쉬움을 느꼈지. 들판을 침상 삼아 눕고 천궁을 이불 삼아 덮고 자본 남자라면 그 아쉬움이 어디서 비롯하는지 잘 알지. 전쟁이 끝나고 나면 이제 더 이상 온몸과 온 마음이 떨리는 일은 없어질 테니까. 배포는 배포, 눈물은 눈물. 진짜 사내는 그 두 가지를 알지. 그런 우리가 겁이 나서 떨어지는 한 방울 빗방울에 떨어댔다고 말한다면 그건 모독이 아닐 수 없어. 무서울 정도로 요염하기 때문에, 거부하면서도 빠져들 수밖에 없기 때문에 우리는 소년처럼 떨리는 시선으로 바라보는 거야. 알겠는가? 몸은 그럴 때 떨리는 거야. 그렇게 병사들의 삶을 온통 뒤흔들어놓는 빗줄기가 서서히 어둠 속으로 파묻힐 무렵, 마침내 출정의 명령은 떨어졌고 우리는 압록강 철교를 건너가기 시작했어. 그날 밤 같은 시각, 중국 인민지원군 38, 39, 40, 42군과 3개 포병사단은 안동, 장전하구, 집안 등 세 나루터에서 일제히 강을 건넜지. 한국인이니까 자네는 어떻게 생각할지 모르겠으나, 가히 역사를 바꿀 만한 도하(渡河)가 아니었겠는가? 40군에 속했으니까 나는 안동, 그러니까 지금의 단동을 거쳐 조선땅으로 들어갔다네. 그날 물 흐르는 소리가 어찌나 요란하던지. 비는 내리고 강은 보이지 않으니 그건 비가 쏟아지는 소리라고 해도, 강물이 흐르는 소리라고 해도 아무런 상관이 없었지. 나는 그 소리에 귀를 기울였어. 소리는 점차 하늘에서, 강에서 들려오다가는 결국 내 몸에서 들려오기 시작했어. 드디어 출정이다, 라는 생각에 온몸이 터져 나갈 것 같았지. 지금도 그때 일을 다시 생각하려니 귀를 기울이지 않아도 그 소리 참으로 요란하다네. 세상을 쩌렁쩌렁 울리는 소리, 단숨에 역사가 바뀌는 소리, 그런 소리가 자네 몸에서 들려온다고 생각해보게. 당장이라도 계집들에게 그 몸을 보여주고 싶지. 그런 게 바로 사내의 몸이지. 여기에 앉아 내가 읽고 싶은 얼굴은, 또 손은 바로 그런 것이지.

재미없는 일이지만, 기억을 한번 더듬어보자구. 자네는 이런 이야기를 잘 모를 거야. 한국인들은 그 전쟁에 대해서 누구도 기억하려들지 않으니까. 어쨌든, 노르망디의 경험이 있으니까 미군은 인천에 상륙해 조선 전쟁의 전세를 일시에 역전시켰어. 그건 정말이지, 멋진 작전이 아닐 수 없었어. 진짜 전사(戰士)라면 여자들이 보석함에 장신구를 모아두듯 그런 작전을 추억 속에 담아두는 거야. 조선인민군의 허리를 잘라버린 미군은 승승장구하며 1950년 10월 7일 38도선을 넘어 북진을 계속했다네. 중국 인민혁명군사위원회 모택동 주석이 팽덕회를 중국 인민지원군 사령원 겸 정치위원으로 임명하고 그에게 다음과 같은 내용의 전보를 보낸 것은 그 다음날인 10월 8일이야. 내 기억이 틀리지 않는다면 이런 내용이었지. 조선 인민의 해방 전쟁을 지원하고 미 제국주의와 그 졸개들의 진공을 반대하며 조선 인민과 동방 각국 인민의 이익을 보호하기 위해 중국 인민지원군이 속히 조선 경내로 진출해 조선 동지들과 함께 협동작전함으로써 영광스러운 승리를 쟁취할 것을 명령한다. 인민지원군이라니, 무슨 뜻으로 그런 이름이 붙었는지 짐작하겠는가? 표면적으로 중국 정부에서 직접 나서서 전쟁을 선포한 것이 아니라 자원한 인민들로 군대를 조직해 출전했다는 사실을 보여주기 위해서였지. 그건 제공권을 장악한 미군이 중조(中朝) 변경을 초토화시켜 대량의 지원군을 파견하지 못하게 되는 상황이 오기 전에 비밀리에 조선에 들어가기 위해서였어. 따라서 우리는 해방군의 모표도, 가슴의 휘장도 달지 않은 채 조선인민군의 군복을 착용했지. 그저 붉은 별 다섯 개 찍힌 단추만이 우리가 누구인지 증명해줬다네. 우리가 압록강을 건너기 전날인 10월 18일 하달된 모 주석의 명령에는 이런 것도 있었다네. 먼저 비밀을 지키기 위해 도강부대들은 매일 황혼부터 다음날 새벽 4시까지 건너고 5시 전에 은폐를 끝마치고 반드시 검사까지 진행할 것. 또한 경험을 얻기 위해 첫날 밤에는 2, 3개 사단만 남기고 이튿날 밤에 증가하거나 감소하는 것은 정황에 따라 적당히 처리할 것. 우리에게는 이름이 없었다네. 어둠처럼, 검은 강처럼 우리는 조선땅에 스며들었다네. 말도 할 수 없었다네. 누구에게도 우리는 말할 수 없었다네. 그래서 심지어는 퇴각하는 조선 인민군들도 우리가 어떤 군대인지 모를 지경이었지. 그 다음날인 10월 19일, 미군 제1군단 3개 사단은 평양을 점령했으며 중국 인민지원군은 압록강을 건넜지. 10월 20일, 미군 제187공수여단은 평양에서 퇴각하는 조선 인민군의 퇴로를 끊고자 숙천과 순천에 낙하했으며 중국 인민지원군은 소나무와 잡목들이 빼곡하게 수림을 이루고 있는 조선 평안북도 동창과 북진 사이의 구릉지대까지 파고들었어. 미군 사령부는 몇 가지 이유 때문에 중국군이 조선전쟁에 참전할 수 없으리라고 속단했어. 그렇지, 몇 가지지. 그 정도면 충분해. 모든 게 바뀌기에는 말이야. 그게 옳은 이유였든 그릇된 이유였든 그런 건 중요하지 않아. 모든 게 바뀌고 나면 말이야. 자네는 몇 번이나 전쟁을 겪어봤는가? 한번도 겪어보지 못했다고? 음, 그럴 수도 있겠군. 시대가 바뀌었으니까. 들어봐, 전쟁은 우리가 살아가는 삶을 닮았어. 몇 가지 이유만 있으면 완전히 딴판이 되어버리거든. 하하하, 재미있나? 조심하게. 사실 전쟁은 재미있지만, 전쟁이야기는 재미없어. 전쟁에는 진실이 있지만, 전쟁이야기에는 조금의 진실도 없으니까. 내가 전쟁이란 삶을 닮았다고 하지 않았는가? 누가 자네에게 삶에 대해 이야기한다면, 그것도 너무나 재미있는 이야기를 들려준다면 먼저 하품을 하게나. 지금 내 꼴이 그렇긴 하지만. 삶은 살아가는 것이지, 이야기하는 게 아니거든. 항일전쟁, 해방전쟁, 조선전쟁까지 도합 세 번의 전쟁을 겪은 내 몸은 전사(戰史) 따위에는 전혀 귀를 기울이지 않지. 하지만 하품이 나오더라도 참게나. 내게 왜 손가락이 잘려나갔느냐고 먼저 물어본 사람은 자네니까.

인간의 운명은 육체를 닮았어. 손금을 읽고 관상을 보는 것도 마찬가지야. 볼 수 있는 것은 그저 지금의 운명일 뿐이지. 지금 자네가 누구인가에 따라 자네의 운명은 미친 듯이 요동치는 거야. 그게 바로 삶의 신진대사야. 전선이 끊임없이 요동치듯, 사람의 육신이 끊임없이 변해가듯 인간의 운명 역시 한 자리에 머물러 있지 않고 계속해서 변해가는 거야. 변하지 않는 운명이란 죽은 자의 운명이지. 그러므로 운명은 절대로 말로 표현할 수 없어. 말로 표현하는 그 순간, 그 운명은 바뀔 테니까. 부넝쒀〔不能說〕, 부넝쒀. 하지만 그런 바보 같은 짓을 여기서 한번 해볼까? 지금 여기, 우리가 앉아 있는 인민로 중국은행 앞이 전쟁터라고 상상해보게나. 그런데 저기 서시장(西市場) 쪽에서 세 발의 총성이 울리는 거야. 그럴 때, 자네는 어떤 것을 보거나 읽을 수 있겠는가? 자네 두 눈에 맺히는 그 그림을 말로 설명할 수 있겠나? 그래, 말해봐. 어서 말해봐. 하하하. 아니야. 그럴 리가 없어. 전쟁터에서 세 발의 총성을 들을 때, 마음속에 그려지는 그림이란 하나도 없어. 그 순간, 인간이 할 수 있는 일은 울부짖거나 정신없이 달려가는 일뿐이지. 다른 인간을 온몸으로 사랑해본 인간이라면, 그런 인간의 마음에 그림 따위가 그려질 겨를은 없는 거야. 그저 움직일 뿐이지. 부넝쒀. 운명이 결정되는 그 순간에 언어 같은 것은 완전히 사라지는 거야. 혹시 임진강이라고 아는가? 임진강에서 중국 인민지원군의 3차 전역(戰役)이 시작된 것은 1950년 12월 31일이었어. 왜 12월 31일이었냐고 묻는다면 그럴 수밖에 없었기 때문에 12월 31일이라고 말하는 게 옳지. 그건 곤충들이 제 집을 찾아가는 것과 마찬가지의 본능적인 일이야. 전쟁터에서는 가장 본능적인 자들만이 살아남는 거지. 전사에는 이렇게 나와 있어. 미군에게 제공권을 빼앗긴 인민지원군으로서는 밤에만 전투를 벌일 수밖에 없었다. 그러자면 달빛을 한줌이라도 더 모아야 할 형편이었다. 우리의 전역은 보통 7일이 소요되는데, 그 7일 동안 달빛의 도움을 받으려면 보름을 얼마 앞두지 않은 12월 31일밖에는 시간이 없었다. 하지만 나는 그 말을 믿지 않아. 우리는 본능적으로 총을 잡고 진격한 거야. 그게 12월 31일이었던 것이지. 그 때쯤에는 인민지원군이 벌써 38도선까지 밀고 내려간 상태였지. 우리 40군단은 31일 18시 30분에 임진강을 건넜다네. "십리엔 해질녘 구름, 태양도 빛을 잃었는데,/북풍은 기러기를 몰아가고 눈발이 어지러이 날린다./가는 길에 알아주는 이 없을까 걱정하지는 말라!/천하에 그대를 모를 사람이 누가 있겠는가?(十里黃雲白日曛 北風吹雁雪紛紛 莫愁前路無

知己 天下誰人不識君)" 해가 바뀌는 동안, 우리는 한 개의 강물을 건넜다네. 그게 얼마나 긴 노정이었던지. 날이 밝자, 강변에 즐비한 사체들이 두 눈에 들어왔지. 말하지 않았나? 우리가 백전노장이라는 건 우리가 살아온 역사가 증명해. 하지만 그 광경을 보고 나서야 새삼스럽게 전쟁이 어떤 것인지 알게 되겠더군. 전쟁이란 그런 것이더군. 어제 나는 죽을 수도 있었지. 하지만 오늘은 살아 있지. 전쟁터에서 나는 매일 새로 태어나는 거지. 그런 광경을 바라보노라면 저절로 고개가 수그러져. 하늘을 올려다볼 엄두가 나지 않는 거야. 하늘을 올려다보는 경우는 죽은 전우의 사체를 땅에 묻고 허공을 향해 세 발의 총성을 울려 애도를 표할 때뿐이야. 전쟁터에서 들리는 세 발의 총성이란 한편으로 그런 의미야. 그건 원망도, 분노도 아니야. 그저 인간이라는 것, 그러고 나서도 또 인간이라는 것. 그걸 도저히 말로 설명할 수 없으니까 세 발의 총성으로 대신하는 거야. 그렇게 묻힌 전우의 청춘은 너덜너덜해진 지도상의 좌표로만 남게 되지. 그런 상황에 이르면 인간의 몸은 참으로 표현력이 부족하구나라는 생각을 하게 돼. 고작 때로는 울부짖거나 때로는 마른 눈물만 흘릴 뿐이라니. 심장을 꺼내 전우의 시신과 함께 묻어줄 수도 없고 두 눈을 쥐 감긴 그 눈을 뜨게 할 수도 없다니. 그러므로 하늘을 향해 쏘는 세 발의 총성, 거기에 모든 것을 의탁할 수밖에 없는 거야. 알겠는가? 세 발의 총성. 그건 그런 의미야.

믿을 수 있겠는가? 나도 그 세 발 총성의 주인공이 된 적이 있었다면? 도대체 무슨 소리냐는 듯한 눈길이구먼. 믿기지 않는다면 믿지 않아도 좋아. 듣는 자리에서 당장 믿을 만한 얘기만을 골라서 내뱉는 인간이 되고 싶지는 않으니까. 하지만 자네만은 결국 믿지 않을 도리가 없을 것이네. 왜냐하면 자네는 작가니까. 자네가 어떤 사람인지 알아맞히니까 놀라운가? 말하지 않았는가? 지금 한 인간의 운명이 어떤 모양을 하고 있는지 알아맞히는 건 대단히 쉬운 일이라고. 자기의 온몸인 양 두 눈을 동그랗게 뜨고 그 인간의 생김새를 뚫어지게 쳐다보면 모든 게 투명하게 보이는 거야. 보다시피 오른손 손가락이 이렇게 잘려나갔으니 나야 글을 쓸 수는 없으되, 지금 내 앞에 앉은 인간이 어떤 종류의 인간인지 알아맞히는 재주 정도는 남아 있다네. 물론 내일 자네가 어떻게 될는지는 나도 몰라. 때로는 본인도 자기가 내일 어떻게 될지 모르는 경우도 많으니까. 그걸 안다면 매일 아침 이다지도 심하게 가슴이 뛸 리가 없지 않겠는가? 인생이란 사냥꾼에 쫓기는 노루와 같은 것이라 끊임없이 움직이지. 그런 점에서 전쟁이란 삶의 다른 이름이지. 계속 얘기해볼까? 1950년 1월 초까지 인민지원군은 동이에서 쏟아지는 물처럼 아래로 아래로 밀고 내려갔어. 미군과 괴뢰군들은 37도선까지 퇴각해야만 했지. 거기서 조금만 더 밀어붙였더라면 아마도 조선은 완전히 해방됐을 거야. 그런 전황이었는데도 인민지원군은 38도선 남방, 서울을 장악한 지점에서 3차 전역을 매듭지어야만 했다네. 정치적인 문제나 외교적인 문제 때문이 아니었어. 한없이 길어진 보급선 때문이었지. 그래서 37도선이 아니라 38도선에서 진공을 멈춰야만 했어. 그게 지금 자네 조국의 허리를 가르고 있는 그 선의 본래 뜻이 아니겠는가? 중국 인민지원군의 보급선이 최대한 가닿을 수 있는 지점이 바로 거기였던 셈이니까. 전략적으로 37도선까지 후퇴한 미군 지휘부는 금방 이 사실을 감지해 1월 15일부터 소부대를 이용해 조금씩 수원과 이천 등지에서 탐색적인 반격을 시도하다가 25일부터 본격적인 공세에 나섰지. 우리로서는 당황하지 않을 수 없을 정도로 빠른 반격이었어. 팽 총사령을 비롯한 인민지원군 지휘부는 비밀리에 주력을 동부전선으로 이동시켜 횡성과 원주를 확보해 서부전선과 동부전선의 적 병력의 허리를 자르고 서부전선에 있던 미8군 주력의 측방을 공격하려는 계획을 세웠지. 2월 11일, 인민지원군의 4차 전역은 그렇게 시작됐지. 이틀 뒤, 인민지원군은 횡성을 수비하던 괴뢰군 제8사단을 격파했으며 같은 날 밤, 22시부터 미 제23연대가 방어하던 지평리를 공격하기 시작했다네. 지평리를 확보하게 되면 여주와 이천을 통해 곧장 서부전선에 집결한 미8군 주력을 에워쌀 수 있었다네. 그런 까닭에 지평리는 피아간에 누구도 양보할 수 없는 전략지였지. 여기에 앉아서 오가는 사람들의 얘기를 듣자하니 중국 돈 8만 위안만 있으면 한국에 들어갈 수 있다고 하더군. 이렇게 하루종일 길바닥에 앉아서는 다른 사람의 운명을 점친답시고 믿지 못할 얘기만을 늘어놓는 주제에는 호사스러운 소망이겠으나 만약 내게 8만 위안의 돈이 있다면 꼭 한국으로 들어가 지평리에서 생을 마감하고 싶어. 농담이 아니야. 인간에 대한 예의가 아직도 남아 있다면 나는 그래야만 하는 거야. "묻노라, 매화꽃이 어디에 떨어졌기에,/하룻밤 사이에 바람에 불려 관산에 가득히 펴졌단 말인가?(借問梅花何處落 風吹一夜滿關山)" 추운 변경에 어디 매화가 떨어지겠느냔 말이야? 하룻밤 사이에 들판으로 수없이 떨어져내린 것은 다만 젊은 병사들이었을 뿐. 거기가 바로 내가 죽어야만 할 곳이지. 하지만 너무 멀어. 이제 다시는 가보지 못할 것 같아. 꼭 한번 가보고 싶은데. 한국에 돌아가 기회가 있다면 꼭 지평리에 가보게나. 적어도 자네가 작가라면 거기 서서 떨어진 매화 꽃잎이 들판을 가득 메운 광경을 상상해보게나. 그걸 상상하지 못한다면 손에 잡히는 대로 붓이란 붓은 당장에 꺾어버리는 게 좋을 게야. 그렇게 속질없이 떨어져내린 매화 꽃잎처럼 즐비한 병사들의 시체를 뒤로하고 2월 16일 인민지원군 병력은 결국 지평리에서 철수하기 시작했다네. 이로써 네 번에 걸친 우리의 성공적인 전역은 반격을 당하기 시작했지. 전날 밤, 우리는 밤새도록 횃불을 밝혀들고 전사병과 부상병을 담가에 실어 옮겼다네. 밤새도록 미군의 포 사격은 계속됐다네. 포탄이 떨어질 때마다 들판으로는 꽃잎이 흩날렸다네. 붉은색 꽃잎들이 산산이 찢겨나갔다네. 분노라거나 슬픔이라는 단어로는 도저히 설명할 수 없는 광경이었다네. 눈물을 흘릴 수 있다는 것마저도 살아남은 자의 사치처럼 보였다네. 그리고 한순간, 나도 한점 꽃잎이 되어 날아갔다네. 피리 소리에 우리는 모두 한점 꽃잎이 되어 온 산을 가득 메웠다네. 이튿날 아침, 왼쪽 다리와 하복부의 살점이 떨어져나간 채, 죽은 전우들 사이에 누워 있던 나는 죽음을 예감하고 옆에 떨어진 총을 잡아 요염하도록 텅 비어 보이는 창공을 향해 세 발의 총알을 발사했지. 첫 발은 나 자신을 위해서, 다른 한 발은 죽은 전우들을 위해서, 그리고 마지막 한 발은 우리 모두의 운명을 위해서. 그 세 발의 총성이 모든 것을 다 바꿔놓았다네. 그리고 나는 의식을 잃었어.

연변은 비가 흔치 않은 고장이야. 봄에는 더 말할 나위도 없지. 대여섯 번 정도 봄비를 볼 수 있다면 자네는 행운아야. 그렇기 때문에 나는 비를 즐기는 게 습관이 됐어. 깊이 잠들었다가도 새벽에 봄비가 내리는 소리가 어렴풋이 들릴라치면 잠에서 깨어나. 걱정이 있다거나 슬픔이 밀려와서 그런 게 아니야. 봄비가 내리는 소리가 들리는 한에는 잠들 겨를이란 없는 거야. 나이가 들면 들수록 그 느낌이 더 간절해. 정도는 덜하지만 빗소리에 귀를 기울이는 건 아주 오래된 습관이야. 왕청에서 중학교에 다닐 때부터 나는 그랬단 말이야. 비가 내리고 나면 이 세상이 또 어떻게 변해가는지 궁금해서 온몸이 간지러울 지경이었으니까. 그때, 사람이 참 건실하고 매사에 열정적이라고 해서 연락원 일을 맡게 됐지. 존경하는 선배들과 선생님들이 귀여워해주니까 신이 나서 열심히 뛰어다녔는데, 나중에 알고 봤더니 그게 지하당원들 사이에 오가는 서신이었던 거야. 그렇게 나는 길을 오가며 혁명의 도리를 깨쳤어. 그런 급박한 시절에도 나는 봄비가 내리면 가만히 서서 빗소리에 귀를 기울였단 말이야. 때로는 나 몰래 꽃이 필까봐. 또 때로는 나 몰래 꽃이 질까봐. 제 아무리 긴급한 편지였다고 하더라도 봄비 소리에 귀를 기울이고자 하는 내 마음을 막을 수는 없었지. 내가 그렇게 빗소리에 귀를 기울이고 있으면 선배들이 나를 두고 '씨아오멍(小孟)', 그러니까 꼬마 맹호연이라고 놀려댔지. "밤 사이 비바람 소리 들리더니,/꽃이 얼마나 떨어졌는지?(夜來風雨聲 花落知多少)"라는 시를 쓴 맹호연 말이네. 온 세상이 전사들로, 시인들로, 영웅들로 가득했던 시절의 일들이야. 세상 가장 작은 소리에도 쫑긋 귀를 세우는 사람들로. 세상에는 그렇게 귀를 기울이는 자들이 존재하기 때문에 꽃이 피었다가는 또 져버리는 거야. 그렇지 않다면 어찌 봄이 왔다고 해서 그렇게 많은 꽃들이 피어오르겠는가 말이야. 내가 쏜 세 발의 총성을 들은 사람도 바로 그런 사람이었지. 전쟁터에서 울리는 연속 세 번의 총소리는 전사자를 애도하는 것인 동시에 부상병들의 긴급 구호신호이기도 하니까. 나를 찾아온 그 여성 구호원은 군복을 찢어 상처 부위를 지혈한 뒤, 자신의 피를 뽑아 내게 300그램의 피를 수혈했어. 그 피를 받아들이고 내 몸은 다시 의식을 되찾기 시작했지. 정신을 차렸더니 나를 빤히 쳐다보는 그 여성의 눈이 보이더군. 도토리처럼 짙은 두 개의 눈동자였어. 그게 하나가 아니라 두 개라는 사실에 안도감이 들 정도로 아름다운 눈동자였지. 그 눈동자를 바라보자마자 나는 살았다는 생각에 창피한 줄도 모르고 소리 내 엉엉 울었어. 아마도 그건 배설이었지, 울음은 아니었다고 생각해. 몸 안에 가득 쌓였던 공포가 체액의 형태로 분비돼 나오는 거지. 사선을 넘었다가 돌아오는 부상병들은 대개 그렇게 운다는 것인지 별로 놀라는 기색도 없이 그녀는 한 손으로는 내 손을 움켜잡고 다른 손으로는 내 눈에서 흘러내리는 눈물을 닦아주더군. 눈물이 조금씩 줄어들 무렵, 그녀는 허공을 향해 권총을 발사해 구호대 동료들에게 부상병이 있음을 알렸어. 구호대원들이 나를 들것에 실어 큰길가로 옮겼지. 그동안에도 나는 그녀의 손을 놓지 않았어. 마치 그 손을 놓으면 당장이라도 죽어버릴 것처럼 잡고 있었지. 그렇게 간절하게 잡은 손을 뿌리칠 수 있는 여자는 세상에 없는 법이니까 그녀도 손을 잡은 채로 나를 따라왔어. 감사하다는 내 말에 괜찮다고 말하는 대답을 듣고 나서야 나는 그녀가 조선인이라는 사실을 알 수 있었지. 신작로에는 철수하는 아군들로 가득했어. 구호대 역시 철수해야만 하는데, 내가 있으니까 구호대장은 지나가는 자동차에 나를 태워 병원으로 보낸 뒤 부대를 따라오라고 그녀에게 명령했지. 그리고 신작로에는 우리 둘만 남게 됐어. 널린 게 시체였으니 부상병이 있다고 해서 목숨을 담보로 자동차를 멈출 바보는 없지. 몇 대의 자동차를 보내고 난 뒤였지. 추위가 느껴지면서 온몸이 덜덜덜 떨려왔어. 다시 죽음의 공포가 나를 사로잡았어. 왈칵 겁이 치밀어 오른 나는 소리내어 시를 암송했어. "포도로 빚은 좋은 술 야광배에 부어

/마시려니 비파 소리 말 위에서 자지러진다(葡萄美酒夜光杯 欲飮琵琶馬上催)". 내 목소리가 채 사라지기도 전에 그녀가 뒤를 받아 노래하더군. "취해서 모래밭에 누웠다고 그대는 웃지 말라/예로부터 전쟁에서 돌아온 사람이 몇이나 되는가?(醉臥沙場君莫笑 古來征戰幾人回)". 나는 그녀를 뚫어져라 쳐다볼 수밖에 없었지. 그런 상황에서 달리 무슨 말을 할 수 있겠는가? 시를 다 읊조린 그녀는 마침내 권총을 꺼내 우리를 향해 다가오는 자동차를 향해 발사했지. 바퀴에 총알을 맞은 자동차는 얼마 지나지 않아 멈춰 섰고 그녀는 운전수에게 사정을 설명했어. 그녀가 너무나 단호한 목소리로 지금 당장 나를 병원으로 옮겨야만 한다고 말했기 때문에 투덜대던 운전수도 별 수 없이 바퀴를 갈았어. 운전수와 함께 나를 차에 옮겨놓은 뒤, 그녀는 내 심장에 손을 올려놓으며 당신은 지금 살아 있다, 고 중국어로 말했어. 나는 그녀의 손을 잡고 고맙다며, 이 심장은 이제부터 당신의 것이라고 대답했어. 나는 잡은 손을 오랫동안 놓지 못했지. 운전수가 이제 그만 가야만 한다고 말할 때까지도. 그리고 대답을 기다리다가 지친 운전수가 우리 둘을 모두 실은 채 차를 몰고 갈 때까지도. 나는 손을 놓을 수가 없었어. 왜냐하면 그녀가 눈물을 흘렸기 때문에, 그리고 이윽고 내 옆에 쓰러져 잠들었기 때문에. 후에야 나는 그녀가 지평리 전투에서 도합 800그램에 달하는 피를 뽑아냈다는 사실을 알았어.

혹시 한국에 있을 때, 조선전쟁과 관련한 책을 읽은 적이 있는가? 거기에는 지평리 전투가 어떻게 기록돼 있는가? 지평리 전투에서 죽은 인민지원군 병사들에 대해서는 뭐라고 기록돼 있는가? 이곳 역사책에 기록된 죽은 미군과 마찬가지로 다만 숫자로만 남아 있는 게 아닌가? 그것도 잔뜩 부풀린 숫자로만. 지평리 전투에서 죽은 인민지원군의 숫자는 5천 명에 달했다네. 그 처참한 광경을 어떻게 말할 수 있겠는가? 부닝쒀. 부닝쒀. 역사라는 건 책이나 기념비에 기록되는 게 아니야. 인간의 역사는 인간의 몸에 기록되는 거야. 그것만이 진짜야. 떨리는 몸이, 흘러내리는 눈물이 말해주는 게 바로 역사야. 이 손, 오른손 검지와 중지가 잘려나간 이 손이 진짜 역사인 거야. 생각해보게나. 조선전쟁이 일어난 지 채 1백 년도 지나지 않았는데, 이 나라로는 한때 우리가 괴뢰군이라고 부르던 한국인들이 자유롭게 왕래하지 않는가? 지평리에서 죽은 병사들에 대해서는 다 잊어버린 셈이지. 고작 1백 년도 지나지 않아 망각할 그런 따위의 사실을 기록한 책이나 기념비라니. 그게 바로 지금 자네가 손에 들고 있는 책이 아닌가? 그런 책 따위는 다 던져버리게나. 내 손보다도 못한 그따위 책일랑은. 나는 죽고 나서도 이 손가락의 사연은 잊지 못할 거야. 바로 이런 게 역사란 말이야. 이 손은 언제라도 이런 얘기를 들려주지. 그날 우리가 타고 올라가던 트럭은 채 한 시간을 달리지 않아 미군 전투기의 피습을 받았다네. 운전수는 즉사했고 트럭은 길 옆 골짜기로 굴러 떨어졌지. 정신을 차렸을 때, 나는 신작로에서 십여 킬로미터 떨어진 골짜기의 한 농가에 누워 있었어. 도대체 어떻게 거기까지 옮겨지게 됐는지 도저히 이해할 수 없었어. 왜냐하면 그 농가에는 그녀와 나, 둘뿐이었으니까. 내가 잠시 정신을 차리고 그녀를 따라 걸어갔다는 것일까? 아니면 그녀가 혼자서 나를 들쳐메고 옮겨놓았다는 것일까? 우리는 그 집에서 이틀간 잠만 잤다네. 너무나 추운 날씨였기 때문에 서로 부둥켜안고 잤다네. 죽음보다도 깊은 잠이었어. 자다가 깨면 미숫가루를 얼마간 먹은 뒤 다시 잠들었다네. 나는 그녀의 깡마른 가슴을, 그녀는 쪼그라들 대로 쪼그라든 내 성기를 움켜잡았지. 몹시도 성욕이 일었으나 잠을 이기지는 못하더군. 그리고 이틀이 지난 뒤, 우리는 서로 몸을 섞었지. 그러지 않고서는 견딜 수가 없었으니까. 우리는 떨어진 매화로 가득한 들판을 봤으니까. 나는 도저히 움직일 수 없는 상태였기 때문에 그녀가 위에 올라가서 몸을 흔들었는데, 그때마다 상처가 아파서 견딜 수가 없었어. 아프다고 비명을 지르고 눈물을 흘리면서도 나는 그녀에게 계속하라고 채근했고 그녀는 연신 미안하다고 말하면서도 끊임없이 몸을 움직였지. 지금도 잊혀지지 않아. 그때의 일은. 살아 있다는 건 그토록 부끄럽고도 황홀하고도 아픈 일이었지. 아프다는 게, 소리를 지를 수 있다는 게, 눈물을 흘릴 수 있다는 게 그 순간만큼 기뻤던 적은 없었어. 그래서 아파서 견딜 수가 없었는데도 계속하라고 채근할 수밖에 없었던 거야. 우리는 쉬지 않고 몸을 섞었어. 죽음이 지척이었으니까. 그녀는 지평리에서 본 것들을 잊을 수 없을 것이라고 말했네. 지평리에서 그녀가 본 것들, 그건 아마도 내가 본 것과 다르지 않겠지. 그러니까 흩날려 들판을 가득 메운 매화 꽃잎을 봤겠지. 내가 물었어. 지평리에서 너는 무엇을 봤느냐? 그녀는 대답했어. 부넝쒀. 부넝쒀. 여태 그 말이 잊히지 않아. 말할 수 없어요. 말할 수 없어요. 우리는 그 농가의 안팎을 샅샅이 뒤져 먹을 것을 긁어모은 뒤 1주일 동안이나 그 집에 숨어 지냈지. 나는 다리를 쓰지 못했기 때문에, 그리고 전쟁에 환멸을 느낀 그녀는 원대 복귀를 포기했기 때문에. 그 1주일 동안 전투기의 굉음과 포성과 총성은 사방에서 들려왔지만, 아군도 적군도 그 어느 쪽도 우리를 찾아오지 않았어. 낮 동안에는 적기의 공습을 받을 수도 있었기 때문에 숲속에 들어가 그저 하염없이 앉아 있었고 밤에는 다시 농가로 기어들어가 아프다고 소리치며, 또 미안하다고 말하며 서로의 몸을 탐했지. 공포도, 불안도, 절망도 없었던 나날이었지. 낮에 숲속 덤불 속에 앉아 있을 때는 서로 기억하는 시를 들려주면서 시간을 보냈지. "아미산에 걸친 반 조각 가을달/그림자는 평강강 강물에 비쳐 흐른다/밤에 청계를 떠나 삼협으로 향하며/그대를 생각하면서도 보지 못한 채 유주를 내려간다(峨眉山月半輪秋 影入平羌江水流 夜發淸溪向三峽 思君不見下渝州)"나 "가을비 내리는 강을 따라 밤새 오나라로 들어가고/그대를 보내는 새벽 초나라 산들이 외롭다/낙양의 친구들이 안부를 물어보면/한 조각 얼음 같은 마음 옥병에 간직했다고 하게(寒雨連江夜入吳 平明送客楚山孤 洛陽親友如相問 一片冰心在玉壺)" 같은 시들. 미처 입으로 말할 겨를이 없어 심장으로 말하는 시들. 미처 귀로 들을 틈이 없어 심장으로 듣게 되는 시들. 어느 새벽이었을 거야. 전투기 소리에 우리는 잠에서 깼지. 전투기는 몇 번이고 상공을 선회했기 때문에 우리는 그 집을 폭격하는 줄 알고 얼른 집에서 뛰쳐나갔다네. 동쪽 하늘에 깃털처럼 가는 하현달이 걸려 있었지. 너무나 아름다웠지. 그렇게 아름다운 달을 보게 되자, 절로 손이 그녀의 어깨 쪽으로 움직였지. 내가 말했어. 정의는 우리에게 있으니 우리는 분명히 이 전쟁에서 이길 것이다. 전쟁이 끝나고 나면 너를 찾아갈 것이다. 저 하현달처럼 아름다운 세상이 바로 우리의 것이다. 그걸 위해서라면 나는 기꺼이 죽을 수도 있다. 그런데 그녀가 내 손을 뿌리쳤어. 전쟁터에서 올려다보는 하현달 따위는 하나도 아름답지 않다고 말하더군. 그리고 나서 그녀가 뭐라고 말했던가? 나를 사랑하는가? 사랑한다. 얼마나 사랑하는가? 죽을 만큼 사랑한다. 당장 그녀를 안지 않으면 견딜 수가 없었으므로 나는 애원하듯이 대답했어. 하지만 그녀는 이렇게 말하더군. 죽음이 도처에 널린 이런 곳에서 인간의 목숨 따위는 필요없다. 목숨 따위는 정의에나 바쳐라. 아무리 피를 뽑아서 수혈해도 되살릴 수 없었던 병사들로 가득한 지평리에나 던져버려라. 숨이 턱 막히더군. 목숨으로도 증명할 수 없는 게 세상에 있다는 것을 비로소 알게 됐으니까. 국가는 내게 목숨 정도만 원했지. 그러나 그녀는 내게 그 이상의 것을 원했어. 벌떡 일어서서 뒤로 물러서는 그녀를 향해 나는 엎드려 빌었어. 제발. 한번만 나를 안아주게나. 제발.

내 나이 또래 중에서 이렇게 오른손 검지와 중지가 잘려나간 자는 사람 대접을 받지 못한다네. 나 역시 한평생 조롱과 멸시 속에서 보냈어. 이 손가락을 알아본 사람들이 내게 사연을 물어오면 지금 자네에게 들려주듯이 이 이야기를 들려줬지. 그럼 내 얼굴에다 대고 침을 뱉는 자들이 수두룩했지. 거짓말하지 마라, 이 벌레 같은 녀석아. 전쟁에 나가기 싫어서 손가락을 자른 겁쟁이야. 내가 아무리 항일전쟁을, 해남도 전역을, 조선전쟁을 얘기해도 소용이 없었다네. 자네도 그렇게 생각하나? 내가 전쟁에 나가기 싫어서 스스로 이 손가락을 잘랐다고 생각하나? 좋을 대로 생각하게나. 이런 얘기는 소설에나 써먹을 수 있겠지. 역사책에서는 절대로 볼 수 없겠지. 고작 1백 년도 가지 못할 역사책 따위. 어쨌든 하던 얘기는 마저 끝내도록 하지. 그리고 그녀는 한번도 나와 몸을 섞지 않았다네. 포성은 점점 더 북쪽으로 올라가고 있었다네. 낮이면 숲속에 앉아 북쪽으로 날아가는 미군 전투기들을 바라봤고 밤이면 농가로 기어들어가 그녀에게 한번만 나를 안아 달라고 애원했다네. 그러는 동안 먹을 것은 다 떨어졌다네. 당장이라도 몸을 추슬러 퇴각하는 부대를 쫓아가지 않으면 낙오되리라는 게 분명했지만, 우리는 둘 다 움직일 힘이라고는 하나도 없었다네. 낙오됐다는 게 분명해질수록 나는 더욱더 그녀에게 애원했다네. 비명을 지르게 해 달라고, 눈물을 흘리게 해 달라고. 그녀는 그런 내 손을 잡고 말했어. 자신이 지평리에서 본 것에 대해서는 정말 말할 수 없다고. 부넝쒀. 부넝쒀. 그날 밤, 도합 800그램의 피를 병사들에게 수혈하면서 세상의 모든 남자들의 손가락을 자르고 싶었던 그 마음을 도저히 말할 수는 없다고. 다시는 총을 잡지 못하도록 다 잘라버리고 싶은 그 마음을. 핏기라고는 하나도 없는 멍한 눈동자로 나는 그녀의 앞에 엎드려 말했어. 제발, 제발, 제발. 한번만 나를 안아달라고. 간절하게, 온 마음과 온몸으로 빌었다네. 그녀는 내 얼굴을 들어 두 눈을 바라봤다네. 아무리 자신의 피를 수혈해도 죽은 병사들을 되살릴 수 없었어요. 당신만은 죽게 내버려두지 않을 거야. 피가 필요하다면 내 피를 다 뽑아줄 거야. 당신만은 죽게 내버려두지 않을 거야. 할 수 있겠어? 나는 정신없이 고개를 끄덕였네. 나를 살려달라고. 제발 한번만 안아달라고. 그녀는 내 눈을 빤히 쳐다봤다네. 그제야 나는 숨을 쉴 수 있을 것 같았지. 그 집에서 우리가 보낸 시간은 얼마 정도였을까? 2월 말까지 인민지원군과 조선 인민군은 주력을 38도선까지 퇴각시켰다네. 3월 7일, 미군과 괴뢰군은 5개 군단의 도합 14개 사단, 3개 여단, 2개 연대의 병력을 집중시켜 모든 전선에서 전반적인 공세에 나섰다네. 3월 14일, 인민지원군과 조선 인민군은 서울에서 철수했으며 이튿날 미군 제3사단과 괴뢰군 제1사단이 서울을 점령했다네. 3월 23일, 적들은 고양, 의정부, 가평, 춘천 일선을 점령하고 미군 187공수여단을 문산에 투입해 인민군 제1군단의 퇴로를 막았다네. 4월 10일, 전선은 한강 입구에서 임진강을 따라 38도선 이북 부근 지구를 거쳐 양양 일선까지 올라왔다네. 그리고 4월 12일, 적들은 진공의 주력을 철원, 평강, 금화지구, 즉 철의 삼각지대에 집중시켰다네. 언제까지 우리가 그 집에 누워 있었는지는 나도 알 수가 없어. 어쨌든 그 집에서 우리는 수없이 몸을 섞었지. 아프다고 소리치며. 눈물을 흘리며. 그리고 먼저 그녀가, 그리고 내가 정신을 잃었어. 해가 몇 번이나 뜨고 몇 번이나 저물었는지, 달이 둥글어졌다가 다시 여위어졌는지 나는 모른다네. 남조선 괴뢰군 수색대가 방문을 열고 들어왔다가 반듯하게 누운 우리의 모습을 보고는 죽었다고 생각했는지 코를 감싸쥐고 그냥 돌아나간 적도 있었다네. 나는 죽어서 그 광경을 지켜보고 있는 것인지, 아니면 의식만 살아서 지켜보고 있는지 알 수가 없었지. 바닥에는 내가 흘린 피가 흥건하게 고여 있었고, 그 피 위에 우리 두 사람이 누워 있었어. 그녀의 표정은 더없이 평온해보였지. 두 번째 수색대가 들이닥친 뒤에야 나는 내가 아직 살아 있다는 것을, 그리고 그녀는 이미 죽었다는 것을 알 수 있었어. 수색대에 끌려가며 나는 그녀를 위해 시를 읊었지. "이때에 서로 바라보기만 할 뿐 소식 전하지 못하니,/달빛 따라 님의 곁에 흘러 비추기를 원한다/기러기 멀리 날지만 달빛을 넘지 못하고/물고기 잠겼다 솟았다 하지만 물에 파문만 일으킬 뿐/어젯밤 쓸쓸한 강가에서 꽃지는 꿈을 꾸었는데/불쌍하게도 봄이 다 가도록 집에 돌아가지 못하네.(此時相望不相聞 願逐月華流照君 鴻雁長飛光不度 魚龍潛躍水成文 昨夜閑潭夢落花 可憐春半不還家)." 내가 중국어로 시를 읊조리자, 무슨 말인지 모르던 남조선 병사들이 개머리판으로 내 머리를 쳤다네. 그리고 나는 정신을 잃었다네. 그 집에서 나는 그녀에게서 1000그램이 넘는 피를 수혈받았다네. 나는 지평리에서 그렇게 살아남았다네. 그녀는 죽고 나는 살아남았다네.

어라, 저기 나비가 날아오르는군. 이제 슬슬 봄이 찾아오는 모양이야. 나는 벌써 30년째 여기에 앉아서 점을 봐왔다네. 점이라는 건 간단해. 눈으로 나비를 보고 입으로 봄이 온다고 말하는 일이야. 온몸과 온 마음을 열고 뜨겁게 세상을 바라보거나 귀를 기울이는 일이야. 왜 사람들은 책에 씌어진 것이라면 온갖 거짓말을 다 늘어놓아도 믿으면서 사람이 말하는 것이라면 때로 믿지 못하는 것일까? 인간의 운명과 역사란 결국 지금 이곳에서 일어나는 일들에 온몸과 온 마음으로 귀를 기울이는 일이라는 걸 알지 못하고 텔레비전과 라디오에서 흘러나오는 말에만 빠져 있는 것일까? 몸소 역사를 겪어온 사람들은 한결같이 부넝쒀라고 말해도, 역사를 만드는 자들은 거기에다가 논리를 적용하고 앞뒤를 대충 짜맞추고는 한 편의 그럴듯한 이야기를 만들어내지. 바로 그런 이야기를 학생들은 학교에서 공부하는 것이고 사람들은 기념관에 가서 구경하는 것이지. 한 번도 의심해보지 않고, 지평리전투에서 인민지원군은 공세적으로 퇴각했다고, 서울에서 주도적으로 철군했다고 말하지. 그건 자네가 읽는 역사책도 마찬가지일 것일세. 서로는 서로를 괴뢰군이라고 부르고 서로는 서로를 격멸했다고 말하고. 그런 역사책은 하나도 의심하지 않고 믿으면서 내가 이런 말을 하면 거짓말이라고 내 얼굴에 침을 뱉지. 고작 1백 년도 지나지 않아 휴지조각으로 버려진 믿음을 최고의 가치로 여기고 내게 마구 발길질을 하지. 그게 바로 자신이 사내라고 믿는 세상의 모든 남자들이 하는 일이지. 왜냐하면 내 손이 바로 진실을 말해주니까. 역사책에 나와 있지 않은 진실을 말해주니까. 이제 알겠는가? 봄에는 왜 나비가 날아오르는 광경을 바라보면서 꿈을 꿔야만 하는지? 나비가 날아오지 않고 찾아오는 봄은 없는 거야. 책에 씌어진 얘기가 아니라 두 눈으로 보이는 것에 대해 얘기하게나. 두 눈으로 보이는 그 광경이 무엇을 뜻하는지 온몸으로 말해보게나. 부넝쒀. 부넝쒀. 그런 말이 터져나올 때까지 들려주게나. 도저히 말로 설명할 수 없는 이야기, 자네가 아는 한 세상에서 가장 믿을 수 없는 얘기들을 내게 말해보게나. 그럼 자네가 어떤 사람인지, 어떤 운명을 타고 났는지 내가 말해줄 테니까. 책에 씌어진 얘기 말고. 자네가 몸으로 겪은 얘기. 부넝쒀. 부넝쒀. 그 말이 먼저 나올 수밖에 없는 얘기. 말해보게나. 어서. 어서.

김재영

1966년 경기 여주 출생.
2000년《내일을여는작가》신인상으로 등단.
주요 작품으로 「코끼리」「또 다른 계절」「치어들의 꿈」「물 밑에 숨은 새」 등이 있음.
kjy0773@yahoo.co.kr

재두루미 한 마리가, 눈 쌓인 논둑길을 절뚝이며 걷고 있었다. 상처 난 발목에서 이따금 떨어지는 선홍빛 액체는 하얀 눈 위로 점점이 떨어져 피꽃으로 피어났다. 그러는 동안에도 긴 부리로 언 땅을 뒤적여 먹이를 구하던 어린 재두루미. 비무장지대에 사는 철새를 보러 온 관광객들은 혀를 차며 안쓰러워했다. 그 틈에 있던 나 역시 순간 눈을 질끈 감았다.

외국에서 온 이주노동자들도 어쩌면 철새일는지 모른다. 시베리아의 찬바람이나 달아오른 적도의 태양을 피해 이곳으로 날아와 먹이를 구하는 비오리, 쑥새, 멧종다리, 제비, 백로와 같은. 찬드라, 누스란, 알리, 궈방,……. 그들도 지구 곳곳에서 가난을 피해, 화폐를 얻으러, 소중한 꿈을 품고 이곳까지 날아온 것이다. 우리는 그들을 빗자루로 내쫓아야 하는가?

질문에 대한 답을 얻지 못한 채 꽤 오랜 시간 거리를 쏘다녔다. 안산 공장 지대, 가리봉 조선족 거리, 고양 가구 공단,……. 여러 사람과 다양한 언어와 각기 다른 사연의 눈물을 보았다. 그들의 삶을, 그 아픔을 미처 담아내지 못해 아쉽다.

코끼리

김재영

시월이 되자 아버지는 한길로 향한 창문에 빼체우라(네팔 남자들이 몸에 걸치는 직사각형의 천)를 쳤다. 틀이 일그러진 바라지창 틈새로 스며드는 밤안개에 아버지가 심하게 기침을 한 다음날이었다. 지난 여름, 장판 밑에서 시작된 곰팡이는 방바닥에 놓인 세간과 벽에 걸린 옷가지로 번져 나가더니 기어코 아버지의 폐와 내 종아리까지 점령했다. 아버지는 기침을 해댔고 나는 종일 종아리를 긁어댔다. 우리는 슬레이트 지붕 위로 무섭게 쏟아지는 빗소리를 들으며, 창문 반대편에 걸린 달력 사진을 바라보는 걸로 지루한 여름을 견뎠다. 투명하고 생생한 햇빛, 푸른 티크나무 숲, 눈 덮인 안나푸르나, 잔잔하게 물결치는 페와호, 그리고 사탕수수를 빨아먹으며 웃고 있는 아이들…….

아버지와 나는 십여 년 전까지 돼지축사로 쓰였다는, 낡은 베니어판 문 다섯 개가 나란히 붙어 있는 건물에서 살고 있다. 쪽마루도 없는데다 처마마저 참새꼬리처럼 짧아 아침이면 이슬에 젖은 신발을 신고 학교에 가야 한다. 며칠 전 주인아주머니는 3호실 문짝에 '빈 방 있음' 이라고 쓴 누런 갱지를 붙여 놓았다. 그 방 앞을 지나던 나는 열린 문틈으로 안을 들여다보았다. 벽에는 얼룩과 곰팡이와 낙서가 가득했고, 들뜬 황갈색 비닐 장판 위로는 뽀얀 먼지가 살얼음처럼 깔려 있었다. 비스듬하게 세워진 낡은 캐비닛 뒤쪽 벽에는 쥐가 들락거릴 정도의 작고 새까만 구멍이 뚫려 있는데, 구멍 주위로 자잘한 시멘트 가루와 흙덩이가 흩어져 있어 마치 상처부위에 엉겨붙은 피딱지처럼 보였다. 총알에 맞아 쿨럭쿨럭 피를 쏟아내는 심장을 본 것 같은 섬뜩함이 가슴을 오그라뜨렸다.

그 방에 살던 파키스탄 청년 알리는 도둑질을 하고 마을을 떠났다. 강풍이 불던 날 밤의 어둠과 소란을 틈타 한 방을 쓰던 비재 아저씨의 돈을 훔쳐 달아난 것이다. 비재 아저씨는 송금비용을 아끼려고 벽에 구멍을 파서 돈을 숨겨놓았다고 한다. 그날 밤 알리가 돈을 꺼낼 때 나던 조심스런 부스럭거림을 아저씨는 왜 듣지 못했을까. 하긴 이틀 연속 철야근무에 특근까지 했으니 그럴 만도 하다. 게다가 그날따라 2호실 방글라데시 아주머니의 갓난아기는 밤새 잠을 자지 않고 보챘고, 저녁 내내 텔레비전 앞에서 시끄럽게 떠들던 1호실 미얀마 아저씨들은 나중엔 취한 목소리로 노래를 불러대기까지 했다. 밤에 일하는 5호실의 러시아 아가씨 마리나는 아예 집에 들어오지도 않았다. 4호실에서 사는 아버지와 나만이 일찌감치 불을 끄고 어둠속에 누워 있었다. 하지만 우리들 역시 머릿속으로는 매우 혼란스러운 생각, 집 나간 어머니 생각에 빠져 있어서 누군가 돈을 훔치느라 바스락대는 소리를 들을 수 없었다.

사실 알리는 비재 아저씨 아들의 생명을 훔쳐 도망간 거나 다름없다. 아저씨는 막내아들의 심장수술 비용을 마련하려고 여기 왔으니까. 이 마을에선 불행이 너무나 흔해 발에 채일 지경이다. 그래서 웬만한 일에는 누구도 신경쓰지 않는다. 하지만 비재 아저씨가 그날 새벽에 내지른, 절망과 분노에 찬 비명소리는 한동안 잊히지 않을 것 같다. 요즈음 아저씨는 마당에 있는 늙은 감나무 밑에 앉아 먼 산을 바라보곤 한다. 어쩌다 산 정상에 구름이 걸리면 저기 물소가 지나간다,라는 엉뚱한 혼잣말을 하면서. 아무래도 아저씨는 꽤 오래 눈물과 한숨으로 시간을 보내야 할 것 같다. 감나무 꼭대기에 매달린 까치밥이 붉은 속을 뚝뚝 떨어뜨려야 겨울을 날 수 있는 것처럼.

너무 다양한 삶을 보아버린 열세 살 내 머릿속은 히말라야처럼 굴곡이 패어 있다. 세계지도 속의 히말라야는 사실 손가락 한마디 크기다. 하지만 히말라야는 지도로 그릴 수 없는 땅이라고 아버지는 말했다. 깊게 주름진 계곡과 높은 설산은 세상 전체를 한바퀴 도는 것보다 더 길 거라면서. 학교 과학실에서 본 뇌 모형을 떠올리니 쉽게 이해가 갔다. 사람도 어려서 다양한 경험을 하면 뇌가 심하게 주름진다니까 내 나이도 빠르게 늘어나고 있을 거다.

3호실이 빠지는 대로 비재 아저씨는 우리 방으로 오기로 했다. 방세를 아낄 수 있어서다. 아버지는 더이상 집 나간 어머니를 기다리지 않기로 결심한 걸까. 하긴 어머니는 조선족이니까 어디서든 살아갈 수 있다. 적어도 자신에게 수치를 주거나 학대하려드는 사람들에게 한국말로 대꾸할 수 있을 테지. 그만 때리세요, 왜 욕해요, 돈 주세요 따위 말고도 여러 가지 어려운 말들을. 선처, 멸시, 응급실, 피해보상, 심지어 밑구멍으로 호박씨 깐다느니, 개발에 땀난다는 말까지.

잠에서 깨어나니, 로띠(밀가루 빵) 굽는 냄새가 방안 가득하다. 방문 쪽으로 돌아앉아 밀가루 반죽을 방망이로 밀어대는 아버지의 등과 어깨는 물결처럼 출렁인다. 내 발치께 버너 위에 올려진 주전자에선 버터차 찌아가 쉐쉐 가쁜 숨소리를 낸다.

그러고 보니 오늘이 아버지의 마흔 번째 생일이다. 좀 전까지 몰랐는데 달력에 동그라미가 쳐진 걸 보니 분명히 그렇다. 해마다 가을이면 아버지는 띠알(한국의 추석같은 다사잉 명절 20일 뒤에 오는 네팔의 축제) 축제를 마치고 생일날 아침에 고향을 떠나온 이야기를 입버릇처럼 되풀이했다. "네팔의 여름 햇빛은 정수리로 내려오고, 가을 햇빛은 가슴에 와 닿지. 내가 그곳을 떠난 건 성글성글한 햇살이 비스듬히 내려와 심장에 꽂히는 가을이었단다. 심장이 사납게 뛰는 스물여섯……" 어쩌자고 동그라미를 그토록 크게 그려넣었는지 모르겠다. 어차피 선물도 못할 텐데. 아버지는 어린아이인 나한테까지 용돈을 줄 여유가 없다.

검은 색연필로 여러 번 덧그린 커다란 원은 마치 '외' 처럼 보인다. '외' 는 미얀마 말로 소용돌이란 뜻이다. 일 호실 미얀마 아저씨들은 한국에 온 외국인 노동자들은 모두 '외' 에 빠진 거라고 말한다. 나는 아버지의 소용돌이 삶 속에서 태어났으니 새끼외다. 하지만 한국에서, 조선족 어머니 자궁에서 태어났으니 반쪽외다. 물론 그렇다고 해서 내가 학교나 마을에서 외 취급을 받지 않을 거란 착각을 할 정도의 머저리는 아니다. 자리에 누운 채 왼뺨의 광대뼈 부위를 만져 본다. 조금 부었는지 손바닥에 그득하게 잡힌다. "너 소영이 짝이지? 이 더러운 자식!" 어제 오후 집으로 돌아오는데 육 학년 소영이 오빠가 다짜고짜 내 멱살을 잡았다. 그러고는 똥 닦는 냄새나는 손으로 왜 소영이를 만졌느냐고 다그쳤다. 난 그런 적 없다고 했다. 연필이 굴러가서 잡으려다가 실수로 손등을 건드린 거라고 구차한 기분이 들 정도로 차근차근 설명했다. 소영이 오빠는 거짓말 마 새꺄, 라며 주먹을 날렸다. 나도 녀석의 옆구리를 한대 갈겨주었다. 쓰러진 녀석의 코에서 피가 나와 옷이 피투성이가 되었다.

"손으로 먹어라. 그래야 서둘러 먹지 않고 과식하지 않는단다."

아버지 말을 못 들은 체하고 나는 젓가락으로 로띠를 찢는다. 과식할 음식이나 있냐고 반박하려다 참는다. 늬들은 손으로 밥 먹고 손으로 밑 닦는다면서? 우엑, 더러워. 놀려대는 반 아이들 목소리가 들리는 듯하다. 그건 사실이 아니다. 밥은 밑닦는 왼손이 아닌 오른손으로 먹는다. 그 때문에 아버지는 언제나 오른손을 깨끗하게, 귀하게 다룬다. 다만 아버지 손가락에는 등고선처럼 생긴 지문이 없다. 닳아버린 지 오래여서 지장을 찍으면 짓이겨진 꽃물자국 같은 게 묻어난다. 사람들은 지문이 없으니 영혼도 없다고 생각하나보다. 그렇지 않다면 노끈에 꿰인 가자미처럼 취급당할 리가 없다. 야임마, 혹은 씨발놈아, 라는 이름의 외국인 노동자 한 꿰미. 말링고꽃을 좋아하고 민요 '러썸삐리리'를 구성지게 부르는, 안나푸르나의 추억을 가진 어루준이란 이름의 사람은 처음부터 있지도 않다.

"멍이 들었구나. 어쩌다 그런 거냐?"

오른손으로 로띠를 찢어 입에 넣으면서 묻는 아버지한테 나는 사실대로 말했다.

"사실이란 중요하지 않아. 아무도 우리 말을 믿어주지 않으니까."

부정확한 발음으로 한국말을 떠듬거리는 아버지는 어릿광대를 연상시킨다. 말이 어눌하면 누구나 멍청하게 보이는 법이다.

"차라리 맞았다면 나았을 텐데…… 조심해라. 그애가 가만있진 않을 거야."

"저도 자신 있어요."

"바보 같은 소리 마. 다음에라도 녀석이 때리거든 피하지 말고 맞아 줘."

아버지는 갑자기 네팔말로 말한다. 내 눈을 똑바로 바라보더니 이번엔 턱에 힘을 주며 말도 안 되는 네팔 속담을 들이댄다.

"누군가 돌을 던지거든 꽃을 던져주라고 했다."

"싫어요, 난. 차라리 사람들을 갈겨버리고 말지. 이담에 팔뚝에 힘이 붙으면 절대 아버지처럼 공장 일이나 하진 않을 거야. 우리를 업신여기고 괴롭히는 나쁜 놈들을 때려눕히고 발로 차고……"

"야크처럼 앞뒤 재지 않고 돌진하겠다는 거냐?"

"야크가 어떻게 뛰는지 알 게 뭐예요. 히말라야 얘기라면 이제 지긋지긋해요."

반사적으로 튀어나온 말에 나도 놀라고 만다. 하지만 참았던 말들은 멈추지 않고 계속 쏟아져 나온다.

"난 여기, 식사동 가구공단밖에 몰라요. 흐리멍덩한 하늘이랑 깨진 벽돌더미, 그리고 냄새나는 바람. 나한텐 이게 전부죠. 게다가 집나간 바람둥이 엄마까지……"

"입 닥치지 못해!"

빰이 얼얼하다. 아버지는 거친 숨을 내쉬며 주먹을 쥔 채 부르르 떤다. 볼을 싸쥐고 방에서 뛰쳐나오니 마당에 있던 누군가 너머스테(안녕하세요, 라는 뜻의 네팔 인사말), 하고 인사를 건넨다. 나는 대꾸하지 않고 이슬에 젖은 신발을 꿰어 마당을 가로지른다. 수돗가에 떨어져 있던 감 하나가 발밑에서 터져 으깨진다.

뱃속에서 울리는 끄르륵 소리를 들으며 나는 공장이 늘어선 골목으로 들어선다. 메마르고 갈라진 시멘트 길, 칙칙한 작업복 차림의 사람들, 공장 지붕 위로 떨어지는 희뿌연 햇빛, 그리고 간간이 사나운 짐승처럼 달려가는 짐 실은 트럭들 사이에서 현기증을 느낀다. 오늘처럼 학교에서 급식을 하지 않는 토요일엔 늘 이렇다. 아침에 먹은 찌아 한잔으로는 오후까지 견디기가 쉽지 않다. 공장에서 나오는 시끄러운 소음, 페인트 냄새, 가구 공장의 옻 냄새가 빈속을 메스껍게 한다. 코를 움켜쥔 채 인력구함, 사채 쓸 분, 빅토리아 관광나이트 따위의 광고지가 덕지덕지 붙은 더러운 공장 벽과 전봇대를 지난다. 염색공장에서 나오는 새빨간 물이 도랑을 붉게 물들이며 흘러간다. 김이 모락모락 나는 게 갓 잡은 돼지 피처럼 보인다. 헛구역질이 난다. 입안에서 씁쓰름한 위액이 느껴진다. 내가 죽게 된다면 아마 코부터 썩을 거다. 태어나서 지금껏 냄새 속에 살았으니까. 독한 화학약품 냄새들은 실핏줄을 타고 머릿속까지 들어가 언젠가 나를 멍청하게 만들 테지. 어차피 상관없다. 머리를 굴리면 굴릴수록 세상 살기 힘들다니까. 언젠가 아버지는 말했다. "머리를 굴려 이 지옥에 떨어졌어. 다른 청년들처럼 산에서 염소를 기르거나 들에서 농사일을 했더라면, 강물에 몸을 씻고 집으로 돌아와 구수한 달(콩 수프), 바트(밥) 냄새를 맡으며 신께 감사할 줄 알았다면……" 미래슈퍼 앞에 다다르자 출입문에 붙어있는 오렌지 빛 음료수 '쿠우' 광고가 눈에 들어온다. 입안에 침이 돌면서 울렁거림이 가라앉는다. 바지 주머니를 흔들자 짤랑거리는 소리가 난다. 손을 넣어 꺼내보니 종이조각 몇개와 구슬, 병뚜껑, 녹슨 못, 그리고 먼지가 나온다.

멀리 알루미늄 공장 쪽에서 누군가 걸어오고 있다. 자세히 보니 쿤 형이다. 사 년 전에 한국에 들어온 그는 나보다 열두 살이 위인 스물다섯이다. 그가 처음 마을에 왔을 때가 생각난다. 까만 배낭을 메고 방을 얻으러 다니던 쿤은 아버지를 만나자, 아니 아버지 입에서 계곡물에 자갈 굴러가는 듯한 네팔 말이 흘러나오자 갑자기 눈물을 줄줄 흘렸다. 아버지는 그가 몹시 힘들게 지냈다는 걸 금방 알아차렸다. 그의 얼굴 표정에서 산업연수생 시절에 겪었던 어려움이 그대로 드러났다. 지하방에서 휴일도 없이 하루 열여섯 시간씩 일하다가 한밤중에 창문으로 도망쳤다는 그의 몸은 시퍼런 멍과 상처로 얼룩져 있었고 화덕처럼 뜨거웠다. 아버지는 네팔의 민간요법인 쌀소주를 만들어 주었다. 달구어진 팬에 기름을 치고 생쌀을 넣어 튀긴 다음 소주를 붓고 한동안 뚜껑을 닫아놓았다가 따끈해진 액체를 소주잔에 따랐다. 연거푸 세 잔을 마시게 했더니 열에 들떠있던 쿤은 금방 잠들었다. 다음날 아침에 쿤의 몸은 많이 회복되었다. 크게 쌍꺼풀진 눈에는 전날의 공포와 우울 대신, 숨어있던 촌스러움이 드러났다. 돈을 벌어 귀국하겠다는, 한 달에 오십만 원을 벌어 반쯤 저축하겠다는, 딱 삼 년만 참으면 된다는 순진한 믿음 같은.

쿤은 지금 리바이스 청바지에 나이키 점퍼를 입고 있다. 동대문시장에서 산 짝퉁이지만 제법 그럴듯해 보인다. 그는 이목구비가 뚜렷하고 피부가 흰 아르레족(네팔의 여러 부족 중 하나. 아리안계)이라 머리를 노랗게 염색하니 얼핏 미국사람처럼 보인다. 하긴 일부러 그렇게 보이려고 염색을 했을 테지만. 언젠가 명동에 다녀온 그가 입술을 비틀며 말했다. "한국 사람들은 단일민족이라 외국인한테 거부감을 갖는다고? 그래서 이주 노동자들한테 불친절한 거라고? 웃기는 소리 마. 미국사람 앞에서는 안 그래. 친절하다 못해 비굴할 정도지. 너도 얼굴만 좀 하얗다면 미국사람처럼 보일 텐데……"

그뒤로 나는 저녁마다 물에 탈색제 한알을 풀어 세수했고 저녁이면 내가 얼마나 하얘졌나 보려고 거울 앞으로 달려갔다. 푸른 새벽 공기 속에서 하얗게 각질이 일어난 내 얼굴을 볼 때면 가슴이 설레었다. 내가 바라는 건 미국사람처럼 되는 게 아니었다. 그냥 한국사람만큼만 하얗고, 아니 노랗게 되기를 바랐다. 여름 숲의 뱀처럼, 가을 낙엽 밑의 나방처럼 나에게도 보호색이 필요했다. 남의 눈에 띄지 않고 조용히 살아갈 수 있도록. 비비 총을 새로 산 남자애들의 첫번째 표적이 되지 않고, 적이 필요한 아이들의 왕따가 되지 않고, 달리기를 할 때 뒤에서 밀치고 싶은 까만 방해물로 비춰지지 않도록. 나는 하루도 거르지 않고 탈색제를 썼다. 그러던 어느 날, 세수를 하고 있는데 누군가 내 세숫대야의 물을 거칠게 쏟아버렸다. 고개를 들어보니 아버지였다. 아버지는 탈색제가 든 비닐봉지를 수돗가에 내동댕이쳤다. 나는 뒷덜미를 잡힌 채 방으로 질질 끌려들어가 멍이 시퍼렇도록 종아리를 맞았다. 그날 밤, 오랜만에 술 냄새를 풍기며 자정이 다 되어 들어온 아버지는 주머니에서 '누크' 베이비로션을 꺼냈다. 그러고는 붉은 실핏줄이 보일 만큼 껍질이 벗겨진 내 얼굴에 로션을 잔뜩 발라주었다. 투박하고 거친 손바닥으로 뺨을 아프도록 쓰다듬으면서. 그러고나서 아버지는 이불을 머리끝까지 뒤집어쓰더니 잠들기 직전까지 흐느꼈다. 가끔 뜻을 알 수 없는 네팔말을, 몹시 지친 목소리로 중얼거리며.

쿤이 작업복 점퍼 안쪽 주머니에 손을 넣고 걸어온다. 가슴께가 불룩하게 튀어나온 걸 보니 뭔가 맛있는 거라도 숨기고 있는 게 분명하다. 그에게 달려가 숨긴 걸 달라고 졸라댄다. 쿤은 얼굴을 찡그린다. 쿤의 옆구리에 손가락을 넣고 꼬물거린다. 간지럼을 잘 타는 쿤은 흐으, 흐으, 김빠진 웃음을 내뱉더니 할 수 없이 그 비밀을 펼쳐 보인다. 흰 붕대에 감긴 손이 허공으로 불쑥 솟아오른다.

"왜 이래?"

"어제 일하다가 그만…… 다행히 손가락 세 개는 남았어."

쿤은 아무렇지도 않다는 듯이 말하려고 애쓴다. 하지만 결국 알아들을 수 없는 말을 내뱉는다. 박치니가(시팔)! 그는 발끝으로 돌멩이를 세게 걷어찬다. 찰랑, 흩날리는 노란 머리카락 사이로 새로 돋는 까만 머리카락이 보인다. 그는 이제 더이상 염색을 하지 않을 거다. 여기까지 와서 프레스에 손가락을 잘리는 미국사람은 없을 테니.

"형, 그 손가락 나 주라."

쿤은 멍한 얼굴로 나를 쳐다본다.

"왜?"

"그냥…… 응? 나 주라."

휴지로 돌돌 만 뭉치를 내 손바닥 위에 올려놓는다. 길 양편에 늘어선 전깃줄이 바람에 징징 울어댄다. 바랜 햇빛과 회색 먼지 속을 걷는 쿤의 뒷모습이 늙고 지쳐 보인다.

2호실 아기가 칭얼대는 소리만 들릴 뿐 축사건물 전체가 조용하다. 나는 마당 한쪽에 있는 감나무 밑으로 다가간다. 커다란 돌멩이를 들추니 까맣고 축축한 흙이 드러난다. 나무 삭정이를 주워와 땅을 파헤친다. 굵다란 지렁이 한마리가 햇빛에 놀라 꿈틀대더니 이내 흙 속으로 파고든다. 좀더 깊이 파헤쳐 보지만 개미새끼 몇 마리뿐 아무것도 눈에 띄지 않는다. 벌써 다 썩어버렸나? 돈을 훔쳐 달아난 알리의 손가락을 초여름에 다섯 개나 묻었는데 하나도 없다. 작년에 묻은 베트남 아저씨 손가락은 말할 것도 없고. 좀더 깊이 땅을 파려고 팔에 힘을 준다. 흙덩이가 부서지면서 얼굴에 튄다. 그러고 보면 알리도 대단하다. 돈을 훔칠 때 어떻게 한쪽 손만으로 캐비닛을 밀치고, 벽을 파헤칠 수 있었을까. 나무 삭정이가 툭, 부러진다. 순간 하얀 뼈다귀들이 무더기로 쏟아져 나온다. 그러면 그렇지. 나는 주머니에서 손가락을 꺼낸다. 휴지에 말렸던, 검붉은 손가락을 뼈다귀들 틈에 놓는다. 물든 감잎 하나가 손가락 위로 살며시 내려앉는다. 나는 구덩이에 흙을 푹, 밀어 넣는다. 수돗가 쪽으로 침을 퉤 뱉고 나서 두 손을 모은다. '파괴의 신 쉬바님, 이 정도면 충분해요. 더이상 제물을 바라지 마세요. 특히 아버지하고 제 손가락만큼은 절대.'

맹꽁이 자물통에 열쇠를 끼워 비틀고 문을 여니 방안이 엉망이다. 냄비에는 어제 먹다 남긴 라면 부스러기가 퉁퉁 불어 애벌레처럼 떠 있고 발길에 채여 넘어진 찻잔에선 찌아가 흘러나와 콧물처럼 말라간다. 둘둘 말아 창문 아래 밀어놓은 이불 위에는 벗어놓은 옷가지가 흩어져있다. 가방을 구석에 내동댕이치고 옷더미 위로 풀썩 드러눕는다.

"안녕?" 창문에 매달린 코끼리는 여전히 말이 없다. 무심한 눈길로 먼 곳을 쳐다볼 뿐. 일곱 개의 코를 가진, 빼체우라에 은사로 화려하게 수놓인 그 코끼리는 원래 신들의 왕 인드라를 태우는 구름이었다고 한다. "그래서요?" 창문에 빼체우라를 달다가 그 이야기를 들은 나는 흥분해서 아버지를 재촉했다. "어느 날 창조주 브라마가 '세계의 알'을 깨뜨리면서 코끼리의 격이 낮아져 그만 우주를 떠받치는 기둥이 되었단다." 나는 눈을 질끈 감았다. 아버지는 슬쩍 내 안색을 살폈다. "어차피 그건 힌두교 신화일 뿐이야. 신이 깨뜨린 알이란 없어." 순간 못대가리에서 미끄러져 엇나간 망치가 아버지 손톱을 찧었다. 손톱 끝에 침을 바르고 통증을 참던 아버지는 떨어진 못을 찾으려고 두 팔을 뻗어 바닥을 더듬었다. 문득 아버지가 코끼리처럼 여겨졌다. 구름보다 높은 히말라야에서 태어나 이곳, 후미진 공장지대에서 살아가고 있으니…….

어디선가 노랫소리가 들려온다. 가늘게 떨리는 그 목소리 주인은 2호실 토야 엄마다. 모레니에 절로 세이데세, 모레니에 절로 세이데세, 날 그곳으로 데려다 주세요, 날 그곳으로 데려다 주세요…… 지난봄에 단속반을 피해 뒷산으로 도망치다가 발목을 삐어 결국 잡히고 만 토야 아빠는 스리랑카로 추방된 뒤 돌아오지 못하고 있다. 혼자 남은 토야 엄마는 집에서 기계부품에 나사를 꿰어 버는 푼돈으로 연명하는 눈치다. 훌둘리아 뿌자 또레 게노 펠레라코 헬라거리, 딸 모르넷 아게 슈두 바레크 피레아숔, 기도꽃을 꺾어 왜 그냥 버렸을까, 사랑하는 사람 죽기 전에 다시 돌아오세요…… 갑자기 어머니 생각이 난다. 신 김치와 미역국 냄새, 연한 레몬로션 냄새, 그리고 뭐라고 이름 붙일 수 없지만 스르르 잠이 오게 하는 신비한 살냄새까지. 지난봄에 어머니가 남기고 간 냄새는 한동안 방안 어딘가에 남아 미풍이 불 때마다 언뜻언뜻 맡아졌다. 하지만 이제 방안에선 그 냄새가 나지 않는다. 퀴퀴한 홀아비 냄새와 지독한 곰팡내가 진동할 뿐이다.

환기를 시키려고 빠체우라를 젖힌다. 노란 햇빛이 반대편 벽에 있는 히말라야 달력사진에 내려앉아 너울댄다. 투명하고 생생한 햇빛, 푸른 티

크나무숲, 눈 덮인 안나푸르나, 잔잔하게 물결치는 페와호, 그리고 사탕수수를 빨아먹으며 환하게 웃는 아이들…… 아버지는 해마다 똑같은 달력을 사온다. 아버지가 그 사진을 보면서 기쁨을 얻듯이 나도 그렇게 되기를 바라는 걸까? 하지만 내 눈엔 오후 빛을 받은 히말라야가 금으로 씌운 어금니처럼 보일 뿐이다. 햇빛에 녹아내리기 직전의 노란 바닐라 아이스크림이거나. 달력에서는 여전히 검고 굵은 동그라미가 소용돌이치고 있다. 마음이 편치 않다. 요즘엔 이상하게도 입에서 아무 말이나 튀어나온다. 학교에서 내내 긴장하다가 집에 돌아오면 모든 게 귀찮고, 무엇보다 화가 난다. 오늘은 희경이 오빠가 친구들을 데리고 쉬는 시간마다 우리 교실로 내려왔다. 나는 화장실에 숨어 있다가 수업이 시작된 뒤에야 교실로 들어갈 수 있었다. 겁이 나서가 아니었다. 일 대 일이라면 자신 있었다. 하지만 한꺼번에 덤벼들어 쥐 잡듯 나를 짓밟는다면, 앞으로 나를 볼 때마다 누구든 그 장면을 떠올릴 것이다. 그것만은 정말 견디기 힘들 것 같았다.

아기 손바닥만큼 작아진 빛은 빼체우라가 흔들릴 때마다 놀란 듯 부르르 떤다. 갑자기 잠이 몰려온다. 아버지처럼 고향 가는 꿈이라도 꿀 수 있다면 좋겠다. 밤마다 아버지는 낡은 춤바를 입고 고향마을로 찾아가는 꿈을 꾼다. 노란 유채꽃 언덕 너머 보이는 눈부신 설산과 낯익은 황토집, 정다운 마을 사람들이 있는 곳으로. 꿈에서 아버지는 가녀린 퉁게꽃(네팔 사람들이 뜰에 심는 꽃)과 붉은 비저꽃(네팔의 꽃)이 흐드러진 고향집 마당으로 들어서는 가족과 친지에게 둘러싸여 달과 바트, 더르까리, 물소고기에 토마토 양념을 발라 구운 첼라를 실컷 먹는다고 했다. 하지만 다음날 공항에서 비행기에 오르려고 하면, 누군가 아버지 앞을 가로막으며 거칠게 끌어낸다고 했다. "난 한국으로 돌아가야 돼. 거기 내 가족이 있어. 제발, 보내 줘. 일자리도, 이웃도, 내 청춘도 다 거기 두고 왔단 말이야. 제발……!" 잠꼬대 끝에 몸을 벌떡 일으키는 아버지는 매번 황급히 사방을 둘러본다. 그러고는 땀으로 흥건해진 속옷을 벗으며 어둠 속에서 긴 안도의 숨을 내쉰다.

그렇지만 나보다는 낫겠지. 난 태어난 곳은 있지만 고향이 없다. 한국에 네팔 대사관이 없어 아버지는 혼인신고를 못했다. 그래서 내겐 호적도 없고 국적도 없다. 학교에서조차 청강생일 뿐이다. 살아있지만 태어난 적이 없다고 되어 있는 아이…….

깜빡 잠들었던 걸까. 눈을 뜨니 방 안이 어둑어둑하다. 눈을 비비고 밖으로 나간다. 오늘도 비재 아저씨는 감나무 밑에 앉아 먼 산을 바라보고 있다. 술이라면 한잔도 못 마시는 아저씨 얼굴이 이상스레 붉다. 마당 한가운데 있는 수돗가는 사람들로 번잡하다. 쪼그리고 앉아 감자를 깎는 미얀마 아저씨 뚜라의 발등 위로 누군가 쌀뜨물을 하얗게 흘려보내고, 요란하게 뚝딱거리는 도마 위에선 양파와 피망과 호박이 다져진다. 꼬챙이에 꿰인 양고기가 팬 위에서 지지직 소리를 내며 노린내를 풍긴다. 발목에서 찰랑대던 어둠이 머리끝까지 차오르자, 감나무 가지에 걸린 백열등도 노랗게 빛을 발한다. 러시아 아가씨 마리나는 양동이에 덥힌 물을 세숫대야에 부어 금발의 긴 머리를 헹구고, 어린 토야는 저녁 짓는 엄마 등에 업혀 오랜만에 방긋방긋 웃는다. 온갖 나라 말과 온갖 음식냄새가 뒤섞인 마당은 벌, 나비가 윙윙대는 야생화 꽃밭처럼 향기롭고 소란하다.

아버지는 보이지 않는다. 생일날까지도 야근을 하나 보다. 음식을 준비해야겠다. 고향을 느낄 만한 걸로. 그러면 아버지 맘도 누그러지겠지.

선반을 뒤져 양파와 감자, 쩌나콩(네팔 사람들이 많이 먹는 콩) 한줌을 찾아낸다. 우선 쩌나콩을 물에 담가 불리고 감자와 양파 껍질을 벗겨 잘게 자른다. 네팔 버터 기우에 잘게 자른 재료를 넣고 살짝 볶은 다음 잠시 생각하다가 거럼메살라(여러가지 양념을 말려 가루로 낸 것) 가루가 든 봉지를 꺼낸다. 봉지가 홀쭉하게 구겨져 있다. 거꾸로 들어 흔들어보니 바닥에만 남았던 가루가 조금 날린다. 지라와 랑, 쑥멜, 고추, 더니아 따위가 들어간 그 양념이 없으면 더르까리 맛을 제대로 낼 수 없다. 숟가락을 냄비에 푹 꽂고 가스불을 꺼버린다.

미래슈퍼에는 평소처럼 텔레비전이 크게 틀어져 있다. 며칠째 텔레비전 방송은 외국인 노동자에 관한 뉴스를 되풀이해 들려줬다. 내 고향 특산물 따위를 소개한 뒤 불법 체류 외국인을 강제 추방하겠다는 정부의 방침을 내보냈고, 시트콤을 통해 폭소를 퍼붓고 나서 방글라데시 출신 노동자가 열차에 몸을 던진 소식을 전했으며, 드라마와 토크쇼까지 끝난 자정무렵에는 출국하는 외국인노동자들로 붐비는 공항을 보여주었다. 너무 많이 듣다보니 남의 일처럼 따분하게 느껴진다.

슈퍼마켓 한켠에 놓인 간이탁자 주위에는 남자들이 둘러앉아 술을 마시고 있다. 바람이 이마를 건드리고 지나갈 때마다 소란스런 말소리가 들려온다. 한국어에다 러시아어와 영어, 네팔어까지 뒤섞인 그 기묘한 말은 내 고막을 건드리는 순간 한국어로 바뀌어 머릿속으로 미끄러져 들어온다. 그중에는 쿤도 앉아있다. 쿤이 나를 알아보고 손짓한다. 가까이 다가가자 오징어 다리를 잘라 내 손에 쥐어준다.

"러시안 룰렛이야. 이번엔 팟의 손이, 다음엔 쑤언의 팔이 날아가는 거지.” 몸집이 크고 얼굴이 시체처럼 하얀 우즈베키스탄 사람 세르게니는 손가락으로 권총 모양을 하고 맞은편에 앉은 이란 청년 샨에게 겨누면서 짓궂게 말한다. “맞아. 하지만 누구든 당일 날 점심까진 웃고 떠들지. 심지어 졸기까지 하고. 쿤 너도 일하다가 졸았지?” 윗단추 두세 개를 풀어 가슴털을 드러낸 샨은 소주를 입 속에 털어 넣으며 맞장구친다. “나 졸지 않았어. 그냥 좀…… 딴 생각은 했지만.” 쿤은 눈을 크게 뜨고 고개를 흔든다. “마찬가지야. 기껏해야 마리나 생각이겠지. 아무튼 그러다 갑자기 자기 차례 맞는 거야. 덜컹.” 세르게니는 손으로 권총 쏘는 시늉을 한다. 샨이 가슴을 감싸며 옆으로 푹 쓰러진다. 쿤은 남의 얘기 듣듯 낄낄거리며 웃는다. 그는 자기 앞에 놓인 소주병을 들어 필용이 아저씨 잔에 따른다. 머리카락이 빠져 정수리가 훤한 필용이 아저씨는 손사래치며 취한 목소리로 말한다. “염병, 그만들 해라. 니들 쏼라대는 소리 땜에 내가 꼭 넘에 나라에 와 있는 거 같잖여. 니들, 이나라가 워뗳게 오늘날 여기꺼정 왔는 줄 아냐? 옛날에 내가 공장에서 일할 땐 손가락은 유도 아녔어. 팔뚝이 날아가고 모가지가 뎅겅뎅겅 했으니까.” 아저씨는 곧게 편 손을 목에 갖다 대고는 세게 내려치는 시늉을 한다. “첨엔 시골에서 올라온 촌뜨기들이라 뭣 모르고 일했지. 허긴 먹고살기 힘들 때였으니까. 인제 한국 놈들은 이런 데서 일 안혀. 막말로 씨발, 험한 일이니까 니들 시키지 존 일 시킬려고 데려왔간?” 옛날이 떠올라서인지 아니면 술기운이 돌아서인지 아저씨 얼굴이 벌겋게 달아올랐다. “아무리 그래도 안전장치는 해줘야죠.” 세르게니가 오징어를 물어뜯으며 말한다. “늬들도 자르면 피나오고 누르면 똥 나오는 사람이다, 이거냐? 웃기는 소리들 마. 한국 놈들한테도 안 해준 걸 늬들한테라고 해주겠냐? 아니꼬우면 돌아가. 젠장, 어차피 니들도 고국으로 돌아가서 공장 차리고 사장되려고 여기 왔잖냐. 노동자들을 어떻게 다뤄야 되는지 눈 똑바로 뜨고 배워 가. 다 산교육이여." 비아냥대는 필용이 아저씨 말에 쿤이 시무룩한 표정을 짓자 이번에는 세르게니가 볼멘소리로 대꾸한다. "아무튼 돈도 좋지만 우린, 사람대우, 그거 받고 싶어요. 돈 벌어 고향 간다고 해도 삼 년 겪은 일, 삼십 년 동안 악몽으로 남아 우릴 괴롭힐 거예요." "맞아. 난 지금도 가끔 어릴 때 앞니 갈던 때 꿈을 꿔." 손가락으로 앞니를 가리키며 샨은 멋쩍게 웃는다.

오징어를 입에 물고 나는 유리창에 붙어있는 글자들을 유심히 본다. Alladin 10달러. FirstClass 10달러. 그 옆에는 전화카드 사용시간도 적혀 있다. 타일랜드 80, 스리랑카 47, 파키스탄 46, 사우디아라비아 50, 이란 70, 필리핀 80, 러시아 125. 물건을 고르는 것처럼 진열대를 죽 돌아본다. 온갖 종류의 과자와 빵, 강렬한 색채의 음료수가 눈 속으로 빨려들어온다. 뱃속이 쓰리고 아프다.

"바윗고개 언덕을 홀로 너엄자니, 옛님이 그리워 눈물납니다. 십여 년간 머슴살이 하도 서러워, 진달래꽃 안고서 눈물납니다……" 필용이 아저씨가 무릎장단에 맞춰 노래 부른다. 고개를 숙이고 있던 쿤이 갑자기 입을 연다. "여기 올 때 진 빚도 다 못 갚았는데 이 꼴이 됐어. 고국에 돌아가 봤자, 손가락질밖에 기다리는 거 없으니……" 쿤의 눈길이 닿는 창밖으로 마을버스 한 대가 지나간다. 버스가 일으키는 바람에 전신주 옆에서 웃자란 고들빼기가 조용히 흔들린다. "마을을 빠져나오기 전에 만난 친척 아저씨 말이 생각나. 벼가 누렇게 익어 가는 논길을 절름대며 걸어온 아저씨는 땀을 닦으며 말했지. 가지 마라. 내 절름대는 다리를 보고도 고향을 떠나겠다는 거야? 아녜요, 아저씨. 전 구르카 용병으로 전쟁터에 가는 게 아녜요. 전 한국으로 일하러 가요. 거긴 안전한 곳이냐? 아무렴요. 몇년 일하고 돌아오면 시내에다 큰 가게 차릴 수 있어요. 그러고나서 대나무다리를 건너 마을을 빠져나왔지. 가시나무 뜨는 사양무리 옆을 지나, 마르샹디 강변을 따라 빠른걸음으로 걸었어. 매 한마리가 골짜기로부터 불어오는 바람을 타고 천천히 머리 위를 날더니 고향마을 쪽으로 날아가더군. 갑자기 다시 집으로 돌아갈까, 하는 생각이 들었지. 하지만 이미 돌이킬 수 없었어. 마침 내가 타야 할 타타버스가 먼지를 일으키며 달려오더군. 거역할 수 없는 운명, 까르마처럼……" 쿤의 물기어린 눈을 보더니 샨도 덩달아 어린애처럼 울먹인다. "난 여기서 못된 짓을 너무 많이 했어. 그래서 집으로 못 돌아가. 나, 공장에서 주는 돼지고기 아주 많이 먹었어. 게다가 돼지피로 만든 순대까지. 여기서는 문제없지만 고향에선 달라. 신 앞에 절을 하면서 죗값을 치러야 하는데…… 솔직히 무서워. 아무도 보지 않는 이곳에서라면 상관없지만……."

나는 칫솔, 치약, 고무줄, 면장갑 따위 잡화 진열대 앞을 지나 카운터 쪽으로 다가간다. 진열된 담배들 중에 하나 남은 네팔산 '수리예'를 면장갑 더미 뒤로 슬쩍 밀어 넣는다. 그러고나서 큰 소리로 묻는다.

"수리예는 없나요?"

언제나 뚱뚱한 배에 앞치마를 두르고 있는 주인아주머니가 쪽방에서 하품을 하며 나온다. 가짜 결혼을 해주고 외국인한테 매달 삼십만 원씩 받는 아주머니는 배가 전보다 더 나왔다.

"네팔 담배 말이냐?"

아주머니는 손등으로 입가를 닦으며 졸음기 섞인 목소리로 되묻는다.

나는 자신 있게 네, 라고 대답하고 나서 아주머니가 담배를 찾는 동안 거럼메쌀라 양념봉지를 허리띠 안쪽에 쑤셔 넣는다. 그러고도 시간이 남아 쿠우 한 병을 잠바 안쪽 겨드랑이 사이에 끼운다. 숨이 멎는 것 같았지만 조금 지나니까 견딜만하다.

"다른 담배는 안돼?"

"요즘 아버지의 향수병이 심해서요. 꼭 네팔 담배를 피우고 싶대요. 그 냄새를 맡으면 고향의 가족들 곁에 있는 것 같다면서."

시키지도 않는 말을 늘어놓으며 거짓말을 보탠다. 그때 마침 가게문이 열리더니 진성도장에 다니는 나딤 몰라가 안으로 들어온다. 키가 작고 눈썹 뼈가 심하게 튀어나온 그 인도아저씨는 노랭이라고 불린다. 작년에 같은 공장에서 일하던 꾸빌이 심한 화상을 입고 죽었을 때, 조의금은커녕 얼굴 한번 내밀지 않았다고 해서 붙여진 별명이다. 심지어 주변 사람들이 장례비를 모아 벽제 화장터로 간 일요일까지 그는 특근을 했다고 한다. 그날, 아버지와 몇몇 주위 사람들은 뼛가루가 담긴 상자를 안고 어두워지는 공장 골목을 이리저리 걸어 다녔다. 고개를 숙이고 걷던 사람들은 사고가 난 공장 앞에 멈춰섰다. 입구를 막아놓았던 서너 개의 합판이 누군가 발로 차 안쪽으로 넘어졌다. 갑자기 하늘에서 폭우가 쏟아졌다. 사람들이 노래를 부르기 시작했다. 불분명한 발음으로, 웅얼거리듯이, 그러다가 짐승들이 울부짖듯이. 하지만 쏟아지는 비 때문에 노랫소리는 멀리 퍼져나가지 못했고, 빗물처럼 시궁창으로 빨려들어갔다.

노랭이는 양손 가득 선물보따리를 들고 있다. 그는 내일이면 고국으로 돌아간다며 입가에 흰 거품을 물고 신나게 떠들어댄다. 이 마을에 살면서 돈을 모아 귀국하는 사람을 보는 건 처음이다. 노랭이는 콜라 한 병과 소주 두 병을 들고 사람들이 둘러앉은 탁자로 다가가 선심쓰듯 소리나게 내려놓는다. "사람 안 같은 놈 꺼, 안 먹어." 누군가 소리치자 다들 자리에서 벌떡 일어나 밖으로 나가기 시작한다. 심지어 술이라면 환장하는 필용이 아저씨조차 휘청대며 뒤따라간다. 그들 뒤에 대고 노랭이가 소리친다. "사람 안 같은 건 니들이야, 새끼야. 언제까지고 돼지우리에서 살 거잖아. 난 고향 돌아가면 새 집 짓고 새 이불에서 잠잘 수 있어. 큰 가게도 차릴 거고. 알겠냐, 이 돼지새끼들아. 꾸달바짜(개새끼)! 슈와레나짜(돼지새끼)!"

세르게니가 몸을 획 돌리더니 주먹을 날린다. 노랭이는 탁자 위로 쓰러지고 병들이 바닥으로 내동댕이쳐진다. 깨진 병 조각과 술, 콜라거품이 뒤섞여 가게 바닥이 어수선하다. 주인아주머니가 빗자루를 들고 나와 술꾼들 장딴지를 때리며 내쫓는다. "에구 지겨워. 이 노린내 나는 동네를 어서 떠야지." 아주머니는 바닥을 쓸면서 투덜거린다. 노랭이는 천천히 몸을 일으켜 입가의 피를 닦고 머리 모양을 매만진다. 그리고는 아무 일 없었다는 듯이 가슴을 앞으로 내밀어 보이더니 쇼핑가방을 챙겨 쥔다. 가게를 나서려다 말고 그는 초콜릿을 집어 나에게 건넨다. 나는 고개를 젓는다. 그러자 내 턱밑으로 가까이 들이밀며 한번 더 권한다. 침이 꼴깍 넘어간다. 나는 입술을 꾹 다물고 더 세게 머리를 흔든다. 순간 노랭이 눈가가 붉어지더니 눈물이 맺힌다. 고름처럼 진한 눈물이다. 어쩔 수 없이 한쪽 손을 내미는 순간, 겨드랑이에 있던 쿠우(한국의 어린이용 오렌지 음료 상품명)병이 바닥으로 떨어진다. 등짝이 서늘하고 식은땀이 난다. 재빨리 가게 밖으로 튀어나가 도망치는데 등뒤에서 암고양이처럼 앙칼진 목소리가 쏟아진다. "야, 이 쥐새꺄, 어딜 도망가. 당장 네 애비를 이

미그레이션에 고발할 테니 그런 줄 알아!"

진성 도장, 화진 스펀지, 원일 공업, 신광 유리, 동북 컨베이어 공업을 단숨에 지나친다. 가구 단지 입구에서야 겨우 걸음을 멈춘다. 숨이 턱밑까지 차올라 허리를 구부린 채 헉헉댄다. 목이 마르고 가슴이 활활 불타오른다. 흰 거품을 일으키며 쏟아지던 쿠우가 눈에 선하다. 핥아서라도 먹고 싶다.

공장 지붕 위로 뜬 희미한 달을 뒤로하고 나는 정처없이 걷는다. 가랑잎 하나가 사선을 그으며 팔랑팔랑 떨어져 내린다. 날씨가 흐려지려나보다. 아버지는 나한테 나뭇잎 떨어지는 것으로 날씨를 미리 아는 법을 가르쳐 주었다. 네팔에서 천문학을 공부하다 온 아버지는 별이나 달을 보고 현재의 위치를 가늠할 줄 안다. 구름의 모양이나 색깔, 두께를 보고 날씨를 예측할 수도 있다. 그러나 아버지는 이곳에서 별을 연구하는 대신 전구를, 하루에 수백 개씩의 전구를 만들었다. 아침부터 저녁까지 긴 대롱을 입에 대고 후,후, 숨을 불어넣었다. 매일매일 새로운 전구들이 세상의 어둠을 밝히기 위해 아버지 입술에서 태어났다. 그럴 때 아버지는 마치 마술사처럼 보였다. 신기할 정도로 똑같은 크기, 찌그러지지 않고 완전한 동그라미……. 그중에는 크리스마스 나무를 장식하는 꼬마전구도, 간판 테두리에 촘촘하게 박는 풋살구만한 전구도 있었다. 지금보다 더 어렸을 때 나는 아버지가 하는 일을 몹시 자랑스러워했다. 어쩌다 동전이라도 손에 들어오면 풍선껌을 사서 아버지처럼 후후 방울을 불어댔다. 그러나 지금은 아니다. 아버지의 폐에서 나와 입술 끝에서 내뱉는 바람으로 만들어낸 전구들은 금세 아버지 곁을 떠나 휘황한 백화점 건물에서, 거리의 간판에서, 혹은 야시장에서 환호성을 질러대듯 반짝였다. 그런 밤에도 아버지는 나달나달해진 폐를 쓰다듬으며 흐린 형광등 아래로 기어들어왔다. 아버지한테서는 짐승냄새가 났다. 땀과 화학약품과 욕설에 전, 종일 쉬지 않고 일한 몸뚱이가 풍기는 고약한 단내.

어머니는 언제나 한국말로 아버지에게 따졌다. 마치 송곳에라도 찔린 사람처럼 가늘고 날이 선 목소리로. 아버지는 가슴을 움켜쥐었다. 아버지는 더듬거렸고 숨이 차 헐떡였다. 그러면 다시 어머니가 가래가 튀어나올 정도로 목청을 높였다. 어머니는 돈도 제대로 못 버는 아버지와 의료보험조차 없는 처지를 견디기 힘들어했다. 언제나 한국남자와 혼인해서 잘 살고 있다는 친구 얘기를 끄집어내어 신세한탄을 했다. 내가 감기에라도 걸리면 어머니는 내 등짝을 후려쳤다. "그러기에 밤에 잘 때 이불을 걷어차지 말랬잖아. 병원 한번 갔다오려면 몇만 원이 깨진다구. 벌써 석달째 월급이 밀렸어. 이젠 정말 지긋지긋해!" 하면서 차가운 물수건을 내 이마에 철퍼덕 얹었었다. 그런 어머니가 십 년 전엔 열이 펄펄 나는 아버지 이마를 부드러운 손길로 짚어줬다니. 한때 연보랏빛 말링고꽃처럼 예뻤었다니. 아버지 말이 도저히 믿어지지 않는다.

기침이 멈추지 않아 아버지는 할 수 없이 직장을 옮겼다. 아버지의 새 직장은 상자를 만드는 곳이다. 아버지는 아침부터 저녁까지 무거운 종이를 어깨에 지고 나른다. 기계에서 칼선 대로 찍혀 나온 종이는 컨베이어 벨트 위에서 주스 상자가 되고 종합선물세트 상자가 되고 고급 와이셔츠 상자가 되었다. 그것들을 백화점에 보내면 속에 내용물이 담겨 진열된다고 한다. 나는 한번도 백화점에 가보지 못했다. 작년 겨울에 아버지와 어머니 생일 전날 찾아간 적이 있는데 입구에 서있는 양복쟁이 아저씨가 앞을 가로막았다. 아버지는 지갑에서 돈을 꺼내 보여주며 나 돈 있어요, 여기 봐요, 나도 물건 살 거예요, 라고 말했지만 양복쟁이는 막무가내였다. 그날 우리는 결국 어머니가 바라던 고급 블라우스를 사지 못했다. 어머니가 기어코 아버지 곁을 떠난 건 그 때문일까.

긴 생머리를 고무줄로 대충 묶은 채 옆방 토야 엄마랑 종일 나사를 끼우던 어머니는 그즈음부터 원당 시내에 있는 식당으로 일하러 나갔다. 얼마쯤 지나자 어머니는 구슬 박힌 핀이며 실크 스카프 따위가 담긴 예쁜 상자를 집으로 가져왔다. 손가락을 세워 입술에 갖다대며 어머니는 내게 눈을 찡긋, 했다. 누구한테서든 그런 선물을 받을 수 있다면, 그래서 어머니가 더 행복해진다면 좋겠거니 생각한 나는 그 일을 아버지한테 말하지 않았다. 하지만 선물상자가 쌓일수록 어머니는 점점 더 신경질을 부려댔고 분첩으로 사정없이 얼굴을 두드려댔다.

집을 나가던 날 아침에 어머니는 모시조개를 넣은 미역국을 끓였다. 국한 그릇을 다 비우고 좀더 달라고 하자 어머니는 저녁에 실컷 먹으라며 어서 학교에 가라고 등을 떠밀었다. "오늘 어디 가?" 왜 그렇게 물었는지 모르겠다. 그냥 그런 생각이 들었다. 오후에 집에 와 보니 어머니가 없었다. 대신 미역국이 한솥 끓여져 있었다. 나는 일찌감치 저녁을 먹고 잠자리에 들었다. 어머니를 기다리지 않았는데, 왜 그랬는지 모르겠다. 그냥…… 기다려도 소용없을 것 같았다. 그렇지만 깊이 잠들지는 못했다. 야근하는 아버지 공장에서 나오는 덜컥대는 기계소리가 바람벽을 뚫고 밤새 들려와 내내 벼랑에서 떨어지는 꿈을 꾸어야 했다.

가구단지로 접어드니 사방이 휘황하다. 온갖 종류의 전구와 네온사인이 켜져 있다. 보루네오, 리바트, 대진 침대, 이태리가구 앞을 지난다. 전시장마다 내걸린 수입명품 특별전, 고급 엔틱 가구 할인이라고 쓰인 플렌카드가 습기 품은 바람에 들썩댄다. 통유리 안쪽에는 크고 화려한 침대며, 콘솔, 소파 따위가 멋지게 진열되어 있다. 고급스런 옷을 입은 아주머니들이 그 사이로 걸어다니고, 양복 차림의 젊은 남자들은 가구를 보여주거나 종이에 뭔가 쓴다. 문득 가구공장에서 일하는 비재 아저씨와 3호실의 낡아빠진 캐비닛, 총탄에 맞은 것처럼 구멍 뚫린 벽, 그리고 땅에 매여 우주를 떠받치고 있는 코끼리의 짓눌린 등이 떠오른다. 가당치도 않다. 저 사람들하고 신세를 비교하다니. 나는 고개를 설레설레 흔들면서 유리문 안쪽 세계에서 눈을 돌린다. 허리춤에 손을 대보니 거럼메살라 봉지가 만져진다. 마음이 뿌듯하다. 양말이라도 하나 예쁘게 포장해 아버지께 드린다면 더 좋겠지만 그러려면 문방구에 들어가 또 훔쳐야 한다. 그렇게까지 하고 싶지는 않다.

큰길에서 벗어나 골목으로 들어선다. 미래슈퍼 앞을 지나지 않고도 집으로 돌아갈 수 있는 이 길은 전에 친구와 와본 적이 있어 낯익다. 어둠이 짙다. 더듬듯이 한발 한발 내딛는데도 웅덩이에 발이 빠져 넘어질 뻔한다. 그래도 어지러운 네온불빛보다는 고른 어둠이 낫다. 가망없는 인정을 기대하는 것보다 도둑질을 할 수 있는 강한 심장을 갖는 게 더 나은 것처럼. 아버지는 미친 듯이 빛을 뿜는 네온사인은 단 하나의 그림자도 만들지 못한다고 늘 못마땅해 했다. 아버지는 언제나 푸른 달빛을 그리워했다. 밤이면 만병초 그림자를 땅위에 가지런히 뉘어 놓고 세상을 휴식하게 한다는 히말라야의 달빛…… 오늘밤엔 왠지 나도 그런 달빛이 보고 싶다.

골목 모퉁이 은밀한 곳에 다다르자 빅토리아 관광나이트 클럽 포스터가 붙어있다. 어슴푸레한 가로등 불빛 아래 벗은 마리나 모습이 도드라진다. 젖가슴을 반 이상 드러낸 까만 브래지어와 반짝이 팬티를 입은 마리나는 엉덩이 뒤쪽으로 공작꼬리처럼 생긴 화려한 인조 깃털을 매달고 있다. 대리석처럼 하얗고 긴 팔다리는 압사라 춤을 추듯 기묘하게 꼬여 있다. 금발 머리를 틀어올리고 입술을 빨갛게 칠해 쉽게 알아 볼 수 없게 분장했지만 그녀의 보랏빛 눈동자만은 숨길 수가 없다. "꼬마야, 이름이 뭐니?" 그녀는 축사 건물로 이사 온 며칠 뒤에 수돗가에서 내게 말을 걸어왔다. "아까스에요. 네팔말로 하늘이란 뜻이래요." "그래? 내 이름은 마리나. 러시아어로 바다란 뜻이야. 파란 하늘, 파란 바다……" 입술을 달싹이며 그 말을 되풀이하던 마리나는 하바로프스키에 살고 있는 어머니와 여동생 까따리나, 그리고 죽은 아버지 이야기를 들려줬다. 어릴 적에 온 가족이 집 둘레에 사과나무와 체리 나무, 슬리바 나무를 심던 이야기, 주말이면 근교까지 자전거를 타고 가 숲에서 송이버섯을 따던 이야기, 유치원에서 아이들에게 춤과 노래를 가르치던 때 이야기도 들려주었다. 꿈꾸듯 빛나던 그녀의 보랏빛 눈동자는 그러나 아버지가 체첸 전쟁에서 죽고 혼자 생계를 책임지던 어머니마저 병들어 한국행 배를 탔다는 말을 하면서부터 깊은 바닷물처럼 일렁였다.

나는 마리나 배꼽 주변에 누군가 묻혀놓은 검은 얼룩을 손으로 닦아준다. 얼룩은 잘 지워지지 않고 대신 종이가 찢어진다. 마리나는 상처가 난 채 억지로 웃는 것 같은 이상한 모습이 되어버렸다. 갑자기 바람이 거세게 분다. 담장을 넘은 정원수들이 딸꾹질을 하며 나뭇잎을 떨어뜨린다.

조금 더 걸어가니 빨간 벽돌로 지은 이층집이 보인다. 찌아처럼 부드러운 빛이 커튼을 뚫고 흘러나온다. 난생 처음 반 친구한테 초대받아 갔던, 바로 그 집이다. 어느날 그애는 자기 집에 같이 가겠느냐는 뜻밖의 말을 했다. 그 말을 하고 나서 그애는 누가 볼까봐 겁내는 듯한 표정으로 사방을 둘러보았다. 그러고는 못 알아들은 것 같은 멍한 얼굴을 하고 있는 내게 바짝 다가와 귀에 대고 낮게 속삭였다. 아니 작지만 몹시 퉁명스런 말을 내동댕이쳤다. "우리 엄마가 너더러 한번 들르래." 그애는 열 발자국쯤 앞서서 걸으며 가끔 내가 잘 따라오고 있는지 확인했다. "헬로, 나이스 투 미튜." 친구 어머니는 빨갛게 칠해진 얇은 입술을 실지렁이처럼 꿈틀댔다. 잇몸을 드러내며 크게 웃는 입과 차고 날카로운 눈이 묘하게 합해진 얼굴이었다. 우물쭈물 하다가 안녕하세요, 라고 인사를 했다. 그러자 아줌마 표정이 일그러졌다. "너 영어를 잘 못하니? 외국 애라고 해서 영어를 잘 하는 줄 알았는데." 아주머니는 이제부터 영어로만 말하라고 했다. 그러지 않으면 떡볶이와 스파게티를 주지 않겠다면서. 떡볶이와 스파게티…… 고통스러울 정도로 속이 쓰리고 아프다. 그애나 아줌마나 다 맘에 들진 않지만, 그래도 초인종을 누르고 싶다. 지난번처럼 영어 몇 마디를 가르쳐주면 뭐든 얻어먹을 수 있지 않을까.

키큰 풀들이 흔들리고 있는 공터를 지난다. 말라가는 풀냄새와 분뇨냄새가 풍겨온다. 공터 여기저기에 함부로 버려져 있는 냉장고와 부서진 의자, 자질구레한 플라스틱 잡동사니들 위로 호박덩굴이 무성하다. 허름한 집 몇 채가 늘어선 골목을 지나니 누군가 노래를 부르며 걸어오는 게 보인다. 어두워서 잘 보이지는 않지만 작은 키에다 양손에 쇼핑백을 든 걸 보니 노랭이가 분명하다. 갑자기 가슴이 뛰기 시작한다. 공터 옆으로 난 산길로 더 많이 돌아서 가야겠다. 산길로 접어드는데 발밑에 뭔가 걸린다. 무성하게 자란 호박덩굴이다. 늦가을까지 남아 노끈처럼 질겨진 덩굴은 내 발목을 휘감고는 놓아주지 않는다. 엉덩이를 바닥에 대고 주저앉아 덩굴을 푼다. 노랫소리는 점차 가까이 다가오더니 공터 쪽으로 다시 멀어진다. 그때, 버려진 냉장고 뒤에서 검은 물체가 솟아오른다. 검은 물체는 빵처럼 점점 부풀어 오른다. 노랭이는 더 빠른 박자로 노래한다. 검은 물체가 소리 없이 노랭이 뒤를 따른다. 퍽, 하는 소리와 함께 노랫소리가 뚝 끊긴다. 검은 물체는 쓰러진 노랭이 앞가슴에서 심장을 뜯어내듯 지갑을 뺏는다. 희미한 달빛 아래 입을 벌리고 웃는 얼굴이 얼핏 보인다. 비재 아저씨다. 나는 눈을 질끈 감는다. 눈꺼풀 안쪽으로 은색 코끼리 한마리가 나타난다. 구덩이에 발이 빠진 코끼리는 큰 귀를 펄럭이며 빠져나오려고 안간힘을 쓰고 있다. 하지만 발버둥칠수록 뒷다리는 점점 더 깊이 빨려들어간다. 구덩이는 삽시간에 시커먼 늪으로 변하더니 뭐든 집어삼킬 태세로 거세게 휘돌아간다. 아, '외' 다. 현기증이 일도록 빠르게 소용돌이치는 '외'……. 코끼리는 맥없이 빨려들어간다. 미처 비명을 지르지 못하고 눈을 부릅뜬 채. 눈앞이 온통 까맣다.

박범신

1946년 충남 논산 출생.
1973년《중앙일보》신춘문예에 단편「여름의 잔해」가 당선되어 등단.
장편소설집으로『죽음보다 깊은 잠』『겨울강 하늬바람』『불꽃놀이』『불의 나라』
『물의 나라』『틀』등과 소설집『토끼와 잠수함』『덫』『식구』,
연작소설집『흉기』『흰소가 끄는 수레』등이 있음.
대한민국문학상, 김동리문학상, 만해문학상 등 수상.
wacho@thrunet.com

용인 '한터山房'에 있을 때, 벙어리 농부의 밭은 정말 내 집 안방보다 정갈했고, 산사의 노스님은 병이 깊었다. 나는 자주 산사 우물에 물을 뜨러 가거나 벙어리 농부의 밭까지 산책을 하곤 했다. 시간이 망초 사이로 속절없이 흘러가고 있었다. 내 영혼의 심지엔 불멸의 꿈이 속깊이 박혀 있었으나 그것이 부질없는 꿈이라는 걸 알 만큼 하루가 다르게 나도 나이를 먹었다. 어떤 날은 스무 살 청춘의 빛깔로 살고 또 어떤 날은 일흔 살이 넘는 노인으로 살았다. 하루에도 두 살, 다섯 살. 나이를 먹는 느낌이 들었다.

무엇이 그리워 여기 부초해 있는가. 그 무렵, 나는 자주 그런 생각을 했다. 소설 내용은 물론 모두 픽션이다. 그렇지만 '한터山房'에 기거하던 시절의 내 시간과 함께 흘렀던 이미지가 이제 보니 여기 '감자꽃 필 무렵'에 오롯이 남아 있다. 그곳에 가면 지금도 텃밭에선 감자꽃이 피고, 산으로 흘러드는 길에선 노스님과 벙어리 농부가 스쳐 지나고 있을 것만 같다.

감자꽃 필 때

박범신

1

그가 마을을 빠져나온다.

나는 앉았던 자리에서 불끈 몸을 일으킨다.

두 시를 막 넘겼거나 조금 못 됐거나 할 것이다. 넘고 모자라봐야 그 시차는 오 분 미만이다. 비닐하우스와 산기슭을 깎아 만든 채마밭 사이로 난 시멘트 포장로. 비닐하우스 어귀 전봇대에 갓등이 하나 매달려 있고, 갓등 아래에서 길은 불현듯 북편으로 틀어져 흐르다가 내 집과 맞붙은 텃밭 어귀에서 동쪽으로 한번 방향을 또 바꾼다. 시멘트 포장로는 곧 끝나고 길은 갑자기 좁아져 우리 집 마당 끝을 동서로 관통, 굴암산 발치까지 자맥질해 들어간다. 논과 논보다 서너 자〔尺〕쯤 높은 밭들 사이로 난 소롯길은 가르마처럼 쪽 곧다.

그는 결코 서두르는 법이 없다.

보폭이 일정하고 걸음새가 아주 얌전해서 조금만 떼어놓고 보면 걷는다기보다 붕 떠서 유연하게 흐르는 것 같다. 습관처럼 늘 지게를 짊어지고 있으므로 비닐하우스 옆을 지나올 때 그의 얼굴은 지게 그늘에 가려 거의 보이지 않는다. 해는 그의 지게 너머, 골프장 아웃코스 나인홀 꼭대기에 떠 있다. 그래서 그는 지게를 짊어진 것이 아니라 해를 짊어지고 오는 듯이 보인다. 하기야 키는 물론 체수가 워낙 작은 터라 지게를 짊어지고 있을 때의 그는 어느 방향에서 보아도 지게의 그늘에 가린 듯하다. 뻣뻣하게 고개를 치켜세우는 법이 없이, 길을 보는지 길이 아닌 다른 무엇을 보는지, 항상 아미를 숙이고 고요히 흐르기 때문에 더욱 그럴 것이다. 체수에 비해 짊어진 지게가 큰 듯한데도 전혀 불안해 뵈거나 하지 않는 것 또한 신기한 일이다. 대체 언제부터 그는 지게와 동행해 왔을까. 지게를 짊어지지 않은 그를 본 적도 없거니와, 지게와 그가 언제나 너무도 잘 어울려 보였으므로, 지게와 그를 분리해서 상상하는 것도 쉽지 않다.

안녕하세요.

나는 입 속으로 중얼거려 본다.

연습이다. 그는 내 집과 맞붙은 텃밭길로 들어서고 있는 중이다. 나는 거실 유리창 앞의 데크에 서 있다. 이제 곧 그가 마당 끝의 소롯길로 접어들 것이다. 안녕하세요……라는 내 인사말에 화답하는 그의 표정을 어서 보고 싶다. 마치 감수성 중심을 콕 찌르고 들어온 첫사랑의 소녀를 어느 길가에서 기다리고 있는 소년 같은 기분이다. 삼월의 햇빛은 맑고 힘차다. 나는 햇빛을 정면으로 받느라 눈이 부셔 손차양을 한 뒤 생침을 꼴깍 소리나게 삼킨다. 부드럽게 출렁이는 그의 지게 끝에서 튕겨져나온 햇빛이 아무런 여과 없이 내 몸을 찔러오고 있기 때문이다.

"안녕하세요, 아저씨."

그의 귀를 열기엔 내 목소리가 너무 작다. 나는 가쁘게 속으로 심호흡을 한 번 하고, 안녕하세요, 안녕하세요, 아저씨…… 밝게 소리를 지른다. 그가 소리의 방향을 얼른 좇지 못해 이리저리 둘러보다가 마침내 내 쪽으로 고개를 돌린다. 블랙홀처럼 단단하게 쪼그라든 청동빛 얼굴이다. 눈은 깊고, 턱은 갈쭉하고, 광대뼈는 불끈 솟아 있다. 쪼개진 이마와, 코끝에서 인중을 비켜 밑으로 힘있게 빠진 팔자(八字)형의 거친 골골〔谷谷〕을 나는 본다. 햇빛이 불끈 솟은 광대뼈에서 가파르게 미끄럼을 타고 있다.

날씨도 좋은데 담배 한 대 피우고 가세요.

뭐라고?

뭐라고……라는 말을 나는 환청으로 듣는다. 말하기는커녕, 악을 쓰듯 외장치는 내 말도 잘 듣지 못해 그는 옆으로 고갯짓을 가볍게 했을 뿐이다. 담배 한 대 피우면서 쉬, 어, 가, 시, 라, 구, 요, 아저씨. 나는 한 손으로 담뱃갑을 흔들어 보이며 다른 한 손으론 손나팔을 하고 소리지른다. 그러자 그가 알아들었다는 듯이 활짝 웃는다. 소리없는 웃음이다. 앞니는 전혀 없다. 오래 전부터 그랬을 터이다. 잇몸만이 막힘없이 합족 드러났는데 천진하고 환하다. 웃는 순간 이마로부터 얼굴 전체로 일순간에 수많은 주름살이 뻗어나가는 것 역시 아주 역동적이다. 청동빛 피부는 더욱 높이 솟고 주름살 골골은 더욱 깊어지는데, 그 높음과 그 낮음이 서로 배타적이지 않고 순정적으로 맺어져 있다. 내 전신에 자르르 하고 얼음이 갈라지는 것 같은 전율이 온다. 단단히 쪼그라져 뵈는 것은 시간이 만들어낸 가면에 불과하다. 우주를 일시에 밝히듯이, 그처럼 환하고 유순하게 웃는 얼굴은 어디에서든지 본 적이 없다. 천 개의 하회탈이 그의 청동빛 얼굴에 깃들어 있다.

어, 어, 어.

그가 지게작대기를 흔들며 소리지른다.

날씨가 좋다는 것인지, 담배 생각이 없다는 것인지 알 수 없다. 젊은 놈이 마당의 풀도 매지 않고, 왜 그리 게을러 빠졌느냐고 소리치는 것인지도 모른다. 그는 말하지만, 그가 벙어리이기 때문에, 아둔한 나는 그의 말을 끝내 알아듣지 못한다. 어쩌면 그도 쉬, 어, 가, 시, 라, 구, 요…… 라는 내 말을 알아듣지 못했을 것이다. 그러나 사실적인 의미가 전달되지 않았다고 해서 불편한 것은 피차 하나도 없다. 햇빛보다 환한 것이 이미 그와 나 사이에 순간적으로 흘렀기 때문이다. 이를테면 일시적인 감전상태처럼.

그가 가던 길을 다시 간다.

흐르는 듯이 유연하게, 그러나 출렁이며 그가 봄풀이 한창 자라고 있는 밭둑길을 걸어가고 있다. 손에 든 괭이로 톡, 톡, 톡, 톡, 길을 찍으며 가는 것이 장난기 많은 어린애처럼 보인다. 나는 손차양을 하고도 너무 부셔 실눈을 뜨고 그가 보이지 않을 때까지 그의 뒷모습을 한사코 좇는다. 길은 있는 듯 없는 듯 굴암산 자락으로 자맥질해 들어간다. 이장이 몇 년 전 묘목을 가져다 심어 놓은 단풍나무숲 너머에 그의 밭이 있다. 아직 삼월이라 밭일이 많지 않을 텐데도 그는 시종여일, 하루에 네 번씩, 햇빛 환한 그 길을 오고간다. 아침에 밭으로 갔다가 정오쯤 점심을 먹기 위해 돌아오고, 점심식사 후 다시 밭으로 갔다가 해질녘 돌아오는 것이다. 오고가는 시각은 아주 규칙적이다. 때론 햇빛을 정면으로 받고, 때론 햇빛을 등뒤로 받지만 표정 또한 여일하다. 시선이 마주치면 활짝, 온 얼굴에 촘촘한 그물망을 만들면서 소리없이 웃는다. 마치 샘물이 솟아나듯이 솟아나는 웃음이다. 거기엔 시간도 어떤 경계도 없다. 어, 어……라고 이따금 말하기도 한다. 괭이나 지게작대기로 하늘을 가리키거나, 밭 혹은 길을 툭툭 찧거나, 골프장 쪽에 대고 삿대질을 하는 일도 있다. 곧 비가 올 것 같으니, 라든가, 밭에 풀 좀 매고 살게, 라든가, 할 일 없이 골프나 치는 저놈들 한심한 종자들이야, 라든가, 나는 내 맘대로 그의 말들을 알아듣는다. 이장한테 들은 바, 그는 올해 일흔아홉 살이다. 청년 시절 대처로 흘러갔던 삼 년여를 빼곤 평생 이 마을을 떠난 적이 없는.

그러나 나이가 무슨 상관이랴.

내가 처음 이곳으로 이사 들어왔을 때 그의 얼굴도 나는 아직 기억하고 있다. 벌써 여러 해 지난 기억 속의 삽화지만, 그는 그 삽화 속에서도 지금처럼 지게를 지고 있고 합족한, 단단히 쪼그라든 청동빛이고, 밭둑길을 괭이로 툭, 툭, 툭, 치면서 조금 심심한 듯, 조금 활달한 듯 걷고 있으며, 안녕하세요, 소리쳐 인사하면 비로소 고개 들고서 환하게, 빛이 터져 나오는 것처럼 웃는다. 그에게선 시간이 흐르지 않는다.

시간의 속도로 그도 흘러가고 있기 때문일 것이다.

2

용암사 주지인 원행 스님은 최근 몸이 좋지 않았다.

스님의 나이 올해 일흔일곱이니 노환이라 불러도 무리는 아닐 터였다.

키가 훤칠하고 이목구비 또한 날카롭게 생긴 얼굴이었다. 깡마른 편이지만 본래부터 병약하게 생긴 건 아니었다. 병약하기는커녕, 걸진 눈매 우뚝한 콧날과 단단한 어깨선, 꼿꼿한 자세 때문에 나이답지 않게 스님은 강인한 인상을 주었다. 재작년 이맘때까지만 해도 그랬다. 그때는 한 달에 몇 차례씩 행장을 꾸리고 산굽잇길을 내려오는 원행 스님의 모습을 내 집 거실에서 볼 수 있었는데, 보폭이 워낙 활달해서, 아침해를 정면으로 받으며 겅중겅중 그가 산을 걸어 내려올 때, 청년처럼 아름다워 보이기까지 했다. 사람이 거의 찾지 않는 변방의 작은 절을 지키고 있을지라도 그 기상으로 보아 범상한 스님이 아니었다. 대쪽을 쪼개듯, 그러나 연속성을 가지고 용맹정진, 깨달음의 바다로 나아갈 법한 스님이었다.

그런 원행 스님이 처음 쓰러진 것은 작년 여름.

간밤의 비바람에 일제히 나자빠진 고춧대를 하나씩 세우고 있던 참에 굴암산 산굽잇길로 맹렬히 돌진해 가는 앰뷸런스를 목격한 것은 아침 열시쯤이었다. 용암사 주지스님이 불공을 드리다가 탁, 도곳대 쓰러지듯 쓰러졌다는데요, 라고 이장은 말했다. 혈압이 높았던가 보았다. 스님은 한 달 만에 다시 절로 돌아왔고, 절로 돌아온 스님은 이미 예전의 그 원행 스님이 아니었다. 우선 잘 걷지를 못했다. 지팡이에 의지해 요사채에서 대웅전으로 가는 걸 산책하던 중 우연히 보았는데, 한 발짝 한 발짝 위태롭기 그지없었다. 풍을 맞아 입도 돌아가 있었고, 머리는 하얗게 탈색되었으며, 너무 말라서 볼이 쏙 파여 있었다. 불과 한 달 사이 죽음의 그림자가 스님의 육신을 매몰차게 쭈그러뜨려 놓은 것이었다.

시간은 너무도 빠르고 잔인하게 그를 관통해 흘러갔다.

청소를 하던 보살님이 걸레를 든 채 대웅전 문을 열고 나오다가 기우뚱

기우뚱 걸어오고 있는 원행 스님을 발견하고 맨발로 달려나와 부축했다. 나는 그것을 소나무숲 사이에서 보고 있었다. 하이코오, 날 부르지 않고 혼자 예까지 어떻게……라고, 보살님은 말하는 것 같았다. 유난히 작은 키에 몸매며 얼굴이 둥그렇고 펑퍼짐한 보살님은 이제 막 오십대 중반을 넘겼을까 말까 한 나이로 원행 스님의 유일한 가족이자 동숙자였다. 조강지처는 아니지만요, 절에 들어와 산 지 벌써 스무 해는 넘었을걸요. 이장은 설명해 주었다. 조강지처의 자식인지, 절에 이따금 드나드는 장성한 자식이 서넛은 되는 모양인데, 하나같이 보살님을 몸종 부리듯 하더란 말도 이장은 덧붙였다. 보살님은 그러거나 말거나 일구월심 원행 스님을 모시고 돌보았다. 용인 읍내 장날이면 스님에게 먹이고 입힐 걸 잔뜩 사서 머리에 이고 등에 짊어진 채 산굽잇길을 걸어오르고 있는 보살님을 만난 일도 여러 번 있었다. 택시를 타시지 않구요……라고, 내가 허드레 인사말을 건네면, 하이코오, 겨우 여길 가면서 택시비를 왜 들인대요…… 보살님은 수줍은 것처럼 얼굴을 붉히고 대답했다. 원래 드나드는 신도도 거의 없는 퇴락한 절이었다. 보살님은 언제 보아도 가만히 앉아 있는 법이 없었다. 말수는 적었지만 몸놀림은 재빠른 편인데, 빨래를 하거나 청소를 하거나 김장을 하고 고추장 된장을 담그거나, 내가 볼 때마다 보살님은 몸을 아끼지 않고 일했다. 절 옆의 텃밭 농사도 보살님 차지였고, 심지어 계단 옆의 무너진 석축을 다시 쌓는 일도 보살님 혼자 손수 했다. 그 일을 할 때엔 원행 스님도 건강했으나 툇마루에 가부좌 틀고 앉아 염주만 굴리고 있을 뿐이었다. 아니나 다를까, 원행 스님은 맨발로 달려와 자신을 부축하려는 보살님을 매몰차게 뿌리쳤다. 나는 그럴 것이라고 미리 예상하고 있었다. 일구월심 정성을 다 바치는 보살님과 달리, 원행 스님은 언제나 보살님을 몸종 부리듯 하는 걸 이미 여러 차례 보았기 때문이었다. 위태위태하게 거기까지 걸어온 것만으로 원행 스님은 벌써 화가 잔뜩 나 있었다. 스님의 매몰찬 손짓에 뒤뚱뒤뚱하던 보살님이 급기야 넉장거리로 절마당에 엉덩방아를 찧고 넘어졌다.

삼월의 아침빛은 정결하기 그지없었다.

나는 하마터면 키드득 하고 웃음소리를 낼 뻔했다. 그렇지 않아도 키는 작고 몸은 둥글어 살찐 두꺼비 같은 보살님인지라, 뒤집힐 듯 벌린 다리를 햇빛 속으로 올리며 넉장거리하는 품이, 비현실적인, 코미디의 한 장면처럼 보였기 때문이었다. 게다가 보살님은 요즘엔 구하기도 힘든 새빨간 내복을 입고 있었다. 햇빛이 보살님 사타구니를 둘러친 빨간 가리개에 불을 질러놓은 것처럼 보였다. 보살님은 그러나 발랑 뒤집힌 두꺼비가 용써서 단번에 끙 하고 몸을 일으키듯 재빨리 일어났다. 대웅전으로 들어가는 댓돌엔 보살님 신발과 걸레 그릇이 놓여 있었다. 원행 스님이 댓돌 앞에 막 당도한 것과, 원행 스님을 위해서, 놀랄 만큼 민첩하게 슬라이딩해 온 보살님의 손이 자신의 신발과 걸레 그릇을 잡아 치운 것은 거의 동시였다. 신발을 벗던 원행 스님은 심술이 나서 짐짓 한쪽 신발을 뒤쪽으로 뿌리쳐 벗었다. 스님의 신발은 그래서 대웅전의 토방 아래 절마당으로 떨어졌다. 토방에서 절마당까진 대여섯 개의 돌계단이 놓여 있었다. 보살님은 당신 발엔 신을 꿸 생각은 안 하고 다시 부리나케 마당으로 내려와 원행 스님의 흰 고무신 한 짝을 주워들었다. 원행 스님은 대웅전으로 들어가 소리나게 문을 닫았고, 보살님은 습관처럼 치맛자락으로 원행 스님의 고무신 코를 싹싹 닦다가 대웅전 닫히는 문 소리에 고개를 들더니 잠시 미동도 안 하고 가만히 있었다. 대웅전 앞마당도 하얗고 햇빛도 하얗고, 보살님이 두 손으로 안고 있는 고무신도 하얬다. 봄빛은 벌써 깊어서 대웅전 마당 끝엔 산벚꽃이 벙긋 열리고 있는 중이었다. 나는 대웅전 닫힌 문과, 돌계단과, 고무신을 든 보살님을 약간 위쪽의 소나무 그늘에서 사선으로 한눈에 내려다보고 있었다.

사위가 너무 고요했기 때문일까.

나는 갑자기 내 몸 속에 숨겨진 채 팽팽히 당겨져 있는 현(弦) 하나가 비잉 하고 우는 소리를 들었다. 위에서 내려다보고 있으니 눈부신 햇빛 아래에 선 보살님의 키는 한 뼘도 안 되는 것처럼 보였다. 이제 곧 온 산을 불지르며 피어날 봄꽃들이 그녀를 포위하고 파죽지세로 다가들 것이었다. 현이 떨려서 내는 소리는 삽시간에 온몸의 신경줄을 타고 뼛속까지 뚫고 들어가 박혔다가, 이내 텅 빈 뼈들의 대롱을 속속들이 공명시키더니, 다시 이상하고 이상한 신열을 거느리고 활상으로 상승, 마침내 콧날에 비잉비잉 감겨들었다. 맹세하건대, 무엇이 슬픈지 알 수 없었고, 또 슬프다고 생각한 것도 아니었다. 그것은 아주 찰나적이었으며 기습적이었다.

눈물이 주르륵 관자놀이를 타고 흘렀다.

3

내 집 거실에서 내다보이는 길은 두 갈래뿐이다. 하나는 마을에서 활시위처럼 호선(弧線)으로 뻗어나와 내 집 텃밭과 굴암산 발치를 잇고 있는 쪽 곧은 밭둑길이고, 다른 하나는 논 건너편, 용암사로 올라가는 시멘트 포장길이다. 밭둑길은 내 집의 뜰 가장자리를 관통해 가니 거실에서 불과 오십여 미터 떨어져 있고, 논 건너 시멘트 포장길은 사이에 논을 두었으니 이백여 미터 이상 떨어져 있다. 말하자면 벙어리 농부는 바로 내 눈앞을 오가고, 원행 스님은 저만큼 뚝 떨어져 흐르고 있는 셈이다.

외출하지 않는 날 나는 두 길을 종일 본다.

시멘트 포장길은 조악하게 지은 원룸과 몇몇 전원주택으로 가려져 있어 끊어졌다 이어졌다 하면서 마을 공동 물탱크를 끼고 휘돌아서 올라가는데, 멀지만 포장된 너른 길이라서 비교적 잘 내다보이고, 가까운 밭둑길은 잡풀들 때문에, 가깝지만 오히려 길은 보이지 않는다. 두 길은 모두 다른 길로 이어지지 않아 되돌아 나와야 한다. 물론 있는 듯 없는 듯, 두 길에서 갈라져 나간 소롯길들이 전혀 없는 것은 아니나 모두 묘지로 이어지는 길이다. 삶으로부터 저승으로 빠져나가는 길인 셈이다.

봄이 되면 두 길의 느낌은 대조적이다.

몇몇 전원주택을 거느리고 헌칠민틋하게 뻗어 있는 시멘트 포장길은 얼핏보아 분주할 것 같지만 사실은 종일 비어 있기 일쑤다. 어쩌다 승용차가 한두 대 지나다닐 뿐인데, 순간적으로 지나가니 남은 길은 더욱 적막하고, 텅 빈 느낌을 준다. 그러나 밭둑길은 다르다. 밭둑길을 오가는 사람들은 빨리 걷는 법이 없다. 가령 맨 처음 거실 남쪽 창에 나타난 사람은 아주 느릿느릿 다가와 한참 만에야 창의 중심에 담기게 되고, 중심으로부터 동쪽으로 비켜나면 곧 동쪽 창이 바톤 터치하듯 그를 받아 안는데, 굴암산 숲이 그를 숨겨 줄 때까지, 이제 내 거실의 동쪽 창을 그는 결코 벗어나지 못한다. 느릿느릿 움직인다고 해서 게을러 보인다는 뜻은 아니다. 밭둑길을 오가는 사람은 맨손으로 걷는 일이 없다. 지게를 지고 있거나 바구니를 끼고 있거나 경운기를 몰고 있거나 삽 괭이 쇠스랑 제초기 따위를 들고 있다. 가끔 고양이가 쏜살같이 길을 횡단하기도 하고, 오가는 사람과 앞서거니 뒤서거니 하면서 개들이 달리기도 한다. 새들도 떼지어 지나가고, 개구리가 지나가고, 뱀도 지나가고, 온갖 것들이 지나간다. 내가 비어 있다고 생각하는 순간에도 그 밭둑길엔 뭔가 살아 있는 것들이 바쁘게 오고가고 있다. 봄이 되면 더욱 그렇다. 그러므로 그 길은 비어 있어도 빈 것이 아니며 머문 듯 천천히 흘러도 분주하다.

나는 그러나 거실에 있을 뿐이다.

물론 현실에선 밭둑길에 나와 있을 때도 있고, 시멘트 포장길을 따라 용암사까지 올라갈 때도 있으나, 이상한 것은 그런 순간조차 나는 한사코 내가 거실에 앉아 있다고 느낀다는 것이다. 현실에서 내 몸이 어디 있느냐 하는 점은 중요하지 않다. 나는 때때로 밭둑길이나 시멘트 포장길을 걸으면서, 완강하게, 거실 안에 붙박이로 앉아 밭둑길, 시멘트 포장길을 걷고 있는 나를 내다본다. 현실적인 나의 위치는 비현실적이고 비현실적인 나의 위치는 현실적이다. 거실 안에서 내다보는 나의 걷는 모습은 너무 사실적이어서 그게 과연 나인지, 다른 누구인지 잘 구분되지 않는다. 내가 걷고 있는 모습은 게으르지 않으면서 느린 벙어리 농부의 걸음과도 다르고, 서두르는 것도 아니면서 활달한 원행 스님의 품새와도 다르다. 뭐랄까, 내가 걷는 모습은 이를테면 밭둑길과 시멘트 포장길 사이처럼 엉거주춤하다. 엉거주춤……이라고 나는 소리내어 중얼거린다. 엉거주춤하니, 엉거주춤하고…… 더럽다.

하나의 소원이 있다면 이것이다.

만약 각자 소유한 시간의 물레를 자유롭게 돌리고 풀고 할 수만 있다면, 무릎 꿇고 앉아 경배드리는 마음으로, 단번에 사오십 년쯤 앞으로 돌리고 싶다는 것이다. 혹시 의심 많고 시끄러운 또다른 내가 온갖 불평과 감언이설로 나를 흔들지도 모르니까 눈 딱 감고 단번에 돌리는 게 좋다. 물레를 돌리고 나면 내 나이 여든 혹은 아흔쯤 될 터이다. 머리는 하얗고 얼굴 주름은 촘촘한 그물망으로 단단히 박혀들 것이며, 온몸은 검버섯에 뒤덮여 자갈밭이 되겠지. 오리온좌를 좇아, 봄부터 여름까지, 굴암산 말아가리산 태화산을 넘나들지 못한다고 해도 괜찮다. 용인 시내 천변여관에 하릴없이 드나들지도 않을 것이고, 생산을 감히 꿈꾸거나 불임에 대해 절망하거나 하지도 않을 것이다. 더 깊어질 것도 없을 터, 저기 창 밖, 두 개의 길을 구분하지 않아도 전혀 불편하지 않을 게 확실하다. 벙어리 농부는 일흔아홉이고, 원행 스님은 일흔일곱이다. 오래 전부터 한쪽은 지게를 져 왔고, 한쪽은 목탁과 염주를 들었을 것인데, 한쪽은 느릿느릿 흐르듯이 걷고, 한쪽은 헤치듯이 헌칠민틋 활달하게 걸었을 것인데, 그리고 또 한쪽은 밭둑길을, 다른 한쪽은 시멘트 포장길을 오갔을 것인데, 그런데 그게 무슨 상관이란 말인가. 두 사람은 모두 늙었으니 우연, 혹은 필연인, 길의 각각 다른 배치와 상관없이 바야흐로 별이 되어 가고 있는 중이다. 불멸의. 별을 본다는 것은 예배를 드리는 것과 다름없다. 이 봄에, 굳이 망원경을 통해 하늘을 올려다볼 것 없이, 지상의 별을 보니 얼마나 좋은가. 원행 스님은 몸져 누웠지만 내 눈엔, 그가 지금도 장삼자락 펄럭이며 시멘트 포장길을 걸어 내려오고 있는 듯 보인다. 벙어리 농부는 서쪽에서 동쪽으로, 원행 스님은 동쪽에서 서쪽으로 항용 걷는다. 그럴 때 깊이 주저앉은 내 시선 속에서 두 길은 한 길로 합쳐진다. 그들은 내 집 남창의 한가운데에서 한 길로 걸어온 것처럼 한순간 부딪친다. 아니 부딪치는 것 같지만 부딪치지 않고 서로의 몸을 유연하고 리드미컬하게 통과해 흐른다. 벙어리 농부의 한 발이 원행 스님의 장삼자락으로 슬쩍 감겨들어갈 때 원행 스님의 앞가슴이 벙어리 농부의 얼굴로 스며들고, 벙어리 농부의 머리, 지게, 지게 위의 바작이 원행 스님의 앞가슴을 차례로 빠져나올 때, 원행 스님의 장삼자락 끝은 벙어리 농부의 대퇴부를 스리슬쩍 통과해 나오는 것이다. 그것은 은밀하고 수줍고 찰나적인 첫 키스처럼 감미롭다. 서로의 몸이 통과되는 순간의 그들은 성스럽고 신비한, 어떤 제의적인 퍼포먼스를 내 집 남쪽 창 한가운데에서 행하는 듯이 보인다. 엇갈려 가는 셈인데 엇갈려 가는 게 아니라 하나로 통합되는 것처럼 보이는 것도 그 때문이다. 고양이나 개나 뱀이나 달팽이나 두꺼비나 어린 개미 떼들이 열지어 길을 가로질러가지만 그들이 진로를 방해받는 법은 없다. 천지에 봄꽃들이 다투어 피어나고 길 끝엔 천천히 흰 구름이 흐른다. 나는 가슴을 쓸어내리며 실눈을 뜨고 두 개의 별이 서로의 육신을 통과해 유장하게 흐르는 것을 창 안쪽에서 꿈인 듯 본다.

매양 눈물겹고 아름답다.

4

원행 스님의 임종을 보게 된 것은 과연 우연일까. 하지만 모를 일이다. 우연이라고 생각했다가도 그날 일을 꼼꼼히 되짚어 보면 어딘지 모르게 교묘히 짜인 전술적 프로그램에 내가 편입된 것 같은 느낌을 받고 소스라친다. 마치 짜고 치는 고스톱판에 나만 멋모르고 불려나가 앉아 있었던 기분이다.

그날 나는 텃밭에 감자를 심고 있었다.

꼭 감자를 심을 요량을 대고 있었던 것도 아니었다. 나는 밭을 버려 둘 작정이었다. 그런데 나를 진짜 생각해 주느라 그랬는지, 밭을 버려 두면 키 높이로 잡초가 자랄 테니 그게 보기 싫어 그랬는지, 이장이 자신의 감자씨를 구해 올 때 내 몫까지 챙겨 왔으므로, 심심풀이 삼아 그걸 그 날 쪼개어 묻기로 했던 것이었다. 땅에 묻어만 두어도 제 스스로 자라 주렁주렁 열매를 맺을 텐데 왜 땅을 놀립니까……라고, 이장은 말했다. 하기야 이장의 말은 사실이었다. 밭둔덕에 비닐을 씌워 심으면 잡초 걱정도 없고, 특별히 소출을 많이 낼 욕심만 안 갖는다면 별로 손 갈 일이 없는 게 감자농사였다. 더구나 지나던 벙어리 농부가 감자씨 들고 선 나를 보더니 도와주겠다는 표정을 하고 지게를 벗어놓는 바람에 급기야 그와 함께 감자씨를 묻기 시작했다.

몸은 건강하시지요?

어, 어, 어.

자제분들은 자주 다니러 오나요?

어, 어, 어.

웃으시는 거 보면 세상에서 제일 행복해 보이세요, 아저씨. 제 말이 맞지요? 항상 마음이 환하시지요? 마음이요, 화, 안, 하, 시, 다, 구, 요.

벙어리 농부는 그냥 환하게 웃었다.

감자씨를 심는 법을 처음 가르쳐 준 것도 바로 그였다. 이곳으로 내려오고 첫해였던가. 시장에서 사온 감자씨를 통으로 밭에 묻고 있는데, 그가 지나가다가 느닷없이 내 뒤통수를 쿡 쥐어박았다. 그때만 해도 얼굴조차 익히지 않은 낯선 사이였다. 만약 그때 그가 환히 웃고 있지만 않았다면 노인이거나 말거나 나도 화를 내고 말았을 터였다. 그의 환하고 천진한 웃음을 가까이 보기는 그때가 처음이었다. 어린 손자에게 일러주듯 그는 시종일관 천 개의 하회탈이 깃든 얼굴로 벌쭉벌쭉, 앞니 빠진 잇몸을 온통 드러내고 웃으면서, 감자씨 심는 법을 가르쳐 주었다. 감자씨에도 눈이 있고 똥구멍이 있다고 그는 어, 어, 말했다. 눈을 설명하기 위해서 그는 깊은 자신의 눈을 쿡쿡 찔렀고, 똥구멍을 설명하기 위해서 그는 내 똥구멍을 쿡쿡 찔렀다. 아주 장난기가 많은 노인이었다. 눈을 중심으로 비스듬히 잘라서 싹이 날 눈이 위로 오도록 묻어야 한다고 했다.

저도 이제 감자, 잘 심지요?

내가 사뭇 자랑스런 표정으로 물었다.

벙어리 농부는 감자씨 하나를 엇비스듬히 쪼개려다 말고 대답 대신 그 감자씨를 갑자기 내 사타구니에 갖다댔다. 우리는 밭두둑을 사이에 두고 마주 보며 쭈그려 앉아 있었다. 뭐 하시는 거예요, 라고 소리치며 내가 밭고랑에 앉은 채 한 뼘쯤 뒤로 물러났다. 전에도 그가 내 등뒤로 다가와 갑자기 생식기를 잡은 일이 있었기 때문이었다. 그의 얼굴에 잔물결이 재빨리 지나갔다. 봐라, 하고 말하려는 듯, 그가 들고 있던 칼까지 내려놓고 엉거주춤 일어서더니 감자알 두 개를 당신의 사타구니에 갖다대고 눈을 찡긋찡긋 했다. 장난기가 가득한 표정이었다.

아저씨 불알이 짝짝이네. 짝, 짝.

우리는 한참이나 키득거리고 웃었다.

밭두둑에 비닐까지 씌워놓은 후라서 작업은 아주 일사불란하게 이루어졌다. 이제 물만 듬뿍 주면 될 것인데, 수도 호스를 밭까지 끌어오고 마당의 수도를 틀었으나 물이 나오지 않았다. 용암사로 올라가는 시멘트 포장길 옆의 물탱크 주변엔 사람이 전혀 없었다. 흔하지 않은 일이었다. 골프장에서 시설을 해 준 마을 공동수도는 지하 백오십 미터에서 물을 끌어올려 물탱크에 담았다가 수도관을 통해 집집마다 급수하는 방식을 쓰고 있었다. 물탱크 용량이 넉넉해서 설령 어디 고장이 좀 났다고 해도 물이 딱 끊어지는 법은 없었다. 또 고장이 났다면, 물탱크 주변에 고치러 온 사람들이 보여야 할 터인데 물탱크 주변엔 햇빛뿐이었다.

한참을 기다려도 마찬가지였다.

먹을 물도 전혀 없었으므로 나는 기다리다 못해 물통 하나를 들고 나왔다. 벙어리 농부는 지게를 짊어지고 굴암산 자락을 향해 밭둔덕을 천천히 가고 있었다. 물이 안 나올 때, 평소 같았으면 우리 집에서 제일 가까운 이장댁 마당으로 갔을 터였다. 이장댁 마당엔 마을 공동수도와 관계없는 우물이 하나 있기 때문이었다.

그런데 그 순간, 난데없이 용암사 대웅전 앞마당이 떠올라 보였다.

원행 스님의 흰 고무신 한 짝을 든 보살님이 햇빛 눈부신 그 마당 한가운데 아직껏 스톱 모션으로 서 있는 삽화였다. 벌써 스무 날쯤 전에 본 그림인데, 보살님은 여전히 소금기둥처럼 오도 가도 못 하고 있었다. 현실보다 더 생생한 그림이었다. 나는 물통을 차의 뒷자리에 싣고 곧 차를 몰아 용암사로 올라갔다. 용암사엔 물론 암석 사이로 흘러나오는 석간수가 있었다. 그러나, 물을 뜨러 간다는 것은 표면적인 이유였을 뿐, 평소와 달리 액셀러레이터를 힘껏 밟고 물탱크 옆의 굽잇길을 올라갈 때, 나는 뭐랄까, 굴암산의 중심이 강력하게 나를 끌어당기는 것 같은 이상야릇한 자력을 느꼈다. 차를 세우고 나서 절까지 올라가는 쉰네 개의 돌계단을 허겁지겁 뛰어오른 것도 다시 생각하면 그 자력 때문이었다.

보살님을 구해야 돼.

밑도끝도 없이 그런 생각을 했었는지도 모르겠다. 그러나 내 눈에 먼저 들어온 것은 보살님이 아니라 절 마당에 쓰러져 있는 원행 스님이었다. 대웅전에서 절 마당으로 내려오는 계단을 내려오다가 굴러떨어졌던가 보다. 당황한 보살님이 석간수를 떠다가 원행 스님의 입에 대주고 있었으나 원행 스님은 이미 인사불성이었다. 정오를 막 넘긴 시각이었다. 원행 스님의 맨머리를 단숨에 불태울 것처럼 햇빛은 너무도 강렬했다. 보살님이 나를 보더니 와락 울음을 터뜨렸다.

괜찮을 거예요. 내가 병원으로 모실게요.

마치 소리치는 것처럼 나는 말했다.

앰뷸런스를 불러놓고 기다리기엔 사정이 너무 급했다. 더욱 옆으로 돌아간 원행 스님의 입엔 거품이 잔뜩 비어져 나와 있었고, 숨소리는 아주 가빴으며, 코에선 끈적하게 점액질이 흘러나왔다. 본능적으로 나는 시간이 중요하다고 느꼈다. 단 일 분이라도 빨리 병원으로 옮겨야 할 상황이었다. 원행 스님은 깡말랐지만 워낙 뼈가 장대해서인지 의외로 무거웠다. 간신히 업고 절 마당을 가로질러 층계참에 왔을 때 갑자기 원행 스님의 손이 내 뒷머리를 잡아당겼다. 그 사이 그가 혼절에서 깨어난 것이었다.

네, 뭐라고요, 스님!

나는 다급하게 반문했다.

그는 계속 버둥거리면서 뭐라고 말하려 했는데, 그러나 들리는 소리는 심하게 가래가 끓는 의미 없는 쉰소리뿐이었다. 어, 어……라고 벙어리 농부처럼, 그러나 벙어리 농부와 다르게 필사적으로 그는 말했다. 보살님이 해석해 주지 않았다면 끝내 알아듣지 못했을 그의 말은, 요사채 그의 방으로 일단 가자는 말이었다.

한시가 급한데 무슨 소리예요!

나는 그냥 층계를 내려가려고 했으나 스님이 막무가내 절박하게 버둥거렸으므로 어쩔 수 없이 요사채 방으로 갔다. 창이 없어서 방은 한낮인데도 어둠침침했다. 스님의 흰 고무신을 들고 울면서 뒤따르던 보살님이 토방에 올라서다가 멈칫 섰다. 원행 스님이 와들와들 떨리는 손짓으로, 뒤따라 방에 들어오려는 보살님을 막았기 때문이었다. 보살님은 마당에 한 발, 토방에 한 발을 내려 놓은 엉거주춤한 자세로 멈춰 서서 불안과 공포와 슬픔 따위가 뒤죽박죽된 어두운 얼굴로 안을 들여다보고 있었다. 눈물이 보살님의 턱에서 뚝뚝 떨어졌다. 자지러지게 피어난 철쭉들이 보살님의 등뒤에서 온 산을 불질러 놓고 있었다. 불타는 철쭉과 역광을 받고 마치 불구자처럼 서 있는 어두운 보살님의 입상을 나는 잠깐 번갈아 보았다. 떨리는 손으로 원행 스님이 밀문을 탁 밀어 닫은 것은 그 때였다. 밀문이 문설주로 달려가 부딪치는 소리가 관 뚜껑에 대못을 치는 소리처럼 들렸다. 한순간에 보살님은 지워졌다. 마치 이승과 저승을 단숨에 갈라놓은 것 같았다. 원행 스님은 보살님을 관 속에 집어넣고 나서야 역시 떨리는 손으로 장삼자락을 들추고 괴춤에서 뭔가를 풀어 내려고 했다.

스님, 제가 풀어드릴게요.

꼼꼼히 명주로 누벼 만든 끈이었다.

아주 단단히, 여러 번 매듭을 지어놨기 때문에 침침한 방 안에서 얼른 풀어내긴 쉽지 않았다. 나는 눈을 부릅뜨고 매듭을 풀었다. 멀지 않은 곳에서 뻐꾸기 우는 소리가 간헐적으로 들렸다. 절 뒤로는 울창한 아카시

아숲 사잇길이 이어지는데, 그 끝에서 언덕 같지 않은 부드러운 능선을 잠시 타고 오르면 갑자기 시야가 탁 트이면서, 온갖 들꽃들이 피는 너른 분지와 함께 태화산이 한눈에 들어오는 곳이 있었다. 나는 그 언덕을 샹그리라 언덕이라고 불렀다. 뻐꾸기는 바로 샹그리라 언덕 쪽에서 울었다. 해발이 수천 미터나 되는 히말라야 고지대에 사는 농부들은 그들의 삶이 평생 동안 너무도 고되고 외로운 대신, 언제나 이것과 저것, 삶과 죽음의 경계가 없고 일체의 결핍도 없는, 불멸의 삶을 살 수 있는 이상향을 샹그리라라고 부른다고 했다. 원행 스님은 평생 샹그리라로 가는 이 곳에 있었으니 죽음도 두렵지 않을 터였다. 샹그리라는 본디 언덕 저쪽이라는 뜻이었다. 아무리 현세의 삶이 신산해도 장삼자락 펄럭이며 언덕 하나 훌쩍 넘으면 영원히 죽지 않을 무릉도원이 있으리라 하고 믿는다면야, 찰나적인 이승의 고통을 왜 참지 못하겠는가.

허리끈엔 열쇠가 하나 달려 있었다.

내가 힘들여 허리끈을 풀자마자 원행 스님은 어디서 그런 힘이 솟구치는지 놀라운 악력으로 내 손에서 그것을 잡아채어 오래 묵은 문갑 앞에 다가앉았다. 원행 스님의 얼굴은 검댕을 칠한 듯 어두웠고 또 심하게 경련하고 있었다. 해골처럼 말랐으니 광대뼈는 턱없이 높았으며, 코에선 계속 점액질 같은 것이 흘러나와 팥죽색 입술에 엉겨붙었고, 눈은 깊이 주저앉았으나 이상한 광채로 번뜩이고 있었다. 생애의 마지막 힘을 다 쏟는 듯 아주 강직하게 그는 문갑의 열쇠구멍에 열쇠를 집어넣었다. 방안엔 야릇한 긴장감이 흐르고 있었다. 뻐꾸기 소리도 더 이상 들리지 않았고, 관 속에 들어간 보살님도 더 이상 생각나지 않았다. 도대체 스님은 무엇을 하려는 것일까.

나는 한순간 눈을 크게 떴다.

생각 같아선 문을 박차고 나가 온 산에 불질리 피어난 철쭉밭을 죽을 둥 살 둥 달려 내가 이름 붙인 샹그리라 언덕으로 가고 싶었다. 가시덩굴에 걸려 온몸이 찢어져도 상관없었다. 나는 그러나 격정적인 충동을 필사적으로 억제하고, 푸른 정맥들이 툭툭 불거져나온 원행 스님의 팔이 문갑 속에서 혼신의 힘을 다해 그것들을 끄집어내는 걸 끝까지 보았다. 은행의 통장이 다섯 개쯤 되었고, 절과 절에 딸린 토지문서인 듯한 등기부등본과 서류철이 서너 개쯤 되었다. 살이 썩어가는 듯한 독한 죽음의 냄새가 그에게서 계속 나고 있었지만 나는 물러앉지 않았다. 그는 심하게 떨리는 손으로 보자기 하나를 찾아다가 문갑 속에서 꺼낸 것들을 꼼꼼히 맨 다음 전대처럼 당신의 허리에 단단히 찼다. 그러고 나서야 비로소 눈의 광채가 살풋 꺼져드는 것이었다. 마지막 불꽃으로 타오르며 움켜잡았던 삶에의 끈을 놓칠 듯 놓칠 듯 하는 것 같았다. 나는 반사적으로 쓰러지는 그의 상반신을 받아안았고, 그가 가래 끓는 소리로 뭐라고 했다.

뭐라고요!

나는 싸울 듯이 악을 썼다.

안 들려요, 스님. 더 크게, 크게 말해 봐요.

이제 그의 할 일이 다 끝났으므로 응당 서둘러 그를 업고 뛰어야 할 시간이 왔다는 걸 알았으나 나는 계속 소리쳐 물었다. 보살님은 아직껏 한 발은 토방, 한 발은 마당에 디딘 불구자 같은 자세로 문 밖에 서 있을 터였다. 보살님의 주인이 거기 그렇게 있으라 일렀으므로.

내…… 내 아들…… 올…… 올 때까지.

뭐라고요. 안 들려요, 스님. 더 크게 말해요.

썩어가는 냄새 가득 찬 그의 입김이 내 귓구멍 속으로 들어오고 있었다. 나는 진저리를 치면서 계속 소리쳤다. 눈물이 날 것 같았다. 저, 저년이…… 라는 말이 다시 귓구멍 속으로 들어왔다. 여기……라고, 그의 허리에 찬 전대를 탁 치며 나는 악을 썼다. 여기, 손대지 못하게 하란 말이죠? 그렇죠, 스님? 뭐라는 거예요, 도대체. 똑바로 말 좀 해 보라구요. 나는 계속 소리쳤지만 원행 스님의 머리는 어느덧 옆으로 돌아가 있었다. 내가 마지막 들은 말은, 저년이……여기……였다. 문 밖에서 참지 못하고 보살님이 울부짖으면서 주저앉는 소리가 들렸다.

눈물이 삐주룩, 솟아나왔다.

5

오래 된 함석 대문이 한 자쯤 열려 있다. 오늘뿐만이 아니다. 대문은 언제나 그만큼 열려 있었다고 나는 생각한다. 그러나 오늘은 뭔가 느낌이 다르다. 방문은 활짝 열려 있고 방 안의 불빛이 툇마루를 지나 마당 가운데까지 비추고 있었는데, 혼령의 집처럼 고요하다. 아니 일흔아홉 살의 벙어리 농부 혼자 사는 집이니 다른 때라고 해서 소란스러웠을 리가 없다. 더구나 마을의 북단으로 빠져나온 산 아래 첫째 집이다. 방 두 칸과 부엌이 일자로 배치된 슬레이트집 뒤란엔 키 큰 전나무들이 집을 찍어누르듯이 에워싸고 있다. 전나무숲 때문에 집은 더욱 외지고 작고 볼품없어 보인다. 그러므로 오늘 따라 내가 특별히 고요하다고 생각한 것은, 정말 고요해서가 아니라 오히려 그가 그곳에 있기 때문일 터이다.

어쩌면 그의 긴 그림자 때문에.

그는 툇마루에서 식사중이다.

방 안의 불빛을 옆으로 받고 있어 그는 물론이고 밥상의 그림자까지 마당 가운데로 길게 늘어나 있다. 나는 대문 안으로 슬쩍 들어서서 마당 한 켠의 감나무 그늘 밑에 선다. 워낙 고요하기 때문에 발소리가 내 귀엔 제법 크게 들렸으나, 어차피 그는 잘 듣지 못하니 소리에 아무런 반응을 하지 않는다. 그림자는 실물보다 훨씬 크다. 숟가락과 젓가락을 움직이는 그의 그림자를 나는 본다. 그로부터 빠져나온 그의 혼령 같다. 방 안의 불빛을 옆으로 받고 있는 툇마루의 그와, 커다란 그림자로 어른거리는 마당 가운데의 그는 미묘하게 교접되어 있고 또 분리되어 있다. 처음부터 이렇게 가까이 숨어들어와 그를 엿볼 생각이 있었던 것은 아니다. 굴암산에 오르면서 길을 놓쳐 오후 내내 헤매고 다니다가 어두워지고 나서야 겨우 전나무숲을 빠져나온 참이다. 비탈길에서 넘어져 다친 이마와 가시덩굴에 찔린 손의 상처가 아직도 쓰리다. 배도 고프고 다리는 물먹은 솜처럼 무겁다.

그의 앞에 놓인 상은 교자상이다.

그것부터가 범상하지 않다. 혼자 사는 노인이니 개다리 소반에 밥반찬 한두 가지면 족할 것이다. 장정 네 명이 둘러앉아도 여유가 있을 법한 교자상에 칠첩반상을 능가할 만큼 떡 벌어지게 차려놓고 밥을 먹고 있다는 건 정말 뜻밖이다. 교자상엔 얼핏 보아 나물반찬만 해도 여러 가지고, 산적에 조기찜까지 올라와 있다. 그는 언제나 그러듯이 전혀 서두르지 않고 유유자적, 그러나 열심히 숟가락질을 한다. 혼자 하는 식사인데도 표정은 조금도 쓸쓸하지 않다. 쓸쓸하기는커녕 사랑하는 가족들의 축복 속에 생일상을 받은 노인처럼 온화하고 충만한 표정이다.

나는 숨을 죽인다.

어떤 한순간, 그가 혼자 있는 게 아니라는 것을 명백하게 깨달았기 때문이다. 자석에 이끌리듯 내가 마당 안까지 끌려들어온 이유도 명백해진다. 나는 따뜻한 물이 내 몸 속으로 흘러들어오는 것 같은 감동을 느낀다. 그의 사랑하는 아내는 방 안의 북쪽 벽에 기대어 그와 달리 불빛을 정면으로 받고 있다. 언제 찍은 사진일까. 반듯하게 가르마를 타서 쪽을 쪄올린 검은 머릿결이 아름답다. 볼은 도톰하고 눈은 살아 있는 것처럼 수줍게 웃고 있다. 서른 살을 막 넘겼을까 말까 한 앳된 얼굴이다. 사진은 열린 방문 너머, 직사각형으로 구획된 벽의 한가운데에서 불빛을 정면으로 받고 있기 때문에 유난히 환하다. 그는 한 숟가락의 밥을 자신이 먹고 나면 다음 한 숟가락의 밥은 젊은 아내에게 먹이는 특별한 방식으로 식사를 하고 있다. 때론 고기반찬이나 조깃살을 떼어 밥숟가락 위에 얹기도 한다. 목 메지 않게 국을 떠서 사진의 아내에게 먹이는 것도 잊지 않는다. 아내에게 떠먹이는 숟가락은 사진을 향해 아름다운 포물선을 그리고 올라와 잠깐씩 허공에 머물다 내려온다. 침묵 속에서 행해지는 그 동작의 반복은 따뜻하고 충만한, 그러면서도 신비로운 제의(祭儀)로 보인다.

늦은 저녁이다.

전나무숲에서 밤새들이 돌아눕는 소리가 난다.

나는 마치 꿈을 꾸고 있는 것 같다. 여러 가지 음식을 혼자 준비하느라 그의 식사시간이 그만큼 늦어진 모양이다. 푸드덕푸드덕 밤새들의 날갯짓 소리, 전나무숲으로 자맥질해 들어가는 낮은 바람 소리, 그리고 별들이 제 운행궤도를 바꾸는 듯한 어떤 고요한 소리들을 나는 듣는다. 혼자, 혹은 사람들과 만나 함께 했던, 지난 시간들의 수많은 식사 광경들이 두서없이 눈앞을 흘러간다. 혼자 하는 식사는 늘 쓸쓸하고 함께 하는 식사는 늘 탐욕스럽거나 시끄럽다. 숟가락들이 그릇에 부딪치는 소리, 냄비의 밑바닥을 긁는 소리, 부라보오, 잔과 잔이 허공에 부딪치는 소리, 숯불 위에서 고기가 지글지글 끓는 소리, 생선의 목을 치는 칼도마 소리, 왁자지껄한 웃음소리 따위를 나는 듣는다. 불타는 고기를 향한 젓가락들의 전투력을 나는 떠올리고, 아귀아귀 씹어대는 기름 묻은 입들을 나는 보고, 여기저기 트림들을 해대면서 게슴츠레 풀어지고 있는 포만한 눈들의 야수성을 나는 느낀다. 내가 상상하고 경험한 식사란 항용 그런 것이다. 그러니, 이 저녁의 고요하고 환한 식사 광경을 내가 어떻게 받아들일 수 있겠는가. 행여 꿈인가 하고 나는 상처난 이마를 짐짓 아프게 부벼본다. 그의 식사는 거의 끝나가고 있지만 나는 쉽게 뒷걸음질쳐지지 않는다. 감동은 차라리 이제 고통이 되고 있다. 꿈이든 꿈이 아니든 상관없이 내가 어떤 주술적인 계략에 빠져든 건 확실하다.

미역국여.

그가 말했을까.

아니, 그런 일은 있을 수 없다. 그는 벙어리다. 만약 그가 소리를 냈다면 어, 어, 어, 했을 터이다. 어떤 주술로부터 빠져 나가기 위해 막 내가 대문 쪽으로 몸을 돌렸을 때, 어, 어, 어…… 우렁우렁한 그의 목소리가 내 귓구멍 속으로 들어와 박히고 만다.

나는 전광석화 고개를 돌린다.

미역국을 뜬 그의 숟가락이 사진 속 그녀의 얼굴에 박혀 있다. 그 순간, 어, 어, 어……가 미역국여…… 라는, 또렷한 발음으로 환치된다. 나는 미간을 모으고 숨을 딱 멈춘다. 어, 어, 어……가 내 안에서, 미역국여……라고 조립된 것인지, 미역국여……가 나의 어떤 회로를 따라 들어오며 어, 어, 어……가 된 것인지 알 수 없다.

오늘 임자 귀빠진 날여. 많이 먹어.

이번엔 막힘없는 문장이다. 나는 너무 놀라서 휘청, 주저앉을 뻔한다. 분명히 어, 어, 어……가 아니다. 그렇다면 미역국여…… 또한 어, 어, 어……가 아니었을 것이다. 그는 태연자약 마지막 숟가락을 내려놓고 주섬주섬 밥상을 정리하기 시작하고 있다. 오, 늘, 임, 자, 귀, 빠, 진, 날, 여, 많, 이, 먹, 어. 내이(內耳)가 리와인드해서 재생해 내는 소리는 어절마다 더욱 발음이 또렷하다. 나는 하마터면 그에게 달려갈 뻔하다가 간신히 참는다. 어떻게 이런 일이 있을 수 있단 말인가. 나는 충격과 당혹감에 비틀거리면서 그의 집에서 도망쳐 나온다. 어두운 고샅길엔 별이 쏟아져 내리고 있다. 아니야. 환청을 들은 거야. 나는 귀를 구기고 잡아당겨보고 두들긴다. 그러나 나의 외이(外耳)는 내이가 재생해 내는 생생한 발음들을 계속 소리쳐 발음해 내고 있다. 오늘 임자 귀빠진 날여……라는, 그의 말이 너무도 또렷하다.

오, 늘, 임, 자, 귀, 빠, 진, 날, 여.

6

이장의 말대로, 감자는 별로 손 간 일도 없는데 제 몫몫 잘 자라서 마침내 꽃을 피웠다. 첫 꽃이 핀 건 유월 초사흗날이었다.

보살님이 꼭 모시고 오랍디다.

이장이 아침 일찍 내 집에 건너와 말했다.

우리들은 감자의 첫 꽃을 함께 바라보고 있었다. 아침 햇살부터 쨍쨍한 걸로 보아 오늘도 날씨는 끓는 가마솥 같을 모양이었다. 창의(唱衣)…… 라고, 이장은 한참을 더듬다가 한번도 들어보지 못한 소리를 했다.

창의라니, 무슨 뜻입니까.

그게 그러니까, 원행 스님 돌아가시고 오늘이 사십구재(齋) 되는 날인데, 스님이 남기신 가사 장삼이랑 목탁이랑, 뭐 그런 거 저런 거, 오늘 태워 없앤다는 거예요. 눈곱만큼이라도 집착을 남기지 않겠다는 뜻이겠지요. 원하는 분이 있으면 줄 수도 있답디다. 보살님 말씀으론, 임종을 지키셨으니 특별한 인연이라면서, 목탁이나 염주나, 스님이 쓰시던 걸 기념으로 하나쯤 가져가시라구요. 함께 올라가서 스님 사십구재나 지켜보고 마지막 배웅합시다. 스님의 아들들도 다 올 모양이고.

나는 일없습니다. 이장님이나 가시오.

나는 냉정하게 고개를 가로저었다.

원행 스님은 병원에 도착하기 전에 이미 명줄이 끊겼다. 너무나 충격을 크게 받아서 보살님이 두 번이나 혼절해 쓰러지는 통에 의사들은 나중에 전기충격요법까지 썼으나 소생하기엔 너무 늦은 다음이었다. 저금통장들과 절 땅의 등기부등본을 허리춤에 차고 난 직후 숨이 끊어진 게 확실하다면 원행 스님의 임종을 본 것은 유일하게 나뿐인 셈이었다. 명이 끊기기 직전의 원행 스님이 온전한 정신이었는지 어쩐지는 확실하지 않았다. 확실한 것은 아들을 기다리고 있었다는 것과, 수십여 년 당신 하나만을 떠받들고 살아온 보살님보다, 마지막 눈을 감을 때, 차라리 나를 더 믿었다는 것이었다. 내 아들…… 올…… 올 때까지……라고 그는 말했고, 저, 저, 저년이……라고 그는 덧붙였다. 만약 앞의 말이 내 아들 올 때까지 통장과 등기부등본을 지켜야 한다는 뜻이었다면, 뒤의 말은 저절로 저년……이 여기에 손대지 못하게 하라는 의미가 됐다. 그러나 나는 가끔 잠자리에 들었다가도 갑자기 벌떡 일어나며 고개를 가로젓곤 했다.

아니야. 아닐 거야.

나는 소리내어 중얼거렸다.

앞의 말을 내 아들 올 때까지 죽지 않겠다는 의미로 보고, 저년이 걱정이야……라고, 그가 다 하지 못한 말을 채워 넣으면 어떠랴. 그러나 보살님이 혹 보기라도 할세라 문을 탁 닫던 야멸찬 손길과, 문갑 안에서 필사적으로 통장과 등기서류를 끄집어 내던 잔인한 집착을 떠올리면 이내 한숨이 나왔다. 물 흐르는 것처럼 부드럽게 흘러내리는 굴암산 굽잇길을 활달하게 건던 그의 거침없고 수려한 모습은 온데간데 없었다. 항차 마지막 이승을 떠날 때 그가 보여 준 집착이 이러할진대, 그가 쓰던 가사 장삼과 목탁 염주와 바리때 한 벌을 다 태워 없앤다 한들 그게 무슨 소용인가.

감자는 정말 튼실하게 자라 있었다.

나는 텃밭까지 기왕 늘어놓았던 수도 호스의 끝을 잡고 감자마다 물을 주기 시작했다. 벌써 두 주째 폭염이 계속되고 있었다. 더 이상 권해도 소용없다고 느끼고 내 집 앞을 떠난 이장의 차가 용암사로 이어진 논 건너편의 굽잇길을 올라갈 때, 지게를 짊어진 그 사람, 벙어리 농부가 비닐하우스 앞에 나타났다. 아침이라 그는 햇빛을 옆으로 받고 있었다.

안녕하세요.

나는 큰 소리로 인사했다.

어, 어, 어하고 그가 지게작대기를 흔들면서 화답했다. 이렇게 일찍 일어나 밭에 물을 다 주다니 기특하다……라고, 나는 내 멋대로 그의 말을 해석했다. 빈 지게지만 여느때와 달리 그의 등은 한껏 굽어 보였다. 눈엔 잔뜩 눈곱이 끼어 있었고, 웃을 때 침이 뚝, 턱 밑으로 떨어졌으며, 역동적인 주름살의 그물망 역시 전에 비해 풀어진 느낌을 나는 받았다. 뭐 하러 힘들게 빈 지게를 지고 다니세요. 라고 내가 소리쳐 말했으나 그는 이미 동쪽 방향으로 몸을 돌린 다음이었다. 거기서부터 그는 해를 정면으로 받고 걸었다. 다리는 어느 새 한 뼘도 더 되게 자라난 밭둔덕의 잡풀에 가리고 체수 작은 몸은 커다란 지게로 가렸으니, 뒤에서 볼 때 지게 하나만 해를 향해 기우뚱기우뚱 흘러들어 가고 있는 것처럼 보였다.

그는 정말 벙어리인가.

나는 습관처럼 혼잣말을 했다.

육이오 때 그는 몇몇 동네 사람과 함께 굴암산의 굴 속에 숨어 지냈다고 했다. 이장은 그의 부인이 어떻게 죽었는지 정확하게 설명하지 못했다. 제가 태어나기도 전의 일인걸요. 이장은 말했지만 나는 이장의 말을 다 믿지 않았다. 그 말을 할 때 한사코 내 시선을 피하는 것으로 보아 이장은 자신이 아는 것을 다 말하지 않은 게 확실했다. 그 점은 이장 뿐만 아니라 인사를 트고 지내는 몇몇 마을 사람들도 마찬가지였다. 화제가 육이오에 이르면 너나없이 험험 헛기침을 날리거나 집에 일이 있다며 급히 자리를 뜨기 일쑤였다. 반세기가 지났지만 아직도 터놓고 말할 수 없는 것들을 토박이 마을 사람들은 각자의 심지에 박아놓은 게 틀림없었다. 내가 겨우 알아 낸 것은 근동의 다른 마을에 비해 이 마을 사람들이 전쟁을 겪으며 유독 많이 죽었다는 사실 정도였다. 들은 얘기지만요, 젊은 부인이 죽고 나서 그 양반 수삼 년 마을을 떠났었다나봐요……라고 이장은 겨우 설명해 주었다. 총각 때는 동네에서 제일 체격도 좋고 키도 지금과 달리 헌칠했다는 말을 들었다고도 했다. 그러나 신적도 없이 종적을 감추었던 그가 마을로 돌아왔을 땐 이미 예전의 그가 아니었다. 체격은 모르지만 키가 확 줄어든다는 이야긴 들어본 적이 없는데요……라고, 이장은 고개를 갸웃하면서 말했다. 몸은 꼬챙이처럼 말랐고, 키도 한 뼘쯤 줄어 뵈는 데다가, 풍을 맞았던 것인지 입까지 홱 돌아가 있어 마을 사람 모두 그를 알아보지 못했다는 것이었다. 더구나 입이 돌아간 탓인지 어리버리 말을 하지 못했다. 객지에 떠돌다가 뭔가, 죽을병에 걸렸던 게지요. 예전이야, 얼마나 험한 세월이었습니까. 이장은 그것으로 아퀴를 지었다. 그의 입이 제자리로 돌아온 수년 후에도, 사람들은 그가 본래부터 벙어리였다고 관습적으로 생각했을 터였다. 그는 계속 벙어리였고, 태어날 때부터 벙어리인 것이 되었다.

미역국여.

그러나, 그는 분명 말하지 않았던가.

오늘이 임자 귀빠진 날여. 많이 먹어.

나는 면사무소에 가서 남몰래 그의 호적을 열람해 보았다. 그의 말을 들었던 그 날이 부인의 생일임에 틀림없었다. 아냐, 그럴 리 없어. 그래도 나는 세차게 고개를 저었다. 부인의 생일을 내 눈으로 확인하고도 믿어지지 않기는 마찬가지였다. 분명히 벙어리인 그가 어떻게 말을 할 수 있겠는가.

나는 감자밭에 우두커니 서 있었다.

이제 첫 꽃이 피었으니 감지꽃은 도미노로 앞다투어 필 것이었다. 감자 열매가 오지게 영글게 하려면 꽃을 따줘야 좋다는 것을 가르쳐 준 것도 그였다. 다른 때보다 한결 힘이 빠진 듯한 그의 표정이 마음에 걸렸다.

밭둑길은 이내 텅 비었다.

나는 그가 좀전에 지나간 밭둑길도 보고, 용암사로 올라가는 시멘트 포장로도 보았다. 두 개의 길은 텅 빈 채 모두 고요했다. 원행 스님의 염주와 바리때를 태우느라 그런지 굴암산 허리쯤에서 흰 연기가 피어올랐다. 스님은 연기 따라 언덕 저쪽 샹그리라에 들 수 있을까. 스님이 떠났으니 시멘트 포장로는 오래 비어 있을 것이고, 밭둑길 또한 머지않아 비게 될 것이라고 나는 느꼈다. 더 이상, 활달하게 산을 내려오는 원행 스님과 흐르는 듯 밭으로 가는 벙어리 농부가, 내 집 남쪽 창 한가운데에서 서로의 몸 속으로 부드러이 스며들어 리드미컬하게 통과해 가는 꿈 같은 그림을 볼 수는 없게 될 게 확실했다.

나는 그것이 안타까워 짐짓 하늘을 보았다.

7

보살님이 죽은 것은 벙어리 농부가 죽은 것과 우연히 같은 날이었다.

창의의 제례가 끝나고 원행 스님의 아들들이 용암사를 팔려고 내놓았다는 소문이 돌 때에도 감자꽃은 줄기차게 피어났다. 아들들이 보살님에게 절을 비우라고 했다는 소문도 돌았다. 그 사이 이장은 내게 찾아와 보살님이 꼭 한번 나를 만나고 싶어한다는 말을 두 번이나 전했으나, 나는 절로 가지 않았다. 내가 본 원행 스님의 임종을 본 대로 말할 준비가 되지 않았기 때문이었다. 보살님은 대웅전 뒤꼍의 칠성각 대들보에 목을 매달았다고 했다. 절에서 쫓겨나는 게 두려워서가 아니라 원행 스님을 향한 정한이 그리 깊었으니 스님을 서둘러 뒤쫓아간 것이라고, 이장은 단언했다. 칠성각 뒤뜰에선 라일락 한 그루가 쓸쓸히 마지막 꽃잎을 떨궈 내고 있는 중이었다.

나는 그 날, 뜰에서 그를 기다리고 있었다.

그냥 내박쳐두었으므로 내 집 뜰엔 온갖 봄풀들이 웃자라 있었고, 또 꽃을 피우고 있었다. 개망초가 여기저기에서 벙긋벙긋 꽃망울을 터뜨리기 시작한 그 사이사이, 쇠별꽃 바람꽃 애기똥풀 양지꽃 참꽃마리 제비꽃 좀가지풀 씀바귀 애기나리 금붓꽃 앵초 산민들레가 혹은 피고 혹은 졌다. 안녕하세요. 빈 지게에 황혼을 지고 돌아올 그를 기다렸다가 나는 소리쳐 인사할 작정이었다. 마치 좋아라 하는 선생님에게 인사하려고 복도 끝에 숨어서 기다리고 있는 어린아이 같았다. 안녕하세요. 담배 한 대 피우고 가세요. 내 인사에 화답하여 그가 한번 웃으면, 천 갈래 만 갈래, 주름살 골골은 깊어도 햇빛보다 환하니, 온 세상이 밝게 열릴 터였다.

그러나 그는 오지 않았다.

놀빛이 급격히 스러지고, 굴암산 허리춤을 미끄러져 내려온 어둠이 삼태기 같은 골짜기 다 잡아먹을 때까지도 가르마 같은 밭둑길은 계속 비어 있었다. 전에 없던 일이었다. 혹시 그럼 다른 길로 돌아서 집에 간 것일까. 나는 서성거리면서 이미 어둠에 묻혀 흐릿해진 밭둑길 끝을 보고 또 보았다.

무슨 일이 생긴 거야.

어떤 순간 나는 생각했다.

최근에 와서 하루가 다르게 눈의 서기가 풀어지고, 허리가 더 굽었던 사실을 나는 잊지 않고 있었다. 개구리들이 악써서 울기 시작했다. 나도 모르게 내 발길이 밭둑길 쪽으로 내달은 것과 동쪽 하늘에서 별똥별 하나가 날카롭게 진 것은 거의 동시였다. 나는 발걸음을 멈추었다. 무슨 일이 있다 한들, 내가 그것을 어떻게 할 수는 없을 터였다. 나는 쓸쓸히 집 안으로 들어왔고, 밥솥의 코드를 꽂았으며, 물에 만 밥을 시어터진 김치 한 종지와 후지럭후지럭 먹었다. 아직도, 여전히, 시시때때 배가 고프고, 배가 고프면 빈 위장을 채워야 한다는 사실에 나는 슬픔을 느꼈다.

그 날 밤 꿈에 그가 보였다.

갑자기 굴암산 허리 어디쯤이 세상에서 가장 맑은 나팔 소리가 솟아나오는 것처럼 환해지더니, 그 광채의 비단길을 따라서 흰 소가 끄는 수레 하나, 천천히 내 앞으로 다가오는 꿈이었다. 그 수레 위에 역시 순백색 도포를 차려입은 벙어리 농부, 그가 타고 있었다. 키는 측백나무보다 크고 어깨는 탄탄대로로 드넓었다. 나는 망초꽃 무리 사이로 비켜서면서 가만히 수레 위의 그를 바라보았다. 그는 흰빛에 싸여 있었지만 눈부시진 않았다. 수레가 움직이지 않는 것처럼 흘러와 막 내 곁을 지날 때, 안녕하세요, 라고 수줍은 목소리로 나는 간신히 인사했다.

안녕하세요, 담배 한 대 피우고 가세요.

그가 환히 미소지으면서 쑤욱, 다섯 자도 넘음직한 흰 팔을 뻗어 내가 내미는 담배를 받아들었다. 여전히 말은 없었지만 나는 그가 나를 알고 있다고 느꼈고, 그래서 행복했다. 천지엔 가득 망초꽃이 피어 있었다. 나는 그의 비단길을 더럽히지 않으려고 망초 사이로 수줍게 비켜선 채, 눈부시진 않았으나 습관처럼 손차양을 하고서, 그가 탄 수레가 동쪽 끝을 향해 멀어지고 있는 걸, 바라보이지 않을 때까지 바라보았다.

그는 자신의 밭에서 죽었다.

세상에서 그처럼 정갈하고 생명력 넘치는 밭을 나는 예전에 본 적이 없었다. 그의 감자들은 내 감자보다 한 뼘씩 컸고, 토마토는 이미 열매를 맺었으며, 수박은 수박끼리 참외는 참외끼리 오이는 오이끼리 상추는 상추끼리 쑥갓은 쑥갓끼리 고구마는 고구마끼리 고추는 고추끼리 아욱은 아욱끼리 배추는 배추끼리 무는 무끼리 콩은 콩끼리 호박은 호박끼리 제 몫몫, 그러나 한데 어울려 아주 건강하게 자라나고 있었다. 그것들 하나하나가 모두 말갛게 세수하고 난 청년들 같았다. 그는 그 한가운데, 밭고랑 사이에서 호미를 든 채, 고요히 엎으러져 있었다. 어깨를 가만히 흔들면 금방이라도 기지개 켜고 일어나 호미질을 계속할 것 같은 자세였다.

이현수

1959년 충북 영동 출생.
1997년《문학동네》신인공모 당선으로 등단.
소설집으로『토란』과 장편소설집『길갓집 여자』가 있음.
제4회 무영문학상 수상.
hyunsu415@hanmail.net

지구가 생긴 이래 가장 많이 오염되고 호도되어 온 말이 사랑이다. 남녀가 서로에게 끌리는 감정은 사랑이 아니라 홀림이다. 꽃이나 음악에 홀리듯 그렇게. 모든 형태의 사랑에는 반드시 의무가 따른다. 그 감정에 기꺼이 함락되어 몸과 마음을 다해 복무하고 종사할 때에 비로소 우리는 그것을 사랑이라고 불러야 할 것이다. 「신기생뎐 4 –기둥서방 편」은 홀림을 사랑이라고 착각한 남자가 주인공이고, 「신기생뎐 5 –집사의 사랑」은 사랑의 속성은 익히 알고 있지만 그 사랑에 복무하고 종사할 기회조차 박탈당한 한 남자의 이야기이다.

신기생뎐을 시작한 지도 벌써 2년이 되어 간다. 기생에 관한 기사나 자료만 봐도 전화를 해주던 여성작가들. 기둥서방 편을 쓸 때, 구슬박기에 관해 조언을 해준 ㅊ, 해바라기라는 것도 있다는 걸 가르쳐준 ㅇ와 ㅈ(아, ㅈ의 경우 그림까지 그려서 설명을 해주었다.), 자다가 일어나 전화에 대고 노래를 불러준 ㅅ시인. 모두들 고맙고 고맙다.

집사의 사랑
— 신 기생면 5

이현수

1

한복집들이 옹기종기 이마를 맞댄 골목 안으로 승합차 한 대가 소리도 없이 미끄러져 들어온다. 승합차의 옆구리엔 부용각의 로고가 선명히 찍혀 있다. 24시 편의점 앞에서 태만한 표정으로 커피우유를 마시던 남문한복집 여자가 승합차를 보고는 종종걸음으로 골목을 가로지른다. 남문한복의 녹슨 셔터가 덜덜거리며 위로 올라가고 명신 한복도 이에 질세라 바삐 가게 문을 열기 시작한다. 군산 토박이들이 기방 거리라고 부르는 좁고 긴 골목은 승합차가 부용각에 들어오는 시간에 맞춰 화들짝 깨어난다. 이 무렵이면 멀리 옥구 앞바다에서 해풍이 불어온다. 해풍이라고는 해도 짭조름한 갯내가 코에 걸릴 듯 말 듯 감질나게 부는 바람이다. 바다 냄새를 희미하게 맡을 수 있는 것도 오전 열 시, 이때 잠깐뿐이다. 뭍에서 쉴 새 없이 피워 올리는 공업용 하수 냄새에 밀려 이내 날아가버리고 만다.

승합차에서 내린 박 기사는 차에 등을 기대고 기방 거리를 천천히 둘러본다. 구름에 가린 해가 배죽이 얼굴을 내밀 즈음, 기역자로 굽은 골목 어귀를 보느라 그가 고개를 돌렸고, 한 줄기 햇빛이 그의 얼굴에 집중적으로 쏟아졌다. 짧은 순간 빛에 환하게 드러난 얼굴은, 아무 미련없이 늙은 얼굴이다. 그는 오십대 후반이다. 오십대는 삼사십대와는 다르게 늙는다. 급속도로 늙는다. 게다가 지나간 세월에 대한 회의나 갈망을 체념한, 무방비한 상태로 생이 주는 모든 것을 받아들이겠다는, 개운치는 않지만 넉넉하다고밖에 표현할 길 없는 의지가 얼굴 전면에 퍼져 있다. 그래서 더욱 미련없어 보인다.

솟을대문이 낡아 떼어낸 지 오래되었는데도, 부용각을 드나드는 사람들이 바깥대문이라고 부르는, 돌과 시멘트로 축대처럼 촘촘하게 쌓은 담에 원추형 모양으로 뚫린 출입구를 통과하던 그는 힐끗 위를 올려다본다. 기방임을 알리는 홍사등롱이 여태 불을 밝히고 있다. 바깥마당의 기둥에 붙은 스위치를 끄고 안중문으로 들어선다. 그는 대체로 정해진 순서에 따라 오전 일을 처리한다. 새벽시장에서 사온 음식 재료를 부엌 평상에 가져다 두고, 오래 고아야 하는 국이나 탕이 불 위에서 혼자 끓고 있으면 아침잠에 빠진 부엌어멈들을 깨우지 않고 가만가만 뒷처리를 한다. 그런 뒤 예닐곱 개의 컵과 한 개의 대접에 그만이 알고 있는 황금비율로 꿀물을 탄다. 지난 이십 년 동안 하루도 빠짐없이 해온 일이다.

"거 참 희한한 일이다아. 두툼하고 옹이진 저 손이 타야지만 꿀물이 너무 달지도 않고 싱겁지도 않게 속시원한 맛을 내니 이 무신 조활꼬."

도리머리를 흔들던 타박네가 엄지손가락을 빼 앞으로 내민 후 꿀물 타는 일은 자연히 박기사의 몫으로 돌아왔다. 꿀과 물의 황금비율은 시간이 가르쳐주었다. 한가지 일에 마음이 깊으면 언젠가는 통한다. 그는 꿀물이 든 사기 컵들과 한 개의 대접을 받쳐들고 별채로 통하는 샛길로 들어선다. 화단의 울타리로 심은 사철나무 가지가 바지를 찌른다. 내일쯤 가지치기를 해야겠다. 늦잠에서 깬 기생들이 눈도 뜨지 못하고 기어나와 마루를 더듬을 때, 손으로 잡기 편한 장소에 컵을 하나씩 배치한다. 마루에 놓인 컵의 간격이 띄엄띄엄 떨어져 있다. 그렇게 하면 헛손질에도 하나의 컵만 나동그라질 뿐 남은 컵이 잇달아 엎어지는 불상사를 막는다.

드디어 오마담이 마실 꿀물만 남았다. 흰색 본차이나 대접을 두 손으로 받쳐 든 그는 뒤채를 향해 조심조심 걸어간다. 배롱나무 향내가 코끝을 스치고 달큰한 바람이 소매와 옷깃 사이로 파고든다. 어제 김사장이 '안다이' 이선생의 멱살을 틀어쥐고 난동을 부리는 바람에 부용각은 벌집을 쑤신 듯 소란스러웠다. 타박네의 기세에 눌린 김사장이 꼬리를 내리고 돌아간 뒤, 오마담은 말없이 술만 마셨다. 아무도 말리지 못했다. 오늘 오마담이 마실 꿀물은 평소보다 삼분의 일 가량 양이 많다. 그가 오마담을 위해 해줄 수 있는 일은 그뿐이다. 그래도 그는 행복하다. 흰색 본차이나 꿀물 대접을 받쳐들고 그녀에게 갈 수 있어서, 비록 느린 걸음이어도 한 발 한 발 오마담이 누운 뒤채 꽃살무늬 방문으로 명분있게 다가설 수 있어서.

꽃살무늬 방문 앞으로 다가간 그는 그림처럼 몸을 움직인다. 그가 적당하다고 생각되는 위치에 꿀물 대접을 올려놓는다. 지난 이십 년 동안 꿀물 대접은 같은 장소에 조금의 어긋남도 없이 놓여졌다. 지금이라도 대접을 들면 대접 밑 동그란 테의 자국이 인두로 지진 것처럼 마루에 찍힌 것을 볼 수가 있다. 여러 개의 테가 아니고 완전하게 둥근 것 하나. 오래된 한옥인 부용각은 한 해 걸러 한번씩 보수를 해야 그나마도 형태를 유지한다. 그런 탓에 부용각의 마루는 이 년마다 한번씩 대대적인 보수를 하고 초칠과 걸레질 등 잔손이 가는 일은 수시로 한다. 그럼에도 검고 둥근 대접의 테는 좀체 지워지지 않는다. 이십 년 세월이 남긴 흔적이다. 마루를 뜯어내지 않는 한 누구도 그 자국을 지울 수는 없을 것이다.

대접을 놓고 돌아서던 그가 뒤채 마당에 내걸린 무명 천을 보곤 멈칫한다. 새하얀 무명들이 빨래줄에 걸려 깃발처럼 나부끼고 있다. 화초머리 올리는 행사 때 쓴 원앙금침의 안감들이다. 절반쯤 가려졌던 해가 구름 속을 빠져나와 사방에 빛을 뿌리기 시작했으므로, 지금의 햇빛은 어느 때보다도 짙다. 바람에 날리는 송화가루처럼 무심히 퍼지던 빛은, 빛이 닿는 자리에서 빛을 더해 동서남북 무차별적으로 눈부시게 튕겨 나간다. 그 빛 속에서 한결 얇고 투명해진 무명이 바람 품은 돛처럼 팽팽하게 배를 부풀리며 하늘로 치솟아오르고 있다. 바람 속에 금빛 햇살 속에 화한 가루비누 향내가 섞여 있다. 세상의 소음이란 소음은 모두 빛 속으로 빨려든다. 실눈을 뜬 그는 고요한 정적 속으로 한 발 한 발 걸어들어간다. 이맘때, 꼭 이런 풍경이었지. 그의 발이 허공에서 노는 듯 제멋대로 엉킨다. 쪽머리를 튼 마흔의 오마담을 본 것은. 솔직히 말하면 제대로 본 것도 아니야. 처음에는 귓볼을 다음에는 옆얼굴을 얼핏, 빨래줄에 걸린 무명천 틈으로 훔쳐본 게 전부였으니까. 아니, 아니지. 사향내를 먼저 맡았어. 오마담이 가까이에 왔다는 신호처럼 사향내가 물씬 났으니까. 그때 그 사향내를 맡지 않았다면…… 내 인생은 어떻게 달라졌을까. 무명을 더듬던 손이 부르르 떨린다. 바람에 날리던 무명의 한 귀가 펄럭, 얼굴을 후려친다. 정신이 번쩍난다.

특별한 풍경 속에 놓이게 되면 인생은 종잡을 수 없는 곳으로 치닫기도 한다. 빈 위장을 휘젓던 짭조름한 냄새에 휘청거리지만 않았어도 그의 인생은 달라졌을 것이다. 군산 쪽의 수금을 영업부 김에게만 맡겼어도 다른 인생의 밑그림을 그렸을 것이다. 어느 쪽이 옳다고는 말할 수 없다. 다 살지도 않았고, 설령 다 살았다고 해도 생의 무게가 바둑판 위의 흑돌과 백돌처럼 명명백백히 드러나는 게 아니므로.

알전구에 박힌 필라멘트 같은 선들이 하나씩 빛을 내며 눈앞에 어른거리기 시작했을 때, 그것들이 무리지어 떼로 모여들며 발광하기 시작했을 때, 그는 빈혈기가 있다는 걸 알았다. 어제 저녁도 술로 때웠고 아침도 건너뛰었다. 점심을 먹기엔 이른 시간이어서 큰길에 있는 대형 음식점들은 문도 열지 않았다. 빈 속부터 채워야겠다는 생각에 그는 좁고 구부러진 이 기방 거리로 들어서고 말았다. 골목 안에서 해장국을 먹은 다음 거래처를 마저 돌고 서울로 올라갈 생각이었다. 가도 가도 해장국집은 보이지 않았다. 반갑잖은 한복집들만 죽 늘어선 이상한 골목이었다. 타임머신을 타고 순간이동을 한 듯 육십년대 경관을 고스란히 간직한 골목에는 나른한 정적만이 감돌았다. 지나가는 개 한 마리 보이지 않았다. 골목을 되짚어 나가야겠다고 몸을 돌렸을 때 난데없이 짭조름한 갯내가 몰려와 빈 속을 후벼팠다. 휘청, 다리가 꺾여 길가 담밑에 쪼그리고 앉았다.

그집 담 너머로 늘어진 능소화를 본 게 먼저였나. 발밑에 뭉텅이로 떨어진 능소화의 주홍빛에 멀미가 난 게 먼저였나. 아니면 겨울 강에 얼음이 쩡쩡 갈라지는 소리 같기도 하고, 누군가 머리를 풀고 통곡하는 소리 같기도 하고, 새들이 서로 목을 비비다가 날아오르는 소리 같기도 하고, 광막한 사막의 모래 구릉이 바람에 휩쓸려 다른 구릉으로 옮겨앉는 소리 같기도 한 절절한 소리를 들은 게 먼저였나? 모르겠다. 어쨌건 '어허 어허야, 어어허야.'에 한 발, '구부구부야 눈물이라.'에 또 한 발, 그렇게 그집으로 걸어들어간 것만은 확실해. 바깥대문을 지나고 안중문을 넘어 안채의 높은 계단을 어떻게 올라갔는지. 지금처럼 발이 허공에서 놀아 착지감을 느낄 수가 없었어. 환각 상태나 도착증에 빠진 것 같았으니까. 속이 쓰린 것도 배가 고픈 것도 몰랐어. 마리화나나 대마초를 하면 그런 기분이 들여나. 아무튼 소리를 찾아 집 안으로 들어갈수록 소리는 조금씩 멀어졌어. 견고한 담을 무너뜨릴 듯 우르르 울리던 소리가 안으로 들어갈수록 작고 희미해졌지. 그런데도 알 수 없는 것은 희미한 소리가 귓바퀴에 붙어 떨어지지 않는 거야. 파장을 일으키며 계속 잉잉 대. 눈앞에선 여전히 필라멘트 선이 둥둥 떠다니고 귀에서는 잉잉거리는 소리의 파장이 커졌다가 작아졌다하는 바람에 제정신이 아니었지. 부엌에서 밥을 먹던 부용각의 식구들이 그날따라 왜 마루에 나와 앉아 아침 겸 점심상을 받았는지도 모르겠어.

"밥상에 숟가락 하나 더 올려놔야 쓰겄다."

비틀거리며 계단으로 올라오는 그를 보고 누군가 부엌을 향해 된소리를 질렀다. 짜랑짜랑한 목소리의 주인이 타박네인 것도 뒷날에야 알았다. 오래 전에 나갔던 집을 찾아든 것마냥 그는 아무 말없이 마루로 올라가 밥상머리에 끼어들었다. 비위도 좋지. 모두가 어안이 벙벙한 얼굴로 쳐다보건말건 그는 땀을 뻘뻘 흘리며 얼가리 배추국을 뚝딱 비웠다. 그날 먹은 반찬이 무엇이며 어떤 맛이었는지 통 모르겠는데 새파란 얼가리

배추국만은 아직까지도 머릿속에 또렷이 남아 있다.

밥을 먹고 나니 잉잉 대던 소리도 걷히고 눈앞에 떠다니던 발광체도 사라졌어. 그런데도 눈이 부시더군. 발광체가 떨군 가루 부스러기 같은 햇빛이 온누리에 반짝거리고 있었기 때문이지. 거기다가 빨래줄에 두 줄로 걸린 흰 무명이 눈앞을 가로막고 있었어. 부용각에 들어올 땐 못보던 풍경이었지. 깨끗하게 쓸린 마당에서 펄럭이는 무명을 보고 있자니 내가 걸었던 전생의 어떤 길을 불러내는 것만 같더라구. 전생의 어느 한날, 무심코 갔던 길인데 거기 사는 동안은 까맣게 잊고 지내다가 수천 년이 지난 현생에서 불현듯 떠오르는 길. 살을 푸는 무녀처럼 무명의 한가운데를 허리로 찢고 걸어나가면 잊혀진 길에 얽힌 사연들이, 전생의 가물가물한 기억이 찢긴 무명 틈새로 힐끔 보일 것만 같았어. 혹시 우리 어디선가 보지 않았나요? 처음 만나는 사람에게 불쑥 묻곤 제풀에 당황해서 돌아서는 것처럼, 그렇게 잊힌 길이 내밀한 곳에서 떠오를 것만 같더라구. 그러자 이상하게도 마음이 투명해지더군.

바로 그때 마당에 걸린 무명 천과 무명 천 틈으로 한 여자의 그림자를 봤어. 지금 생각해보니 사향내를 먼저 맡았던 것 같아. 바람에 한껏 배를 부풀린 무명이 하늘로 치솟아오를 때 사향내가 코를 덮치고 이어 여자의 귓볼이 보였지. 손 끝이 저릿한 게 숨이 쉬어지질 않았어. 또 다른 무명이 바람에 펄럭 하늘로 솟구칠 땐 쪽을 찐 옆얼굴이 보이더군. 소리의 주인이 저 여자라는 걸 그때 알아챘어. 무명 뒤로 여자의 실루엣이 어른어른 비치는 데도 볼 수가 없으니 입이 타더군. 누가 저 무명들을 확 걷어줬으면 싶었어. 난 손가락도 들 수 없을만큼 힘이 빠진 상태였거든. 여잔 그러고도 한참을 오락가락 거닐었어. 늘어진 무명 천 밑으로 꽃 자수가 놓인 비단고무신이 왔다갔다하는 게 보였거든. 한손에 쏙 들어오게 생긴 작은 발.

난 그 길로 부용각에 주저앉았어. 못다한 수금도 서울의 회사도 생각이 나질 않는 거야. 여기 와서 가장 먼저 한 일이 뭔 줄 아는가. 담 너머로 늘어진 능소화를 베어낸 일이었네. 또 누군가 나처럼 햇빛이 무진장 쏟아지는 여름에 이 기방거리로 흘러들게 될까봐. 줄기 마디마디에 흡반 같은 뿌리가 생겨나 담 따위야 너끈히 타고 넘는 능소화의 덩굴을 보게 될까봐. 담밑에 뭉텅이 뭉텅이로 떨어진 능소화의 주홍빛에 눈이 멀까봐. 담을 타고 흐르는 소리야 막을 재간이 없지만 꽃에 눈이 멀면 돌이킬 수가 없는 법이거든. 능소화는 정말로 사람의 눈을 멀게 하는 독을 꽃잎에 숨기고 있다네. 옛말 못 들었는가. 능소화의 꽃가루가 들어가면 눈이 멀게 된다는 말. 그건 나 하나로 족하다는 생각이었지. 그래서 난 담밑의 능소화부터 베어 냈네.

어느 날인가 그가 타박네에게 물었다. 무작정 걸어들어오는 사람을 왜 받아들였느냐고. 영업을 시작하기도 전이고, 손님이 아니란 건 첫눈에 알았을 텐데.

"제집 찾아온 것 맹키로 당당하게 들어오는데 안 받을 위인이 어디 있겠노."

"제가 배고픈 건 어떻게 아셨어요?"

"내사 마, 밥쟁이만 삼십 년이다. 사람 상을 보마 미칠 굶은 상인지 감이 온다 카이."

타박네가 아무것도 묻지 않고 덥석 받아들인 속내야 짐작할 순 없지만 그는 그렇게 부용각으로 흘러들어 이십 년을 살았다. 이십 년. 허공에 말

뚝을 박으며 견딘 세월이었다.

2

이상도 하지.

부용각에 들어와 사는 데도, 아침 저녁으로 오마담의 얼굴을 보는데도 돌아서면 그녀의 얼굴이 생각나질 않았다. 어떤 날은 입이, 또 다른 날은 코만 보일 뿐 얼굴 전체가 보이지 않았다. 정면으로 쳐다보는 데도 그랬다. 한 대상에 너무 깊게 몰입하면 전체를 볼 수 없는 모양이다. 나는 애가 탔네. 오마담의 얼굴을 다시 볼 수 있을까 하여 자다가도 벌떡 일어나 뒤채를 서성거린 게 한두 번이 아니었어.

그가 부용각에 발을 들인 지 일주일쯤 지났을까. 마당비로 쓸 대를 구하러 뒷산 대숲에 들어가게 되었다. 맞춤한 굵기의 대가 눈에 띄질 않아, 앞에서 걸리적거리는 댓가지를 낫으로 툭툭 치며 숲속을 휘젓고 다니던 중이었다.

아흑아흑. 나는 그게 절정에 오른 여자의 목에서 터져나오는 교성이라는 걸 몰랐었네. 바람이 댓잎을 훑는 소리에 섞여 들려 그랬는지도 모르지. 바람이 댓잎을 훑는 소리에 여자의 교성이 얹히면 무슨 소리가 나는 줄 아나? 사방이 막힌 실내가 아니고 숲속에서 들으면 그 소리가 어떻게 들리는 줄 아는가? 그 장면을 보지도 않고 상상하지도 못한 사람의 귀에는 어떤 소리로 들리는 줄 아는가? 양은냄비에 라면을 끓이다가 국물이 넘치면 가스불이 꺼지지. 그럼 가스 밸브를 자꾸만 돌리게 된단 말이야.

오래된 밸브는 한두 번 돌려서는 불이 붙질 않아. 아무리 돌려도 가스레인지에서는 스스슉 스스슉, 헛바람 빠지는 소리만 나지. 그러다가 다시 불이 붙으면 라면이 끓어오르는 소리가 들려. 내 귀에는 그게 꼭 그 소리 같았네. 국물 넘친 라면냄비에 가스불을 다시 붙이는 것 같은, 라면이 끓어오르는 소리 같은.

그는 라면 끓는 소리가 나는 쪽으로 발길을 돌렸다. 발이 저절로 움직였다고 하는 편이 옳았다. 댓잎은 기승스레 하늘로 기어오르고 있었다. 시퍼런 물로 천지를 도배한 것 같았어. 그 짙푸른 녹음 속에 오마담의 붉은 갑사치마가 보였네. 사람은 보이질 않고 흘린 빨랫감처럼 펼쳐진 붉은 치마만 눈에 들어오더군. 보색의 대비가 어찌나 강렬한지 눈을 뜰 수가 없었어. 기생의 제복이 왜 한복인지 그제서야 깨달았네. 풍성한 주름이 잡힌 한복을 입은 여자를 보면 치마를 살짝 들추고 싶은 충동을 느끼게 되지. 매끈하고 부드러운 천으로 온몸을 휘감은 여자를 보면 누구라도 한겹 벗겨 보고 싶은 생각이 들게 마련이야. 지푸라기조차 들 힘이 없는 늙은 사내라 할지라도 말일세. 자네, 마흔이 된 여자의 몸을 대낮에 본 적이 있는가? 마흔의 오마담은 지금처럼 마르지가 않았었네. 탱글탱글 여물대로 여물어 금방 터질 것만 같았다네.

나는 바람이 많은 고장에서 태어났다네. 여름에는 찌는 듯이 덥고 겨울에는 귀가 떨어질 것처럼 추운 곳이었지. 사람들은 하나같이 자전거를 타고 다녔다네. 그건 여자들도 마찬가지였다. 젊은 여자는 바지를 입고 나이 든 축에 끼이는 여자는 몸뻬를 입고 자전거를 탔다. 제아무리 가난한 집도 안장 떨어진 고물자전거 한 대씩은 갖추고 있었다. 지금도 눈에 선하지. 희뿌연 먼지가 돌개바람을 타고 우 불려다니는 신작로에 입술

시퍼런 여자들이 머리카락을 하늘로 치켜세운 채 자전거를 타고 휭하니 지나가던 모습이.

그가 자라난 고장에는 한집 건너 한집 꼴로 과부들이 살았다. 그곳 과부는 그냥 과부가 아니었다. 전부 남편을 잡아먹은 여자들이었고 드물게는 자기 자식을 잡아먹은 여자도 있었다. 드센 팔자도 옮는지, 타지에서 들어온 얌전한 여자도 몸뻬만 입혀 놓으면 하루종일 악다구니를 써댔다. 물이 거꾸로 흘러서 아귀찬 여자들만 태어난다며 고장의 어른들은 돌아앉아 혀를 차기 일쑤였다. 그는 늦도록 오줌을 가리지 못했고 앞춤이 젖을 정도로 심하게 침을 흘렸다. 어머니는 개구리다리를 구워주거나 무슨 생선 다린 물 같은 것을 그에게 먹였다. 어느 날 약탕기 안에 든, 털이 뽑힌 쥐의 붉은 살을 보고 그는 진저리를 쳤다. 벌겋게 익은 살은 벌써 흐물흐물해져 알아볼 수가 없었지만, 쥐의 등뼈와 날씬한 얼굴뼈가 형태를 온전히 보존한 채 뽀얀 국물 속에 가라앉아 있었던 것이다. 그가 약으로 먹었던 물이었다. 남편과 자식을 잡아먹은 것도 부족해 쥐까지 잡는 여자. 털이 붙은 쥐의 가죽을 한손으로 쭉 잡아당기는 여자.

당연히 그는 여자가 무서웠다. 훗날 그가 본 고장의 여자들은 여자가 아니고 엄마였다는 걸 알았어도, 엄마가 되면 모든 여자들이 필사적이 된다는 걸 알았어도 그는 여자가 무서웠다. 그들을 만만하게 보기 시작한 건 돈으로 여자를 사고 나서부터였네. 여자를 사도 벗은 엉덩이를 찬찬히 살펴볼 틈은 없었다네. 앞에 달린 것만 바라보기도 바쁜데 언제 뒤집어놓고 엉덩이까지 감상할 틈이 있었겠는가. 바지 앞단추를 풀고 배설하기에도 바빴고.

그런데 흘린 빨랫감처럼 대숲에 펼쳐진 붉은 치마 사이로 오마담의 엉덩이를 보고야 말았다. 오마담도 상대 남자도 보이질 않고 오직 그녀의 엉덩이만 보였다. 속속곳과 단속곳을 벗었던가봐. 아니면 알몸에 치마저고리만 걸쳤던지. 붉은 치맛자락 사이로 봉긋하게 부풀어오른 엉덩이와 하얀 등이 보였네. 치마말기 아래에서부터 치맛자락이 활짝 벌어져 있었으니까. 그녀가 아래위로 엉덩이를 움직일 때마다 누운 남자의 아랫배에 걸쳐진 도톰한 허벅다리도 보였다. 길게 파인 여자의 등골이, 양쪽으로 갈라진 엉덩이의 깊은 골이, 일직선으로 힘차게 내뻗은 뒷몸의 가운뎃선이 그렇게 아름다운 줄 그때 처음 알았다. 벗은 몸을 보자 순간적으로 오마담의 얼굴이, 눈과 코와 입뿐만 아니라 민틋한 이마와 아래로 급하게 빠진 갈쭉한 얼굴 선까지도 확연히 떠올랐다.

등을 돌리고 있어서 얼굴은 보이지 않았는데도 알겠더란 말이지. 보지 않아도 생각이 나더란 말이지. 얼굴로 몰린 피가 핏줄을 뚫고 터져나올 것만 같아, 뼈와 근육이 오그라드는 것만 같아서, 기신기신 뒷걸음질치며 그 자리를 피했네. 그 후로 나는 라면을 끓일 때마다 대숲의 오마담을 보네. 라면은 내 앞에서 아흑아흑, 줄곧 그렇게 끓었네. 난 이제 라면을 먹지 않네.

3

그는 오후 내내 부용각에 있었다. 급한 볼일도 뒷날로 미루고 안중문 앞 계산대를 지켰다. 오마담은 진종일 뒤채에서 꼼짝도 하지 않았고 타박네는 김천댁만 달달 볶는 눈치였다.

"김천댁 니는 그것도 인간이라고 편을 들고 싶나! 고 베라묵을 자슥이 하는 행티를 눈으로 낱낱이 보고서도 김사장 편을 들고 나오나."

"오마담은 안즉도 입 봉하고 있드나. 그놈, 사람을 대보름날 개끌난 것처럼 맹글어 놓고 지 혼자 살겠다고 줄행랑을 쳐? 생각할수록 괘씸타!"

타박네가 부엌에 들고날 때마다 기차화통 같은 소리가 터져나왔다. 옆에서 타는 불을 끄려다 재만 덮어쓴 뚱땡이, 덩달아 푹푹거린다. 사실 안채 부엌만 시끄럽지 뒤채와 별채는 그 속사정이야 어떻든 겉으로는 조용해 보였다. 며칠동안 머물렀던 박사장과 '안다이' 이선생도 가고 없고, 숨을 돌릴 만 하면 사고를 치던 김사장까지 그예 한 건 하고 사라진 참이어서 부용각이 텅비다시피했다. 행여 타박네의 눈에 띄어 좋을 게 없다 싶었던지, 윤희네와 영선네도 별채에서 건너오질 않는다. 타박네와 오마담, 그. 세 사람이 균형을 잡고 있어야만 부용각이 정상적으로 유지가 된다. 오늘은 두 사람의 심기가 불편한 상태여서 어쩜 그가 세 사람의 몫을 혼자 감당해야 될지도 모른다.

주워다 기른 고양이가 그의 발목에 고개를 파묻고 졸고 있다. 그는 가끔 의자 밑으로 손을 뻗어 고양이의 등을 어루만진다. 부드러워서, 따뜻해서, 부르면 어디서든 달려와서 좋다. 조금만 크면 고양이의 목에 방울을 달아야겠다. 아까 그는 두 통의 예약전화를 받았다. 한 통은 라이온스 클럽 윤회장이었다. 큰손님 세 분을 모셔야 한다며 조용한 방을 원했다. 조용한 방이라면 매화실이나 난초실을 말하는 것이다. 그 방에는 신선로와 구절판까지 곁들이는 특상이 들어가야만 한다. 지금 타박네의 심사로 봐서는 은행을 꼼꼼히 골라가며 신선로를 끓여낼 것 같지도 않다. 그런 마당에 윤회장은 춤기생도 소리기생도 부르지 말고 술을 따를 아이 서넛만, 입 무거운 애들로 골라 넣어달라고 한다. 거기다가 덧붙이는 말이 이번에 애 하나 새로 왔다며? 입맛을 다셨다. 벌써 미스 양 소문이 새어나간 모양이다. 미스 양이야 어려울 것도 없다.

"전날 머리 얹은 애 있지. 걘 특별히 주빈 옆에 앉혀주게나."

이 바닥에서 일을 하다 보면 구태여 소개하지 않아도, 부용각에 들어서는 모습만 봐도 그날의 주빈이 누구인지 안다. 윤회장의 은근한 말투로 보아 애들을 2차까지 딸려보낼 모양이다. 미스 민이 누군데 그리 쉽게 허락을 하겠는가.

"글쎄요. 미스 민은 좀…… 머리를 얹은 지 며칠 안돼 자리에 나오려고도 하지 않을 겁니다."

"그러니까 박기사 자네가 힘 좀 써줘야지. 단골 좋다는 게 뭔가."

그는 자신이 없다고 목소리를 최대한 낮추었다. 교자상을 차릴지 말지도 모르는 판국에 부용각의 얼굴인 미스 민까지 2차 대동이라? 라이온스 윤회장, 꿈도 크다. 힘주어 당기면 고무줄도 끊어진다는 말은 옛말이다. 요즘 고무줄은 질겨서 아무리 당겨도 늘어만 날 뿐 끊어지지 않는다. 그는 윤회장의 애만 잔뜩 달구고 전화를 끊었다. 그래야 교자상에 놓는 돈도 두둑하고 기생들에게 돌아가는 팁도 넉넉해진다. 뒤에 걸려온 전화는 단체로 온 관광객인 듯했다. 손님이 차서 곤란하니 다른 날 다시 들려달라며 정중하게 거절했다. 지금 부용각은 소란스러운 손님까지 맞이할 겨를이 없다. 그가 처리하는 일 가운데 빛나는 부분이 바로 이런 대목이다. 성격 급한 타박네나 무른 오마담은 결코 그처럼 하지 못한다. 그는 눈에 힘도 주지 않고, 맺을 것은 맺고 끊을 것은 끊고 밀 것은 밀고 당길 것은 당긴다. 그것도 두 손을 모아쥐고 고개를 약간 숙인, 세상에서 가장 겸손

한 자세로. 오전 나절, 정원에 물을 주다가 이젠 부용각에도 스프링클러를 설치해야겠다고 결정했다. 마당에 심겨진 수목이 하루가 다르게 자라나는 터라 사람의 손으로 물을 주기에는 진작부터 힘에 겨웠다. 그나 되니까 지금껏 버틴 것이다. 집과 사람이 낡으면 무엇보다 현대식 설비가 필요하다. 어디에 설치하면 좋을까. 그는 발 대중으로 이쪽 저쪽을 재며 부지런히 안마당을 오간다. 활달한 걸음걸이건만 앞뒤로 움직이는 팔의 각도는 그다지 크지 않다. 그가 발짝을 뗄 때마다 시름으로 차오른 똥똥한 아랫배의 군살이 혁대 바깥으로 한줌씩은 비어져나온다. 가을이 오기 전에 보일러도 손보고 연못의 물도 갈아야만 한다. 인부 몇 명은 불러야 할 것이다.

그는 발치에서 성가시게 하는 고양이를 안고 창고 쪽으로 길을 잡는다. 부엌에서 흘러나온 기름 냄새가 끈질기게 따라붙는다. 생각했던 대로, 화초머리 올리는 행사 때 쓴 천막과 비단길이 창고 입구에 아무렇게나 방치되어 있다. 일손이 바쁘다는 핑계로 김사장에게 맡긴 것이 잘못이라면 잘못이다. 그는 천막을 개어 끈으로 묶은 다음 빈 박스에 넣었다. 테잎으로 봉하고 매직 펜으로 천막 1, 천막 2, 번호까지 쓴다. 비단길도 풀어 단단하게 말아 비닐에 집어넣는다. 그런 뒤 안으로 들여와 착착 쟁이기 시작한다. 그의 손길이 한번 지나간 곳엔 두번 손 갈 일이 없다. 창고의 물건들은 제각각 있을자리를 찾아 반듯반듯 들어 있다. 바닥은 도배를 하고 남은 바닥재를 깔아 무늬는 맞지 않지만 깨끗하기로야 여느 집 안방 못지않다.

나비야. 어느 구석에 박혀 있는지 가르릉 소리만 내는 고양이를 부르다가 바닥에 오그리고 누워 잠깐 눈을 붙인다. 가늘고 고불고불한 머리카락이 유독 정수리 부근에만 성글게 나 있다. 한쪽이 쑥 말려 올라간 바짓단 아래 무참히 드러난 그의 발목. 쓰다가 꾹꾹 뭉쳐 내던진 파지처럼 그가 누워 있다. 나뭇잎만큼의 열정도 남아있을 것 같지 않은 초로의 사내. 몸속에 뼈 속에 비밀을 품은 듯이, 강인하고 침착했던 지난날의 모습은 찾아볼 길이 없다.

4

오마담은 담벼락이나 전봇대 보듯 나를 본다네. 뒷산에서 굴러온 돌덩이 보듯 할 때도 있네. 그녀는 내가 자기 앞에 있는지 없는지도 모른다네. 고요한 눈길로 뚫어져라 날 응시할 때도 있지만, 오마담의 눈길은 단번에 내 늑골과 심장을 뚫고 나가 등 뒤 어디엔가 머무른다는 것을 안다네. 오마담의 그런 눈길을 받을 때면 나는 싸움에 진 장수가 된다네. 부하들 앞에서 적장에게 무릎을 꿇고 사정사정해서 목숨을 구걸한 것처럼 극도의 수치심을 느끼네. 나를 둘러싼 공기와 바람, 햇빛에게조차 부끄럽네. 그 모든 걸 본 자연이 미워지네. 그리고 1초나 2초 후, 전신에 힘이 빠지네. 이윽고 내 자신으로 돌아오지. 그 짧은 1초나 2초 사이 숱한 감정이 교차하며 지나가네. 무섭게 번지는 들불, 잿더미로 변한 들판을 적시는 한줄기 소나기, 그럼에도 불구하고 흰 연기를 뿜으며 타오르는 논둑의 모닥불, 엉겁결에 논둑불을 끄려는 내 서툰 발길질, 뒷다리에 들어간 터무니없이 뻣센 힘. 누군들 아름답고 신성한 사랑을 꿈꾸지 않겠나. 깊은 땅 속에서 타오르는 불꽃처럼 장엄하고 비장한 사랑을 꿈꾸지 않겠

나. 욕된 세월도 세월은 세월이듯이 욕된 사랑도 사랑은 사랑인 것이야. 고백하자면 나는 눈을 뽑아버리고 싶은 적도 있었네. 다시는 앞을 보지 못하도록 눈알을 파 내고 싶은 적이 있었어.

지금도 어제 일처럼 생생하게 떠오르네. 그날은 아홉시가 되기도 전에 손님들이 다섯 팀이나 들이닥쳤네. 두 팀은 예약도 하지 않은 손님이었지. 부엌에서도 정신없이 바빴고 덤으로 나도 바빴네. 기생들이 총동원되다시피 했는데도 오마담은 세 개의 방에 들락날락 불려다녀야 했네. 새벽 두시가 되어서야 거지반 판이 끝났어. 부엌 어멈들은 남은 설거지로 바빴고 나는 안채와 별채, 뒤채의 수은등을 차례대로 끄러 다녀야 했네. 이십 년 전에는 하나의 스위치로 정원의 수은등을 모두 끌 수 있는 시스템이 되어 있질 않았네. 더군다나 구옥인 부용각에서야. 예나 지금이나 발품을 많이 파는 수밖엔 없었지. 뒤채의 3번 수은등 앞에서 나는 보고야 말았네. 오마담이 꽃살무늬 방문 앞에서 문도 열지 못하고 마루에 엎어지는 것을.

남자가 엎어진 오마담을 일으켜 세우더니 뒤에서 급하게 치마를 걷더군. 생각해보게나. 여자의 한복이 좀 거추장스러운가. 겹겹이 껴입은 속옷은 어떻구. 이 남자, 얼마나 급했던지 오마담의 치마를 걷어올리지도 못해. 벌벌 떨리는 손으로 치마를 걷긴 걷었는데 그만 속바지의 가랑이까지 같이 끌어올린 거야. 그러니까 오마담이 허리를 구부려 자신의 속바지를 한손으로 끌어내리고는 마지막엔 양 발을 이용해 벗더군. 그러고는 적극적으로 응했어. 두 사람이 하는 체위는 사람이 할 수 있는 체위가 아니었어. 꽃살무늬 방문도, 기와지붕도, 서까래도 우지끈 부서져 뿔뿔이 날아간 자리에 둘만 남겨진 것 같았지. 그들은 어두운 벌판에서 만난

한 쌍의 야수처럼 아무 거리낌없이 서로의 몸을 탐했다네. 하필이면 그들은 내가 서 있는 방향을 향하고 그 짓을 했네. 수은등 불빛이 환한 뒤채 마루에서. 이번에는 뒷걸음질치거나 기신기신 몸을 피하거나 하지 않았어. 수은등 아래 그냥 뻣뻣이 서 있었지. 화단에 파놓은 작은 연못에 드리워진 내 그림자가 못물에 잠겨 출렁출렁 일렁이거나 말거나, 평소엔 은은하게 빛나던 수은등의 불빛이 그날은 정수리를 쪼갤 듯이 뜨겁게 타오른다고 느꼈거나 말거나.

오마담의 등뒤에서 몸을 놀리던 남자가 나를 봤어. 그는 관객이 있으면 흥분하는 체질인가봐. 날 발견하더니 몹시 흥분해서 날뛰더군. 오마담은 남자의 품에 안긴 채 허리를 구부리고 있었는데도, 나를 정면으로 보고 있었는데도, 수은등 앞에 있는 날 보지 못했네. 예나 지금이나 내가 보이지 않았던 게야. 절정의 순간에 그녀의 얼굴엔 아무런 표정도 떠오르지 않았네. 양은냄비에서 라면이 끓는 소리가 들리는데도 말이지. 기쁘거나 슬프거나 찡그리거나 하여간에 어떤 표정을 지어야 할 게 아닌가. 그런데 무표정했어. 난 그때까지도 그녀에 대해 조그만 희망을 버리지 않고 있었네. 한 올의 실오라기라도 잡는 심정으로 그녀의 무표정에 기대를 걸었지.

지금은 페루의 수도가 리마이지만 옛날엔 쿠즈코였지. 옛 잉카의 수도 쿠즈코에서는 매년 해가 가장 뜨거운 6월 24일이면 태양의 축제를 연다고 하네. 쿠즈코 동쪽 삭사이와만 요새에서 황금의 왕관을 쓴 왕과 왕비, 태양의 처녀들이 해를 향해 옥수수 물과 살아있는 라마의 붉은 심장을 꺼내 하늘에 바치는 의식을 행한다고 하네. 여태 날짜도 잊어버리지 않고 있지. 그날은 음력 6월 24일 밤이었어. 나는 그녀가 심장 털린 가련한

라마였으면, 태양의 제단 위에 제물로 바쳐진 한 마리 라마였으면, 그래서 하얗게 달 뜬 밤 잃어버린 심장 때문에 고통으로 몸을 떠는 라마였으면 하고 간절히 원했네. 하지만 그건 분명히 아니었어. 그녀는 제단 위에 바쳐진 제물이 아니었다구. 그녀의 무표정은 자신을 완전히 비워서, 넋이 조각조각 새어나가서 그렇게 보였던 거야.

혹여 연꽃을 본 일이 있는가. 물 위에서 쉴 새 없이 흔들리며 꽃을 피우고 잎을 틔우는. 연꽃의 속대는 텅 비어 있네. 비워야만 물 위에 뜰 수 있으니까. 우린 연꽃을 보면 아름답다고 하지. 속 없는 그 꽃을 보고. 마지막 절정에 다다른 오마담의 몸은 한송이 연꽃처럼 만개하여 공중으로 화르르 떠올랐네. 점점이 떨어진 연꽃잎들이 급물살을 타고 또 한번 세차게 흔들리더니 얼마 후 그녀의 발이 마루 위에 사뿐히 놓였네. 그 순간 내 몸에서 질투의 불길이 주체할 수 없을 만큼 맹렬히 타올랐네. 분노에 치를 떨었네. 기생의 정체성이 확연히 보였다네. 그녀가 어떤 직업을 가진 여성인지 한눈에 보였다네. 그녀는 돈에 몸을 판 게 아니었어. 그때 내 맘이 어떠했겠는가?

나는 거침없이 수은등을 꺼버렸네. 위로 휘어진 추녀 허리께에 손톱 모양의 그믐달이 막 떠올랐어. 대숲의 그림자로 뒤덮인 뒤채 마루는 눅눅한 어둠에 잠겼었지. 그들은 두억시니처럼 어둠 속에서 계속 몸을 섞기 시작했고, 두 사람의 모습은 수은등이 켜져 있을 때보다도 자세히 보였네. 어둠 속에서의 동작은 더욱 크고 열정적으로 보이더군. 열 개의 손가락을 갈퀴처럼 구부려 내 눈알을 뽑아 짐승의 먹이로 던져 주고 싶었지. 눈알이 뽑혀 나간 우묵한 구멍에 고인 검붉은 피를 두 손으로 떠다가 오마담의 벗은 몸에 흩뿌리고 싶었네. 그런 후엔 마르고 갈라터진 비탈 콩

밭에 물 한모금 주지 않고 사철 내내 세워두고 싶었네. 새들도 우습게 보고 심심하면 한번씩 콕콕 쪼고 가는, 고개 부러진 허수아비처럼.

이 사람아, 땅 위의 사랑이란 그런 것이지.

영화나 소설 속에서처럼 리얼리티가 심각하게 결여될 때에만 사랑은 그 이름값으로 간신히 아름답네. 자네도 아다시피 사랑은 시작이 퍽이나 중요하다네. 어떤 방식으로 시작하는가에 따라 사랑의 형태가 결정지어진다네. 그러하매 나는 사랑한다고 말할 기회를 영원히 잃어버린 셈이네. 놓쳐버린 꼴이지. 오마담의 손님으로 당당하게 부용각에 들어서지 못한 것이 천추의 한이 되고 말았네. 능소화의 주홍빛에 홀린 것이 문제였네. 그것은 덫이었네. 내 사랑은 시작부터 그렇게 혹독했네.

5

꿈이로다. 꿈이로다. 모두가 꿈이로다.

오마담의 시김새 소리 좀 들어보게나. 특정음에서 특정음으로 곧장 가지 않고 한 음의 주변을 맴돌며 잘게 떨리는 소리. 음가를 짧게 쪼개어 때로는 끌어올리고 때로는 미끄러져 내려 본래의 음높이마저 흐리는 저 소리. 나는 꿈 속에서도 오마담의 소리만은 가려내네. 오마담의 소리에 따라붙는 시김새처럼 사는 게 평생의 소원이었으니 내 어찌 그 소리를 모르겠나. 잠깐 눈을 붙인 사이 꿈을 꾸었다네. 오마담이 풀밭 위를 맨발로 걷고 있었어. 한없이 자유로워 보였다네. 내가 물었네. 이제 그 벌판을 지나왔는가, 그리도 고대하던 평원에 당도했는가, 하고. 오마담은 싱긋이 웃을 뿐 아무런 말이 없었다네. 참으로 편안한 얼굴이어서 꿈속에서도 마음이 놓였네.

6

그는 부스스한 얼굴로 일어나 창고 문부터 열었다. 여름 날씨는 종잡을 수가 없다더니 그새 밖엔 실처럼 가는 비가 내리고 있었다. 잠깐 눈을 붙인다는 게 내처 잔 모양이다. 난감한 표정으로 어둠에 휩싸인 바깥을 바라보던 그가 벌떡 일어나 창고를 나간다. 아니 여보게, 저건 무슨 소린가? 그릇이 깨어지는 소리 같기도 하고. 지금 안채에서 무슨 일이 일어나고 있는 게 분명해. 우당탕, 부서지는 소리가 거듭 들리자 그는 안채를 향해 허둥지둥 뛰기 시작한다. 어느 새 다가온 고양이가 그의 뒤를 따른다. 그는 흙탕물에 바짓가랑이가 젖는 것도, 질척한 흙덩이가 구두에 묻는 것도 아랑곳하지 않는다. 안채의 높은 계단을 한꺼번에 두 칸씩 뛰어오르던 그가 별안간 계단참에 서서 움직이질 않는다.

누군가에게 동댕이쳐진 것처럼 오마담이 안채 마당에 널브러져 있다. 실처럼 가는 비가 그녀의 머리와 어깨 위로 쉬임없이 내린다. 오마담의 얼굴은 눈물과 비에 젖어 번들거리고 둘둘 말린 치맛자락은 흙에 뒤범벅이 되어 있다. 그의 얼굴이 하얗게 질리는가 싶더니 차츰 일그러진다. 주먹 쥔 손은 표 나지 않게 조금씩 떨리고 있다. 한차례 숨을 고른 그가 남은 계단을 뛰어오르기 시작했을 때, 신발을 짝짝이로 신고 달려온 기생 두엇이 오마담을 부축해 별채로 데려간다.

"소리기생을 들여보내랬더니 어디서 저런 술주정뱅이를!"

활짝 열린 매화실의 미닫이 문앞에서 한 남자가 허공을 향해 종주먹을 들이대고 있다.

"정선생, 그만 하시게. 내 얼굴을 봐서라도 한번만 참아."

라이온스 윤회장은 화가 난 남자를 말리느라 정신이 없고, 남자는 금방이라도 마루의 유리 문을 뜯고 나올 기세다. 부용각의 기생들이 몰려나와 등으로 매화실을 막고 있는 형국이어서 남자의 얼굴은 보였다 안보였다 한다.

"폭삭 늙은 할망구를 기생이라고 들여보내니 이건 순전히 우리를 무시한 거라구. 술이나 팔아먹고 사는 것들이."

"그게 아니고……."

"안이고 밖이고 간에 저리 좀 비켜봐."

이때 성난 코뿔소처럼 씩씩거리며 등장한 타박네, 마구잡이로 달겨든다.

"윤회장을 봐서 참을라캤디만. 이노옴! 니 오늘 내한테 단다이 걸렸다. 삼재 든 데 께꾸(격구)를 쳐도 분수가 있제."

김천댁은 뒤에서 타박네의 허리춤을 바투잡고, 뚱땡이가 자신의 큰 덩치를 이용해 타박네의 앞길을 막고 있다.

"야들이 갈구치게 왜 이래싸. 퍼뜩 절로 안 비키나. 내 저놈이랑 한판 떠야겠다. 지가 이기나 내가 이기나, 이참에 끝장을 보고 말끼다."

"늙어빠진 거 간신히 털어냈나 했더니 이번엔 바싹 마른 곶감씨 겉은 할망구가 나서네. 무슨 기방이 이래. 여기가 부용각이 맞긴 맞어."

"우리 오마담이 어떤 오마담인데 느 겉은 놈이 함부로 조디를 놀리노.

옛날 겉으믄사 니 놈은 감히 넘어다 보지도 몬했다. 시방도 이름만 대마 알만 한 인사들이 야지리 줄을 섰었다. 이놈!"

"호랑이 담배 피던 시절 얘기하고 앉았네. 기껏해야……."

"기껏해야 술 팔아 묵고 살았지만 느이 놈들보다는 백번 깨끗하다."

왜 나서서 말리지 않냐구. 이런 싸움판을 한두 번 보는 줄 아나. 이만 하면 대충 접는 판일세그려. 내가 이렇다네. 오마담의 눈에 흐르는 눈물을 바라만 보고 있지 닦아주질 못한다네. 실상 따지고 보면 기생의 눈에 흐르는 눈물은 어느 누구도 닦아주질 못해. 마르거나 시들게 버려두어야 하네. 기생에게 마지막으로 남는 게 뭔 줄 아나. 돈? 사랑? 아닐세. 술독과 담뱃진, 주사자국, 그리고 한 장의 손수건뿐이야. 손수건의 갈피에는 뜰먹거리는 추억도 고이 접혀 있겠지만 말이야. 그러나 그것뿐이라네. 기생의 일생에 남는 거라곤.

마침내 미스 민이 불 끄러 나온다. 날아갈 듯한 걸음걸이로 별채를 돌아 안채 마당으로 들어선다. 불을 끄러 나온 소방수답게 비단치맛자락 휘날리며 마당을 급히 가로지른다. 실비 몇 방울, 그녀의 등을 두드리다 스며들지 못하고 도르르 굴러 떨어진다. 안채 마루로 가뿐하게 올라선 미스 민. 마루의 유리문에 비치는 뒷모습이 의젓하다. 미스 민이 매화실 안으로 들어설 즈음, 종주먹을 휘두르던 남자도 문 앞에 몰려 있던 기생들도 제각기 흩어진다. 미스 민의 출현으로 싸움판은 거반 수습이 되었는데도 한번 터진 타박네의 분통은 좀체 가라앉을 기미를 보이지 않는다. 굳게 닫힌 매화실의 문에 대고 쥐어짜듯 고함을 지른다.

"우리는 몸은 팔아도 마음은 안 판다 이거야. 느들이 술집에 앉아서 나라를 위한다고 조디로 씨부릴 때 우리는 직접 나섰다. 니가 어디서 굴러

온 개뼉다귀인지는 몰라도 귓구멍이 뚫렸응게 들은 소리는 있을끼다. 삼일 만세운동이 일어나고 그 닷새 뒤인 3월 6일, 군산에서 벌어진 대규모 만세운동. 영명학교 기숙사 골방에서 독립선언서와 태극기를 대량 인쇄하다가 들켜서 주모자들이 전부 잡혀갈 때, 남은 인쇄물을 이 부용각으로 빼돌렸다. 그때 여 이름은 부용각이 아이고 장춘옥이었는 기라. 장춘옥을 수상히 여긴 순사들이 구석구석을 뒤졌어도 끝내 인쇄물을 찾지 못했다. 독립선언서와 태극기가 장춘옥의 어데 있었는 중 아나? 장춘옥 기생들이 배에 차고 있었다. 알라 밴 거 맨치로 복대로 둘둘 묶어설랑. 마침 3월 6일은 군산 장날이었다. 그날 장에 온 시민들은 장춘옥 기생들의 치마춤에서 나온 독립선언서와 태극기를 흔들며 만세운동을 했는 기라. 그 사건은 내가 산증인이다, 이놈. 그때 니 애비는 어데서 뭐하고 있었다카드노!"

난 저 얘기를 타박네에게 귀가 따갑도록 들었네. 가끔 생각하네. 세상은 요지경 속이라고. 매국노가 버젓이 독립유공자 행세를 하는 세상에, 천민 중에 천민인 기생들이 자신의 배에, 셀 수도 없이 많은 남자들이 지나간 배 위에, 모성성이라곤 깡그리 말살된 그녀들의 배에 독립선언서와 태극기를 품고 있었다는 사실을. 오죽이나 뿌듯했겠나. 뭇사내를 올리던 배에 한 나라를 올렸으니.

방금 여길 지나간 아이가 미스 민이라고, 부용각의 마지막 기생일세. 기품이 있는 아이지. 어디 기품뿐이겠나. 저 아이를 보고 있으면 오마담의 젊은 날을 보는 것 같네. 오마담은 샛바람이 불었다 하면 밤낮없이 이레는 불어야 바람살이 눅는 여자라네. 그녀는 한번 주면 모든 걸 내어주는 여자라네. 그렇다고 기생들이 전부 그런 것은 아니야. 미스 민처럼 영리한 기생도 있지. 몸을 사릴 때와 벗어야 할 때를 아는 여자. 타박네가 좋아하는 기생이지. 타박네는 기생의 주가가 언제 오를지 그 지점을 정확히 꿰고 있거든. 부용각이 어째서 전국 최고의 기방이 되었겠나. 기생들이 예뻐서? 기예가 출중해서? 음식이 뛰어나서? 천만에. 이 정도의 인물과 기예, 음식은 어디에든 흔하다네. 문제는 지점이지. 어느 선에서 앉고 설 것인가를 아는 것이 중요한 법이거든. 손님들은 제 몸에 쌓인 욕망과 욕정을 풀기 위해 질펀하게 놀다가면 그뿐이고, 기방의 기생들은 그들을 위무하고 다독거릴 임무를 띠고 있네. 임무를 수행하는 중에 기생들도 손님처럼 시시로 욕망이 발동하지. 춤과 노래로 풀어 내도 한줌 이슬 같은 욕망은 남아 있기 마련이야. 덜 털어낸 욕망의 찌꺼기가 응어리지어 얼근얼근 몸 속에 굴러다닐 때. 그럴 때 기생들은 수줍게 저고리 고름을 풀고 싶어하지. 이런 욕망의 비등점이 손님과 서로 상충하면 지금처럼 상이 엎어지고 접시가 깨어지고 옷고름이 뜯겨져 나가네.

오늘 밤 미스 민은 저 남자의 품에 안길 거야. 2차를 나가는 게 아니고 별채의 자기 방에서 저 남자를 맞을 거라구. 그게 오마담과 미스 민의 다른 점이지. 예기는 예술로 술자리의 흥을 돋우고, 예인은 예술로 정신의 흥을 돋우는 치들이거든. 그런데 오마담은 그 둘은 동시에 해내려고 했단 말이야. 그러다가 틈새에 껴 지레 주저앉은 꼴이지. 미스 민은 현명하게도 자기 자리를 잘 알고 있어. 그래서 미스 민이 부용각의 마지막 기생이라는 얘기야.

7

오마담이 사향뜸을 뜬다고 한 날이 내일인가? 성과 속의 경계를 넘나들며 살던 그녀가 결국 하나는 포기했나 보이. 부디 뜸 좀 잘 떠주게나. 자네가 뜰 회음혈은 항문과 생식기 중간에 있는 혈로 우리 몸의 음기운이 모이는 자리라고 알고 있네. 음기운과 양기운의 균형을 회복시켜 주는 자리로서 뜸자리의 뿌리에 해당하는 최고의 혈이라구? 회음혈에 뜸을 뜨면 전신을 관장하는 임맥, 독맥, 충맥의 기가 강력하게 순환된다고 들었네. 나도 그쯤은 알아보고 자네를 부른 것이야. 끝을 본 사람은 귀신도 시샘을 하는지 언제부턴가 오마담은 고음을 내지 못하네. 그녀는 잃어버린 음을 되찾고자 마지막 방편으로 뜸을 뜨려 하지만 나는 그게 아니네. 소리도 중요하지만 모쪼록 그녀의 몸에 퍼진 주독부터 빼주게나. 부탁하네. 전에 그녀가 말했었네. 소리란 입에서 나오는 즉시 흩어져 버려 붙잡아 맬 수도 없고 그렇다고 형태가 있어 눈에 보이는 것도 아니고 해서, 그것처럼 사람을 애닯게 하는 것이 없다고. 내 사랑이 그러했네. 흐르는 물을 손으로 움켜잡는 것처럼, 바라는 볼 수 있으되 가까이에서 매만질 수 없는 꽃처럼…… 하지만 향기는 멀수록 더욱 맑은 것이 아닌가.

부용각의 바깥대문에서 안중문까지 내 걸음으로 열다섯 걸음. 안중문을 넘어서 안채 계단까지는 스물두 걸음. 거기서부터 서른세 개의 계단을 밟고 올라가야 가까스로 안채가 보이네. 안채에서 뒤채까지는 몇 걸음인지 세어보질 않았어. 안채에서 뒤채로 가자면 별채를 돌아가야 하니 일일이 셀 수가 없었네. 뒤채의 오마담에게로 가는 그 길이 내게는 그렇게도 멀었다네. 아마 일평생 걸어도 그녀에게 다가갈 수 없을는지도 몰라.

붙잡을 수 없는 사람을 오래 마음에 두다보면 아득해지는 순간이 있어. 그땐 모든 것이 다르게 보이네. 내가 본 것이 과연 본 게 맞는지. 가슴에 간직한 풍경이, 그 풍경 속에 실제로 내가 있었던 것인지 모든 게 의심쩍고 뒤죽박죽 엉망일 때가 있어. 그럴 적엔 그녀를 향한 내 사랑도 의심을 하게 되네. 과연 내가 그녀를 사랑하기는 한 걸까, 하고.

오마담이 정사를 벌인 마루 위의 그 자리. 꽃살무늬 방문 앞에 날마다 꿀물 대접을 가져다두는 것도, 마루에 인두로 지진 것처럼 동그랗게 난 대접 밑 테의 자국도 돌아보면 증오인 것을.

식물들에게 물을 줄 때에야 난 겨우 나의 본색을 되찾네. 물을 줄 때마다 느끼네. 식물들에게는 우리가 알지 못할 위엄이 있다고. 거목은 한 알의 씨앗이 숲에 떨어진 그 순간부터 살아왔으니 얼마나 오랜 세월을 말없이 견뎌왔겠나. 그에 비하면 내 사랑은 하찮다는 생각이 드네. 발부리에 걸리는 돌이나 잡풀처럼. 그러나 진정 불쌍한 것은 그 하찮은 것들 아니겠나. 본인도 어찌할 수 없는 끓는 마음이 아니겠나. 그 마음을 들킬까봐 안절부절하는 또 다른 마음이 아니겠나.

나무는 늙을수록 값이 나가고 땅속 도라지도 묵을수록 금이 오르는데, 저마다 늙은 것들은 다 쓸모가 있는데 남자 늙은 것만은 아무짝에도 쓸데가 없다는 타박네의 말이 생각나네. 물론 그 말은 내게 한 게 아니고 김사장 들으라고 한 말이지만 속으로는 뜨끔했었네. 나도 노후가 걱정은 되네만 후회는 안 해. 능소화와 대숲 사이에서 보낸 한 생을 결코 후회하지는 않네. 거기에 하늘도 들이고 바람도 들이고 심심찮게 폭풍우도 불러들였으니 그만하면 한 세상 잘 품다 가는 것 아니겠나. 안 그런가, 이 사람아.

전성태

1969년 전남 고흥 출생.
1994년 《실천문학》 신인상으로 등단.
소설집으로 『매향(埋香)』 등이 있음.
신동엽창작기금 수상.
jstroot@hanmail.net

나는 때로 국가주의가, 혹은 그 문화가 개인에게 부지불식간에 죄를 짓게 한다고 생각한다. 사회의 시스템에 적응하여 사는 것 자체가 끔찍한 죄를 짓는 일인지도 모른다. 더러 예민한 개인들이 있어 죄의식을 느끼기도 한다. 그 형벌은 아이러니하게도 시스템을 벗어나 있다. 그런 개인들은 스스로에게 '사형(私刑)'을 내린다. 나는 그것이 인간 존재의 모습 중 하나라고 생각한다. 형상화가 미약하지만 그런 이야기를 기록해 보고 싶었다.

사형(私刑)

전성태

대령은 근무 중 불의의 사고를 당해 준장으로 예편했다. 엄연한 장성임에도 사람들은 그를 대령으로 불렀다. 그는 개의치 않았다. 오히려 대령이라는 호칭에서는 야전의 화약내가 물씬 풍기는 것 같아 은근히 자부심마저 들었다. 군부독재를 거친 대부분의 신생국가들이 숱한 전쟁 영웅을 낳듯 그도 그 반열에 한몫 낄 야전부대 지휘관이었다. 그는 한국전쟁 중에 학도병으로 입대해 낙동강 전투를 겪고 전쟁 막바지에 갑종 장교로 임관했다. 월남전에는 말년 소령 계급장을 달고 채명신 장군 휘하의 일선 대대장으로 참전해 살아 돌아왔다. 그를 두고 전쟁의 화신이라는 말도 있었지만 그만한 전력만으로도 그는 지휘관으로서 영(令)이 섰다. 그는 숱한 일화를 남겼다. 전방 전투사단의 연대장으로 재직할 때 남긴 일화는 그의 면모를 단적으로 보여 주었다.

사단장에게 호출되어 헬기로 이동 중이던 대령은 어느 들판 위에서 깜짝 놀랄 광경을 목격했다. 헬기까지 동원된 급한 길이었다.

"저게 뭔가?"

대령은 동승한 주임상사에게 물었다. 주임상사는 대령이 지휘봉으로 가리키는 들판을 내려다보았다. 들판은 꽃을 막 피워 올린 망초로 무성했는데 프로펠러에서 인 노대바람에 휩쓸리고 있었다. 대령이 지목한 것은 그 풀밭 가운데에서 빠른 속도로 움직이는 정체불명의 물체였다. 얼룩덜룩한 게 무슨 짐승 같았으나 식별이 쉽지 않았다. 주임상사는 망원경을 눈에 댔고, 곧 상황을 파악했다. 그건 짐승이 아니라 어린 병사였다. 엉덩이를 까 내린 병사는 바람에 흘린 종이 쪼가리를 잡으려고 풀숲을 불불 기고 있었다. 주임상사는 변명할 말이 궁색하여 얼버무렸다.

"매복 나온 사병이 쓰레기를 줍고 있는 모양입니다."

"이 야전에서 쓰레기를 줍는단 말이지?"

대령은 헬기 착륙을 지시했다. 일정이 분 단위로 잡혀 있었기 때문에 주임상사는 연대장이 명령을 거두어주길 청했다.

"저 멋진 부하를 만나보지 않고 어디를 간단 말인가?"

헬기는 방향을 틀어 들판에 내려앉았다. 멀리서 병사는 헬기에까지 들릴 만큼 큰 소리로 경례를 해왔다. 주임상사가 뛰어가 사병을 데려오는 동안 대령은 친히 풀밭으로 내려와 사열을 받는 지휘관처럼 서서 기다렸다.

끌려온 자처럼 굳어 선 병사는 이등병이었다. 대령은 감격에 겨워서 병사를 껴안았다.

"소속 부대가 어딘가?"

병사는 목청껏 관등성명과 소속부대를 댔다. 주임상사가 재빨리 끼어들어 보고했다.

"매복지를 정리 중이었답니다."

대령은 즉석에서 이등병에게 포상 조치를 내렸는데 6박 7일짜리 포상 휴가증이었다. 포상휴가를 명받은 병사의 심정은 어떠했겠는가. 일개 사병을 치하하려고 사단장의 헬기를 들판에 내린 대령의 기개를 두고 소영웅주의라고 폄훼하는 이는 없었다. 영웅심을 가진 장수만이 전사(戰史)를 새로 썼다. 병사들에게 그는 신화를 안겨주었고 그의 신화는 꽤 오랫동안 회자되었다.

승승장구하던 대령의 무운에 먹구름이 끼기 시작한 건 휘하의 장교가 살해되는 사건이 나고서부터였다. 그는 군복을 벗어야 하는 상황까지 갔으나 그의 화려한 전력이 뒷받침되어 가까스로 모면했다. 그러나 이미 그의 운명은 기울고 있었다. 군 출신 대통령이 시해되고 난 이듬해 꽃샘추위가 막 지날 무렵이었다. 그는 갑작스럽게 후방의 특전여단 참모로 차출되었다. 그는 자신에게 모종의 임무가 주어질 것이며, 자칫 그 임무로 인해 군복을 벗어야 하는 상황이 올지도 모른다고 직감했다. 그리고 그 상황은 빨리 찾아왔다. 진압부대 편성과 차출 명령이 텔렉스로 하달되었고, 작전참모로서 그는 상황실에 박혀서 장고에 들어갔다. 군인은 명령에 산다. 한 발짝만 나서면 별이 보일까? 그러나 야전을 누비던 무장으로서 나의 영광은 어디로 가는가? 그는 채 고민이 끝나기도 전에 보직에서 해임되었다.

그는 보급대의 한직으로 밀려났다가 불의의 헬기 추락 사고를 당하고 전역해야 했다. 전역하는 그를 두고 사람들은 수군거렸다. 대령 말년을 꽉 채우고 더 올라갈 수 없어 군복 벗을 날만 기다리다가 허벅지 하나를 내주고 별을 얻었노라고. 애초부터 장군감이 아니었다고 서슴없이 말하는 이도 있었다. 설령 그가 정치군인들 편에 줄을 섰더라도 일회용으로 사용되고 버려질 운명이었다는 것이다. 갑종 출신의 장군이 탄생하면 뉴스거리가 되는 시절이었다. 그래도 그는 하늘의 별보다 따기 어렵다는 별을 이마에 달아본 사람이었다. 아무리 세상이 변하여 예전 같지 않다지만 그는 영욕의 시대를 풍미한 퇴역 장군이었다. 그러나 권위가 군복에서 나왔다는 듯 옷을 벗자마자 그는 초라한 낭인으로 전락했다. 정치권 어디에서도 손짓하는 곳이 없었고 정부산하단체는 물론이고 그를 위해 책상 하나 마련해 주는 기업체가 없었다. 설령 대령 자신이 그런 것을 원치 않았더라도 어쩔 수 없이 그는 비감에 젖었다. 다리 하나를 잃으면서 얻은 장군의 지위는 분명 불명예스런 영전(榮典)이었던 것이다.

대령에게는 마리라는 일점혈육이 있었다. 월남전에 나가 있는 동안 얻은 딸이었다. 전쟁에서 돌아와 보니 아내는 사라지고 아이는 고향의 노모가 맡아 기르고 있었다. 언젠가 그는 아내에게 딸을 낳으면 마리라고 짓고 싶다고 말한 적이 있었다. 마리는 6 · 25전쟁 때 야전병원에서 그를 돌봐주던 미군 간호사관의 이름이었다. 그녀는 영화 '무기여 잘 있거라'의 제니퍼 존스를 연상시켰다. 그는 생애에 단 한 번 사랑의 열병을 앓았다. 그 사연을 아내에게 들려준 적이 없었으니 아내는 그저 속죄하듯 소원 하나를 들어주고 떠난 게 분명했다.

대령은 야전으로 숨가쁘게 돌면서 아이의 존재를 까맣게 잊어버렸다. 그는 임지를 전방부대로 선택하며 수년을 떠돌았다. 여자가 그리우면 술집 여자를 찾았다. 가끔은 월남전에서 남편을 잃은 하사관의 미망인과 만나기도 했다. 그 미망인은 대위 시절에 잠깐 몰래 만나던 여자였다. 그가 재혼을 결심한 것은 중령 진급을 앞두고서였다. 주위에서 재혼하라는 권유가 빗발쳤다. 어느 자리에서는 사단장까지 나서서 진급할 생각이라면 가정을 꾸리라고 사뭇 협박조로 나왔다. 그는 미망인과 살림을 차렸다. 까마득히 잊고 있던 딸을 슬하에 거둔 것은 그 무렵이었다. 마리는 할머니 곁에서 벌써 일곱 살이 되어 있었다. 말수 적고 침울해 보이는 아이에게 그는 별로 정이 가지 않았다. 함께 살게 되었다고 달라진 건 없었다. 훈련장에서 귀대하여 군장을 점검하듯 잠깐씩 돌아보면 아이가 있을 뿐이었다.

마리는 고등학생이 되어 제법 처녀티가 나기 시작했다. 그 무렵에는 이미 미망인과도 갈라선 뒤라 마리가 집안 살림을 주장했다. 대령은 딸의 얼굴에서 언뜻언뜻 도망간 아내를 느끼곤 했다. 그 아이의 어머니를 사랑하지는 않았지만 자신을 떠났다는 열패감은 고스란히 흉중에 가시처럼 박혀 있었다. 마리는 여전히 침울했으며 라디오를 끼고 방에서 나오지 않았다. 부하 장교나 하사관들을 집으로 초대해 회식할 때면 대령은 소리쳐 말하곤 했다.

"야, 네가 따먹어버려."

그는 아무한테나 그런 소리를 지껄였다. 마치 전리품을 나눠주는 고대의 장군처럼 그는 추태를 부렸다. 그 소리는 방 안의 마리에게도 똑똑하게 들렸다. 마리는 라디오 볼륨을 한껏 올려놓고 울곤 했다. 자신의 몸이 더럽혀진 것처럼 치욕스러웠다. 부하들은 대령의 농담을 호기로 받아들일지 모르나 마리로서는 모욕으로밖에 생각되지 않았다. 대령의 그 입버릇은 마리가 스무 살이 되어도 전혀 고쳐지지 않았다. 맨 정신에도 얼굴 하나 붉히지 않고 그 말을 내뱉곤 했다.

말은 씨가 되기 마련으로 대령의 말을 곧이곧대로 실행한 자가 나타났다. 대령의 부대원 하나가 신작로 풀숲으로 마리를 밀어 넣고 욕정을 채운 것이다. 그는 평소 대령 집에 드나드는 중위였다. 마리는 아버지에 대한 적개심으로 치를 떨었다.

대령은 중위를 잡아다가 꿇어앉히고 권총을 뽑아 그의 관자놀이에 올렸다. 마리는 그 광경이 자신이 당한 일보다 더 끔찍했다. 중위는 사색이 된 얼굴로 읍소했다.

"따님은 제가 책임지겠습니다."

대령은 억눌린 목소리로 물었다.

"당시 복장이 군복이었나, 사복이었나?"

"…… 군복이었습니다."

대번에 대령은 권총 손잡이로 중위의 머리를 내리쳤다. 대령은 중위를 헌병대에 넘기지 않고 손수 다스렸다. 그는 병영에서 할 수 있는 온갖 가혹한 체벌을 동원하여 중위를 초죽음으로 몰고 갔다. 그는 중위의 군복에서 계급장을 떼게 만들었으며 사병들 사이에 유행하는 얼차려를 가하여 장교로서 어떤 품위도 지켜주지 않았다. 야전삽 깔고 머리 박기, 철모 위에 배 깔고 팔 벌리기, 머리 밑에 치약 뚜껑 놓고 머리 박기, 머리 밑에 군번줄 말아 넣고 박기, 오금에 삽자루 끼워 넣고 밟아주기, 부동자세로 서서 입에 모포 물기, 산 개구리 입에 머금고 있기……. 이 일이 상부에 알려져 문제가 되었지만 대령의 마음은 전혀 흔들리지 않았다. 외려 조직과 한판 붙어보겠다는 결기마저 느껴졌다. 사건은 의외의 인물을 통해 파국으로 치달았다.

대령은 단말마의 총성을 듣고 자신의 집무실에서 뛰어나왔다. CP〔지휘본부〕 앞마당에 중위가 모포를 물고 쓰러져 있었다. 그 옆에는 M16 소총을 껴안은 중사 하나가 눈동자가 돌아간 채 주저앉아 있었다. 그는 인근 공군부대의 중사였는데 희고 깡마른 얼굴이 유리그릇처럼 예민해 보였다. 중사는 마리와 3년째 사귀어 온 사이였다. 아무도 그 사실을 알지 못했다. 중사는 근무기한 5년에서 마지막 1년을 남겨 두고 있었다. 고향에 농사를 짓는 노모가 있었고, 복무 중에 대학에 합격하여 제대와 함께 복학할 예정이었다.

그 일이 있은 후 마리는 아버지를 떠났고, 다시는 돌아오지 않았다.

대령이 무엇무엇한 투자회사에 퇴직금을 밀어 넣었다가 털려버리고 고향 근교의 별장으로 밀려왔을 때는 세파와 술에 찌들어 괴팍함만 남은 늙은이에 불과했다. 별장은 대령이 현역시절에 동료 여덟과 함께 투자해 지은 4층짜리 연립주택이었다. 소도시 외곽의 산중턱에 '자연발생유원지'라는 제법 풍광 좋은 저수지가 있었고, 주택은 저수지를 반이나 돌아든 북서쪽 골짜기에 자리잡고 있었다. 누가 보아도 건축허가가 나지 않을 자리였는데 시장과 친분이 있는 동료가 줄을 대어 별장을 지을 수 있었다. 저수지 아랫마을 주민들도 수질오염이니 하는 환경문제에는 아직 눈을 못 뜬 때라 골치 아픈 송사 따위는 없었다.

저수지를 거실에 담기 위해 별장은 북향으로 지어졌다. 당시로서는 꽤나 신경을 써 지은 주택이었다. 거실과 안방의 조명등도 한창 유행인 유리 주렴이 주렁주렁한 샹들리에를 달았다. 동료들은 투자 가치가 별로 없어서인지 하나둘 처분을 하였고, 대령만이 그 특유의 무관심으로 여태 소유하고 있었다. 대부분의 가구가 그 도시의 사업가들 손에 넘어가 있었다. 그는 8년 남짓한 시간 동안 한번도 별장을 찾지 않았다. 세입자를 들이고 빼는 일 따위는 부동산에 맡겼다. 부동산이 문을 닫고 나서 3년째 별장은 세입자도 없이 비어 있었다.

연립주택은 더 이상 여유로운 사람들의 별장이 아니었다. 집주인들이 대부분 지방에서 작은 기업이나 점포를 운영하는 사업가들이었는데 아이엠에프 때 부도를 맞아 경제사범이 되어 도망 중이거나 집을 통째로 금융회사에 넘겨버린 경우가 많았다. 이미 경매에 넘어간 집도 있었다. 부동산 중개인에게 들어보니 애초에 은행 담보물건으로 쓸 용도로 집을 인수해서 대출을 빼먹고는 닦아버리는 전문가도 있다고 했다. 대부분의 가구가 비어 있었다. 야밤에 가끔 경찰들이 찾아와 빈집의 문을 두드리곤 했다. 밤이 되어 전등 불빛이 새어나오는 가구는 대령의 101호와 301호 두 가구뿐이었다. 그런 집이라 관리가 잘 될 리 없었다. 공용 전기를 사용하는 계단등이나 마당의 가로등은 전기가 끊어져서 들어오지 않았다. 빈집에서 보일러가 터지고 수도 파이프가 새는지 1층의 대령 집 천장과 벽은 곳곳에서 곰팡이 꽃을 피우고 있었다.

대령은 봄에 입주했다. 황사 날리고 봄비 내리면 산벚이 피고 베란다 앞에서는 목련과 등나무가 꽃을 벌렸지만 그는 눈뜬장님처럼 세상을 내다보지 않았다. 가끔 마당으로 차가 들어오고 3층 사람들이 오르내리는 기척이 들렸다. 더러 어느 밤이면 3층으로 한 무리의 사람들이 올라갔고 장송가 같은 찬송가 소리가 들려오곤 했다. 이미 대령은 상당한 알코올 중독자가 되어 있었는데, 현역시절부터 사용했던 낡은 등나무 흔들의자에 깊이 묻혀서 그는 하루 종일 술병을 끼고 지냈다.

어느 날 저녁 사내 하나가 대령의 집 베란다 앞에 와서 술주정을 했다.

"요 앞전에 정화조 풀 때 말이오, 8만원이나 나온 돈을 나 혼자 옴팡 둘러썼단 말씀이야. 설마 우리 세 식구가 두 차나 싸질렀다고 잡아떼진 않겠지? 주민들이 코빼기라도 내비쳐야 뭘 해보지. 니미럴, 옥상도 새고 지하수 모타도 걸핏하면 고장이고, 상의해서 돈 쓸 일이 어디 한두 가지라야 말이지. 지금 제대로 살림하고 사는 집은 거기 101호하고 나하고 두 집뿐인데 그렇게 나 몰라라 문만 닫아놓고 살면 다냔 말이야? 사람이 더불어 사는 맛이 있어야지."

사내는 그렇게 퍼부어놓고 담배를 태우는지 한동안 더 머물렀다가 계단을 밟고 올라갔다.

연립주택에서 유일하게 시야가 트인 곳은 저수지 쪽이었다. 자주 창 너머로 산안개가 장막을 치곤 했다. 대령은 새벽부터 아침까지 그나마 정신이 맑은 시간 동안 시시각각으로 변해 가는 산안개를 내다보았다. 안개는 골바람을 따라 서서히 골짜기 아래로 흘렀다. 거대하고 뭉글한 외곽을 보이며 물러난 안개 위로 펜촉처럼 미루나무 우듬지들이 떠오르곤 했다. 그건 빗자루처럼 보이기도 했다. 눈을 쓸던 병사가 잠시 어깨에 올려놓곤 하던 싸리나무 빗자루들 같았다.

맑은 날에는 멀리 벌판의 공단과 그 너머 고속도로까지 보였다. 밤이면 벌판의 온갖 소음들이 골짜기로 공명하며 올라오곤 했다. 그 소리들이 아니더라도 골짜기는 괴괴한 소리들로 가득했다. 오른쪽 능선 너머로 굿당이 있는지 징소리가 밤새 끊이지 않는 날이 많았다. 또 개울 건너 가까운 숲에서는 개 짖는 소리가 시끄러웠다. 한 마리가 짖기 시작하면 몇 마리인지 가늠할 수 없는 개들이 한꺼번에 짖어댔다. 개 사육장이 있는 게 분명했다. 저수지 가에는 흔히 가든이라고 부르는 식당이 하나 있었는데 금요일 저녁부터 시작된 노래 반주기 소리가 주말 내내 골짜기를 흔들어 놓았다.

송홧가루가 날아와 방바닥에 뿌옇게 쌓이곤 했다. 대령은 흔들의자를 베란다로 내놓고 앉았다. 그는 깨어 있으면 마셨고, 마시면 잠들었다. 때로는 베란다 바닥에 의족을 내던져놓고 나동그라져 잠들곤 했다.

드디어 301호 사내가 찾아와 이맛살을 찌푸렸다. 그 사내를 정면으로 보기는 처음이었다. 그는 아이 교육상 좋지 않으니 집 안에서 술을 마셔 달라고 말했다. 딸내미 이야기라면 사내는 잘못 짚고 있었다. 이들 부부는 무슨 일을 하는지 새벽같이 화물차를 몰고 나갔다가 저녁 늦게야 돌아오곤 했다. 그 집 중학생 딸아이는 부모가 없는 대낮이면 3층 베란다에서 꽁초를 몇 개씩 마당으로 내던졌다. 남자친구가 오토바이를 타고 와 싣고 나갔다가 부모가 들어오기 전에 데려다주곤 했다. 그러나 사내는 따로 또 작심을 하고 온 내용이 있는지 물러가지 않았다.

"새로 온 사람이면 뭘 좀 내놔야 할 것 아니요? 그간 관리비조로 가로등 하나쯤은 살려 놓을 수 있잖소? 많은 돈도 아니고 미납금 팔십만 원만 내면 공용 전기를 다시 넣어 준다는데 새로 온 사람이 최소한 예의로다가……"

대령은 사내를 무표정하게 바라보았다. 그러던 사내의 눈빛이 일순 흔들리는가 싶더니,

"대대장님!"

하고 거수경례를 척 붙이는 거였다. 대령도 엉겁결에 손바닥을 들어 응대했는데 어찌나 근엄하고 절도가 있는지 술에 절어 흐늘거리던 노인 같지 않았다.

두 사람은 금방 술잔을 주고받는 사이가 되었다. 대령은 사내를 '김병장' 이라 불렀다.

301호 사내는 한때 이 집을 소유하기도 했던 세입자였다. 그 집도 경매로 넘어가 비워줘야 하는 입장이었는데 그는 새주인에게 이사비용을 두둑이 받아내겠다고 벌써 1년째 버티고 있었다.

"혹시 낮에 누가 와서 뭘 물어도 모른다고 하쇼. 우편물 같은 건 받지도 마시고. 내용증명을 자꾸 보내오는데 그거 받아놓으면 곧 법원 퇴거 명령장이 날아올 수도 있으니까."

그는 이 지방에서 좀 놀았던 건달 출신으로 그 수완으로 그랬는지 석재 공장 하나를 인수해서 운영하다가 3년 전에 말아먹고 지금은 농기계 창고 하나를 임대해서 폐오일통 수집상을 하고 있었다. 그러고 보니 그의 손마디에는 번들번들하게 기름기가 끼어 있었다. 가까운 숲에 있는 개 사육장도 그의 소유로 사내는 개를 도축해서 인근식당에 대는 일을 부업으로 하고 있었다. 사내는 가끔 개고기를 대령의 냉장고에 쟁여주기도 했다. 마당 한편에는 큰 호두나무가 한 그루 있었는데 그루터기 쪽으로 301호에서 나오는 개뼈다귀가 돌탑처럼 쌓여갔다.

대령은 힘든 발걸음을 떼서 사내의 개 사육장을 찾아가곤 했다. 사과 과수원과 사슴농장을 지나 골짜기를 거슬러 올라야 하는 길이었는데 대령에게는 유일한 외출이었다. 사내는 숲 공터에 철망으로 지은 우리를 수십 개 옮겨놓고 개를 기르고 있었다. 족히 서른 마리는 될 것 같았다. 애완견 종자까지 있는 것으로 보아 말은 하지 않아도 개사냥을 다니는 눈치였다. 숲 아래로는 늙은 미루나무 한 그루가 껑충한 개울이 있었다. 그러고 보니 이 저수지의 명물은 요새는 좀처럼 보기 힘든 그 미루나무들이었다. 사내는 개울에서 개를 잡았다. 미루나무 옆에는 그네를 매어도 좋을 듯싶게 완만히 드러누워 자란 버드나무가 있었고 그 줄기에는 올가미 매듭을 한 밧줄이 늘어져 있었다.

사내가 사육장에서 긴 막대 달린 올가미를 들면 개들은 우리 깊숙이 들어가 몸을 사린 채 짖어댔다. 사내는 한 마리를 점찍고 올가미로 목을 훌치었다. 그러면 방금 전까지 그렇게 짖어대던 개들이 일제히, 약속이나 한 듯 조용해지는 것이다. 밥그릇에서 물러났던 놈들이 다시 그릇을 핥곤 했다. 올가미를 둘러쓴 개는 우리의 철망 바닥에 네 발을 밀착시키고 버티다가 올가미가 목을 더 죄어오면 우리 밖으로 끌려 나왔다. 사내는 엉덩이와 뒷다리를 바닥에 댄 개를 질질 끌다시피 해서 개울로 내려갔다.

버드나무 올가미에 개목을 걸어놓고 사내는 잠시 담배를 피워 물었다. 이상하게도 개들은 밧줄 올가미에 머리를 넣은 순간부터 전혀 짖거나 발버둥치지 않았다. 대령은 단연코 짐승에게도 표정이 있다고 확신했다. 뭔가 체념한 듯한 가축 특유의 연민 같은 게 그 놈들의 눈빛에 스치곤 했다. 대령은 전장에서 그렇게 죽어가는 사람들의 표정을 여러 번 보았다. 동족이든 이족이든 군인이든 민간인이든 다를 게 없었다. 밧줄을 당기면 개는 다리를 털고 허리를 접으며 허공에 매달렸다. 사내는 당긴 줄을 미루나무 둥치에 매고 개의 숨이 잦아들 때까지 기다렸다. 그동안 개들은 생똥을 흘렸고 혀를 오른쪽이든 왼쪽이든 약간 비스듬히 빼물고 죽어갔다. 간혹 숨이 길어지는 개들도 있었다. 그때는 사내가 몽둥이로 정수리를 두어 차례 내리쳤다.

개울가에는 돌을 놓고 나뭇가지를 걸어서 만든 불자리가 있었다. 사내는 그 위에 개를 올려놓고 가스버너로 털을 그슬렸다. 개울에 노린내가 진동했다. 사내는 고깃집에서 쓰는 집게를 날카로운 면 쪽으로 세워서

털이 탄 자리를 긁어내는 데 썼다. 솟처럼 타들어 엉긴 털들이 밀려나고 거무스름한 살갗이 드러났다. 때로는 살갗이 터져 흰 비계층이 칼자국처럼 벌어지곤 했다. 겨드랑이나 허벅지 쪽 털들은 쉽게 제거가 되지 않아 오랫동안 태워야 했다. 그런 부위의 살 껍질은 어김없이 물크러졌다. 불자리에서 꺼낸 고구마처럼 개는 검고 딱딱한 사체로 남았다. 사내는 개울가에 비닐을 깔고 사체를 그 위로 옮겼다. 이제 살을 가르고 내장을 긁어내서 부위별로 살점을 추릴 것이다. 사내는 네 발목에 칼집을 내고 관절을 뚝뚝 부러뜨려 양동이에 담았다.

대령과 사내는 틈만 나면 개 내장을 끓인 국물을 놓고 술잔을 기울였다. 취기가 오르면 그들은 군가를 목청껏 불렀다. 사실 대령과 사내가 서로 공유할 수 있는 군대 경험이란 거의 없었다. 사내는 축구 이야기라도 함께 얘기할 수 없는 사이라면 군 동료라고 생각할 수 없었다. 그는 비참했던 진중 경험을 열을 내며 늘어놓곤 했는데, 마치 대령이 대신 속죄라도 해야 한다는 듯 집요했다. 대령도 괴팍하기는 마찬가지여서 사내를 향해 느닷없이 차렷을 명령하기도 했고, 성한 오른발로 그의 정강이를 걷어차기도 했다.

"병장, 너희들은 군인도 아니야. 사병 출신놈들은 두 가지밖에 기억하지 못하지. 박박 기었던 일이등병 생활이나 영감짓 하느라고 허리춤에 손 집어넣고 어슬렁거리는 상등병 생활이나 추억하지. 그런 추억이나 씨부렁거리는, 자존심도 없는 놈들이 무슨 군인이야. 이 돼먹지 못한 사회는 영광이라는 걸 몰라. 세상이 온통 군기가 빠졌어."

사내는 병정놀이 하듯 재미삼아서 명령을 따르다가도 대령의 표정에서 얼핏 진지함이 느껴질 때면 끝 모를 분노가 치밀었다. 그럴 때는 대령의 멱살을 잡아채기도 했다.

"씨발, 아직도 대대장인 줄 알아?"

그래도 직성이 안 풀리면 대령의 의족을 마당으로 내던지는 일도 서슴지 않았다.

그 지경까지 이르고도 두 사람은 언제 그랬냐는 듯 술잔을 놓고 마주앉았다. 술이 아니라면 그들의 관계를 유지해줄 만한 구실은 아무것도 없어 보였다. 대령은 301호 사내를 경멸했다. 그의 눈에는 사내가 그에게 우려낼 재산이 없나 호시탐탐 노리는 비열한이나 다름없었다. 그는 담보대출의 보증을 서달라고 서류를 내밀었는데 대령은 그까짓 것 정도에는 호기롭게 도장을 눌러 줄 수 있었다. 그러면서도 그는 잊지 않았다. 아직 퇴직금이 남아 있고, 매달 수십 병의 양주를 없애도 끄떡없는 연금이 나오고 있다는 사실을 상기시켰다. 이런 놈은 도덕도 체면도 없는 부류 같았다. 오직 생에 대한 본능적인 집착만으로 행동했다. 그는 대령에게 살육의 야전 그 자체였다. 대령은 사내와 함께 있으면 자신이 얼마나 추악한 현실을 딛고 있는지 실감할 수 있었다. 그와의 술자리가 좋다면 단지 그뿐이었다.

며칠 동안 사내가 보이지 않더니 닷새 만엔가 대령 앞에 나타났다. 폐오일통 공장 때문에 환경사범으로 적발되어 조사를 받고 나오는 길이라고 했다. 그날 사내는 러닝셔츠 차림으로 마당 정원의 등나무를 톱으로 잘라냈다. 관리를 안 해줘서 줄기가 땅 쪽으로 뻗은 게 흠이었지만 등나무는 제법 정원을 운치 있게 해주고 있었다. 지난 오월에는 꽃구경도 시켜준 나무였다.

"왜 그걸 자르나?"

영문 모를 일이기도 했고 엄연히 공동주택인데도 제 집 다루듯 하는 행동이 괘씸해서 대령은 목소리를 높였다.

"집 안에 밸밸 꼬이는 나무가 있어서 그런지 원, 하는 일마다 꼬이잖소. 이런 나무들은 사업하는 사람 집에 안 들이는 게 상책이라."

기어이 사내는 등나무를 없애버리고 말았다.

작업장이 폐쇄된 301호 사내는 폐오일통을 주택 마당에 부리기 시작했다. 한 마디의 상의도 없었다. 마당에는 오일통들이 산더미처럼 쌓여서 대령의 거실 창을 가릴 정도였다. 대령은 마치 자신이 고물상 관리실에 앉아 있는 것 같았다. 대령은 그것에 대해 한 마디도 이렇다 저렇다 말하지 않았다. 그의 체신으로는 먹고살려고 하는 일에 악취가 좀 나고 눈꼴이 사납다고 하여 뭐라 할 수 없었다.

비 오는 여름밤에 301호 사내가 문을 두드렸다. 사내 뒤에는 대여섯 명이나 되는 아이들이 비옷을 걸친 채 서 있었다.

"우리 교회에서 수련회를 온 아이들인데 텐트에 물이 들어차서 집에서 좀 재웁시다."

술기운이 얼굴에 번진 사내는 빗물이 뚝뚝 듣는 아이들을 거실로 밀어 넣었다. 그는 잠시 후 담요를 한 아름 안고 다시 나타났다.

"교회 다니는 아이들이라 시끄럽지는 않을 겁니다. 대령님은 하느님 은총을 받을 겝니다."

그가 꾸부정한 몸으로 흐흐 웃었다. 마늘 냄새에 섞인 개고기 특유의 쏘는 냄새가 풍겼다.

아이들은 밤새 거실을 뛰어다니며 시끄러웠다. 대령이 지팡이를 짚고 나가 조용히 하라고 소리쳤지만 그 때뿐 돌아서고 나면 언제 그랬느냐는 듯 찧고 까불었다.

301호 사내가 교인 행세에 꽤나 열심인 것은 사실이었다. 주일마다 서너 개나 되는 물통에 약수를 담아 교회로 실어 나르는가 하면, 보수를 좀 받고 하는 일인지 모르나 교회 봉고차를 직접 몰기도 했다.

하루는 사내가 트럭을 가지고 아랫마을로 서너 차례 오르내리면서 마당에 장판이며 벽지 같은 건축 폐자재를 부려놓았다. 왜 그런 것들을 이 골짜기로 실어오는지 대령은 알 수가 없었다. 밤이 들어 거실 창문으로 불길이 훤해져서 문을 열어보니 301호 사내가 마당에서 폐자재를 태우고 있었다. 독한 매연이 집 안으로 몰려들었다.

"무슨 짓인가?"

대령은 베란다로 나서며 얼굴을 일그러뜨리며 소리쳤다. 사내는 좋은 불구경을 시켜주겠다는 듯 불더미에 휘발유를 끼얹었다. 골짜기의 어둠이 한 자는 밀려났다.

"교회가 보수공사 중입죠."

"자네의 신앙은 교회를 위한 것인가, 저 분을 위한 것인가?"

대령은 하늘을 힐끔 쳐다보며 비아냥거리듯 말했다.

"나 자신을 위한 것입죠. 좀 봐주쇼, 개척교회라 그러니."

대령은 기가 막혀서 입을 닫고 돌아섰다.

마당 한편에 잿더미가 흉물스럽게 자리를 잡았다. 쓰레기는 쓰레기를 모았다. 그런 자리가 생기자 사내는 소각장이라도 생긴 듯 걸핏하면 쓰레기를 태웠다. 때론 행락객들도 그곳에 쓰레기를 버리고 가곤 했다. 폐오일통 수거에 쓴 마대자루를 태우는 날은 그 이튿날까지 매연 냄새가 골짜기를 맴돌았다. 사내도 눈치는 있어서 야음을 틈타 그 짓을 해댔는데 대령은 자신의 자존심도 그 쓰레기 더미에 함께 버려진 기분이었다. 대령이 비행을 묵인할 수밖에 없다는 사실을 사내는 잘 아는 것 같았다.

그리고 가끔 사내는 대가를 지불하듯 하룻밤 묵을 손님을 꿰어 왔다. 교회 손님들뿐이 아니었다. 저수지에 낚시 온 사람들을 끌어오기도 했다. 아예 호객꾼처럼 저녁 무렵이면 저수지를 한 바퀴 도는 눈치였다. 그때마다 그는 만원씩, 혹은 이만 원씩 내밀어놓고 갔다. 아마 그 자신도 얼마간을 챙기는 눈치였다.

"갈 데가 없다는데 하룻밤 재워줘야지 어떡합니까. 은혜 받을 일 아닙니까? 하룻밤 술동무나 삼으세요."

대령의 불편한 마음도 점점 무디어져갔다. 얼굴에 노기가 어릴 때면 사내가 은근히 속삭이곤 했다.

"대령님, 이 집을 몽땅 사들여서 민박집으로 꾸미는 겁니다. 사업이 될 만합죠? 대령님이 투자할 의향만 있으시면 말씀하십쇼. 집값은 내 거저 먹을 수 있을 만큼 눌러 놓을 테니까."

"사업은 김병장 네 전공 아니냐?"

"왜 이러십니까? 그저 농으로 듣지 마쇼. 이래봬도 내가 돈 냄새는 좀 맡으니까. 헤헤."

그런 놈이 전 같지 않게 슬슬 술자리를 피했다.

"몸이 안 좋시다. 의사가 좀 살려면 술을 굶으라는데……"

"개뼈다귀가 마당에 저렇게 수북한데 몸이 안 좋다고?"

대령은 네 같은 짐승이, 하는 말이 입에까지 오른 것을 머금었다.

"글쎄, 화가 차서 간도 그렇고 폐도 그렇고 전반적으로 고장 직전이라고 그럽디다."

실제로 사내는 수척해져 있었다. 그런 사내를 대령은 몇 차례 붙들어 앉혀서 술을 먹였다.

"김병장, 자네가 없으면 내가 이 골짝에서 뭔 낙으로 사나?"

그러자 사내는 그답지 않게 쓸쓸하게 웃었다.

사내는 개고기는 이제 입에 물린다면서 토끼고기를 내놓곤 했다.

"이래봬도 산토끼입니다."

"이걸 어떻게 마련했나?"

"가끔 산에 들어 잡습니다. 보양은 토끼가 최고죠."

하루는 사내가 대령을 집 밖으로 이끌었다. 대령은 절뚝거리는 걸음으로 사내를 따라 저수지 가의 식당으로 내려갔다. 사내는 마당가의 오두막으로 대령을 안내해 앉히고 주인을 불렀다.

"여보게, 인사하게."

땅딸막한 식당 사내는 대령을 향해 허리 깊숙이 인사했다.

"대령님, 이 친구도 육군 출신입니다요. 나이는 어리지만 군인정신 하나로 이만한 식당을 일궜습죠."

"이렇게 모시게 돼서 영광입니다."

다시 식당 사내가 고개를 숙여왔다. 그러나 그건 직업적인 몸짓이었고 그는 대령을 별로 달가워하지 않는 눈치였다. 어쩌면 대령보다도 301호 사내를 더 꺼리는지도 몰랐다.

301호 사내는 귀찮기만 한 대령을 식당 사내에게 떠넘긴 것이다. 아무래도 좋았다. 그날부터 대령은 식당 오두막에 앉아 술을 마셨다. 술도 조껍데기로 만든 동동주로 바뀌었다. 식당 주인이 한 잔씩 대작을 해주곤 했다. 가끔 301호 사내의 트럭이 슬금슬금 지나갔다. 몇 번 대령이 손을 흔들었으나 그쪽에서는 별 반응이 없었다.

겨울이 잇대어 오는 기미는 골짜기 곳곳에서 느껴졌다. 산벚이 소나무 틈새에서 붉게 물들어갔다. 구절초와 벌개미취가 시선을 끌던 임간도로와 저수지 가에서는 이파리가 노래진 싸리나무가 도드라져 보였다. 연립주택 옆 주택부지의 호두나무에 다람쥐와 청설모가 부쩍 꼬이기 시작했다. 아무리 눈과 마음을 닫고 살아도 숲과 가까이 사는 이상 자연의 변화에 둔감할 수는 없었다. 자연의 변화는 소리와 색깔이 아니더라도 공기로, 기운으로 전해져왔다.

요 며칠 대령이 자주 눈길을 주는 물상은 저수지의 미루나무들이었다. 이파리가 빠른 속도로 져 내리고 있었다. 바람과 물에 민감한 나무는 마치 길짐승처럼 호들갑스럽게 계절을 건너고 있었다. 미루나무는 한 열흘 만에 잎들을 모두 벗어버렸고, 열매를 보여주듯 까치둥지를 내놓았다. 숲이 마르면서 굿당의 징소리도 밤이면 유난히 크게 들려왔다. 대령은 요즘 들어 부쩍 가슴 깊은 곳에서부터 밀려오는 회한에 진저리를 치곤 했다. 그런 날은 어김없이 딸 마리가 생각나곤 했다. 그럴 때면 그는 자신이 군복을 벗기 전에 죽었어야 옳지 않았을까 생각되었다. 지금 자신은 참으로 낯선 생을 살고 있는 것 같았다. 이런 식으로 늙어가는 건 상상도 못해 봐서 견디기가 힘들었다.

하루는 마당에 분홍 한복을 차려입은 늙은 부인네 하나가 나타났다. 그 부인네는 주택을 요리조리 살피다가 호두나무 아래 쌓인 짐승 뼈다귀를 보곤 흠칫 놀란 기색이었다. 부인네는 돌탑 앞에서인 듯 합장을 하고 허리를 조아렸다. 베란다 흔들의자에 앉아 있던 대령은 그 부인네가 301호를 경매로 인수한 새주인이 아닐까 미루어 짐작했다. 부인네는 베란다에 누운 대령을 발견하곤 폐오일통을 피해가며 다가왔다.

"그 토끼를 자꾸 잡숴대면 동티나."

부인네의 목소리는 의외로 걸걸했다. 뜻 모를 소리라 대령은 허리를 세웠다.

"제물로 쓰고 방생한 짐승이 뭔 약이 된다고 자꾸 잡아다가 잡수? 그럼 그렇지, 영감쟁이라고는……"

부인네는 혀를 찼다.

"악귀가 머리에도 붙고 오장에도 붙구 팔다리에도 붙었어. 언제 올라와서 살풀이나 한번 받어."

그래놓고 그네는 휘적휘적 돌아갔다.

대령은 낮꿈이라도 꾼 듯 오후내 기분이 좋지 않았다. 해거름 녘에 301호 사내가 기름에 전 마대자루 뭉치를 한 차나 마당에 부려놓았다. 대령은 낮일을 두고 사내에게 이렇다 저렇다 아는 체를 하지 않았다. 301호 사내는 밤이 되자 어김없이 불을 피웠고, 불길이 치솟으며 골짜기는 대낮처럼 환해졌다. 그날 밤에는 경찰차가 들이닥쳐 301호 사내를 잡아갔다.

그는 닷새 만에 벌금형을 받고 돌아왔는데, 웬일인지 밧줄을 들고 식당 앞 미루나무로 내려갔다. 그는 그때부터 한 시간 남짓 용을 쓰며 미루나무 세 그루에 올라 밧줄을 매어 늘어뜨렸다. 그리고 사라졌다가 다시 나타났는데 놀랍게도 그는 축 늘어져 죽은 개를 세 마리나 지고 와서 미루나무에 매다는 거였다. 대령은 저절로 고개가 돌아갔다.

"이 의리 없는 자식아! 개 귀신이 너희 집 서까래에 둘러붙을 때까지 이러고 있으마!"

그는 미루나무 아래 서서 한나절이나 식당을 향해 소리쳤다. 실제로 오가던 차들이 구경을 하고, 손님들이 차를 돌리곤 했다.

식당 사내는 빙어 튀김을 안주로 올리며 한숨을 푹푹 내쉬었다.

"제가 괜히 고발을 했겠습니까? 손님들이 끊어질 지경이에요. 이건 도가 너무 지나쳤다 이겁니다. 이웃 못할 작자예요."

그러나 사내는 그만 일을 수습했으면 하는 눈치였다. 대령은 미루나무 아래로 다섯 차례나 절뚝거리며 나가 사내를 식당 오두막으로 불러들였다. 사내도 그렇고 식당 사내도 그렇고 반씩 몸을 틀고 앉았다.

"전우애가 뭔가?"

대령이 입을 열었다.

"헹, 같이 죽어 줄 사람이 전우 아닌가? 부모형제가 같이 죽어주나? 자식들이 죽어주나? 전우만이 같이 죽는다 이 말이야. 그래, 안 그래?"

두 사내는 마지못해 헛기침으로 대답을 대신했다.

"이게 같이 죽겠다는 전우인가?"

대령은 두 사내에게 조껍데기 술을 한 대접씩 찰랑찰랑 따랐다. 세 사람이 결연한 모습으로 죽 들이켰다. 곧 사내들은 화해했다. 둘이 사이좋게 미루나무로 나가 개들을 풀어 내렸다. 301호 사내는 미루나무 가지에 대롱대롱 걸린 밧줄을 올려다보며 계면쩍게 말했다.

"저걸 어떻게 걸었는지 몰라. 죽었다 깨어나도 다신 나무에 못 오르겠어."

"형님, 놔두세요. 내가 언제 사다리를 갖다가 풀어낼 테니까."

평소 술이라면 한 잔씩만 입에 대던 식당 사내도 그날은 거푸 술잔을 비워냈다. 대령은 엉덩이를 당겨 두 사내와 나란히 어깨동무를 했다.

"자, 전우가를 부른다."

세 사내는 큰소리로 전우가를 불렀다. 그들은 연달아 군가를 네 곡이나 불렀다. 노래를 불러 취기가 달아나면 다시 술을 들이부었다.

"대령님!"

식당 사내가 풀린 눈으로 대령을 찌긋이 바라보았다.

"하나 물어볼 게 있습니다."

"뭔가?"

"헬기에서 내려 포상휴가증을 준 이등병을 기억하십니까?"

"글쎄, 그런 일이 있었나?"

"네, 대령님이 중부전선에서 연대장으로 근무하실 때 분명히 그런 일이 있었습니다."

"그렇다고 하세."

"그 이등병이 얼마나 비참했는지 아십니까?"

그러자 301호 사내가 식당 사내의 어깨를 툭 치고 나섰다.

"야야, 이 자식 또 그 이야기냐."

"김 병장, 그만 두게. 어디 들어 보세. 왜 비참했는가?"

"어리버리한 이등병이 똥을 싸다가 헬기가 내려오고 거기에서 퇴소식에서 한번 뵌 연대장이 떡 내려와설랑 휴가증을 주시니 이 웬 영광이냐 고들 싶었겠죠. 근데 이등병은 그게 평생 부끄러웠다 이겁니다. 그도 대학까지 다니다가 군대 간 놈인데 글쎄, 똥 싸다가 휴가증을 받았어요. 아, 그게 부끄러운 일 아닙니까? 그는 제대할 때까지 놀림을 받고 지냈다 이겁니다."

대령은 거슴츠레한 눈으로 술잔을 내려다보고 있었다. 301호 사내가 킬킬거리며 웃었다. 식당 사내는 입술로 흘러나온 침을 훌훌 들이마셨다.

"웃기는 일이죠. 대한민국에서 제일 팔팔한 젊은 놈들을 데려다놓고 그런 얼토당토 않는 장난이 벌어지는 곳이 군대라 이거예요."

"살다보면 그보다 더 치욕스런 일도 많지 않겠나?"

"없습니다."

식당 사내는 몸을 세우며 단호하게 말했다. 그런 그가 그대로 술병처럼 모로 쓰러졌다. 301호 사내가 어깨를 받으며 말했다.

"헤헤, 신경 쓰지 마십쇼. 이 자식은 다 좋은데 딱 하나 세상을 너무 에프엠대로 살려고 한다니까요."

대령은 낮잠이 깊어지곤 했다. 그럴 때면 꼭 꿈을 꾸었다. 올가미가 목을 죄기도 했고, 미루나무에 걸린 밧줄에 자신이 매달려 있기도 했다. 때로는 전쟁터의 아비규환이 징소리와 함께 들려오곤 했다. 꿈은 경계가 모호해져서 눈을 떠도 지워지지 않을 때가 있었다. 지물지물한 눈에 마리가 저수지를 돌아 걸어오는 광경을 보곤 마당까지 걸어 나간 적이 있었는데 그 또한 헛것이었다. 꿈 없는 잠이 소원이 되었다. 대령은 독한 양주를 들이붓다시피 해야만 그나마 그런 잠을 청할 수가 있었다.

며칠간 코빼기도 비치지 않던 301호 사내가 하루 저녁에는 낯선 사내를 셋이나 데리고 나타났다. 사내 둘은 쉰 살 안팎으로 보였고, 하나는 청년이었다. 마을 공단에 있는 건설회사에 면접을 보러 온 노무자들이라고 했다.

"돈 아끼느라 저수지에서 낚시 하며 밤을 새겠다는 걸 내 모셔왔습니다."

그러면서 그는 대령에게 만원을 찔러 주었다.

사내들은 거실에 자리를 잡았다. 그들은 차례로 화장실을 드나들며 씻었다. 청년이 가방에서 새우깡과 소주를 내놓는 걸 보고 대령은 술잔과 육포를 가져다주었다. 그들에게 붙들려 대령은 거푸 소주잔을 받아 비웠다. 뒤에는 술이 떨어져서 대령이 양주를 두 병이나 내놓았다. 대령은 전쟁 이야기를 늘어놓았다. 하품을 해대던 노무자들이 대령을 들어다가 안방에 뉘었다.

얼마쯤 지났을까. 대령은 조갈증에 눈을 떴다. 거실에서 얘기를 나누는 소리가 도란도란 들려왔다. 대령은 제 귀를 의심하다가 간밤에 손님들이 들었다는 사실을 상기했다.

다시 잠자리에 들 무렵 손님들이 갑자기 언성을 높였다.

"공수부대가 몬자 발포한 건 아니라니께. 시민군이 먼저 총질을 시작했어야. 그거 다 쉬쉬 하는 이야기제만."

"아이고, 형님은 눈도 깜박 안 하고 거짓말 하능교. 다 까발래진 이야긴데 새삼시럽게 먼 소링교?"

"음마, 야 보게. 참말이여. 그때 나가 화순으로 일 댕기고 있을 때라 시내 돌아가는 상황은 훤히 안단 말시. 시민들이 몬자 발포하고 그랑께 공수부대가 응사하고… 암만 우리나라 군인이 몬자 국민한테 총질을 했을라고."

대령은 일어나 앉았다. 언쟁은 계속되었다.

"언제는 그때 공주교도소에 있었다카디만… 으뗜 기 진짜 형님인교?"

"음마, 이 사람 보게. 나가 은제 그라등가? 그건 한참 뒤제. 광주사람 아니믄 아는 척도 하지 말어. 그때 나는 죽었다가 살어난 목심이여, 왜 그려?"

"좆도, 말도 말 같은 소릴 해야지."

"뭐시야? 너 시방 나한테 욕했냐?"

"씨발, 그람 존 소리 들을라고 한 소리가?"

갑자기 서로 엉겨 붙었는지 바닥을 구르는 소리가 났다. 대령은 지팡이를 틀어쥐고 거실로 나갔다. 두 사내가 앉은 채로 멱살잡이를 하고 있었다.

"나가! 다들 나가!"

대령은 지팡이를 휘둘렀다. 사내들은 옷가지와 가방을 주섬주섬 챙겨 들었다. 대령은 주머니를 쑤석거려 만원 지폐 한 장을 문 밖으로 내던졌다. 사내 하나가 옆걸음질로 나꿔채서 마당으로 나갔다.

"뭐여? 만원이 비잖여."

그 쪽에서 그런 소리가 들려왔다.

대령은 3층으로 쫓아 올라갔다. 301호 사내를 현관으로 불러낸 대령은 멱살을 틀어쥐었다.

"네놈 속셈이 뭐냐? 이 자식, 나한테 뭘 하겠다는 거야?"

사내가 대령의 손을 홱 뿌리쳤다. 대령은 휘청거리며 바닥에 주저앉았다.

"네놈은 분명 무슨 수작을 부리는 거야? 식당놈도 마찬가지야. 도대체 뭘 원해?"

"존 일 하고 돈 벌라고 손님 엥겨주니 이젠 보따리 내놓으라시네, 참."

"이 자식, 너 군대에서 나한테 맞은 적 있어? 아니면 뭐야? 내 재산이 탐나나? 날 말려 죽여 놓고 그것 가로채고 싶어서 그래?"

사내는 문을 닫고 뚜벅 걸어 나왔다. 그의 손에는 올가미가 들려 있었는데, 그는 순식간에 대령의 목에 올가미를 씌웠다.

"그래. 그런다면……"

대령을 캑 소리를 지르며 두 손으로 올가미를 붙잡았다. 사내가 올가미를 당겼다. 대령은 올가미가 살을 파고들지 않도록 손으로 꽉 그러쥐었다. 그런 상태로 그는 계단 아래로 끌려 내려갔다. 사내는 대령을 마당까지 끌고 갔다. 대령은 더 이상 비명도 지를 수 없을 만큼 고통과 공포에 휩싸여 사지를 축 늘어뜨렸다. 겨드랑이에 손을 넣어 대령을 치켜든 사내는 그를 호두나무 밑으로 옮긴 후 부리듯 내던졌다. 대령은 개뼈다귀 무더기에 상체를 바짝 붙이며 앉았다. 사내가 양동이 속을 휘저어 시커먼 것을 꺼내더니 대령의 입에 쑤셔 박았다. 축축한 개 발목이었다. 대령은 대번에 뱉어냈고, 사내는 턱을 눌러 벌린 다음 다시 집어넣었다.

"뱉지 마. 너도 이렇게 했잖아?"

사내가 메마른 목소리로 말했다.

"널 당장 쳐 죽이고 싶을 때가 한두 번이었는지 알아?"

사내는 올가미를 한 번 당겼다. 입안이 가득 찬 대령은 큭 소리를 냈다.

"그만해!"

어둠 속에서 누군가 나타났다. 식당 사내였다. 그는 301호 사내의 손에서 올가미를 빼어 들었다. 301호 사내는 큭 소리를 내더니 돌아서서 오열했다.

"이제 됐어. 그만해."

식당 사내는 대령의 목에서 올가미를 벗겨냈다. 대령은 입안에 든 것을 울컥 뱉어내며 혼절했다.

대령은 밤이면 비척이며 저수지로 내려와 배회했다. 그는 미루나무 아래에서 멈추곤 했다. 나무에서 귀신 울음소리가 들리는 것 같았다. 그건 밧줄이 바람에 울리며 내는 소리일 테지만 대령은 꼭 그렇게 들렸다.

가끔 301호 사내가 밤손님을 데려와 문을 두드렸다. 대령은 숨소리조차 내지 않았다.

"대령님! 왜 이러십니까?"

사내가 밖에서 소리치곤 했다. 대령은 이불을 둘러쓰고 소리쳤다.

"이제 그만하게. 딸아이가 와 있다네."

어느 날 밤에 식당 사내는 미루나무 밑에서 들려오는 외침소리를 들었다.

"아, 군인이 총도 없이 죽다니!"

마리는 저수지를 돌아들다가 무슨 유품(遺品)처럼 눈앞에 나타난 미루나무를 바라보았다. 미루나무는 잎들이 파랗게 올라 까불거리고 있었다. 까치집도 밧줄도 숨어버린 나무에서는 오월의 싱그러운 햇살만이 빛나고 있었다.

장식장 하나 없이 휑뎅그렁한 집은 퀴퀴한 냄새로 가득했다. 천장과 벽의 벽지가 군데군데 습기에 눅어 쳐져 내리고 있었다. 베란다에는 술병이 가득 쌓여 있었다. 노인 혼자 사는 집에 웬 이불은 그렇게 많은지 마당으로 끄집어내놓고 나니 작은 봉분을 하나 친 것 같았다. 마리는 이불을 처질렀다. 다음엔 벽에 걸리고 박스에 담긴 옷가지를 내다가 태웠다. 옷가지 속에는 별 계급장과 훈장이 셋이나 달린 제복이 섞여 있었다. 마지막 갈 때 무슨 옷을 입었을까? 불 속으로 제복을 집어던지며 그녀는 불현듯 그런 의문에 사로잡혔다.

집 안에 아버지의 흔적은 더 남아 있는 것 같지 않았다. 마리는 걸레로 방바닥을 훔쳐내고 싱크대를 닦았다. 신발장을 열어본 그녀는 맥없이 한숨을 푹 쉬었다. 미처 치우지 못한 군화 한 켤레가 나왔다. 옆으로 지퍼가 달린 군화는 반질반질하게 닦여져 있었다. 군화는 잘 타지 않았다. 그녀는 싱크대에서 양주 한 병을 가져다가 군화에 끼얹었다. 이내 불이 옮아 붙더니 군화는 누린내를 풍기며 타들어갔다.

정미경

1960년 경남 마산 출생.
이화여대 영문과 졸업. 2001년 《세계의문학》으로 등단.
2002년 「장미빛 인생」으로 오늘의 작가상 수상.
소설집으로 『나의 피투성이 연인』 등이 있음.
mkjung301@hanmail.net

이 세상에는 본질적으로 두 가지의 문제밖에 없다. 인생을 인수분해하면 두 개의 소수가 남을 뿐이다. 삶과 죽음. 절체절명의 그 명제 앞에 서게 된 인간에게 나머지 것들은 아무것도 아닌 것처럼 느껴진다.

그러나… 사는 건 수학이기도 하고 아니기도 하다.

삶과 죽음으로 나누어지기 이전의 것들. 사랑하고 다투고 지겨워하고 탐닉하고 아프고 욕망하며 살 수밖에 없는 일상. 그 또한 얼마나 매혹적인가.

어둠 속에서 이루어지는 장기매매의 현실을 들은 것이 수년 전이다. 한 사람이 흘리듯 전해준 그 말이 내 마음 속에 오래 남아 있었다. 침묵 속에서, 비명 한번 지르지 못하고 사라지는 사람들은 또 얼마나 많은가. 총탄과 비명이 난무하는 전쟁도 있고, 소리 없는 전쟁도 있다. 그 모두가 전쟁이다.

예수가 나다나엘에게 말했다. …네가 무화과 나무 아래 있을 때에 내가 보았다….

순전한 사람들은 무화과 나무 아래 쉰다. 무화과 나무는 어디 있을까.

무화과 나무 아래

정미경

*

암만의 퀸 알리야 대로에 있는 호텔 로비에서 바라보는 풍경은 일주일 전과 다름이 없다.

빛과 어두움이 칼로 그은 듯 선명하게 나누인 거리. 지독하게 강렬한 햇살과 그 빛이 만들어내는 완전한 어두움의 대비. 자연이라는 그릇에 담기는 게 인간의 삶이고 영혼일진대 끝없이 이어지는 분쟁과 피를 보고야마는 극단적인 노선을 선택하는 이들의 삶은 이 가혹한 자연이 그들의 영혼에 새긴 성품의 그림자가 아닌가 싶다.

제 몸피보다 큰 양철통을 등에 맨, 마르고 슬픈 표정의 소년이 서 있는 위치도 그대로다. 소년의 등뒤로 시티뱅크의 간판이 보인다. 호텔을 들고 날 때마다 저 아이에게 주스를 사 마신다. 그의 옆을 지나칠 때, 그 간절한 시선을 그냥 스쳐갈 수는 없다. 지폐를 내밀면 소년은 기쁨을 숨기지 못하며 농약분무기처럼 생긴 양철통에 대고 몇 번이나 펌프질을 한다. 인공 오렌지 향과 싸구려 감미료의 쓴맛이 시원함보다 더 오래 남는 주스는 겨우 한 모금을 마시고 버릴 수밖에 없다. 먹다 만 컵을 돌려주면, 여윈 목을 꺾어 날 올려다보며 혹시 돈을 받지 못하는 것은 아닐까, 근심하는 소년의 눈빛은 내 간사한 미각을 후회하게 만든다.

처음 보았을 때 아릿한 슬픔을 주었던 이 가난한 풍경이, 지옥을 헤매다 온 며칠 사이에 지금은 평화를 상징하는, 움직이는 엠블럼처럼 보인다. 눈은 정직하고 마음은 간교한 것일까.

큰 눈의 꼬리가 살짝 쳐진 청년이 커피를 가져다 준다.

독하지만 적의는 없는 이 검은 액체. 지난 일주일 동안 어쩌면 나는 손에 잡히지 않는 평화보다는 정갈한 테이블 위에 놓인 커피 한 잔을 더 그리워했던 것 같다. 귀를 멀게 하는 굉음과 어둠을 가르던 섬광 속에서. 이래도, 이래도, 하는 심정으로 죽음의 어두운 망토자락 안으로 제 스스로 몸을 던질 때는 언제고 어느 순간 바로 옆에서 폭탄이라도 터지면 허벅지의 근육이 파열될 만큼 삶 쪽을 향해 죽어라 달려나왔던, 지난 밤의 내 생쑈의 기억도 이 액체의 빛깔 속으로 스며들어 까맣게 지워지고 만다.

트럭에 실려 밤을 도와 달려나온 거리는 벌써 어지러운 꿈속의 일처럼 아득하다. 나는 대체로 잘 잊는 편이다. 사랑하는 여자를 안는 순간의 기억 외에 오래 가져가서 좋을 기억이란 없다고 생각한다. 죽은 자와 죽이는 자의 얼굴이라면 더 말할 것도 없을 것이다.

정신적 긴장이 극한을 지나면 몸의 정체성도 흔들려 버린다. 서울에 있을 땐 저녁식사 후의 커피 한 잔이면 꼬박 새벽까지 불면인데, 여기서는 독한 에스프레소를 두어 잔은 마셔야 그나마 신경의 끝날이 무뎌져 잠을 잘 수 있다.

뜨거운 에스프레소의 첫맛은, 나누자면 어두운 관능의 맛이다. 탈진한 채로 마시는 에스프레소의 첫 모금은 삼키는 순간 눈을 감게 하고 동시에 수명을 떠올리게 한다. 기억도 제 속에 기억을 갖고 있는 것일까.

수명. 무화과 열매만한 에스프레소 잔을 보면 왜 너의 그곳이 생각나지? 작고 뜨겁고 독하고 쓰면서도 향기롭지. 마지막 모금에선 늘 진저리를 치면서도 금방 다시 그리워지는, 어둡고 바닥을 모르는, 삼키면서 꼭 눈을 감게 만드는 그곳. 내가 말했지. 난 죽지 않는다고.

엘리베이터를 타고 객실로 올라와 문간에 가방을 던져놓고는 거울 앞에 선다. 모자를 벗어 납작하게 엉겨붙은 머리카락을 휘저어본다. 어디를 가든 끝까지 따라다니는, 어깨가 좁고 겁 많은 눈의 사내가 거울 속에 있다. 좀 웃기라도 하면 좋으련만. 비행기 시간에 맞춰 모닝콜을 부탁하고 나무덧문과 커튼까지 치고 이불을 뒤집어쓴다. 좀 자고 일어나면 식욕도, 햇빛 속으로 걸어나갈 기운도 생길 것이다. 약간, 서울이 그립다.

*

"아후!"

강국장이 화면 속으로 기어 들어갈 듯 몸을 기울인 채 탄성을 지른다. 거의 신음이다.

"너무 깊숙이 들어간 거 아니야?"

필름을 보기 전엔 나도 내가 그렇게 무모한 줄을 몰랐다. 카메라가 심하게 흔들리는 거야 일상이지만 피가 튀어 렌즈에 묻어날 듯하다. 강국장이 내 신변을 염려해서 너무 깊이 들어갔다고 나무라는 건 아닐 것이다. 제 아들을 구하기 위해 목숨을 걸었던 조자룡 앞에 자식을 내팽개치면서, 쓸모 없는 핏덩이 때문에 자칫하면 사랑하는 아우를 잃을 뻔했구나, 탄식했다던 유비의 심정이나 강국장이나 다를 게 뭐 있겠나. 조금만 느슨하면 이거 이래가지고서야, 이거야 지상파 뉴스채널하고 다를 게 뭐가 있어, 바로 잔소리나 하지 말지. 너무 깊숙이 들어갔다는 얘기는 간만에 쓸만한 필름 하나 건져왔네, 하는 말일 것이다. 카메라를 들이대기 망설여질 만큼 세속의 때가 묻지 않은 사람들이 사는 오지로 민속다큐를 찍으러 떠날 때도 뒤통수에 대고 피냄새가 나야 해, 피냄새가, 를 외치던 그에게 나는 속으로만 묻는다. 속 시원하냐?

내가 담아온 것은 서로의 꼬리를 물기 위해 돌고 돌다가 결국은 허파가 터져 죽는 어리석은 짐승들의 도시였다. 미움은 미움을, 죽음은 당연히 죽음을 불렀다. 팔루자에서 누가 먼저 시작, 이라는 말은 닭과 달걀의 논쟁과 다를 게 없다. 자국민의 참수를 시점으로 미국의 잔혹한 보복은 시작되었다지만 그 피살의 동기에 대해선 입을 다물고 있었다. 보복은 지속적이고 집요했다. 봉쇄당한 채 속절없는 폭격 아래 이미 엄청난 민간인이 사상을 당한 그곳엔 제대로 남아난 게 아무것도 없었다. 법도, 치안도, 질서도. 그럴 수밖에. 그곳엔 인간이 없었으니.

피부에 소금기가 파삭거리듯 건조해 보이는 아부의 얼굴이 화면에 나타난다.

처음부터 저항군이었던 사람은 없을 것이다. 아부도 전쟁이 일어나기 전엔 전기배선공이었다 한다. 촬영을 위해 저항군 무자히딘을 여럿 만나 보았지만 그들의 눈빛은 그 정체성을 의심하게 했다. 사람의 눈빛엔 영혼의 빛깔이 내비치는가. 누가 알랴. 손에 총을 든 자의 눈엔 슬픔이 없을 줄 알았다.

미국은 부딪치기엔 너무 강하고 크지 않은가?

단순무식한 내 질문에 아부는 그래도 슬픈 눈으로 대답해 주었다.

안다. 그렇지만 우리도 분노의 대상을 가질 권리는 있다. 그것마저 하지 말라고 하면 아마 우린 저격병의 총탄보다도 내 속의 분노 때문에 먼저 찢어지고 미쳐버렸을 것이다.

총을 움켜쥔 채 아부는 말한다.

어쩌다 여기가 반미의 성지처럼 되어버렸지만 여긴 내가 태어나고 자란 곳이야. 전쟁이 끝나면, 저 모퉁이에 다시 가게를 낼 거야. 색깔이 같은 전선을 연결하면 환하게 불이 들어오고, 먹통이었던 기계가 내 손가락 끝에서 움직이게 되는 그런 단순함 속에서 살고 싶어. 내가 너무 많은 걸 원하는 걸까. 킴. …그때는 그게 행복인 줄 몰랐어.

그 말을 하고서야 아부는 그날 만난 이후 처음으로 이를 드러내며 웃었다. 카메라가 꺼진 후 아부가 했던 말이 기억난다.

해 떨어진 다음엔 돌아다니지 마. 개죽음이야.

강국장은 탐색견 같은 예리함으로 필름의 버릴 부분을 지적한다. 아이를 잃은 엄마의 얼굴을 클로즈업한 화면 정도는 이제 신선도가 떨어진다. 인쇄매체로, 다큐로, 뉴스 화면으로 너무 남발된 자료일 뿐이다. 글쎄, 아이를 잃고 하룻밤 사이 모근에서 삼센티 정도가 완전히 백발이 되어버린, 서너 겹의 쌍꺼풀이 겹쳐진 할머니가 사실은 마흔도 채 되지 않은 여자라는 사실을 안다면 보는 사람들은 조금쯤 흥미를 느끼게 될까.

"저 여자 몇 살로 보여요?"

"예순?"

"서른 아홉이래요."

"화면 밑에 이름하고 나이 넣지."

저 여자가 내가 필름에 담았던 그 여자인가. 찍을 때 놓친 표정을 지금에사 읽는다. 늦여름에 찍은 사진이 대개 그렇듯 화면은 전체적으로 과다노출의 느낌이다. 사물과 사람이 스스로 빛을 내듯 미약한 흰 빛의 무리에 둘러싸여 허공에 살짝 떠있는 듯 보인다. 부서진 자신들의 집 앞에서 있지만 아무도 통곡하거나 완전히 절망하지 않는다. 하룻밤 새 이십년을 늙어버린, 자식 잃은 여자마저도 될 대로 되라는 투다. 내겐 여전히 또 다른 자식이 남아 있다, 죽음이란 내가 죽기 전엔 멀리 있는 것일 뿐, 새끼들하고 오늘 하루를 어떻게든 버티면 돼, 하는 오만함으로 가득한 눈. 그런 눈으로 여자는 내 카메라렌즈를, 내 눈을 똑바로 쳐다보고 있다.

강국장의 표정이 모처럼 밝다.

"애썼다. 다음엔 어디 신혼여행지 특선이나 한 꼭지 챙겨줄게. 카리브든 남불이든. 피묻은 손 좀 씻어야 되지 않겠어?"

강국장 안달에 공항에서 바로 사무실로 향한 길이었다. 세부편집은 내일 다시 하기로 하고 좀 쉬겠다하고는 밖으로 나온다. 쉰내 나는 옷가방을 주차장 구석에 세워놓았던 소나타 뒷좌석에 던져 넣고 나서야 지독한 피로가 몰려온다. 에너지가 바닥나면 자동차 핸들이 쇳덩이다. 그래도 팔다리는 자동입력시켜 놓은 프로그램처럼 저희들끼리 움직여 아파트 마당까지 차를 끌고 간다.

현관문을 열자 퀴퀴한 냄새와 옅은 곰팡이 냄새가 어둠보다 먼저 밀려 나온다. 창문을 활짝 열고 가방에서 빨래를 꺼내 세탁기를 돌린다. 배리배리 말라 있는 화분에 물을 한 바가지씩 부어주자 한껏 목마른 흙이 쏴아, 하고 물 머금는 소리를 낸다. 식물로 태어나 이런 주인 만나는 것도 못할 짓이다.

수명이 왔다간 흔적은 어디에도 없다. 그동안 연락이 안되었으니 왔을 리가 없지. 수명은 내가 확실히 없을 때만 아주 가끔씩 왔다 간다. 내가 없는 틈을 타 먹을 것을 가져다놓거나 계절이 바뀌면 제철 옷을 꺼내놓기도 한다. 운이 좋으면 침대에서 긴 머리카락을 발견하는 날도 있다. 떨어져있는 머리카락 하나를 손가락 사이에 겨우 집어서 들고는 마음이 아련해지는 순간도 있지만 누군지 알고 있는 우렁각시와는 이어나갈 스토리가 없을 것이다.

서쪽으로의 여행은 돌아와서의 시차적응이 영 힘들다. 오늘도 새벽까진 잠들지 못할 것이다. 말똥한 눈으로 졸리기를 기다리다보면 술이나 담배라도 할 수 있으면, 싶을 때도 있다. 술이나 담배 같은 나쁜 기호식품은 이제 내 일상에 없다. 낯선 살덩어리를 내 몸 속에 옮겨 심은 이후로 그것과 내 몸이 불화하지 않도록 많은 것을 포기해야 했다. 그런 금기가 힘들진 않다. 수술을 받은 후론 그런 것들에 대한 갈망이 죽어버린 느낌이다. 그것뿐만 아니다. 세속적인 자잘한 욕망들도 전체적으로 모서리가 슬쩍 닳아버린 것 같다. 자발적인 구도의 끝에 다다른 경지가 아니어서인지 욕망의 소멸을 지켜보는 기분은 편안하다기보다는 쓸쓸함으로

다가온다.

내 몸 속엔 다른 사람의 신장이 달려 있다. 한 번도 본 적이 없는 사람의 신장이. 오래 전 비밀스러운 여행을 통해서였다.

여행의 외형은 패키지투어였다. 패키지투어가 대체로 그렇듯 여행의 멤버들은 공항로비에서 처음 만났다. 그런 일에 일부러 숫자를 맞추진 않았을 텐데 일행은 꼭 열 사람이었다. 여덟 명의 남자와 모녀간으로 보이는 여자 둘이었다. 스무 살 무렵의 어린 여자아이와 나만 빼고는 대체로 사오십대로 보였다. 일회성의 생에 대한 지독한 탐욕으로 가득찬 얼굴들. 눈을 깜박일 때마다 불안과 기대가 번갈아 나타나는 그들을 보며 나는 비슷한 흔들림을 가졌을 내 눈빛이 들키지 않도록 바닥만 내려다보고 있었다. 우리는 서로를 외면한 채 어서 수속이 끝나기만을 기다렸다. 내 비행기 좌석은 창가였다. 일행들의 자리는 전부 떨어져 있었는데 주최측의 고의적인 배려라고 생각되었다.

활주로를 달리던 비행기는 가볍게 떠올랐다. 지도책에 실린 조감도 같은 도시풍경이 멀어지자 창으로 바다가 내려다보였다. 봄바다였다. 바다도 꽃처럼 제 얼굴로 계절을 드러낸다는 걸 처음 알았다. 그 봄물 오른 바다를 보자 두려움이 지나치게 부풀린 구명조끼처럼 내 가슴을 조여왔다. 생존의 본능은 균류처럼 내 피부에, 뇌의 주름 사이에, 내장 속에 번식하여 끊임없이 스멀거렸다.

돌아와 다시 저 바다를 볼 수 있을까. 봄꽃같이 생글거리는, 보글보글 비등점에 이른 듯 들떠있는 저 바다를.

카이탁 공항이 폐쇄되던 해의 봄이었다. 착륙할 때면 언제나 비행기가 바다 속으로 바로 추락할 것 같은 느낌에 아랫배가 땡기곤 하던 곳, 카이탁. 실제로 고도를 낮추던 비행기 한 대가 쿠롱 앞바다에 빠지는 사고가 난 지 얼마 되지 않은 때였다. 바다 속으로 다이빙이라도 할 듯 비행기는 머리를 깊이 숙였다. 하강 각도는 대담했다. 다음에 카이탁에 올 땐 창가 자리를 사양해야지, 하는 생각이 스쳤다.

다음에. 다음이라. 그 순간 난 쿠롱항에서 비행기를 탄 채 수장되는 한이 있더라도, 내 생에서 다음이 있기를, 갈망하고 또 갈망하고 있었다.

그날, 쿠롱항의 바다색은 봄답지 않게 칙칙했다. 낡은 아파트 창가에 빨래들이 깃발처럼 나부끼는 것이 보였다. 살냄새가 날 듯한 브래지어와 팬티들이 접히지 않고 집게에 물려 제모습 그대로 방자하게 매달려 있었다. 고도가 비슷해지자 아파트 베란다에 비행기 날개가 스칠 듯했다. 살아있다는 건 얼마나 달콤한 것인가. 항속만 조금 낮추어준다면 베란다에 내걸린 갖가지 색깔의 속옷들을 손 내밀어 걷어들이고 싶었다.

누구의 인생에나 지워버리고 싶은 시간의 토막이 있을 것이다. 카이탁이 이제 사람들의 기억에서 잊혀져가듯 그 공항을 빠져나갔다가 그곳을 통해 다시 돌아올 때까지의 행적들은 이제 잊어버리고 싶다. 정말.

머리맡에 던져둔 핸드폰을 열어 수명의 번호를 누르려다 덮어버린다. 전화를 받으면 할말이 없다는 생각이 든다. 어쩌면 너무 많은 말들이 내 속에 엉기어 있어서 일지도 모르겠다.

한 팀에서 같이 일하면서 말도 안되는 상황에 처하기도 하고 시간과 돈과 노력을 쏟아 부은 채 끝내 엉망이 돼버려 포기해야 했던 일도 있다. 다된 프로젝트를 버리며 분노하고, 시든 상추처럼 함께 찌그러져 있곤

하던 일상은 포옹이나 입맞춤보다 더 강하게 우리를 결속시켜주었다는 생각이 든다. 자타가 공인하는 환상커플이었던 내가, 한 팀에서 같이 일하기를 거부하며, 끝없는 위험 속으로 어이없이 몸을 던지는 것을 지켜보는 데도 이젠 지쳤을 것이다.

러시안 룰렛을 즐기는 정신병자보다는 그걸 옆에서 지켜보는 사람이 더 힘든 법이니까. 내가 일상을 살아가는데 별 어려움이 없을 만큼 몸이 거의 회복됐다는 말을 닥터 문으로부터 듣고 나서 수명은 헤어지기를 원했다. 아픈 남자를 버렸다는 죄책감에서 자유로울 수 있는 매우 적절한 타이밍을 선택한 것이다. 나는 네가 지난 봄에 한 일을 알고 있어, 라는 걸 끊임없이 일깨워주는 존재로 내 옆에 남아있고 싶지 않다는, 나아가 이제 그만 그 기억으로부터 자유로워지라는 나름의 배려인지도 모르겠다.

애초에 일 때문에 생긴 병이었다. 인도에 가지 않았다면 갑작스런 발병은 없었을 것이다.

인도. 정말이지 그 무렵엔 온통 인도가 유행이었다. 모든 문화는 인도에 한 발을 걸치고 있었다. 일상에서 고개를 돌리고 싶을 때 사람들의 마음은 인도를 향했고 뭔지도 잘 모르면서 인도의 정신을 말했다. 시와 여행기에서부터 요리와 패션까지 인도철학을 바탕에 깔아야 장사가 되는 형편이었다. 인도의 거지나 도둑마저 도를 이룬 사람으로 그려졌으며 인도의 기후만이 사람을 산 채로 거듭나게 해주는 것이라고 인도를 다녀온 사람들은 떠들어댔다. 가본 적이 있는 사람들은 태생지를 그리듯 인도를 그리워했고 가보지 못한 사람들은 인도산 침향이라도 피워놓았다. 내가 보기엔 인도는 그저 세상으로부터 소외되기를 원하는데 세상이 인도를 내버려두지 않는 것 같았다. 그때 인도는 시간도 장소도 아닌 어떤 것이었다. 인도를 풍문으로만 들은 시청자들을 위해 우리는 당연히 뭄바이행 비행기를 타야했다.

일행은 넷이었다. 그리 어렵지 않은 일정일 것이라고 전망했다. 유일한 어려움은 수명과 내가 같은 팀의 동료 이상으로는 보이지 말아야 하는 것뿐이었다. 우리는 그때 이미 같이 살고 있었는데 팀원들에게 그걸 고백할 의무는 없다고 생각했다. 어쨌거나 처음 만난 인도와 나는 잘 맞지 않았다. 기후, 음식에서부터 그 나라 사람들의 라이프스타일까지도 내 취향이 아니었다. 뭐 문제가 있을 것이라는 생각은 없었다. 개인의 취향이라는 필터를 렌즈에 덧씌운 채 일할 만큼 아마추어는 아니었으니까.

도착한 지 사흘째 되는 새벽, 지독한 불쾌감 속에 눈을 떴을 땐 물갈이나 낯선 음식으로 인한 배탈이라고 생각했다. 전날 밤늦게 먹은 저녁은 향신료의 냄새가 역하긴 했지만 재료가 상했다거나 하는 느낌은 없었다. 음식은 처음부터 워낙 입에 맞지 않았다. 공복이 분명한데도 식욕은 전혀 없는 상태로 끼니를 이어가고 있었다. 혼자 먹은 것도 아니었다. 넷이서 같이 먹었는데 새벽에 식은땀을 흘리며 깨어난 건 나 혼자였다. 이미 입술이 뻿뻿해져 있었고 이물질을 주입한 것처럼 잔뜩 부풀어 있었다. 온 몸이 떨려왔다. 이마를 만져보니 손과 이마는 불과 얼음을 맞댄 듯했다. 이마는 뜨겁고 손은 얼음이었다. 숨쉬기가 힘들었고 간질발작처럼 팔다리가 제멋대로 뒤틀리기 시작했다. 저녁을 먹지 말았어야 했는데, 하는 생각이 스쳤다.

오후에 지독한 더위 속에서 둘러본 갠지스 강변에서 맡았던, 시체가 타는 냄새부터가 시작이었다. 신체의 한 부분으로 보이는 타다 남은 고기

조각을 물고 가는 검은 개를 목격한 후로 오후 내내 쓴 침이 고였다. 길거리에 침을 뱉으며 다닌 건 처음이었다. 터져 나오지 못하는 구역질이 식도에 걸려 있었다. 목구멍에 뻣뻣한 막대기를 꽂아놓은 것처럼 몸은 그때부터 음식물을 거부했다. 수명은 뜻밖에 식사를 제대로 하고 있었다. 저녁을 깨작거리던 내가 불쑥 던진 대단하네, 란 말뜻이 뭔지 알아채고는 폐를 안 끼치려고 그러는 거야, 했는데 맞는 말이긴 했다. 내가 식욕이 전혀 없는 상태에서 그날 저녁을 억지로 밀어 넣었던 것도 일행을 신경 쓰게 하지 않겠다는 생각 때문이었다.

날이 밝기만을 기다리는데 어느 순간 죽을지도 모른다는 공포감이 일었다. 옆에서 잠들어 있는 윤피디를 깨웠다. 윤은 내 이마를 만져보더니 옆방으로 달려가 수명을 깨워 왔다. 수명이 바늘을 가져와 손가락과 발가락 끝을 모조리 찔러댔다. 통각은 없었다. 몸의 점막은 점점 부풀어 올랐다. 입술은 뒤집어질 듯했고 혓바닥과 눈꺼풀 안쪽, 심지어는 성기까지 부풀기 시작했다. 윤이 내려가 부엌에서 소금물을 타서 가져왔다. 메슥거리기만 하고 토해지진 않았다. 토할 만큼 먹은 게 없었다. 억지로 해열제를 삼키고 나는 괜찮다며 자라고 했다. 어린 아이처럼 이 무슨 짓인가, 싶었다. 감기에 걸렸나 봐, 수명이 말하자 윤이 눈을 크게 떴다. 이렇게 더운데? 하더니 부풀어오른 입술을 보며 중얼거렸다. 이렇게 섹시해지는 감기가 있단 말이야?

아침에 수명이 숙소주인에게 쌀을 얻어 흰죽을 끓여왔다. 찰기라곤 없었다.

국물이라도 좀 마셔봐요.

국물은 백탕이었다. 뜨거운 물에 밥을 한 숟갈 말아놓은 것 같았다.

좀 푹 끓이지 그랬어요. 흰쌀이 목욕만 했네.

숟가락으로 죽을 휘휘 저으며 윤이 구박을 했다.

아침내 끓여도 그 모양이에요. 인도잖아요. 갠지스 강물도 마시는데.

아플만 하네. 아니면 언제 수명 씨가 끓여주는 흰죽 먹어보겠어?

아프긴 했지만 수명과 나의 관계를 알리바이해 줄 멘트까지 날릴 만큼 나는 가볍게 생각하고 있었다. 열이 내리니 조금 견딜만 했다. 하루만 고생하면 될 줄 알았다. 작업 때문에 나가며 일행들은 날 놀리기까지 했으니까.

역마살 반대말이 뭔지 알아? 이 일 형 적성에 안 맞아.

내 역마살은 때와 장소를 가린다.

다음에 북유럽 복지시설 탐방 프로 뭐 그런 거 나오면 일순위로 보내줄게. 형의 핏줄 속엔 황실의 피가 흐르고 있어.

그게 언제 내 속으로 흘러 들어왔니?

내 걱정하지 말고 일이나 잘하라며 나가는 일행에게 손을 흔들었다. 신이 주신 가장 큰 축복은 내일 일을 모른다는 것이었다. 혼자 있는 동안 상태는 점점 나빠졌다. 열은 다시 올랐고 의식이 아득히 멀어졌다 돌아오곤 했다. 죽을지도 모른다는 생각이 다시 들었다. 이른 오후에 들어온 일행은 이제 온몸이 퉁퉁 부어있는 날 보고 질려버렸다. 수명이 울기 시작했다. 일을 생각하면 나 혼자 돌아와야 했지만 체면을 차릴 상태가 못 되었다. 병원에서는 아마, 식중독인 것 같다고 했지만 검사 결과가 나오기 전엔 확실한 건 알 수 없다고 했다. 가장 빨리 구할 수 있는 비행편이 마련될 때까지 병원에서 링거를 맞다가 수명과 같이 귀국했다. 서울의 의사들도 일종의 식중독으로 보았지만 결국 신장이 망가졌다는 진단을 받았다. 돌이킬 수 없을 만큼.

음식이 일차적인 원인이 됐을 수도 있지만 꼭 그것 때문만이라고는 단정할 수 없을 것이다. 발병의 원인은 음식과 타다 만 살토막을 물고 달아나던 검은 개일 수도 있고 그걸 받아들이지 못한 내 마음일 수도 있다. 강변의 화장터로 오기 전 내 마음은 꽤나 복잡해져 있었다. 검은 개를 보았던 그날 오전에, 도시외곽의 달리트라 불리는 불가촉천민의 거주지를 촬영하러 갔을 때였다. 눈앞에 펼쳐진 주거환경에 새삼스럽게 충격을 받은 건 아니었다. 화보와 다큐채널, 여행자를 통해 보고 들어왔던 터라 그곳의 삶은 언젠가 한번 보았던 곳을 다시 찾아온 듯한 기시감마저 들게 했다. 문제는 우리의 기획의도와 그곳의 현실적 삶의 진실이 너무 일치하지 않는다는 것이었다. 적어도 내 눈에는.

대체로 인도인들은 현실의 결핍을 고통으로 여기지 않으며 내가 이 땅에서 겪는 고통의 분량에 비례하여 좀더 나은 존재로 환생한다는 믿음을 가졌다는 것, 그래서 고통을 신의 축복으로 여기며 심지어는 더 많은 고통을 원하기도 한다는 것, 쓰레기더미 속에서 살아갈지라도 영혼만은 절대적인 행복감을 잃지 않고 산다는 것, 그래서 그들보다 많은 것을 누리면서도 상대적 박탈감과 허무에 시달리는 현대인들에게 지상에서의 열반을 보여주겠다는 기획의도대로라면 명백하게 거짓을 담을 수밖에 없다는 생각이 들었다. 혹 그런 사람이 수많은 인도 사람 중엔 있을 수도 있겠지만 적어도 그날 내가 본 사람들 중엔 없었다.

언제 무너져내릴지 아슬아슬해 보이는 흙집 그늘에 앉아있던 사람들이 원하는 것은 서울에서 온 속물인 내가 원하는 것과 별 다를 바가 없었다. 조금이라도 더 나은 주거환경을 원했고 깨끗한 우물물을 간절히 바랐으며 돈이 있다해도 다른 계급의 사람들과는 같은 장소에서 쇼핑은커녕 출입도 할 수 없는 차별에 힘들어했다.

하필 그날 마을의 분위기는 유독 침울했다. 이방인들과 카메라에 대한 소문은 할일 없던 아이들에 의해 동네 구석구석으로 퍼져나갔다. 아이들이 먼저 모여들었고 사내들이 그 뒤를 둘러섰다. 그 틈을 비집고 한 여자가 구르듯 맨발로 달려 들어왔다. 인도의 사법체계와는 아무 관련이 없는, 며칠 후면 인도를 떠날 우리에게 여자는 창자가 끊어질 듯한 목소리로 떠들어댔다. 끝없이 계속되는 여자의 이야기를 간신히 끊고 통역을 해준 유학생이 들려준 이야기는 매우 짧고 간단했다. 고위층 거주지역에 들어갔던 여자의 아들이 그집 주인이 쏜 총에 맞아 즉사했다는 것, 아들을 총으로 쏘아 죽인 남자는 무단침입한 아들이 자신의 딸을 겁탈하려 했고 자신의 행위는 정당방위이며 이것을 계속 문제삼을 땐 그 가족도 가만 두지 않겠다고 했다는 것, 무엇보다 참을 수 없는 건 사나흘 겨우 구류되었던 남자는 정당방위로 풀려났다는 것, 자기 아들은 배가 너무 고파 뭔가를 좀 슬쩍 집어내오려 했을 뿐이라는 것, 이 전부였다.

그게 전부야? 갠지스 강물처럼 끝없이 이어지던 여자의 말에 비해 통역이 들려준 내용이 너무 짧아 내 입에서 불쑥 나온 말이었는데, 그 말이 내 입에서 나온 순간 나는 도로 쓸어담고 싶었다. 아들이 죽었다는 여자 앞에서 그게 전부냐? 묻다니.

몇 번이나 여자는 비제이, 라고 발음했다. 비제이, 가 뭐냐고 물어보자 통역이 죽은 아들의 이름이라고 말해주었다. 비제이. 비제이. 날 보고 비제이를 어쩌라고. 푸스스한 잿빛 머리를 함부로 땋아 내린 여자는 우리가 진상조사를 나온 국제인권위의 조사관이라도 되는 양 질기게 매달렸다. 통역이 돌아가자고 했다. 끝이 없겠어요. 다른 데를 찾아봐야겠어요. 그림 되는 데는 많으니까.

돌아서는데 아들을 잃은 여자가 알아들을 수 없는 말로 절규했다. 힐끗 돌아본 내 눈에 여자는 움직이는 쓰레기뭉치처럼 보였다. 검노란 얼굴, 때에 절어 처음 색깔을 알 수 없는 누더기, 헝클어진 실타래 같은 머리, 칼로 난자한 듯 선명한 이마의 주름.

마을 전체에 깔려있는 묘한 악취 때문에 나는 걸음을 빨리 했다. 뒤에서 노랗게 타오르는 눈으로 나를 쳐다보고 있을 여자의 시선만 아니었다면 달려나왔을 것이다. 유일하게 알아들을 수 있는 비제이! 라는 절규가 가슴에 얹히는 것은 어쩔 수 없었다. 그들은 움직이는 쓰레기에 불과했다. 욕망이 없는 자들이 아니라 그들에겐 욕망이 금지되어 있었다. 이 잔혹한 카스트를 금박을 칠해서 보여줄 수는 없다는 생각이 든 건 그 마을을 완전히 빠져나왔을 때였다. 여자의 목소리가 더 이상 들리지 않는 곳에서 나는 뒤를 돌아보았다. 다산성의 해가 꼭 저만한 해덩어리들을 길바닥에 뭉텅뭉텅 흘리고 있었다. 뜨겁고 노란 해가 함부로 굴러다니는 그 길을, 발에 거치적거리는 더러운 것들을 피하려 발싸심하며 걸어나왔다. 그게 전부였다.

돌아오는 차 안에서 윤피디와 약간 논쟁을 했다. 프로그램에 맞는 현장을 찾아보자며 통역과 얘기를 하고 있는 그에게 나는 이 사회와 카스트를, 스쳐 지나는 사람의 신비주의적 관점에서 미화할 수는 없겠다고 했다.

김감독아. 세상을 보는 관점은 백가지가 넘는다. 우리는 이미 하나의 관점을 가지고 여기 왔다. 그런 시각도 괜찮지만 다음에 다시 다루어 볼 기회가 있을 것이다.

윤피디는 아이 달래듯 원론적인 얘기만 했다. 나는 떼를 썼다.

차라리 타지마할이나 카주라호 사원의 성애조각을 찍어 가자. 왜곡하느니 적어도 침묵하자. 인도 자체가 지나친 풍요의 삶이 끼얹어준 때를 씻는 곳, 세계인의 거대한 갠지스라고 생각하는 피상적 관점은 안된다고 생각한다. 인도는 시도, 은유도, 추상도 아닌, 맨발로 죽은 아들의 이름을 부르며 무력한 한 여행자의 뒤를 좇아 달리는 어머니가 사는 곳일 뿐이다. 내겐 그렇게 보인다. 내 눈과 카메라는 분리될 수 없는 것이다. 다큐가 뭔데. 드라마 찍으러 온 건 아니잖아.

다투었다고 생각하진 않았는데 저녁을 먹을 때 수명이 나한테만 들리게 그랬다.

왜 그렇게 표정관리를 못해. 애들같이.

그렇지만 일하면서 그 정도 논쟁은 늘 있어왔다. 유달리 불쾌한 기분으로 식사를 한 것도 아니었다. 돌이켜 생각하면 인도여행은 하나의 목걸이였다. 하늘의 해가 자꾸만 하혈하듯 해를 쏟아내던 날씨, 핏방울처럼 튀던 햇빛, 달리트 여인의 노랗게 타오르던 눈, 비제이!를 외치던 갈라터진 목소리, 검은 개가 물고 가던 살토막, 윤피디와의 논쟁, 낯선 향신료가 끝내 익숙해지지 않던 저녁식사, 그것들이 서로 엮이어 움직일 때마다 점점 조여드는 목걸이처럼 내 목을 감고 내 살을 파고들었다.

가공하지 않은 현실을 필름에 담는 일이 내 천직이라고 생각했는데 '진짜' 리얼리즘을 내 몸도 영혼도 견뎌내지 못했다. 싯누런 강물 위를 떠다니던, 피안에서 흘러온 듯한 새하얀 꽃이파리의 아름다움도, 개가 물고 가던 살덩이와 귀신 같은 모습으로 날 따라오며 개죽음한 아들의 이름을 불러대던 비제이의 엄마가 던져준 '진짜 인도'의 충격을 사뿐히 덮어주지는 못했다. 발병한 이후에, 개인의 삶의 지도를 그려가는 것은 영혼이라는 내 생각이 틀렸다는 것을 몸이 가르쳐주기 시작했다. 인간의 현실적 삶의 주도권을 쥔 것은 형이하학이라는 것도.

*

"그거 여덟 시간까지 녹음된다며?"

"원래는 그래."

"원래는, 이라니. 어째 불길하다."

"이게 이제 보니 배러리가 나갔는데?"

"새끼야. 바떼리라고 말해."

태수는 힉, 웃는다.

"하, 미쳐. 내가."

"형은 화가 엄청 난 순간에도 도치법을 사용하는구나. 역시 국문과야."

이쯤 되면 그만해야 한다. 같은 학번인데 재수한 내가 한 살 위라고 위기의 순간이면 꼭 형이라고 불러대는 녀석. 혼자서도 잘할 수 있다며 큰소리 땅땅 치고 내려가더니. 현장감을 살리기 위해 현지주민의 나레이션을 떠오기로 했는데 녹음기는 몇 마디 이어지다가 끝이었다. 하긴 비명도 안 지르고 죽어간 녹음기가 죄지. 이럴 땐 나도 저를 인간대접해 주는 수밖에 없다. 그래야 사람 노릇이라도 할까 싶어서 나는 목소리에 기름

칠을 한다.

"야, 강피디야. 그래 네 생각엔 이 사태를 어떻게 했으면 좋겠니?"

"영상으로만 나갈까?"

"너도 생각은 하고 있었구나."

"무슨 소리야. 형. 제일 괴로운 건 나야."

"모레 방송인데 언제 다시 녹음 떠오니?"

"그래서 말인데."

"말 해봐."

"내가 성대모사는 좀 하거든? 대사도 기억나고."

"그 아저씨 방송 나오기만 목이 빠지게 기다리고 있을 텐데 클레임 걸면 어떡해?"

"에이. 아무리 자기가 한 말이지만 순서까지 어떻게 기억해. 처음 텔레비에 출연한 사람들은 자기 비주얼에 정신 팔려서 오디오는 들리지도 않아. 자신 있어. 원래 비출신자가 하기엔 경상도보다 전라도 사투리가 쉬워."

"늘 하는 얘긴데 넌 실무 접고 경영 쪽으로 나가라."

"자본금만 줘면 그럴려구."

수긋이 나오니 더 뭐라고 쥐어박기도 그랬다.

"참, 오작가 있잖아."

수명 얘기다.

"출장 나갔대. 남미 쪽이라 꽤 걸리나 봐."

"근데 왜?"

"몰라. 형 귀에 들어가라고 그러는 거 같기도 하고…."

"남미, 어디?"

"참 이상하네. 내가 아랫 것이야? 왜 양쪽에서 이리 여쭈어라, 저리 여쭈어라 해?"

"내가 언제?"

"지금."

태수는 가서 작업을 해보겠다고 일어나며 지나가는 말처럼 흘린다.

"가기 전에 형 언제 귀국하냐고 묻더라구. 에휴. 핸드폰은 언제 쓰실라고 들고 다니는지."

태수가 가고 나자 이상한 평화가 밀물처럼 밀려오고 또 밀려온다. 연락이 안된 것이 수명이 서울에 없었기 때문이라는 물리적 이유만은 아닐텐데도. 끊어질 듯 이어지는 우리 관계는 수명 쪽에서 그 끈을 쥐고 있다. 완전히 결별한 것도 아니면서 서로를 거의 주고받지 않는, 휘두르는 칼끝이 닿지 않을 만한, 상처의 개연성을 품고 있지 않은 그 관계의 거리가 마음에 드는 것일까. 그렇다면 수명이 모르는 것이 있다. 남자와 여자 사이의 역학이란 게 그렇다. 멀리서 조금씩 다가와 그 간격 앞에 멈춘 것이라면 몰라도 가까이 있다 멀어진 사이란 그 원심력의 아득함 때문에 끊임없이 서로를 불편하게 할 뿐이다.

러시안 룰렛이 따로 없네. 숫제 몸을 총알받이로 내놓지 그랬어?

내가 찍어온 필름을 보며 수명의 목소리는 싸늘해졌다.

이러고 다니려고 그 지독한 시절을 견뎌낸 거야? 이러지 마. 이건 자기 전공 아니야. 이런 건 혼자 사는 사람들이나 하는 일이야. 자신에 대해선 그렇다 치자, 나한테까지 이렇게 무책임해도 되는 거야?

수명의 닦달이 아니어도 그곳에서 돌아올 때의 내 심정 역시 그랬다. 다시는 오지 않으리라. 어느 순간 관자놀이 옆으로 총탄이 휙 스쳤을 땐 어깨를 누르는 카메라마저 내팽개치고 달리고 싶었다. 가장 두려운 순간은 자신이 아니라 바로 옆의 사람이 죽어 가는 순간이라는 걸, 그곳에서 알았다. 그랬는데 환청 되어 감기던 폭음과 비명소리가 머리 속에서 잦아들면 나는 또 그곳으로 달려가고 있었다. 삶과 죽음이라는 두 개의 명제 외엔 모든 것이 무의미한 곳. 짧은 기간 동안 나는 분쟁지역전문, 이라는 꼬리표를 달게 되었다. 왜? 라는 질문은 수명보다 내가 먼저 했다. 아프카니스탄, 코소보, 알바니아, 이유야 어떻든 폭탄이 터지는 곳이라면 달려가고 보는 나를 나 스스로도 알 수 없었으니까.

옛날로 돌아가, 우리.

짐을 꾸리는 내 옆에서 수명은, 낯선 곳이 아니라 옛날로 돌아가자, 하며 울었다. 옛날이라니. 누가 지난 시간 속으로 돌아갈 수 있단 말인가. 분쟁 정도가 아니라 공식 전쟁터인 이라크로 떠나던 날, 수명은 마지막 경고를 했다. 자신의 눈물은 더 이상 힘이 없다는 걸 아는 여자의 목소리는 참 싸늘하기도 했다.

그만해.

주어도, 목적어도 없는 비명 같은 한마디였지만 나는 그만해, 라는 그 말의 무게에 휘청거렸다. 그만해, 라는 그 경계선 밖으로 한 걸음이라도 내딛었을 땐 돌이킬 수 없는 사태가 올 것이었다. 가방의 지퍼를 마저 채우며 나는 겨우 변명했다.

여태 갔던 곳들보단 안전할 거야. 여긴 포토라인이 있는 우아한 전장이다. 밀림 속이나 누가 적인지도 알 수 없는 내전 쪽이 훨씬 더 위험해. 그런 데서도 잘 해왔잖아. 이거야 짜고치는 고스톱 판이지. 프레스카드 가진 미국애들하고 움직이면 보디가드가 필요 없어. 포토라인이란 거, 전쟁 공연의 로열석이야. 무대에서 총싸움한다고 객석에서 쓰러지는 거 봤어?

개전 초기엔 내 말이 거짓이 아니었다. 대체로 경보는 민방위수준이었다. 경보사이렌도, 대피소도 없는 밀림 속을 헤매던 것에 비하면 비상식량과 화장실이 불편하네 따위의 불만을 털어놓는 다른 기자들이 우습게 보였다. 전장은 아득한 곳에 있었다. 실제 현장보다 우리나라 방송화면이 더 볼만했다고 했다. 입체 시뮬레이션 스튜디오를 따로 설치해서 가상전투 장면까지 보여주니 국영게임채널이 따로 없었다 했다. 그건 내 사정이고 국내에서 텔레비 화면으로 현지사정을 짐작해야 했던 수명으로선 피를 말렸을 것이다.

돌아왔을 때 수명은 집에 없었다. 그만해, 라는 말을 뒤로 하고 공항으로 향하면서 나는 텅 비어있을 집을 예감했을 것이다.

그래도 수명이 나를 떠났다고는 말할 수 없을 것이다. 희망 없는 병을 앓는 사람의 히스테리와 지루한 치료과정을 같이 견디며 한번도 귀찮은 내색을 한 적은 없었다. 병실에 혼자 있을 때 찾아온 닥터 문은 어느 날 그랬다.

너, 왜 나만 이런 병에 걸렸나. 내가 무슨 죄를 지었다고, 싶을 때가 있겠지만 여자복은 타고난 줄 알아. 한가한 사람 아니잖아. 2월에 너 몰래 검사 받았어. 자기 걸 주고 싶다고. 아마 결과가 맞았으면 그러고도 남았을 사람이야. 부부라고 쉽게 제 살 한 점 떼어줄 수 있을 거 같아? 아니야. 인간이 얼마나 이기적인 생물인데. 여자 아파서 남편이 제 걸 주겠다고 그러면 어떻게 되는 줄 모르지? 병원 복도에 시어머니가 먼저 쓰러져. 이 결혼 물렀으면 좋겠다, 차라리 내 걸 떼어주겠다고 악을 쓰는데, 거기다 대고 그럼 그러세요, 할 강심장이 어디 있겠어?

이식 외에는 대안이 없다는 말을 듣기 전에 난 그 상태로는 더 버티지 못할 것이라는 걸 알고 있었다. 투석의 간격은 점점 좁아졌고 오후엔 호흡이 힘들만큼 체력은 바닥이었다. 사표를 냈고, 세상에는 아픈 사람과 건강한 사람, 단 두 개의 종족만이 있다는 것도 알게 되었다. 장기기증 수혜자 대기명단에 이름을 올리면서야 나는 그것이 기약 없는 기다림의 시작이라는 걸 알았다. 일단 기증자의 수가 절대 부족했다. 혈액형 맞추기에서부터 가능성의 폭은 점점 좁아졌다. 조직 적합검사나 세포독성검사, 항체검사 따위는 기초조건이 맞는 기증자가 있은 후에야 할 수 있는 호사스런 검사였다. 수명이 조금씩 이성을 잃어간 것도 그 무렵이었다.

내가 안 사도 누군가에게는 팔게 되는 거야. 하나만 갖고도 살 수 있다잖아. 맞는 사람이 있으면 새치기를 해서라도 수술 받게 해줄 거야.

종합병원 화장실을 다니며 적어온, 신장을 팔겠다는 사람의 전화번호로 몇 번 통화를 해 본 수명의 얼굴은 어두웠다. 대부분의 전화는 연락처를 남기면 맞는 걸 구해 연락을 해주겠다는 브로커들의 번호였다. 수명은 고개를 저었다. 목소리만 들어도 백프로 사기꾼들이야. 그러고도 끝내 희망을 못버리고 그 백프로 사기꾼들을 몇 명 만나기까지 했다. 상태는 급격히 나빠졌다. 저염식과 투석보다 더 절망스러운 건 기약이 없다는 것이었다. 얼굴 다리 할 것 없이 온몸의 살이 한번 누르면 다시 올라오지를 않았다. 체력이 너무 떨어진 날은 종일 두통과 함께 이유 없는 복통까지 덤벼들었다.

낮에 들른 수명이 개나리가 피었더라고 얘기해준 날, 퇴근하는 길이라며 들른 닥터 문이 그랬다.

언제라고 얘기해줄 수 있으면, 나도 기다려보라고 하고 싶은데. 시간이 별로 없어. 여기보단 여러 가지로 좋은 조건에서 수술할 수 있는 곳이 있긴 한데.

말끝을 흐리며 문이 시트를 들추고 내 복부를 꾹꾹 눌러보았다. 외국에서의 수술 가능성을 처음 들었을 때, 나는 딸을 팔아 빚을 얻고자 했던 심봉사 마음을 이해할 수 있었다. 뒤늦게사 얘기해준 문이 몹시 원망스러웠다.

설마 가서 기다리다 그냥 돌아오는 건 아니겠지?

다녀온 사람이 있어. 공급은 많아.

그런데, 누가 그렇게 내놓는 거야?

돈이면, 귀신도 부리는 곳이니까.

카이탁에 내린 우리 일행은 다시 전세비행기를 탔다. 비행기는 아주 작았고 엔진 소리에 귀가 멀 것 같았다. 찢어진 카펫 구멍에 발이 걸릴 만큼 낡았지만 드디어 그 비행기의 좌석에 앉았을 때 나는 탈출의 마지막 발걸음을 딛는 망명자의 심정이었다. 가슴이 터질 듯한 희망과 누군가 나타나 비행기의 이륙을 금지시킬 것 같은 초조함이 들숨과 날숨에 엇갈렸다.

그 다음의 행선지는 모른다. 가이드는 알려줄 수 없다고 했으며 알려고 하지 말라고 했다. 혹 알게 되더라도 기억하지 말 것이며 기억하더라도 누구에게도 말하지 말라고 했다. 누가 아니라고 하겠는가. 그는 보이지 않는 신을 대리하는 교주였는데. 그때 우리는 싱싱한 신장 외엔 아무 것도 관심이 없었다. 그 비행기에서 내린 우리는 대기하고 있던 마이크로 버스를 타고 이동했다. 한국산 중고차였다. 버스 바깥에는 보습학원의 이름과 교과목이 고딕체로 적혀있었다. 그걸 보는 순간 사기꾼들에 속아 다시 한국의 어느 소도시에 떨어진 건 아닌가 가슴이 덜컥 했다. 차창 바깥의 낯선 풍경이 위로가 되었다. 피곤했지만 사람들은 잠들지 못하고 있었다. 불빛 하나 없는 사막 사이로 난 길이었다. 낯선 도시로 들어선 건 희부윰한 새벽이었다. 버스에서 내리는데 다리가 마른 수세미처럼 접혔다. 무리한 여행이었다. 막 떠오른 아침 햇살을 옆구리에 받아 하얗게 빛나는 병원건물이 눈부셨던 건 청결한 페인트 색깔 때문만은 아닐 것이다. 순례 끝에 도달한 성지처럼 그 건물은 존재 자체로 우리를 심히 위로하였다.

그곳에 이르기까지, 날 그곳에 보내기 위해 수명이 뛰어다녔던 걸 생각하면 지금 죽으라하면 죽는 시늉이라도 해야하는데, 내 안에 있는 그 무엇이 그토록 나를 바깥으로 몰아내는지.

*

태수는 늘 늦다. 삼십 분 동안이나 옆자리 여자들의 수다를 꼼짝없이 듣는다. 골프웨어와 웰빙과 요가레슨을 지나 여자들의 얘기는 드디어 문화로 향한다.

나 그 영화 다섯 번 봤어. 내 일생에서 그런 영화를 만날 수 있었던 건

행운이라고 생각해.

정말이야. 난 그 영화 보고 이틀이나 입맛이 없었다니까. 태어나서 그런 사랑 한번 해보고 죽어야 하는데.

〈타이타닉〉 이야기였다. 지방층이 두꺼워 북해의 얼음물에 밤새도록 던져놓아도 거뜬히 살아남을 여자를 위해 목숨을 버리는 바보같은 녀석, 이 나오는 그 영화. 나는 그 멍청한 여자들의 얼굴을 새삼스럽게 돌아본다. 그러고 보면 관객들이 영화에서 원하는 건 현실과의 먼 거리, 순간적인 일상의 망각, 일 뿐이다. 다큐라고 다를 것이 없다.

유리문을 열고 태수가 들어온다. 일을 맡기면 늘 결정적인 실수를 빠뜨리지 않는 녀석이지만 일 따오는데는 탁월하다. 경기가 나빠지면서 제작환경은 황폐해졌다. 광고가 안 붙어 투자 대비 수익률이 떨어지면 당장 다음 프로의 제작비 감축으로 이어진다. 다섯이 할 걸 셋이 해내야 한다. 도저히 아닌 조건에도 일단 일은 받아야 한다. 어떻게든 굴러가야 되니까. 일을 잡아오는 태수의 능력은 어쩌면 지금의 프로덕션에서 가장 필요한 것일지도 모르겠다.

"어떻게 됐어?"

"투 고 오어 낫 투 고. 고민은 우리 몫이야. 알아서 하라면서, 팔루자까지 들어가래. 우리가 목숨을 스페어타이어처럼 두르고 다니는 줄 아나봐. 거기다 제작비는 교통비 수준이야."

"어떡할래?"

"형, 난 지루한 삶이 감사한 사람이야. 지난번 여행의 기억이 너무 생생해. 제작비보다도, 무모한 작업이라는 생각이 들어."

분쟁지역 다큐치고 무모하지 않은 작업은 없다. 태수는 아직 지난 작업의 기억을 지우지 못했을 뿐이다.

"하루만 생각해보자. 녹음은 어떻게 됐니?"

"들어볼래?"

가방에서 녹음기를 꺼내 버튼을 누르자 50대의 전남 해안가 사투리를 구사하는 남자 목소리, 본인이 들어도 헷갈릴만큼 말의 빠르기와 문장의 첫음절을 약간 올리는 말투가 완벽하게 재생되어 있다.

"한가지 재주는 있다. 너 상습범 아니야?"

"형 전화 왔네."

딴전 피우는 줄 알았더니 내 핸드폰이 커피잔 옆에서 부들부들 떨고 있다. 김이사다. 아프기 전에 일하던 방송국에서 모시던 분이다. 아이디어가 좋은 프로젝트에는 지원을 아끼지 않았고 요즘도 다시 들어와 같이 일하자고 가끔 전화를 준다.

축하하네.

축하 받을 일이 없는 거 같은데요?

현산재단 예술상 다큐멘터리 부문 대상이야.

제가요?

받을만 하지. 시상식 때까진 대외비로 하고.

전화를 끊자 태수가 주먹을 부르쥐고 외친다.

"나이스! 형, 수상소감에 나 꼭 넣어줘야 돼. 카메라를 들고 같이 사선을 넘나들며 밤낮으로 달렸던 이태수가 없었다면 오늘의 영광은…."

"아예 녹음해와라. 나도 립씽크 한번 해보자."

사는 게 코미디다. 나를 내던지는 심정으로 어딘가로 달아나기 위해 매달렸던 일로 상까지 받아야 하나.

"태수야. 이 상 받아야 하니? 거대한 군화에 짓밟힌 개미같은 그 사람들을 구경거리로 만들고서?"

"형, 노벨상 정도면 거부해도 폼 나는데 이런 거 거절하면 좁은 바닥에서 매장당할 일밖에 없어."

프레스센터에서 있은 시상식에 수명은 끝내 나타나지 않는다.

마이크에서 들리는 내 이름에 낯설어하며 약간 어리둥절하여 앞으로 나간다. 트로피와 꽃다발을 가슴 가득 안기고는 수상소감을 말해야 한단다. 왔다면 하나뿐인 행사용의 푸른색 원피스를 입었을 수명은 보이지 않는다.

> …신은 주사위놀이를 하지 않는다고 말한 건 아인슈타인이었지요. 아인슈타인이 우주가 아니라 지구, 우주에서 바라본 지구가 아니라 끝없는 모래와 흙먼지 속을 걸어가며 눈높이에서 지구를 보았다면 자신의 말이 늘 옳지는 않다는 걸 깨달았을 것입니다. 신은 가끔 주사위놀이도 한다는 것을. 그 의도는 알 수 없지만. … 무력하지만 내가 가진 유일한 것, 카메라를 들고 나는, 인간이 가장 야만스러운 피조물임을 증명하는 그 땅에서 일어나는 일들을 기록할 뿐입니다. 그 영상을 통해 무엇을 느낄지는 보는 사람의 몫이겠지요…

수상소감을 말하며 눈을 제대로 뜨지 못한 건 조명 때문은 아니다. 아, 수명이 오지 않은 게 얼마나 다행인가.

수상작의 하이라이트 부분이 무대 뒤의 대형스크린에 떠오른다.

안개가, 함부로 깨어진 도시의 모서리를 천천히 지워나가고 있다. 티그리스 강변의 고요하고 평화로운 저녁풍경이 천천히 멀어지면서 모술의 한 거리가 겹쳐진다. 카메라가 흔들릴 정도의 폭음. 정오의 태양 아래 화염의 붉은 기운은 보이지 않아 더 두렵다. 맨발의 남자들이 입을 크게 벌리고 달린다. 공포에 절은 눈빛으로 뒤를 돌아보며 달려가는 소년의 눈이 슬픈 보석 같다. 순식간에 화면은 텅 빈다. 피사체를 찾던 카메라는 길에 떨어져있던 책 한 권으로 눈길을 돌린다. 커버가 뜯겨져나간 책이 바람이 불 때마다 제 몸을 한 장씩 넘기고 있다. 특별한 의미를 두고 잡은 풍경은 아니다. 술래가 몸을 돌리기 전의 골목처럼 텅 빈 거리에서 움직이는 건 그것밖에 없었기 때문이다. 클로즈업. 작은 화면에선 안 보이더니 확대된 스크린에는 책에 씌어진 글자들이 선명하게 보인다. 지상에서 가장 아름답고 에로틱한 문자, 아라비아어. 알 수 없는 내용이었지만 지상의 삶은 행복해야한다는 상형문자 같은 글자들. 그 위로 오버랩되는 폭격 후의 병원 장면. 팔이 없는 앞으로의 삶이 어떤 것인지 미처 알지 못하는 소년이 카메라 앞에서 희미하게 웃는다. 왜 하필, 이라고 물을 필요는 없다. 희생양을 고르는 원래 기준이 그러하니까. 흠 없고 어린 것. 세상의 때가 묻지 않은, 그러나 숨쉬는 것. 신은 기어오르는 걸 용납하지 않으니.

박수와 환호소리. 등에 땀이 밴다. 상투적인 편집이고 그 이전에 상투적인 시각의 촬영일 뿐이다. 어차피 제 삶은 안정적이길 원하면서 타인의 삶은 충격적이길 바라는 속물들의 수요에 대한 공급이니까. 전쟁을 원하는 자들은 저 땅에서 너무 먼 곳에 있고 전쟁을 원하지 않은 자들만 이 부서져가는 풍경, 내가 찍은 건 그것이다.

축하 술자리는 나만 빼고 계속된다. 너 혼자 맨숭한 얼굴로 앉아있으니 어째 몰래카메라 돌아가는 기분이다. 야, 가서 쉬어라. 모두들 진심으로 밀어낸다. 태수가 같이 일어나 차에 트로피와 꽃다발을 실어준다.

"대리운전 불러 줘?"

"안 마셨어."

차문을 닫으려다 태수는 얼굴만 밀어 넣고 묻는다.

"둘이 찢어진 거야?"

"얌마. 오징어냐?"

"앞에 서 있는 형 얼굴 그리 행복해 보이지 않드라. 하루쯤은 행복해도 용서되는 거 아냐?"

"표정관리 좀 했어."

"형. 카메라하고 여자 닮은 점이 뭔지 알아? 마음에 드는 건 비싸다는 것. 뭐가 다른지도 알아? 한번 가졌다고 끝내 내 것은 아니라는 거지."

더운 날씨 때문인지 백합은 벌써 상한 냄새를 풍기기 시작한다. 차는 저 혼자 서교동 쪽으로 가고 있다. 똑같아 보이는 다가구 주택들 앞에 차를 세우고 전화를 해서는 취한 목소리로 빈주정을 한다.

어이. 매정한 아가씨. 집 앞인데 얼굴 좀 보여주지.

오 분도 지나지 않아 내려온 수명은 옆자리에 타고서야 내 얼굴을 돌아본다. 여름 원피스의 민소매 아래 팔뚝이 까맣게 그을려있다.

"돈 좀 들인 피부색인데?"

"공짜로 남미여행 좀 해보나 했더니 팔자 센 여자는 어디 가도 평지풍

파야.”

“휴가 다녀온 사람 같은데 뭐.”

“납량특집이었어. 사고율 세계1위 항공사라는 걸 알고 있는데 지역 내에서만 여섯 번 탔어. 에어포켓에 걸릴 때마다 내가 이렇게 삶에 집착하는 인간이었나 싶더라. 나, 자이로드롭도 못타잖아. 땅에서는 또 어떻고. 우림지역에서 들러붙은 거머리는 라이터 불을 켜대도 안 떨어져. 기절하고 싶은데 기절도 안돼.”

“거머리 붙이는 다이어트가 있다던데 살은 좀 빠졌네.”

“살빠진 거야 피말리는 사내 때문이지.”

“그래. 기획이 뭐였어?”

“세계 속의 기우제 시리즈야. 산에 올라 여자들이 일제히 엉덩이를 까고 오줌을 누거나, 구름을 무찌를만큼 많은 연기를 올리거나, 우주의 귀청을 찢어놓을 만한 타악기 연주, 비를 부르는 방법은 다양했어. 안데스의 한 종족이 지내는 기우제가 재미있었어. 그 사람들은 그렇게 비를 부르더라. 신성한 날을 잡아서 원색의 화려한 전통의상을 차려입고 아침 일찍 마을의 중심에 있는 광장에 모여들어. 처음엔 축제 분위기야. 두 사람씩 마주 서서 먼저 팔을 뻗어 뺨을 번갈아 때리는 거야. 상대방도 마찬가지지. 처음엔 웃으며 한 대씩. 약간 세게 한 대씩 더. 그 다음은 바로 격투야. 여자와 아이들이라고 예외는 없어. 폭이 넓은 색색의 플레어스커트를 입은 여자들의 싸움은 그 펄럭이는 치맛자락 때문에 더 격렬해 보이더라. 골절상을 입고 이마에 피를 흘리며 땋아 내린 머리카락이 온통 쥐어뜯긴 채 어느 순간부터는 순수한 폭력에 몰두하는 거야. 카메라 렌즈로 그 광경을 보면서 폭력과 유혈이 무기력과 우울의 늪 속으로 빠져 들어가는 인간을 끌어 올려주는 힘을 갖고 있을지 모른다는 생각을 했어. 기우제가 아니라 베게트의 부조리극을 보는 것 같았어. 그거 찍으면서 처음엔 재미있었고, 그러다 한없이 바보 같아 보이고, 마지막엔 참 슬퍼졌어. 저게 인간이지 싶어서 말야."

"비는, 왔어?"

"우리가 있는 동안은 아니야. 비가 오고 안 오는 것은 중요하게 여기지 않는 것 같았어. 끝없는 가뭄에 대한 무력감에서 벗어날 수 있다는 것, 어쨌든 아무것도 하지 않고 있지는 않다는 자기 위로가 필요한 것 같았어. …그걸 보고 있는데 왜 자기 생각이 났는지 몰라."

"교통, 기후, 다 힘들었겠네."

"힘들다, 하면서도 이제 매너리즘이야. 사람들이 다큐에서 원하는 게 뭔지, 어떤 그림이 눈길을 붙들 수 있는지, 충격적이되 불쾌하진 않게 어느 선까지를 보여주어야 하는지, 늘 계산하는 내가 보여. 이런 게 경력인가, 내가 싫어지는 순간이 있어."

"그러다보면 이렇게 상까지 받는 거지."

"가볼까 했는데, 축하한다는 거짓말하기 싫어서."

뒷좌석에 쌓인 꽃다발과 선물을 돌아보는 수명의 눈빛이 복잡하다.

"외롭진 않았네 뭐."

올림픽 대로로 들어서는데도 어디로 가느냐고 묻지도 않는다. 까페촌을 지나 좌회전하기 전에 차를 세워달라고 하더니 편의점에 들러 봉지를 들고 나온다. 불야성의 거리를 지나 가로등 없는 비포장 도로로 들어서도 대기는 환하다. 미루나무 이파리가 달빛 아래 희게 뒤챈다. 천공의 보름달은 등화관제의 밤하늘을 밝히던 조명탄만큼이나 밝다. 길이 끝나는 곳에 차를 세운다. 같이 지내기 전 가끔 바람을 쐬러 나오던 곳이다. 인가 몇 채가 흩어진 것이 멀리 보이고 길인지 풀밭인지 모를 공터 가장자리에 검은 콜타르가 칠해진 목조가옥이 하나 서있다. 까페를 하던 곳이다. 언젠가는 들어가서 차를 마신 적이 있는데 비워놓은 지 오랜 모양인지 건물 옆으로 버린 소파가 뒤집어져 있다. 건물 크기에 비해 비정상적으로 작게 뚫린 창이 서넛 달렸을 뿐인데 그나마 유리가 깨져 콜타르 칠한 벽보다 더 아득히 검어 보인다. 버려진 것들은 스스로 두려운 기운을 뿜는다.

차창을 내리니 상한 꽃냄새를 흩트리며 밀려드는 물내음이 삽상하다. 수명이 캔 뚜껑을 열어 건네며 손가락으로 내 팔을 쓰다듬는다. 어디서 서럽게 다친 마음으로 돌아온 소년처럼 나는 울컥하다.

"맥주 쯤은 괜찮겠지? 총알 사이로도 뛰어다니는데 뭐. 그렇게 나대고도 멀쩡하게 돌아왔네. 치명적이지 않은 곳을 좀 다쳐서 돌아오길 바랬는데."

"모질긴."

수명이 내 손바닥을 뒤집어 입술을 댄다. 맥주는 식도에 차가운 지도를 그리며 내려가고 젖은 입술은 내 손바닥에 뜨거운 지도를 그린다. 어린 개의 혓바닥처럼 적의 없는 그 축축함에 내 마음의 모서리가 녹아 내린다. 이토록 무한한 우주 속에서 내가 평화로울 수 있는 곳은 한 여자의 품 안, 살냄새를 맡을 수 있는 그 좁디좁은 공간뿐인 것 같다.

"짭잘하지?"

"약간."

아프고 난 후 내 성생활은 매우 소극적으로 변했다. 평소엔 거의 욕망을 느끼는 적이 없다. 닥터 문은 그랬다. 성기능은 차차 회복될 것이며 아이를 가지는 데도 별문제는 없을 거라고. 나는 오히려 정신적인 데 원인이 있다고 생각한다. 현장을 뛰어다닐 땐 욕망은 아득한 곳에 있다. 손가락이 스치자 잊고 살았던 뜨거움이 아랫배에 번진다. 화장기 없는, 살짝 찌푸리고 있는 수명의 그을린 얼굴이 몹시 아름답다. 수명의 팔이 내 목을 먼저 감는다. 안감 없는 면원피스 아래의 속살은 손바닥보다 조금 더 따뜻하고 허벅지 사이는 한층 뜨겁다. 누구의 것인지 알 수 없는 땀에 팔이 미끄러져 내린다. 수명의 볼은 냄비뚜껑처럼 뜨겁다. 좁고 불편한 공간이 조금도 불편하게 느껴지지 않는 게 이상하다. 수명의 숨소리, 동그랗게 만져지는 접힌 무릎, 자꾸만 엉키는 원피스 자락, 누군가의 손에 걸려 갑자기 움직이는 윈도 브러시가 마른 유리를 스치는 소리, 젖힌 의자 아래서 소리 없이 뭉개지는 백합의 독한 향기, 눈을 감자 후각과 촉각이 섬모처럼 예민해진다. 행복감은 참 이상한 데서도 오는구나. 한순간 몸이 소리 없는 불꽃처럼 허공에 떠오른다. 모든 소리와 냄새도 아득히 부서지며 흩어져 날아간다.

차창을 내리니 풀벌레소리와 달빛이 낭자하다.

"저것들. 여기가 러브호텔인 줄 아나 봐."

자고 일어난 듯 수명의 목소리는 잠겨있다. 잡풀 무성한 밭언저리에서 색깔도 크기도 다른 개 두 마리가 꼬리를 엮고 있다.

"견종 다원주의자들이군."

"개들은, 제 모습을 볼 수 없으니 서로가 다르다는 것도 모르겠지."

"더 나이 들면 야생동물의 짝짓기 다큐나 찍으면서 평화롭게 살고 싶다."

"모르는 소리 하지 마. 야생동물의 짝짓기가 얼마나 처절한지 아니? 인간의 섹스는 달콤한 거짓말이나 다이아몬드가 먹히지만 동물들은 자신의 존재만으로, 존재를 걸고 짝짓기를 해. 기승전결을 보고 나면 숙연해질 수밖에 없어."

의자를 세우며 수명이 묻는다.

"개들도 섹스 후엔 슬플까?"

대답을 원하는 질문은 아니었을 것이다. 자르고 돌아섰던 자신이 욕망 속에서 먼저 내 목에 팔을 두르고 말았던 연약함이 스스로 안쓰러웠을 것이다.

"아마, 아닐 거야. 죽음을 의식하고 사는 존재만이 섹스의 끝에서 허무의 기미를 느낄 수 있을 테지."

"개가 죽음을 의식하지 않는다고 어떻게 단정할 수 있어? 동물은 다가올 위기에 인간보다 훨씬 예민하대. 지진이 나기 전에 동물들은 대피한대잖아. 누군가 코드레드 경보가 내린 곳으로 더 깊숙이 들어가지 못해 안달하는 당신을 옆에서 지켜보면 그렇게 말할지도 몰라. 저 사람은 죽음을 의식하지 않는 사람이야."

수명은 말 끝에 날 빤히 쳐다본다. 죽음을 의식하지 않는다고? 하긴 누가 알겠나. 폭발음이 들리면 뒤도 돌아보지 않고 달리며 공포에 목이 졸릴 듯한 순간, 이번에 돌아가면 다시는, 하는 후회를 펌프질 삼아, 카메라를 집어던져 버리고 싶은데 차마 버리지는 못한 채 심장이 터지도록 도망치던 내 모습을.

"달아날 수 있다고 생각해? 경계는 자기 마음 속에 있는데? 당신, 그림자를 떼어놓으려 숨이 끊어질 때까지 달려가는 바보야."

"열세 살 소년 때처럼, 구름 위에서 뛰어내린다 해도 난 죽지 않을 것 같다는 생각이 들어. 난, 안 죽어. 난 존재하지 않으니까."

헤어지자는 말을 밤에 갑자기 들은 사람처럼 수명이 훌쩍인다.

"이젠 잊을 때도 됐잖아. 어쩔 수가 없었는데."

맞는 말이다. 어쩔 수 없었고 잊을 때도 지났다. 문제는 기억이다.

정확한 지명은커녕 국적조차 알 수 없는 그 병원에서의 일은 돌에 새긴 이름처럼 끝내 내 생의 길이보다 길게 남을 것이다. 망각은 신이 인간에게 준 가장 큰 축복이란 걸 늦게야 알았다. 그곳에서의 하루하루는 뇌의 주름에 문신되었다. 세월이 흐르면서, 오히려 기억은 더 선명하게 깊어졌다. 복도에 가득했던 소독약 냄새, 수술실에서 마취약의 기운이 온몸에 퍼지기 전 마지막으로 귀에 들렸던 쇠붙이들의 찰캉거리는 소리, 식사시간이면 입맛을 잃게 하던 불쾌한 향신료 냄새까지도. 기억은 뇌에서만 유지되는 게 아닌지도 몰랐다. 몸 속에서 팔딱거리는 신장이 눈이 달린 것처럼, 코가 달린 것처럼 그것들을 기억하고 있는 것 같았다.

병원에 도착한 사흘 후에 수술을 받았다. 그 몇 시간 전에 우리 팀의 숫자에 맞추어 건장한 수형자들의 형집행이 있었을 것이다. 그곳에서 인간은 끊임없이 공급되는 밀수품이었다. 사파이어 원석이나 아편덩어리와 다를 게 없는. 수술을 끝내고 링거를 꽂은 채 나는 앞으로 살아갈 건강한 날들만을 생각하려 애썼다.

회복하고 처음 먹은 고형식의 메뉴까지 생각난다. 소금간이 없는 차가운 닭가슴살과 쌀밥 조금, 감자 샐러드와 달걀찜이었다. 무염식은 끝내 익숙해지지 않았지만 살아야한다는 생각에 밀어 넣었다. 왜 이렇게 차가운 음식을 주는 걸까. 따뜻한 걸 먹고 싶다는 생각이 들었다. 봄이 지나고 있었다. 바깥은 꽤 따뜻했는데 실내는 차가운 기운이 감돌았다. 식반을 거두러 온 여자에게 에어컨을 꺼달라고 하자 여자는 몇 번 눈을 깜박이더니 고개를 저었다. 에어컨이 켜있지 않다는 건지 끌 수 없다는 건지 무슨 말인지 못알아 듣는 건지 알 수가 없었다. 링거를 살피러 온 간호사에게 다시 에어컨 얘기를 하자 여자는 고개를 저었다.

에어컨은 없어요.

이후로 나는 더운 걸 모르고 살았다.

병원은 기대보다 청결했고 의료진도 신뢰할 만했다. 비용은 여기 비하면 절반에도 못 미쳤지만 그것들이 이유는 아니었다. 여기서 구할 수 있었다면 그렇게 먼 곳까지 달려가진 않았을 것이다.

내가 살기 위해 한 사람을 죽게 한 것일까, 하는 생각을 한 건 휠체어에 앉아 바깥 바람을 쐴 수 있을 만큼 회복되었을 때였다. 바깥은 실내보다 쾌적했다. 정원은 넓은데다 공들여 가꾸어져 있었다. 홑겹의 환자복 안으로 들어온 바람이 열두 개의 손가락으로 속살을 어루만졌다. 여기는 어딜까? 하는 생각이 먼저 들었고 그 다음이었다. 그 사람은 어떻게 되었을까?

나는 그 대답을 알고 있었다. 출발하기 전부터 알고 있었던 사실이다. 바람이 불자 나무이파리들이 일제히 몸을 접으며 키들거리듯 나부꼈다. 우리가 지불했던 비용은 누가 가졌을까? 죽은 자의 가족에게 보내는 어리석은 짓을 했을 리는 없겠지.

내가 아니었다해도 그는 누군가 조건이 맞는 사람이 나타나는 순간, 마치 수족관 바깥에서 손가락으로 가리키면 망으로 건져져야 하는 물고기처럼, 끌려나왔겠지. 일치하는 사람이 없었다 해도 사형수였다니 결국 무용하게 죽었겠지. 어차피 무용하게.

엄마가 따라갔던 어린 처녀는 수술하기 전날 오후에 갑자기 발열했다. 무리한 다이어트와 정체불명의 이뇨제를 복용하다 신장이 망가졌다며 그 엄마는 속을 끓이고 있었다. 한창 나이라 그런지 병색도 없이 깨끗한 얼굴의 처녀는 이제 겨우 대학 일 학년이라 했다. 특별한 원인도 없이 열은 사십 도까지 치솟아 떨어지지를 않았다. 불명열(不明熱)이었다. 의사는 고개를 저었다. 사색이 된 건 처녀보다 엄마였다.

그냥 수술을 해주세요. 이대로 돌아가도 죽는 건 마찬가지예요.

엄마는 얼굴이 벌겋게 들떠 의사에게 싸우듯 매달렸다. 의사는 화를 냈다. 고열 상태에서의 수술은 느리게 진행되는 사형집행과 마찬가지라고 했다. 일행들은 모두 제 일처럼 안타까워했다. 그녀와 엄마는 끝내 떨어지지 않는 열 때문에 먼저 귀국해야 했다. 시간이 지난 후에 생각하니 그녀의 고열은 불명열이 아니라 양심의 온도였지, 싶다. 그렇지만 그녀를 위해 이미 죽어버린 그 누군가는 정말 무용하게 죽은 것, 이라고 나는 그때 그렇게 생각하고 싶었다.

그 병원 이전의 삶은 희미해져 버렸다.

아마도 남자, 였으리라고 생각되는 그의 일부분이 내 몸속에서 작동하고 있는 한 나는 잊지 못할 것이다.

그는 가끔 내 꿈속으로 찾아오기도 한다. 자주는 아니지만 그 불규칙한 간격은 오히려 공포를 극대화시킨다. 꿈속에서 나는 잠을 자고 있다. 그런데 잠든 나는 잠들지 못하고 깨어 있다. 곧 무슨 일이 일어날지도 알고 있다. 깨어 있지만 움직일 수는 없다. 나는 누군가를 기다리고 있다. 그렇게 말할 수 있을까. 그 끔찍한 형상을 기다린다니. 아니다. 그건 기다림이 아니라 체념이다. 보이지 않는 끈으로 묶인 듯 꼼짝없이 누워있는 내 사타구니 사이에서, 누군가가 몰핑기법으로 복원되는 액체 로봇처럼 아주 느리게 솟아오른다. 무게를 느낄 수 없는 그것은 내 아랫배 위를 스치며 가슴과 목을 타고 올라와 무게 없이 내 몸에 겹쳐지며 내 얼굴을 가만히 내려다본다. 너무 가까워 나는 그것의 얼굴을 알아볼 수가 없다. 다만 보이지 않는 그의 옆구리가 꺼멓게 뚫려있는 것을 느낀다. 나는 젤라틴 속에서 굳어진 육편처럼 그것 아래서 차갑게 응고된다. 그게 어떤 기분인지, 겪어보지 않은 사람은 결코 상상할 수 없다. 수명에게만이라도 나는 그 얘기를 털어놓고 싶을 때가 있다. 수명의 말처럼 나는 잘라낼 수 없는 그림자를 떼어내기 위해 심장이 터질 때까지 뛰어다녀야 할지도 모른다.

그 봄 이후로 내겐 모든 공항이 카이탁이 되었다.

"열흘 후에 출발하는 팀이 있는데 같이 가자. 티켓만 따로 끊으면 돼."

수명은 참 집요하기도 하다. 나는 어디냐고 묻지 않는다.

"아는 사람들이야. 부담 없이, 여행처럼 다녀오면 돼."

"그러고 싶은데 나도 다음 주에 출발이야."

사람들은 참 단순하다. 하나의 노래로 박수를 받으면 똑같은 노래를 자꾸만 부르라 한다. 수상작과 포맷이 비슷한 프로를 맡아달라는 곳이 몇 군데 있었다. 나로서는 지난번 작업 이후의 변화를 담고 싶은 욕심과 겹쳐 한 군데와 계약을 했다.

"어딘데?"

바그다드, 라고만 말해준다. 그 이후의 행선지는 나도 그곳에 가봐야 알 것이다. 생각만큼 위험하진 않을 거라는 내 말이 불을 지른다.

"또 그 소리. 그 일이 무슨 의미가 있다고 생각해? 전쟁을 하는 자들은 보이지 않는 곳에서 함부로 입을 놀리거나 버튼을 누를 뿐인데 그 틈바구니에 끼어 산산조각이 나고 피를 흘리는, 전쟁과는 아무 상관이 없는 사람들의 폐허가 된 눈빛을 찍어와서 뭘 하겠다는 거야? 뭘 원하는데? 명성? 상? 근사한 독립프로덕션?"

"정말 그렇게 생각하는 건 아니지?"

"아니."

그렇게 생각하는 게 아니라는 건지, 그렇게 생각한다는 건지 애매한 답만 던지고 수명은 씩씩거리다 내 얼굴을 빤히 쳐다보며 쏘아댄다.

"그렇게 죽고 싶어?"

"나는 야망이 없어. 야망이 없는 기자는 종군해도 결코 죽지 않아."

수명이 고개를 젓는다.

"들어봐. 칼마게돈이라는 게임이 있어. 모든 레벨을 제대로 진행하면 삼만 삼천 명을 살해할 수 있어. 소파에 앉아 포테이토칩 봉지를 들고 텔레비를 보는 사람들에게 그 게임과 이 전쟁이 다른 것으로 비쳐질 거라고 생각해?"

"나, 생각 같은 거 없는 놈이야."

"당신이 원하는 게 뭔데? 그걸 모르지?"

수명의 목소리는 더 낮아진다. 나는 이 여자의 목소리가 낮아지면 무섭다.

"잘난 척하지 마. 만약에, 돌아갈 수 있다면, 다른 선택을 했을 것 같아? 아니잖아."

맞다. 돌아갈 수 있다 해도 내가 다른 선택을 하게 될까. 지울 수 없는 기억에 이토록 오래 목이 졸리게 될 줄을 알았다해도 다른 선택을 했을까.

*

암만의 거리풍경은 그대로인데 물밑 분위기는 지난번과 많이 다르다. 공식적인 전쟁이 끝난 후 이라크 내부 분위기는 더 살벌해졌다 한다. 종전이 되면서 포토라인이 없어졌고 그 선을 넘어가면 위험하다고 말해주는 사람은 이제 없다. 종전과 함께 전선 없는 전쟁이 시작된 것이다. 무차별한 납치와 참수가 이어지면서 바그다드로 들어가는 행렬은 현저히 줄었고 동행하겠다는 사람들의 요구금액도 몇 배로 뛰어오른 상태다. 이번에도 같이 가줄 줄 알았는데 무스타파는, 목숨은 두 개가 아니에요, 하며 동행을 거부한다. 들어가봤자 호텔에서 나오지도 못할 걸요. 무장 반군보다는 거액의 몸값을 노리는 단순납치범들이 더 무서워요. 국가별 요구액이 얼마얼마라며 공공연히 떠도는데 너도나도 돈벌이에 혈안이 돼 있다구요. 팔루자 얘기는 아예 꺼내지도 못하게 한다. 하루에도 몇 차례 코드레드 경보예요. 들어가 있는 기자들도 한시바삐 나가라고 들볶이고 있는데 어떻게 들어가겠어요. 무스타파는 내 윗옷자락을 잡아당긴다. 이거 방탄조끼예요? 그래도 소용없어요.

무스타파가 문제가 아니었다. 어떻게 알았는지 대사관에선 더 신경질적인 반응이다. 이러다 일나면 우리만 욕먹어요. 지금까지 먹은 욕만 해도 배가 터져요. 자기 목숨 책임질 거면 알아서 해요. 그럴 만하다.

난 죽고 싶지 않아요. …당신들의 삶도 중요하지만 제 삶도 중요합니다.

또박또박 영어로 몇 번이나 간절히 애소하던 청년의 목소리, 삶에 대한 열망으로 불타오르던 그의 눈빛, 너무도 간절하던 몸짓, 죽고 싶지 않다는 그의 목에 드러나던 푸른 힘줄, 격앙된 뉴스화면, 끝내 떠돌고야 만 참수 장면을 담은 인터넷 동영상, 그런 것들로 내가 떠나올 때의 한국은 집단 히스테리 상태였다. 수명은 더 했다. 무스타파에게 코드레드라는 말을 듣자 왜 수명의 목소리가 귀에 울렸을까.

정말이야. 또 들어가면, 끝이야.

끝은 붉은 색일까.

포기하라며 돌아갔던 무스타파가 한 시간만에 다시 문을 두드린다.

"킴. 꼭 들어가야 해?"

나는 고개를 끄덕인다.

"화요일 오후 다섯 시 출발이야."

"화요일이면, 오늘이잖아."

쳐다보는 무스타파의 눈이 깊다.

"얘기해 줄까 말까 고민했어. 네 시에 호텔 뒤에서 기다릴게."

"가겠다는 사람이 있어?"

무스타파는 고개를 저으며 웃는다.

"돈이면 귀신도 움직이지."

언젠가 한번 들었던 말이다. 신장이 그렇게 쉽게 구해지겠느냐고 묻자 닥터 문이 그랬었다.

네 시 정각에 호텔 뒤편에 서있는 무스타파의, 한때는 녹색이었을 고물차를 확인하고 짐을 챙긴다. 차가 있는 곳까지 걸어가는데 길거리에 움직이는 건 내 그림자뿐이다. 햇살을 견딜 수 없어 선글라스를 꺼내 쓴다. 기온은 꽤 높은 것 같은데 덥지는 않다. 아프고 난 이후로 나는 더위를 느끼지 못한다. 지구에서 나를 도려낸 자국인 듯 지독히 검은 그림자가 도로를 건너는 나를 따라온다. 아니 그림자가 날 끌고 간다. 빛과 어둠으로 만들어진 미로를 따라가듯 나는 그림자를 좇아 걷는다. 돌아 나올 수 있을까.

무스타파의 차 바닥에 팬 구멍으로 도로가 보인다. 바닥 아래로 흐르는 시간과 차창 밖으로 흐르는 시간의 속도가 다른 것 같다. 도시가 끝나는 곳, 무화과 나무 숲이 시작되는 경계에 트럭이 서 있다. 먼저 와서 기다리는 일행이 있다. 무스타파의 말로는 중간에 내릴 사람이라고 한다. 기사는 아직 안 왔단다.

"안 오는 거 아니야?"

"올 거야."

그늘 아래 쭈그리고 앉은 사내, 뜨거운 햇살을 아랑곳 않고 햇살 아래 뛰놀고 있는 소년. 아버지로 보이는 남자가 소년에게 뭐라고 외치지만 소년은 햇살이 더 좋은 모양이다. 소년은 노래를 부르기 시작한다. 구슬프고 꺾임이 많은 가락이다. 그러다가 제 흥에 겨웠는지 소년은 춤을 추기 시작한다. 양팔을 벌리고 제자리에서 팽이처럼 뱅글뱅글 도는 춤, 언젠가 폭이 넓은 치마를 입은 남자가 추는 걸 본 적이 있다. 소년의 움직임은 점점 빨라진다. 어느 순간 공중으로 붕 떠오를 것만 같다. 어떻게 저렇게 빨리 돌 수 있을까. 발의 움직임이 보이지 않는다. 어느 순간 소년은 딱 멈추고는 바닥에 웅크리고 앉는다. 저도 사람이라면 어지럽겠지. 그래도 비틀거리지도 않는다. 나도 소년의 옆에 쪼그리고 앉는다.

"이름이 뭐지?"

무스타파에게 배운 말로 물어본다.

"하산."

"하산. 몇 살?"

어른들이 처음 보는 아이들에게 하는 질문은 어디서나 똑같다.

"아홉 살."

"하산, 뭐가 그렇게 즐거워?"

하산이 내 눈을 빤히 들여다본다. 이 동네 남자들의 눈은 왜 이리 아름다운가. 같은 사내끼리도 빨려들 것만 같다. 하긴 차도르 사이로 슬쩍 보이는 여자들의 눈은 쳐다보는 사람을 핑 하니 어지럽게 한다. 그래서 그 검은 수건을 두르게 했을 거라는 생각이 들만큼. 눈을 한번 깜박이고는 하산이 노래하듯 무어라 조잘거린다. 알아들을 수가 없다. 무스타파가 대신 말해준다.

"이렇게 살아있으면서 노래를 하고 춤을 추고 오늘처럼 차를 타고 여행을 할 수 있다는 게 얼마나 행복해요?"

아홉 살짜리가 말하는 행복, 이라는 단어는 적어도 이곳에선 죽음,이라는 단어보다 더 어색하다. 하산의 곱슬거리는 머리카락 사이로 한껏 기운 햇살이 부서진다. 빛과 그림자는 하산의 머리 위에서 엉기어 하산은 불타오르는 희생양처럼 보인다.

하산의 아버지는 하산을 불러 그늘로 들어오게 한다. 무성한 이파리 사이로 무화과 열매가 탐스럽다. 하산이 나더러 무화과 나무 아래로 들어오라고 손짓하며 뭐라고 외친다. 최초의 인간들은 선악과를 따먹고 난 후 무화과 나무를 찾았다지.

…그러자 두 사람은 눈이 밝아져 자기들이 알몸인 것을 알고 무화과 나무 잎을 엮어 앞을 가리웠더라.

태초의 인간에겐 무화과 이파리로 가릴 수 있을 만한 분량의 부끄러움밖엔 없었을까.

삼십 분이나 늦게 나타난 기사는 미안한 기색도 없다. 아무도 그에게 왜 늦었느냐고 묻지 않는다. 이 루트는 안전한가, 이 운전자는 믿을만한 사람인가, 그런 질문도. 대안을 가질 수 없는 상황에서는 모든 질문이 어리석을 뿐이다. 하산의 아버지는 내용물이 보이는 종이박스를 들고 가림막도 없는 적재함으로 오른다. 그의 짐은 평화롭기 짝이 없다. 차주전자와 작은 양탄자 말이에 베개까지 있다. 어디로 소풍이라도 가는 걸까.

무스타파가 나를 꽉 안으며 속삭인다.

열 다섯 시간쯤 걸릴 거야.

어쩌면 그건 희망사항일 것이다. 하산도 트럭의 적재함으로 오르고 무스타파는 내게 조수석에 타라 한다. 나는 가방만 조수석에 넣고 하산을 따라 적재함으로 오른다. 트럭은 좁고 구불구불한 길을 달려가기 시작한다. 도로가 망가진 곳을 지날 때는 트럭도 내 몸도 춤추듯 흔들린다. 흙먼지가 구름처럼 차꼬리에 엉긴다. 엉덩이가 바닥 위로 날아올랐다 떨어질 때마다 어이쿠, 소리가 절로 나오는데 하산은 내가 비명을 지를 때마다 숨이 넘어갈 듯 웃어댄다. 하산은 국경 근처에서 내린다 한다. 한껏 기울어진 해가 무화과 이파리 사이로 빛을 화살처럼 쏘아댄다.

수명이 알지 못한 것이 있다. 나는 나를 피해 어디론가 가는 것이 아니라 나를 찾아 달려가고 있는 것이라고 생각한다. 다만 나는 그 길을 외면하고 있을 뿐이다. 멀리 돌아갈 것이 없지 않은가. 나 자신이 한편의 비루한 다큐인데. 비제이 엄마의 외마디 비명같은 하소연, 갑작스런 발병, 긴 투병 끝에 얼굴도 모르는 또 한 명의 비제이의 신장을, 아니 목숨을 빼앗은 나, 그런 나를 두고 다른 얼굴의 나를 찾아 헤매고 있는 것이다.

나는, 내가 지난날 밟아갔던 길, 적나라한 생의 열망이 색색의 속옷에 아로새겨져 있던 카이탁, 밤의 어둠을 틈타 달려갔던 곳, 비행기와 낡은 버스를 타고 사막을 가로질러 도착했던 그 병원에 대해 먼저 기록해야 할 것이다.

트럭은 무화과 나무 아래를 달려가는데, 하산은 쉬임 없이 깔깔거리는데, 그런데, 나는 어디로 가는 것일까.

정이현

1972년 서울 출생.
성신여자대학교 정치외교학과와 서울예술대학 문예창작과 졸업.
2002년 《문학과사회》 신인문학상으로 등단.
소설집으로 『낭만적 사랑과 사회』가 있음.
제5회 이효석문학상 수상.
deepoem@hanmail.net

지금이 2005년이라는 것이 믿어지지 않을 때가 있다.

삶은 유행보다 더디게 지나간다.

그 문장을 또박또박 발음하기 위하여, 나는 이 소설을 썼는지도 모르겠다.

위험한 독신녀

정이현

그녀는 변한 것이 없었다.

어깨를 덮는 길이의 긴 생머리를 찰랑거리며 약속장소에 나타난 그녀는 나에게 다가와 방긋 미소 지었다.

"현주 맞지? 어쩜, 세상에. 얼굴 너무 많이 상했다. 못 알아 볼 뻔했잖아."

나는 넋을 잃고 그녀를 바라보았다. 품이 헐렁한 청재킷과 청치마, 드라이어로 한껏 세운 뒤 헤어스프레이를 뿌려 닭 벼슬처럼 빳빳하게 고정시킨 앞머리, 발목까지 올라오는 흰색 캔버스 천의 농구화까지. 양채린은 우리가 마지막으로 만났던 1989년의 모습 그대로, 내 앞에 나타났다.

1

그녀의 전화가 걸려온 것은 며칠 전 저녁 무렵이었다. 처음에 나는 그녀의 목소리를 알아듣지 못했다. 당연한 일이었다. 대학을 졸업한 지 십오 년 째였다. 그리고 같은 고등학교와 같은 대학을 다녔을 뿐, 학창시절에도 우리는 개인적인 통화를 나눌 만큼 가까운 사이가 아니었다.

"섭섭하네. 정말 내 목소리 모르겠어?"

끝이 길게 늘어지는 말투에서 어리광이 잔뜩 배어났다. 퇴근길의 지하철 2호선 안이었다. 중년사내 하나가 등 뒤에 바짝 붙어 선 채로 신문을 펼쳐 읽고 있었다. 나는 무례한 사람들을 좋아하지 않았다. 새로 산 트렌치코트의 옷깃을 단정히 여미면서 핸드폰에 대고 속삭이듯 말했다.

"미안합니다. 전화가 잘 안 들리네요. 나중에 다시 걸어 주시겠어요?"

"어머, 여보세요. 현주야, 이현주!"

전화를 끊으려는 찰나 저쪽에서 다급하게 내 이름을 불렀다.

"나, 채린이야. 좀 이따 다시 걸게. 꼭 받아줘야 해!"

잠시 멍해졌다. 채린이라면, 그 양채린밖에, 나는 다른 누구도 알지 못했다.

지하철역에서부터 아파트 단지 입구까지는 긴 산책로로 이어져 있었다. 삼십여 분이 지났지만 자신을 양채린이라고 밝힌 여자는 다시 전화를 걸어오지 않았다. 좀 망설이다가 나는 핸드폰의 센드(send) 버튼을 눌렀다. 신호음이 한번 울리자마자 누군가 전화를 받았다.

"네에, 여보세요."

나보다 한 옥타브는 높은, 여중생 같은 목소리였다. 나라는 것을 확인하자, 그녀는 꺄아, 호들갑스런 탄성을 뱉어냈다.

“어머 어머, 현주야! 채린이 여기 있는 걸 어떻게 알았어?”

스스로를 ‘채린이’ 라고 칭하는 유아스런 말버릇이라니. 송화기 너머의 여자는 양채린이 분명했다.

“네가 좀 전에 나한테 걸었었잖아. 그 전화번호가 휴대폰에 찍혀 있으니까.”

“어머, 웬일이니. 그런 게 다 있어? 역시 우리나라가 최고야. 귀국하니까 다들 전화기 하나씩 들고 다니는 것도 정말 신기하던데. 암튼 현주야, 너무너무 반가워.”

채린이 브라질 교포와 결혼하여 리우데자네이루인지 어딘지에 정착했다는 소문은 오래 전에 전해 들었다. 그녀에 대한 풍문이 대개 그렇듯 발원지가 어디인지는 정확하지 않았지만, 어쨌든 십여 년 전부터 한국에 머물고 있지 않았던 것만은 확실했다. 한국에 있었다면, 그동안 누구의 눈에도 띄지 않고 이렇게 조용히 숨어 있을 수는 없었을 것이다. 양채린은 그런 존재였다.

“그래, 반갑다. 너 이민 갔다는 얘긴 들었어. 한국엔 꽤 오랜만에 나온 거지?”

“어우, 아니야. 또 소문이 이상하게 났나 보네. 채린이, 그냥, 잠깐 갔다 온 거야. 한 일 년? 거기 나 아니면 죽는다는 남자가 하나 있었거든. 불쌍해서 웬만하면 잘 해볼까 했는데, 근데, 좀 겪어보니까 이건 정말 아닌 거야. 채린이랑 너무너무 안 맞더라고. 그래서 그냥 나와 버렸지, 뭐.”

묻지 않아도 재잘재잘 작은 새처럼 지저귀는 그 버릇도 여전했다. 채린이 밝히는 자신의 근황은, 내가 주워들었던 소식과는 많이 달랐다. 아마 한국에 들어오게 된 구구한 사연을 설명하고 싶지 않은 모양이었다. 하긴 원래 복잡한 것이라면 질색하는 아이였다. 이혼이라도 했다는 건지, 자식은 없는지, 파편적인 호기심이 들었지만 더 이상은 묻지 않았다. 진실이 무엇이든 어차피 나에게는 별로 중요한 것도 아니었다.

"그런데 내 연락처는 어떻게 알았어?"

"학생수첩에 적어 놨었지. 너희 집에 했더니 어머니가 받으셔서 이 번호 알려주시더라. 근데 너무너무 이상한 거 있지? 글쎄 그 많은 동창들 중에 전화 연결되는 애가 하나도 없는 거야. 다들 전화를 안 받거나, 그런 사람 안 산다고 하더라."

새삼스러울 것도 없었다. 십수 년 전과 똑같은 곳에서 그대로, 붙박이장처럼 늙어가는 여자가 나 말고 또 있으리라고는 믿어지지 않았다.

"나랑 친했던 미진이 알지? 걔네 집에 전화했더니 글쎄 미진이가 그새 시집을 갔다네? 남편 따라서 중국 가서 산대. 아우, 정말 황당해서 죽는 줄 알았어. 어쩜 나한테는 연락도 안하고."

채린이 말하는 것은, 서양화과의 윤미진인 것 같았다. 스물아홉 즈음에, 회사로 보내온 윤미진의 청첩장을 받은 기억이 났다. 예식 시간이 당직과 겹쳤고 굳이 무리하여 참석할 만한 사이도 아니었으므로, 참석하는 다른 동창 편에 축의금만 보냈었다. 그때만 해도 아직 한 계절에 한두 번씩은 동창들의 청첩이 날아오곤 하던 무렵이었다. 기념사진 찍는데 친구가 몇 없어 시집 측으로부터 흉을 잡혔다는 신부의 얘기를 듣고는, 보험이나 투자의 차원에서 초대받은 결혼식마다 열심히 얼굴을 내밀던 시절이었다. 쓴웃음이 났다. 이제 어쩌면 나와는 영원히 상관없을지도 모르는, 막막하고 먼 세계의 질서였다. 채린이 더없이 애틋한 음성으로 나를 불렀다.

"현주야. 진짜 진짜 보고 싶다. 우리 언제 만날까?"

슬슬 피곤해지고 있었다. 어느새 집 앞이었다. 어서 이 뜬금없는 통화를 끝내고 싶어서 나는 자분자분, 그러나 단호히 말했다.

"…그래, 언제 한번 보자."

"정말? 채린이는 내일도 좋고, 모레도 좋아. 그 다음날도 괜찮고. 참, 현주는 직장에 다니니까 일요일이 제일 편하겠구나, 그렇지? 흐음, 이번 주 일요일에는 성당에 한번 나가볼까 했는데, 괜찮아, 그 다음 주부터 가지 뭐. 이번 주엔 그냥 너랑 만나서 맛있는 거 먹을래."

난감했다. 언제 한번 보자, 라는 문장은 이를테면 언어적 관습이었다. 그것은 Good-bye의 이음동의어인 동시에 See you later의 번역어였다. 피차 부담 없이, 부드럽게 전화를 끊기 위한 선의의 거짓말인 것이다. 일요일 오후는 안 된다고 둘러댈 만한 어떤 핑계거리도 준비해두지 않았으므로 나는 채린의 제의에 얼결에 동의했다. 일요일 오후라면 어차피 아무런 약속도 없었다. 약속장소를 정하는데 핀트가 자꾸만 어긋났다.

"현주야. 우리 그럼 명동 클라라에서 만나자. P은행 본점 옆에. 알지?"

클라라라는 카페는 십여 년 전에 사라졌고, P은행이 다른 은행과 통폐합되어 시중에 존재하지 않게 된 것은 이미 1990년대 후반의 일이었다. 내가 말하는 스타벅스나 커피빈 같은 상호를 그녀는 아예 처음 듣는 눈치였다. 브라질이라고 저런 다국적 브랜드가 진출하지 않았을 리 없을 텐데, 좀 의아했다.

"이상하다. 나 명동 되게 잘 아는데…… 아, 역시 서울은 너무 빨리 변한다니까."

채린이 풀죽은 음성으로 중얼거리다 말고, 갑자기 의기양양하게 소리쳤다.

"백화점! 백화점은 그대로 있는 거지?"

우리는 결국 명동 L백화점 정문 앞을 약속장소로 정했다.

2

20대와 30대를 통틀어, 육 개월이 넘도록 지속적인 데이트를 하고 딥키스 이상의 육체적 관계를 가진 상대는 총 셋이었다. 한 명은 나보다 입학점수가 낮은 학교의 졸업생이어서, 또 한 명은 누이만 넷을 둔 외아들이어서, 그리고 다른 한 명은 아버지의 외도로 부모가 이혼한 가정 출신이라는 이유로, 엄마는 그들을 몹시 싫어했다. 엄마는 딸의 남편감으로 흠이 없는 청년을 바랐을 것이다. 어떤 불운과 악행의 가능성도 지니지 않은 남자. 그런 남자가 현실에 존재한다면 말이다. 나는 그들 중 누구와도 섹스를 하지 않았다. 결혼이 늦은 것을 제외하고는, 나는 내가 비교적 평범한 삶을 살아왔다고 생각한다. 한글은 여섯 살에 깨우쳤고 초등학교에 입학한 다음부터는 항상 상위권의 성적을 유지했다. 고등학교를 졸업하면 대학에 가고 대학을 졸업하면 취직을 하는 것처럼, 생의 전체주기에서 결혼을 매우 주요한 사건으로 취급하는 사회일반의 관습에 대해, 삐딱하거나 반항적인 견해를 품은 적도 없었다.

본격적으로 맞선 시장에 진출한 건 서른두 번째 생일이 지나면서부터였다. 끝이 나지 않는 지루한 게임은 벌써 몇 해 동안 쉼 없이 이어져오고 있었다. 서른아홉 살이며, 외국계 생명보험회사의 영업사원이라는 오늘의 파트너는 이미 R호텔 로비라운지에 도착해 있었다. 웨이트리스가 나를 자리로 안내해주었다. 반 발짝 앞서 걷는 웨이트리스의 허리가 중국 인형처럼 잘록했다. 노숙해 보이는 연회색 투피스를 선택한 것이 좀 후회되었다. 의자에서 벌떡 일어선 남자는 족히 백구십 센티미터는 넘어 보이는 장신이었다. 목에 매달린 빨간 넥타이가 아동복 사이즈의 그것처럼 앙증맞았다. 남자는 체구에 어울리지 않게 수다스러운 편에 속했다. 자신의 회사생활과 최근에 관람한 액션영화, 좋아하는 술안주 취향에 이르기까지 화제를 종횡무진 가로지르며 끊임없이 떠들어댔다. 가벼운 고갯짓과 사려 깊은 미소로 대응하면서 나는 앞자리의 남자를 찬찬히 관찰했다. 1.5초의 첫인상으로 가부(可否)를 판단하는 것은 지극히 위험한 일이라고, 엄마는 누누이 강조하곤 했다.

어묵꼬치처럼 매듭 없이 긴 손가락, 깨알 같은 블랙헤드로 뒤덮인 콧잔등, 크게 웃을 때마다 보였다 안보였다 하는 황금 재질의 어금니. 그래도 쌍꺼풀 없이 큰 눈은 제법 어글어글하고, 둥근 턱 선이 선량한 느낌을 주는 얼굴이었다. 중매쟁이의 말에 의하면 남자는 막내아들인데다 연봉도 적지 않다고 했다. 결혼이 늦어진 것은 단지 때를 놓쳤을 뿐이라는 것이다. 남자는 자신이 담배도 술도 좋아하지 않으며 신실한 장로교 신자이므로 일요일에는 꼭 아침예배에 참석한다고 강조했다.

"현주씨는 종교가 없다고 들었습니다만, 저는 하느님 안에서 하나 되는 가정을 만들고 싶습니다. 교회에 다닐 의향이 있으십니까?"

나는 엉겁결에 고개를 끄덕였다. 남자가 나에게 일정 수준 이상의 호감을 품은 것처럼 보였으므로 마음이 한결 여유로워졌다. 이 남자 정도면 현재 내가 선택할 수 있는 최선의 카드일지도 몰랐다. 저희들끼리 있을 때면 저 나이에 멀쩡한 총각이 가당키나 하냐고 수군거릴 게 틀림없는 기혼녀 친구들이, 내가 불과 한살 연상의 미혼남과 결혼한다는 소식을 전하면 어떤 반응을 보일 것인지 궁금했다. 그러나 헤어질 때, 남자는 애프터에 대한 언질을 하지 않았다.

"처음 만나서는 함께 밥을 먹는 게 아니라더군요. 시장하실 테니 그만 들어가 보시죠." 뒤돌아 걸어가는 남자의 완강한 등짝을 바라보면서 그제서야 나는 아직 저녁을 먹지 못했다는 사실을 깨달았다. 명치가 묵직하게 저려왔다.

3

거실은 종유동굴처럼 컴컴했다. 전등 스위치를 올리는 것과 동시에 살짝 열린 안방 문틈으로 중년여자들의 흐드러진 웃음소리가 흘러나왔다. 밤 여덟 시 사십오 분. 엄마가 한참 일일연속극 속에 몰입해 있을 시간이었다. 엄마의 일과는 드라마와 함께 진행되었다. 아름다운 이혼녀가 몰락한 전남편과 능력 있는 새 애인 사이에서 방황하는 아침드라마로 하루를 출발하여, 낮 동안에는 지나간 드라마들을 재탕해주는 케이블 방송에 채널을 고정시켜두었다. 딸부잣집 다섯 딸들의 좌충우돌 로맨스를 그린 삼년 전의 주말연속극, 출생의 비밀을 모른 채 사랑을 나누는 이복남매의 비련을 다룬 오년 전의 미니시리즈를, 환자용 침대에 비스듬히 누워

온종일 보고 또 보았다. 때로는 여자주인공의 대사를 한 템포 빨리 줄줄 읊어 대기도 했다. 백 킬로그램에 육박하는 육중한 몸으로 김희선과 최지우의 목소리를 재현하는 엄마. 긴 백발을 아무렇게나 틀어 올리고 하루에 두 번씩 제 검지 끝을 바늘로 찔러 혈당검사를 하는 엄마. 당뇨에 좋다는 누에고치가루와 다디단 초콜릿 케이크를 동시에 입 속에 처넣는 엄마. 새끼발가락 끝부터 서서히 썩어 들어가고 있는 엄마. 나는 그 여자가 끔찍하게 지겨웠다.

식탁의 냄비 안에는 도가니탕으로 추정되는 희뿌연 뼛국물이 담겨져 있었다. 한 숟갈 떠먹어 보았다. 차가운 국물에서는 누리고 비린 맛이 났다. 가스레인지의 불을 켜고 냄비를 데웠다. 밥을 말아 김치도 없이 깔깔한 입안으로 떠 넣고 있는데 엄마가 다리를 절룩이며 부엌으로 나왔다. 드라마가 끝나고 아홉시 뉴스가 시작된 모양이었다.

"밥도 못 얻어먹고 들어왔냐?"

나는 못들은 척 숟가락질에 열중했다. 씹히지도 않은 밥알들이 목구멍 속으로 후루룩 넘어갔다.

"말 좀 해봐라. 이번엔 또 어떤 놈이 나왔는데?"

호기심어린 눈동자를 굴리는 엄마에겐, 딸이 '백번 선 본 여자' 따위의 제목을 단 드라마의 노처녀 여주인공으로 보일지도 몰랐다.

"뻔하다. 그런 놈, 만날 것도 없다. 여자는 자존심이 제일이야. 아무리 사내가 없어도 그렇지, 어디 밥도 안 사 먹이는 놈을 만나냐. 아, 이 년아. 좀 천천히 먹어."

혼자 북 치고 장구 치고 다하면서, 엄마는 냉장고에서 김치보시기를 꺼내어 국그릇 옆으로 밀어놓았다. 물기 없이 말라비틀어진 김치꽁다리들을 보자 입맛이 확 달아났다.

"착각하지 말아요. 그 사람이 미쳤다고 날 만나준대요?"

"아니. 니가 어디가 어때서?"

"진짜 몰라서 그러는 거예요? 마흔이 코앞인 데다……."

더 이상의 말은 속으로 삼켰다. 뱉어내봐야 엄마의 히스테리만 유발할 뿐 아무 소용도 없는 것이다. 독한 년, 엄마가 어떻게 되든 아무 상관도 없는 년, 손자 하나 못 안겨주는 주제에 조동이만 살아있는 년. 끝도 없는 그런 넋두리라면 이제 지긋지긋했다. 나는 맥없이 밥숟가락을 움직였다.

"참, 내가 말 안했나? 어제 누가 너 찾는 전화했었는데…… 양채린이라면, 옛날에 걔 아니냐. 미술선생, 가정 깨뜨린 애."

"엄마!"

"걔도 아직 시집 안 갔냐? 하긴 아주 야들야들 살랑살랑, 둔갑한 구미호 같은 목소릴 들으니까, 못해도 서너 번은 갔다 왔을 것 같더라. 그런 애랑은 멀리하는 게 상책이야. 지 버릇 남 주는 거 아니거든. 왜, 그때 그 미술선생 댁은 약까지 먹었다고 소문이 자자했지 않냐."

썩지 않는 방부제라도 복용하는 사람처럼 엄마는 시간의 저편으로 흘러가버린 예전의 일들을 머릿속에 소상히 저장해두고 있었다. 이십 년 가까이 된 일이었다. 오드리 헵번의 열렬한 팬이던 40대의 미술선생이 채린에게 리틀 오드리라는 별명을 지어주고, 방과 후면 미술실로 불러 초상화의 모델로 삼았던 것은 여고 2학년 즈음이었다. 당시를 풍미했던 루머대로, 둘이 정말로 모종의 관계였는지는 분명치 않았다. "귀찮아 죽겠는데 선생님이 자꾸 미술실로 오라고 그러는 거 있지? 그 선생님, 꼭 무슨 예술가처럼 한 시간 동안 구도만 잡는 거야. 날더러 움직이지 말라고 하고." 채린은 그렇게 투덜댔었다. 채린과 단 오 분이라도 같이 있어 본 사람이라면 누구나, 그녀가 거짓말을 하지 못하는 아이라는 것을 알았다. 그 예쁘고 착한 소녀의 비극은 다만 머리가 나쁘다는 것뿐이었다. 나는 엄마가 맹신하는 기억 저장고의 오류를 살짝 바로잡아 주었다.

"그 선생님이 이혼한 건 우리 졸업하고 한참 지난 다음이에요."

엄마가 코웃음을 쳤다.

"순진한 소리 마라. 너는 세상을 너무 몰라. 그러니 아직까지 이 모양이지."

그래, 그럴지도 모른다. 나는 조용히 일어나 국그릇의 건더기를 개수대에 쏟아부었다.

4

그녀는 변한 것이 없었다.

어깨를 덮는 길이의 긴 생머리를 찰랑거리며 약속장소에 나타난 그녀는 나에게 다가와 방긋 미소 지었다.

"현주 맞지? 어쩜, 세상에. 얼굴 너무 많이 상했다. 못 알아 볼 뻔했잖아."

나는 넋을 잃고 그녀를 바라보았다. 품이 헐렁한 청재킷과 청치마, 드라이어로 한껏 세운 뒤 헤어스프레이를 뿌려 닭 벼슬처럼 빳빳하게 고정시킨 앞머리, 발목까지 올라오는 흰색 캔버스 천의 농구화까지. 양채린은 우리가 마지막으로 만났던 1989년의 모습 그대로, 내 앞에 나타났다. 지금이 2004년 늦가을이라는 사실이 믿어지지 않았다.

"너무너무 반갑다. 그치?"

다감하게 내 팔짱을 끼며 그녀가 활짝 웃었다. 근처의 음식점에 마주앉고 나서야 비로소 채린의 얼굴을 제대로 뜯어볼 수 있었다. 내 기억 속의 그녀는 복숭앗빛이 도는 통통한 뺨과 삶은 메추리알의 껍질을 벗겨놓은 것처럼 잡티 하나 없이 보들보들한 피부를 가지고 있었다. 지금 테이블 맞은편에 다리를 꼬고 앉아 우동 면발을 젓가락에 말아 올리고 있는 서른여덟 살의 양채린. 예전처럼 자르르 윤기가 흐르지는 않았지만 해말간 낯빛은 여전했고, 귀염성 있게 반듯반듯한 이목구비도 그대로였다. 세월의 잔인한 흔적이 채린 만을 슬쩍 비껴간 것 같았다. 아무리 예리한 눈썰미를 가진 사람이라도, 내후년에 사십 줄에 들어서는 그녀의 나이를 명확히 판단하기는 어려울 것이다. 혹시 저 시대착오적인 머리모양과 우스꽝스런 옷차림 덕분일까? 문득 어지러웠다. 그녀는 제 몫의 튀김우동을 맛깔스럽게 먹는 틈틈이 나와 눈을 맞추어가며 자꾸 배시시 웃었다.

"왜 그렇게 웃어?"

"그냥. 너를 이렇게 다시 만나니까 참 좋다."

눈가에 부채꼴 모양의 주름을 만들며 눈웃음을 치는 모습이 그때나 지금이나 똑같았다. 찻집에서 채린은 파르페를 먹고 싶어 했지만, 아르바이트생이 고개를 가로저었으므로 아쉬움이 역력한 표정으로 아이스크림을 선택했다. 나는 얼음이 가득 든 차가운 녹차를 시켰다. 왠지 심한 갈증이 났다. 채린은 연신 사방을 두리번거렸다.

"여기 좀 이상하지 않아? 실내가 아니라 꼭 환한 공원 한가운데 나앉은 것 같아."

"요즘에는 어디나 다 이렇던데."

"그래도 카페가 좀 아늑하고 어두컴컴하고 그래야 되는 거 아니야?"

"옛날에나 그랬지. 요새 애들은 답답한 거 질색하잖아."

대화가 뚝 끊겼다. 딱히 둘 사이에 공유되는 화제가 있는 게 아니었으니 당연했다. 아직 십대로 보이는 옆자리의 소녀들이 살벌하게 직각으로 올려붙인 채린의 앞머리를 흘끗거리며 노골적으로 킥킥댔다.

"우리 엄마는 내가 창피하대."

채린이 아이스크림 스푼을 핥으면서 불쑥 말했다.

"그래서 그런지 나를 자꾸만 피해. 하긴 나도 이해는 해. 남자 따라서 그 멀리까지 갔다 왔으니. 날 보면 얼마나 한심하고 답답하겠어? 그때 울 엄마가 되게 말렸거든. 엄마 말 들을걸, 바보처럼. 돌아와 봤더니 그새 우리 엄마 많이 늙었더라. 별로 오래 있지도 않았는데 말이야."

그러더니 어깨를 으쓱 올렸다 내리면서 중얼거렸다.

"그래도 생활비는 보내줘. 참, 나 요즘 따로 나와 살거든. 엄마도 그러라고 하고, 또……."

그녀는 말끝을 흐렸다.

"결혼 안한 아가씨가 집 나와서 따로 사는 게 남의 눈에 이상하게 보인다는 건 나도 알아. 하지만 이제 그 정도 컨트롤은 나 혼자 알아서 해야지."

채린은 마치 제가 스물댓 살 먹은 씩씩한 처녀라도 되는 양 얘기하고 있었다. 나는 뭐라고 대꾸해야 할지 도저히 감이 잡히지 않았다.

"그럼 앞으로는 한국에 쭉 머물 거야?"

"응. 안 그래도 직장 알아보고 있어. 너도 알다시피 내가 온실 속의 화초처럼 컸잖아. 지금 생각하면 참 부끄러워. 대학 때 아빠 돌아가시고, 울 엄마 하시던 일도 예전에 접으셨거든. 얼른 자립해서 엄마 짐 덜어드려야 하는데 진짜 걱정되는 거 있지?"

그녀는 혀를 쏙 내밀면서 애교 있게 덧붙였다.

"솔직히 대학원 가볼까도 했는데, 너도 알다시피 내가 공부 쪽에는 영 젬병이잖아, 히히"

뭐가 뭔지 점점 더 알 수 없었다. 일찌감치 결혼한 동창들은 벌써 중학생 아이를 두고 있었다. 온실 속의 화초라거나, 자립 따위의 단어는, 자식들에 관한 얘기를 할 때나 사용하는 것이었다. 이를테면, 우리 애를 온실 속의 화초로 키워서 걱정이야, 자립정신이 부족할까봐서, 라고 해야 어울리는 나이인 것이다. 관자놀이가 지끈지끈거렸다.

"현주야, 채린이 지금 진짜로 행복하다. 나 예전부터 너랑 친해지고 싶었거든. 너는 공부도 잘하고 모범생이고. 또 기댈 수 있는 언니 같아서 같이 있으면 맘이 되게 푸근해져. 참, 너, 남자친구 있어?"

결혼했느냐는 질문이 아니라, 남자친구가 있느냐는 질문을 받은 것은 꽤 오랜만이었으므로 좀 당황스러웠다. 나는 어설프게 고개를 가로저었다. 채린이 손뼉까지 치며 반색했다.

"어머, 잘 됐네. 내 남자친구한테 너 소개팅 시켜주라고 할게. 나 요즘 사귀는 사람, 되게 멋지다. 히힛."

천진난만하게 입술을 움직거리는 채린과 헤어져 집에 돌아오는데, 어릴 적, 놀이 공원 유령의 집에서 친구 손을 뿌리치고 도망쳐 나왔을 때처럼 뒤통수가 영 찜찜했다.

5

고1과 고2 때 같은 반이었고, 같은 대학에 진학해서도 동문회 등을 통해 꾸준히 만나고 지내기는 했으나 나는 한번도 채린을 친한 친구라고 생각해 본 적이 없었다. 여자아이들이 많이 모인 집단에서는 어디나, 함께 몰려다니며 도시락을 먹고 여가시간을 보내는 소집단들이 생긴다. 하지만 내가 아는 한, 양채린은 여고 3년 내내 어떤 소그룹에도 속하지 않았다. 어떤 소그룹에서도 채린을 자신들의 멤버로 받아들이지 않았다.

W여자고등학교의 신입생 입학식에서부터 채린은 한눈에 확 뜨일 만큼 예쁜 아이였다. 교복자율화 시대였다. 꽃샘바람이 휭휭 불어대는 운동장, 목까지 올라오는 털 스웨터와 겨울 점퍼를 입은 고만고만한 단발머리들 틈에서 진회색 모직 스커트 정장을 갖춰 입은 소녀의 우아한 자태는 단연 돋보이는 것이었다. 재킷 속에 받쳐 입은, 나팔꽃처럼 둥글고 넓은 칼라의 흰색 블라우스는 여학생 잡지 속 하이틴 모델들이 즐겨 입는 아이템이었다. 오래지 않아 그녀가 별의 딸이라는 소문이 쫙 퍼졌다. 아버지는 투 스타인지 쓰리 스타인지 아무튼 육사 출신의 촉망받는 장군이며, 어머니는 신문에도 몇 번 실린 패션디자이너라고 했다. 청소년 드라마에나 등장할만한 근사한 조합의 부모였다. 한 반에 두어 명씩은 기본적으로 존재하는 이현주, 김은정, 박선영이 아니라 이름마저 독특한 양채린이었다. 공주로서의 요건을 완벽히 갖춘 그녀는, 그러나 퍽 의외의 성격을 소유하고 있었다. 새침하지도 않았고 내숭을 떨지도 않았다. 아무에게나 스스럼없이 재재거리고 누구한테나 무람없이 구는 채린은 오히려 푼수에 가까웠다. 많은 아이들이 채린의 주변에 몰려들었다.

선거 대신 자신의 재량으로 학급임원을 임명하면서, 담임은 나를 부반장으로 그녀를 총무로 지목했다. 총무는 반장과 부반장 다음인, 반의 세 번째 서열이었다.

"연합고사 점수 순이다. 아직은 서로를 잘 모를 테니까. 불만 없지?"

학급의 구성원 누구도 그에 대해 이의를 제기하지 않았다. 채린은 반을 위해 열성적으로 봉사했다. 학기 초에 시행되는 반 대항 환경미화 대회를 위하여 며칠 동안이나 밤늦게까지 교실에 남아 일했고, 연보라색 레이스가 달린 교탁 보와 전신 거울을 자비(自費)로 장만하기도 했다. 채린의 아버지는 교내 육성회장의 자리를 흔쾌히 수락하였다. 이상한 징후가 전혀 없었던 것은 아니다. 영어교사는 사범대학을 졸업하고 막 부임한 젊은 남자였는데, 정의로운 세상을 향한 열정적인 의지를 틈틈이 아이들 앞에 드러내곤 했다. 그가 별안간 채린을 일으켜 세워 교과서를 읽어보라고 시켰을 때, 나는 그 선생이 채린의 이름을 알고 있다는 데 대해 질투를 느꼈다. 어렵지 않은 문장이었다. 중학교 2학년 수준이면 유창하게 발음할 수 있는 영어 문장을 더듬더듬 제대로 읽어내지 못하는 채린을 보면서, 교실 안에는 잔잔한 파문이 일었다.

"그만! 됐다, 양채린. 다음엔 예습 좀 해 와라. 그런데 너 오늘 아침에 학교까지 어떻게 왔지?"

영어선생의 느닷없는 질문에 채린은 대답을 하지 못하고 자동인형처럼 눈만 깜빡 깜빡거렸다. 그가 한 말은 딱 한마디였다.

"학생이면 학생답게 버스를 타고 다녀야지."

채린이 검은 세단의 뒷자리에 앉아 등교하는 광경을 목격한 사람이 나뿐만은 아닌 모양이었다. 채린의 얼굴이 석류처럼 붉게 변했으나, 그 아이는 울음을 터트리거나 적의를 표현하는 대신 온순하고 고분고분한 음성으로, 네, 라고 대답했다. 그것이 채린이었다.

채린과 관련된 본격적인 소문은 2학기가 시작되고 얼마 후, 교실 뒤쪽으로부터 은밀하게 퍼지기 시작했다. 담임의 책상을 청소하던 한 아이가, 1학기 기말고사의 학급 등수가 적힌 교사용 성적표를 몰래 훔쳐보았다고 했다. 입학 때부터 일 이등을 다투었던 반장과 내가 나란히 일 이등을 나누어 가졌고, 그리고, 삼등은 양채린이 아닌 다른 아이라고 했다. 채린의 이름은 십 등 안에도 들어있지 않았다. 그것만이 아니었다. 학급 정원 예순두 명 중에 양채린은, 육십이등이라고 했다.

"그렇게 잘난 척하더니 결국 이런 거였어?"

"우리 반 일등부터 꼴등까지 한 줄로 세우면 양채린 뒤에는 대걸레랑 주전자밖에 없겠네."

채린의 별명은 졸지에 대걸레가 되었다. 그 별명은 그 후로도 줄곧 채린의 뒤를 따라다녔다. 오랫동안 그것은 공공연하게 중의적 의미로 사용되었다.

6

그날의 맞선남이 연락을 해 올 줄은 미처 몰랐다. 가진 것 중에서 가장 높은 하이힐을 신고 나갔는데도 내 키는 남자의 어깨에 겨우 닿을락 말락 했다. 남자는 본격적인 탐색 모드를 가동하기 시작한 눈치였다. 홀어머니가 계시다고 들었는데 건강하신가요? 혈당이 좀 높으세요. 그래요? 당뇨는 유전이 아니던가요? 저희 집엔 그런 사람이 한 명도 없어서 말입니다. 그럼 생활은 전적으로 현주씨의 월급으로 하는 건가요? 전부는 아니에요. 아버지가 남기신 작은 건물에서 월세가 들어와요. 어머니가 공무원으로 퇴직하셨기 때문에 연금도 나오고요. 오호, 그럼 저금액이 상당하시겠군요. 나중에, 어머니가 돌아가신 뒤에 그 연금은 자식에게 승계되는 건가요? 끝이 두려워지는 문답이었다. 그러나 결혼 경력이 없는 서른아홉 살의 총각이 흔한 것은 아니었다. 현실을 냉정히 받아들여야 한다는 것을 나는 이미 알고 있었기 때문에 그렇게 괴롭지는 않았다.

채린은 수시로 전화를 걸어왔다.

"현주야, 뭐 해?"

"지금 좀 바쁜데."

"어머나, 미안해. 이따가 다시 할게."

황급히 물러났다가도, 두어 시간만 지나면 언제 그랬냐는 듯 또 전화를 했다. 스토커가 따로 없었다. 통화가 되지 않으면 휴대전화 사서함에 음성메시지를 남겨 놓았다.

"아아, 여보세요, 아아, 이거 녹음되는 건가? 현주야, 우리 언제 볼까? 나는 내일, 모레, 글피 다 좋은데. 현주야, 네가 회사일이 많이 바쁘면 채린이가 회사 앞으로 놀러갈까?"

정말로 채린은 회사 앞으로 나를 찾아왔다. 공교롭게도 키다리 남자와의 데이트가 있는 날이었다. 이번에는 헤어스프레이를 덜 뿌렸는지 앞머리가 좀 죽어 있었다. 어쨌든 보기에 한결 나았다. 어깨에 패드가 들어간 큼지막한 연노란색 재킷은, 어디서 많이 본 듯한 옷이었다.

"어쩌지? 오늘은 다른 약속이 있어서 가 봐야 하는데."

"아냐, 괜찮아. 괜히 귀찮게 해서 미안해. 나는 그냥, 너 보고 싶어서, 그래서, 한번 와 본 거야."

"같이… 갈래?"

힘없이 돌아서는 채린을 왜 다시 불러세웠는지 나도 모르겠다. 뒤돌아 걸어가는 그녀의 조붓한 어깨에서 치명적인 것을 잃어버린 어린 동물의 위태로움을 느꼈다는 것 말고는.

남자는 별로 싫어하는 기색이 아니었다. 친구 사이인데 많이 다르시네요, 라고 코멘트 했을 뿐 나와 채린의 관계에 대해 꼬치꼬치 캐묻지도 않았다. 그가 화장실에 간 사이 채린이 내 귀에 대고 속삭였다.

"현주야. 너 진짜, 저 아저씨랑 사귀는 건 아니지?"

대답 대신 나는 맥주를 들이켰다. 채린과 같이 있으면 이상하게 목이 바짝바짝 탔다.

"솔직히, 나도 옛날에 이런 연애 해봤거든. 근데 나중에 여자만 너무 힘들게 돼."

이번에는 제법 걱정어린 말투였다. 도통 무슨 소리를 하는지 알 수가 없었다. 채린을 이리 데려온 데 대해 이미 스멀스멀 후회의 감정이 밀려오는 중이었다. 막상 남자가 자리에 돌아오자 채린은 제가 언제 그런 내색을 했냐는 듯 여성스럽고 살갑게 굴었다. 오징어도 먹기 좋게 찢어 놓고, 낙지 소면의 사리도 젓가락을 들고 직접 비볐다. 남자가 재미없는 농담을 할 때마다 한손을 입에 대고 과장되게 즐거워하는 채린의 태도에는 수줍음과 아양이 묘하게 뒤섞여 있었는데, 의도적인 것이라기보다는 자연스레 몸에 밴 자세 같았다. 생각보다 채린은 술이 세고, 남자는 약했다. 맥주 두어 잔에 벌겋게 취기가 오른 남자는 했던 말을 두어 번씩 되풀이했다. 뭔가 불안하다고 느낀 순간, 내 전화기가 요란하게 진동했다.

"어디냐?"

엄마가 다짜고짜 소리를 질렀다. 나는 수화 음의 볼륨을 최소한으로 줄이고 자리에서 일어섰다.

"잠깐만요."

나와는 아랑곳없이 남자는 혀가 꼬이는 발음으로 보험사기의 비하인드 스토리를 떠들어 대고 있었다.

"그러니까 그 여자가 남편을 죽인 거예요. 차로 완전히 짓뭉개고 지나간 거죠."

"어머나, 세상에."

채린이 양손으로 얼굴을 가리고 놀라는 시늉을 했다. 떨떠름한 기분을 가누지 못하면서 나는 전화기를 들고 밖으로 나왔다.

"무슨 일이에요?"

"왜 아직 안 들어오냐?"

"오늘 늦을 거예요. 약속이 있단 말예요."

"선보는 날도 아닌데 무슨 약속이 있어? 누구 만나는데?"

엄마는 마치 여학생을 단속하는 기숙사 사감처럼 집요하게 캐물었다. 나는 수화기를 귀에서 떼고 입술을 깨물었다.

"너 혹시 그 밥도 안 먹이고 들여보낸 보험회사 놈 만나는 거 아니냐? 그런 쓸데없는 놈 만나고 다니려거든 얼른 들어와서 혼자 있는 엄마 저녁이나 챙길 것이지. 천하에 이기적인 것 같으니라고."

나는 더 견디지 못했다.

"내가 그 남자 만나는 거 엄마가 봤어요? 그리고 지금 아무 남자나, 나

만나준다 그러면 고마워서 춤 출 일이지. 엄마는 지금 내가 몇 살인지 몰라요?"

"아니. 이 년이 말대꾸하는 것 좀 봐. 지가 못나서 남들 다 가는 시집도 못 가놓고 왜 나한테 소리를 질러?"

"엄마가 언제 그런 걱정했어요? 나를 못 잡아둬서 안달이면서."

"네가 아주 그 보험쟁이한테 정신이 나갔구나. 아이구, 저 순진한 년. 그 놈이 보험 들어달라고 수작 부리는 건지도 모르고."

"내 사생활이에요. 더 이상 간섭하지 말아요."

"아니, 이게 미쳤나. 아이구, 혈당 올라간다. 아이구, 죽겠다."

전화기 폴더를 힘껏 닫아버리고 나는 화장실로 달려갔다. 조도가 낮은 형광등, 지저분한 거울 속에서도 뺨의 기미자국과 눈밑의 그늘이 선명해 보였다.

테이블에 돌아와 보니 아수라장이 벌어져 있었다. 맥주거품을 뒤집어쓴 남자가 황망하게 입을 벌린 채로 앉아 있었다. 머리에서 뚝뚝 맥주물이 떨어졌다. 흡사 비눗물에 빠진 기린의 몰골이었다. 채린 앞에 놓인 500씨씨 잔은 텅 비어 있었다. 불안스레 눈동자를 굴려대던 채린이 엄마 닭을 만난 병아리처럼 내 등 뒤로 얼른 숨었다.

"현주야. 나, 안 그러려고 했는데. 이 아저씨가, 자꾸 나를 만지려고 해서. 나는 너 때문에."

가쁜 호흡 때문에 알아듣기 힘들었다.

"아니. 이 여자가 무슨 소리 하는 거야? 아줌마가 먼저 살살 눈웃음쳤잖아!"

정신을 좀 차렸는지 남자가 벌떡 일어섰다. 그는 제 앞의 술잔을 사납게 움켜쥐었다. 미처 말릴 틈도 없었다. 벽에 부딪친 유리잔은 단번에 박살이 났다. 아아악! 채린의 비명이 비현실적으로 울려퍼졌다. 벽을 타고 흘러내린 액체가 나무 바닥을 흥건히 적셨다. 차가운 맥주 방울이 내 울 스웨터에도 적잖이 튀었다. 물빨래도 불가능한 옷이었다. 직원 몇이 달려와 우리 테이블을 에워쌌다. 그 중 가장 체격이 큰 남자직원을 향해 나는 또박또박 부탁했다.

"죄송하지만 경찰을 불러 주시겠어요?"

"이것들이 아주 쌍으로 미쳤군."

남자가 재수 옴 붙었다는 표정으로 쌩하니 도망가 버린 다음에도 오래도록 채린은 내 어깨에 이마를 묻고 있었다. 거리를 걸으면서도 연신 용서를 구했다.

"미안해. 현주야. 진짜 미안해."

"할 수 없지, 뭐."

무뚝뚝한 대답이었지만 그녀는 꽤나 감격한 눈치였다.

"이해해줘서 고마워. 그리고 다시는 저런 느끼한 아저씨 만나지 마. 우리 스물다섯 살이잖아. 그렇게 급한 나이도 아니야."

도로 위는 전조등을 밝힌 자동차들로 뒤엉켜 있었다. 나는 걸음을 멈추고 마른침을 삼켰다.

"방금 뭐라고 했어? 우리가 몇 살이라고?"

"스물다섯 살."

뭐가 잘못 되었느냐는 시선으로 그녀가 나를 바라보았다. 티 하나 없이 무구한 눈망울이었다.

"그럼 올해가, 올해가 몇 년도야?"

"천구백 구십 일년이잖아."

세상에서 제일 쉬운 대답을 했다는 듯 채린이 아무렇지도 않게 씩 웃었다.

7

대학 졸업 앨범은 뽀얀 먼지를 뒤집어쓴 채 책꽂이에 아무렇게나 꽂혀 있었다. 채린은 도예과의 졸업생이었다. 입학점수의 커트라인이 서울시내에서 다섯 손가락 안에 드는 사립대학에 채린도 함께 합격했다는 사실을 알았을 때 나는 할말을 잃었었다. 학교 이사장과 먼 친척이라는 둥, 스쿨버스를 몇 대 새로 뽑아주었다는 둥 그 아이의 부정입학을 확신하는 소문이 여고 동창생들 사이에 들끓었다. 풍문을 아는지 모르는지 그녀는 누구보다 발랄한 걸음으로 캠퍼스를 활보했고, 동문회에도 빠지지 않고 참석하여 끝까지 자리를 지켰다. 학생식당이나 복도 등지에서 나와 마주칠 때면 유난히 반가워하며 어깨를 끌어안곤 했다. 나는 남의 눈에 가혹해 보이지 않을 정도로만 살짝 웃어주었다.

내가 다닌 인문대학에도 그녀를 점찍은 남학생들이 많았다. 몇몇은 나를 찾아와 다리를 놓아 달라는 부탁을 하기도 했다. 그들 중 가장 키가 작고 여드름 많은, 깡촌 출신 남학생에게만 채린의 연락처를 가르쳐 주었다. 예상과 달리 데이트에 성공했는지 그는 고맙다며 내게 자판기 커피 한 잔을 뽑아주었다. 그리고 한 학기가 지날 무렵, 국문과 촌놈 강철수가 미대 퀸카 양채린을 따먹었는데 별거 아니라더라, 는 내용의 소문이 복학생들을 중심으로 학교 안팎에 널리 퍼졌다. 조금 미안했지만 나로서도 불가항력의 일이었다.

졸업사진 속의 채린은 목련꽃처럼 방싯거리고 있었다. 그날 입고 나온 병아리색 재킷 차림이었다. 앨범 뒤편의 주소록에서 그녀의 본가 전화번호를 찾았다. 번호를 눌러야 하는지 말아야 하는지 나는 선뜻 결정을 내릴 수가 없었다. 남의 일에 어느 정도까지 개입하는 것이 옳은가. 무엇이 상식적인 태도인가. 상식이란, 무엇인가. 모든 것이 혼란스러웠다.

전화를 받은 젊은 여자는 놀라는 기미가 역력했다. 수화기 너머 아기가 칭얼대는 소리가 들렸다.

여자는, 언니가 이곳에 살지 않는다고 말했다.

"알고 있어요. 하지만 걱정이 되어서요. 음, 그러니까 채린이가, 좀 아픈 것 같아서요."

내 변명 같은 말투가 어쩐지 채린과 꼭 닮아 있었다. 나는 혀로 윗입술을 축였다. 채린의 여동생은 크게 한번 한숨을 들이마셨다. 그리고 담담하게 말했다.

"언니에 관해서라면, 자세한 건 저도 잘 몰라요. 영구귀국한 건 맞아요. 그곳에는 아마 다시 가지 않을 거예요. 거기서 무슨 일이 있었는지 모르지만, 아무튼 그 시간들이 통째로 사라진 것처럼 굴어요. 하지만 뭐, 저러다 금방 멀쩡해지겠죠."

"저, 혹시 병원에라도 가봐야 하는 게 아닌가요?"

나는 용기를 짜내어 말해 보았다. 잠시 침묵이 흘렀다.

"사실…… 우리 언니가 남한테 피해를 주는 건 아니잖아요? 일상생활을 못 하는 것도 아니고요. 그리고 지금은 경황이 없어요. 엄마도 아프시고, 저도 산후조리를 하는 중이거든요. 언니랑 동창이라면 더 잘 아시겠지만, 채린 언니가 워낙에 별로 또릿또릿한 사람은 못 되잖아요?"

그녀의 여동생은, 리우데자네이루에 채린의 딸이 있다고 했다. 열 살이라고 했다.

8

낡은 국산 지프의 조수석 창밖으로 채린이 커다랗게 손을 흔들었다.

"현주야. 얼른 타."

차의 뒷좌석은 싸구려 휴지상자, 꼬질꼬질 때가 탄 레이스 쿠션, 먹다 버린 음료수 캔 같은 잡동사니들로 가득했다. 나는 그 틈새에 엉거주춤 엉덩이를 걸친 채로, 운전석의 남자와 어색한 인사를 나누었다.

"처음 뵙겠습니다. 서진호라고 합니다."

주황색이 감도는 반투명 선글라스를 쓴 남자는 살쾡이처럼 하관이 빨았다. 한눈에도 건실해 보이는 인상은 아니었다.

"현주야. 운명이라는 건 원래 따로 정해져 있나봐."

과거의 소공녀답게 품위 있는 칼질로 스테이크를 썰면서 채린은 서진호와의 첫 만남을 상기했다. 운명의 그날. 독립적인 여성으로 거듭나기 위해 무엇보다 전공을 살린 일자리를 구하는 게 급선무라는 결론을 내린 채린은 자필이력서와 자기소개서를 각각 열다섯 부씩 작성하여 택시를 타고 무작정 화랑의 거리 인사동으로 갔다고 한다. 인사동 역시, 자신이 서울을 떠나있던 일년 사이에 크게 변화된 모습이었는데, 골목골목 화랑의 숫자가 늘어난 것은 틀림없었으므로 예상보다 쉽게 직장을 구할 수 있겠다는 희망이 움텄다고 한다. 하지만 부푼 기대와 달리, 문을 열고 들어간 갤러리마다 오너의 얼굴은 하나도 구경하지 못했고, 안내데스크에 앉은 직원들은 그녀가 쭈뼛대며 내미는 서류봉투를 보고 당황하는 안색을 감추지 않았다.

"그냥 가려다가 이번이 마지막이라고 생각하고 한 군데 더 들어갔어. 거기서, 오빠를 만난 거야. 나한테 의자를 권하고 커피를 줬지."

"절친한 선배가 운영하는 갤러리예요. 공교롭게도 그 시간에 제가 잠깐 대신 봐주고 있었지요. 아마도 우리 채린과 인연이 닿으려고 그랬나 봐요."

남자가 꽤나 자연스런 동작으로 그녀의 목덜미를 쓰다듬었다. 내가 묻지도 않았는데 그는 자신이 곧 화랑 오픈을 앞두고 있다고 강조했다.

"지금 한국의 미술품 매매 시스템은 상상을 초월할 정도로 후진적이에요. 재능 있는 젊은 예술가들이 다른 고민 없이 마음껏 재능을 펼칠 수 있도록 대안 공간을 만들 예정이에요. 특별히 일반인들을 주주로 참여시켜서 말이지요."

일반인들, 이라는 단어에 유달리 힘이 들어갔다. 너무 열정적이어서 불안한 남자. 서진호는 새로 벌일 화랑 사업에 대한 얘기만 주구장창 늘어놓았다. 나는 어떤 태도로 남자를 대해야 하는지 알 수 없었다. 이력서와 자기소개서까지 읽었다면 채린의 저 괴이쩍은 정신상태에 대해 모를 리 없을 터였다. '미친 여자'에게 순수한 목적으로 접근하는 남자가 과연 존재할 것인가.

"실례지만, 몇 년 생이세요?"

서진호는 나의 시선을 피하지 않았다. 오렌지빛 안경 너머 가느다란 눈

속에 스친 곤혹을 숨기려 애쓰지도 않았다. 그는 천천히 대답했다.

"우리나라 나이로, 서른두 살입니다."

채린이 화장실에 간 사이 나는 단도직입적으로 물었다.

"왜죠?"

"무슨 말씀입니까."

"채린의 상태를, 모른다고 할 셈인가요."

서진호가 포크와 나이프를 접시 위에 내려놓았다. 두 손을 냅킨으로 닦은 다음, 깍지 껴 테이블 위에 올려놓았다. 거칠고 야무진 손등이었다.

"그 애기라면, 알고 있습니다. 하지만 그게 어쨌다는 거지요?"

"그녀는 환자예요. 올바른 판단을 내릴 수 없는. 이런 상황은 공정하지 않아요."

"……매사를 그런 식으로 생각합니까. 우리는 사랑하는 사이입니다. 제삼자가 간섭할 수 없는 우리만의 방식이 있는 겁니다."

나는 고기 대신 실수로 혀끝을 씹었다. 아야, 비명을 지르는 대신 핏빛 와인을 들이켰다.

"귀엽고 아름다운 여잡니다. 내가 돌봐주고 싶어요. 진심입니다."

잊었다는 듯 남자가 나직하게 덧붙였다.

"저 사람이 어떤 세계에 살고 있건 행복하면 되는 게 아닙니까. 어떤 인간도 결국 자기가 믿는 대로 살아갈 뿐이니까."

그때 채린이 방글방글 웃으며 돌아왔다. 서진호가 그녀의 잘록한 허리를 팔로 감싸 안고는 보란 듯이 꾹꾹 주무르기 시작했다.

"아이, 오빠. 왜 그래요. 현주가 보잖아."

채린이 아기고양이처럼 소리 내어 웃었다. 스테이크 3인분과 포도주의

값은 그녀가 현금으로 계산했다. 계산대 앞에서 남자가 잠시 주춤거리는 사이 그녀가 얼른 제 지갑을 꺼냈다. 나는 슬며시 고개를 돌렸다. 모든 것이 자명했다.

9

다음날부터 나는 핸드폰으로 걸려오는 채린의 전화를 피했다. 처음에는 하루에 한 통씩 부재중 전화를 남기던 그녀는, 열흘이 넘도록 나와 통화가 되지 않자 삼십 분 간격으로 전화를 걸어왔다. 끈기 하나는 세계 챔피언 급이었다. 여러 차례 음성메시지를 남기기도 했다.

"무슨 일 생긴 건 아니지? 혹시 나쁜 일 있는 건 아니지? 채린이가 기다릴게. 나, 사실, 너한테 할말도 있어. 전화 꼭 해 줘야 해."

나는 아예 휴대전화기의 전원을 꺼버렸다. 언니한테 내색을 하지 말아달라는 채린 여동생의 부탁 때문은 아니었다. 그녀를 당장 격리와 구금이 필요한 중증 정신병자라고 생각해서 그런 것도 아니었다. 내후년이면 마흔이었다. 나는, 나를 감당하기에도 벅찼다. 그녀는 나에게 그저 수많은 동창생들 중의 하나일 뿐이었다.

"언제는 남자에 환장한 것처럼 굴더니 왜 또 변덕이냐."

아내를 자궁암으로 잃었다는 마흔두 살 의사와의 맞선을 거절하자, 엄마는 단박에 비아냥댔다.

"하긴 아무리 급해도 그렇지. 한번 결혼했던 남자는 나도 영 안 내킨다."

엄마는 오해했다. 그가 상처(喪妻)한 남자라 싫은 게 아니라, 상처(傷處)를 가지고 있어서 싫었다.

회사에서는 자잘한 실수를 반복해 직속상사에게 질책을 들었다.

"왜 이렇게 부주의한거야? 정신을 어따 팔고 다니는 거지? 쯧쯧, 하여튼 나이든 여자들이란."

상사가 대놓고 혀를 찼다. 그의 질타가 내 잘못보다 과도하다고 느꼈지만, 평소와 달리 화가 나지 않았다. 와사비가 많이 들어간 초밥을 무심코 입에 넣은 것처럼 코끝이 확 아려왔을 따름이다. 주말 오후에는 두어 달 전부터 예정되었던 동창모임에 참석했다. 신도시의 사십 평형대 아파트를 새로 장만한 친구의 집들이를 겸한 자리였다. 거실 벽 한복판에는 진경산수화를 모사한 그림이 걸려있었다. 로코코 풍의 화려한 가죽소파와 안 어울렸다. 몇 달째 보합세인 수도권 아파트의 가격 동향, 포장이사업체 일꾼들의 불친절과 발고린내, 인기가수와 여배우 커플의 파경 소식 등등이 두서없이 도마에 올랐다. 언제나 그렇듯 좌중의 화제는 결국 교육문제로 귀결되었다.

"정말 세상이 어떻게 되려고 이러는 거니. 기본만 시켜도 가계 경제가 휘청한다니까."

그집의 안주인이며 반도체 회사 중간간부의 와이프가 엄살을 떨자, 중앙일간지 정치부 차장의 와이프가 심드렁하게 받았다.

"어디 어제오늘 얘기여야지. 너도 내년에 큰애 학교 넣어보면 알거야. 돈 들인 애랑 안 들인 애랑 얼마만큼 차이가 나는지, 아마 깜짝 놀랄 거다."

"다 부모의 저속한 욕심일 뿐이야."

똑 부러지게 의사를 표명하고 나선 것은 한국에서 제일 큰 법무법인 소속 변호사의 와이프였다. 전업주부인 다른 동창들과 달리 그녀는 심심찮게 언론에 등장하는 환경운동가인 동시에 모교의 전임강사로 일하고 있었다.

"나는 우리 슬기한테 아무 것도 바라지 않아. 반듯하고 건강하게 자라주는 것만으로도 큰 축복이고 감사해야 할 일이잖아."

교육방송 프로그램의 출연자 같은 그녀의 말에 좌중의 여자들이 제각각 묘한 표정을 지었다. 변호사와 환경운동가 부부가 그 외동딸의 조기유학을 위해 보스턴의 유명한 사립초등학교와 옥스퍼드의 유서 깊은 귀족학교를 놓고 저울질 중이라는 소문은 이미 파다하게 퍼져 있었다.

"우리 친정엄마가 슬기를 키워주셨듯이, 나도 나중에 슬기가 낳은 아이를 꼭 내 손으로 키워줄 거야. 그게 여자가 여자에 대해, 세상에 대해, 갚아야 할 빚 아니겠어?"

늦은 점심이 체한 것인지 아까부터 계속 속이 불편했다. 참으려고 노력했지만 나는 작게 트림을 했다. 환경운동가가 내 쪽을 흘끗 돌아보았다.

"현주야. 그래도 네가 우리 중에 제일 팔자 편한 줄이나 알아. 구질구질하게 얽매인 데 없이 너 한 몸 가뿐하잖아. 참, 최근에는 소개받은 남자 없어?"

"어머, 너 아직도 선 보니?"

그때까지 한 마디도 없이 가만히 있던 은행원의 와이프가 눈을 동그랗게 떴다. 그 부부는 겉으로 '아이 없는 쿨한 삶'을 표방하는 것과 달리 남편이 무정자증이라는 끊임없는 소문에 시달리고 있었다.

"꼭 결혼을 해야 한다는 조바심을 버려. 독신의 삶도 나쁠 것 없잖아."

"그래. 오십까지는 괜찮아. 앞으로는 폐경도 늦출 수 있을 거라던데."

"참, 다들 그 소식 들었니?"

내가 적절한 대답을 찾지 못해 어물어물하는 사이 정치부 기자의 와이프가 빠르게 화제를 낚아챘다.

"……양채린 말이야."

갑자기 주변이 조용해졌다.

"그 양채린이, 이혼했대."

"어머어머. 정말이야?"

"그래. 교포사회에는 진즉에 짜하게 퍼졌다더라. 걔가 워낙 개념이 없잖니. 위자료는커녕 몸만 간신히 빠져나왔다나봐."

"치정문제?"

"여기서 놀던 가락이 있는데 뻔하지 않겠어. 근데 이 경우는, 몰라, 맞바람이라는 설도 있고 남편이 자기가 먼저 잘못해놓고 얘한테 뒤집어씌웠다는 소문도 있고. 복잡한가봐."

"그 남편도 보통은 아니라던데? 왜, 몇 년 전인가는 채린이를 테니스채가 골프채가로 두들겨팼다가 이웃한테 신고당했다는 소문도 돌았잖아."

금시초문이었다. 나는 고개를 숙이고 찻잔받침에 그려진 장미꽃잎의 개수를 셌다.

"그래도 꽤 오래 살았네?"

"하긴 채린이 옛날에 사귀던 남자들이랑 비교해보면 그 남편 되게 오래 참은 셈이긴 하지. 옛날 남자들은 죄다 몇 개월을 못 버티고 줄행랑을 쳤었잖아. 여자 얼굴 반반한 거 잠깐이지. 그렇게 맹한 애랑 어떻게 길게 사귀겠어."

한국에 들어온 채린은 아직 아무에게도 목격되지 않은 모양이었다. 하지만 결국 시간문제일 뿐이라는 것을 나는 잘 알고 있었다.

"지가 먼저 우리한테 연락하지도 않겠지만, 그래도 혹시 어떻게 끈이 닿더라도 절대 모르는 척해야 돼. 걔 이제 거칠게 없는 몸인데, 한번 엮이면 또 누구한테 엎어질지 어떻게 아니."

"어머, 너 지금 남편 걱정하는 거야?"

모두들 까르르 웃었다.

"아무튼 친구는 사는 게 비슷비슷해야 해."

내가 갑자기 핸드백을 챙겨 일어서자, 다들 어리둥절한 표정을 지었다. 다급한 용무가 떠올랐다는 내 말은, 내 귀에조차 거짓말처럼 들렸다. 그러나 거짓말은 아니었다.

10

벽에 붙은 선풍기가 후텁지근한 바람을 뿜어내며 천천히 돌아가고 있었다. 그해 팔월 한복판. 그 중국집의 긴 복도에서는 들큼하고 시큼한 냄새가 마구 뒤섞여 풍겨왔다. 복도 양옆으로 정사각형의 방들이 다닥다닥 붙어 있었다. 가족동반 친척모임이었을 것이다. 남자어른들은 바지를 척척 걷어 올린 채 두껍게 튀긴 돼지고기와 눈물이 쏙 빠지도록 매운 짬뽕 국물을 안주 삼아 고량주를 마셨다. 여자어른들은 녹말 범벅의 해산물과 군만두를 앞에 놓고 끝도 없이 지루한 수다를 나누었다. 따라온 아이들은 채 열 살도 되지 않는 꼬마들이었다. 여고생인 내가 그 자리에 끼어

앉아 있다는 것만으로도 얼굴이 달아오르는 일이었다. 고기튀김을 두어 점 집어 오물거리고 나니 할 게 없었다.

복도의 다른 방들을 기웃거린 것은 열일곱 살짜리의 자연스런 호기심이었다. 홀에서 제일 먼, 안쪽 방.

"나 이제 정말 싫다니까요."

여자가 신경질을 부리고 있었다. 붉은 주렴(珠簾) 너머 들려오는 그 목소리가 어쩐지 귀에 익었다. 나는 숨을 멈추었다.

"몇 번이나 말했잖아요. 너무 힘들어서 안 되겠어. 공부도 해야 하고."

구슬발 사이로, 채린의 옆모습이 보였다. 민소매의 블라우스 아래로 드러난 어깨가 동그랗고 하얬다. 옆자리의 남자는 나무탁자에 얼굴을 처박고 있었다. 우는 모양이었다. 먹다놓은 요리그릇 위에 파리가 앵, 날아와 앉는 것까지 나는 놓치지 않고 보았다. 이윽고 남자가 고개를 들었다.

"내가 더 잘 할게. 제발 헤어지자는 말만 하지 마."

그는, 영어선생이었다. 언젠가 수업시간에 채린에게 면박을 준 적이 있는 그 젊은 영어교사의 눈에 눈물이 그렁그렁했다. 그가 채린의 맨 어깨에 얼굴을 묻었다. 한숨을 내쉬면서 채린은 손을 올려 선생의 등을 토닥였다. 하나로 묶은 채린의 머리칼이 천천히 흔들거렸다.

부정에는 어떤 방식으로든 응징이 따르게 마련이다. 그녀가 62명 중에 62등이라는 것은 내가 말하지 않았어도 언제든 알려질 비밀이었다. 그 소문이 산불처럼 번지는 데 대해 나는 별다른 죄책감을 가지지 않았다. 그러나 그녀에게 대걸레라는 별명을 붙인 것은 내가 아니었다. 나는 그저, 채린의 뒤에 대걸레와 주전자밖에 없잖아, 라고 커다랗게 말했을 따름이다. 그 말 속에 들어있던 악의를 부인하지는 않겠다. 하지만 단정하고 규범적인 소녀라면 누구나 그녀에 대해 그만큼의 악의는 품고 있었을 것이다. 존재 자체만으로도 타인의 심기를 건드리는 인간은 어디에나 있다. 채린에게 어디서부터 사과해야 할지 막막했다.

11

그녀는 집에 있었다. 그녀답지 않게 물기가 쭉 빠진 빳빳한 목소리로 전화를 받았다. 순간 가슴이 덜컥 내려앉았다. 혹시 그녀가, 정상으로, 돌아온 것일까. 꿈에서 깨어난 것일까. 나는 아랫입술을 잘근거렸다.

"현주야, 나 그 사람과 헤어졌어. 그래서 너한테 전화 많이 했었는데. 네 목소리 듣고 싶어서. 울고 싶어서."

더 이상의 말은 묻지 않았다. 혹시 남자가 투자라는 명목으로 돈을 빌려가지 않았느냐는 따위의 질문도 하지 않았다.

"……괜찮은 거야?"

"괜찮지 않으면 어쩌겠어?"

그녀가 야무지게 반문했다.

"돌이킬 수 없을 때 후회하는 것보다는 낫잖아."

한참 동안 우리는 아무 말도 하지 않았다.

"그래. ……우리는, 아직, 스물다섯 살이니까."

내 음성이 너무 작아서, 수화기 너머의 그녀에게까지 들렸는지는 잘 모르겠다.

롤 빗으로 앞머리를 둥글게 말고, 그 위에 헤어드라이어를 가져다댄다. 뜨거운 열이 이마 위로 쏟아진다. 높이 세워진 머리칼을 손가락으로 살살 빗어 넘기면서 헤어스프레이를 힘껏 뿌린다. 옷장에 걸린 옷들 중에서 어깨에 사각의 커다란 패드가 들어간 구형 재킷과, 항아리 모양의 모직스커트를 어렵게 찾아낸다. 1990년 2월, 대학졸업을 기념하여 구입한 정장이다. 재킷의 소매에서 희미하게 좀약냄새가 난다. 나는, 거울을 보지는 않는다.

엄마는 텔레비전 앞에서 꾸벅꾸벅 졸고 있다. 조선시대 궁녀로 분장한 젊은 여배우가 화면 속에서 희고 가지런한 치아를 드러내며 웃고 있다. 자다 깬 엄마가 내 모습을 보고 손등으로 눈을 비빈다.

"너, 그 꼴을 하고 나가게?"

대답 대신 나는 조금 웃어 보인다. 내 미소가 딱딱하게 보이지는 않았으면 좋겠다.

유행을 무시하며 살 수는 없을 줄 알았다. 지금은 그렇게 생각하지 않는다. 삶은 유행보다 더디게 지나간다. 채린과 나는 얼마나 더 이곳을 견딜 수 있을까. 하지만 위험하지 않은 길은 어디에도 없을 것이다. 이제 나는, 그녀에게 간다.

공지영 김영하 김원일

별들의 들판_오빠가 돌아왔다_물방울 하나 떨어지면

심윤경 윤성희 이기호

달의 제단_거기, 당신?_최순덕 성령충만기

임철우 정 찬 조경란

백년여관_빌라도의 예수_국자이야기

천운영

명랑

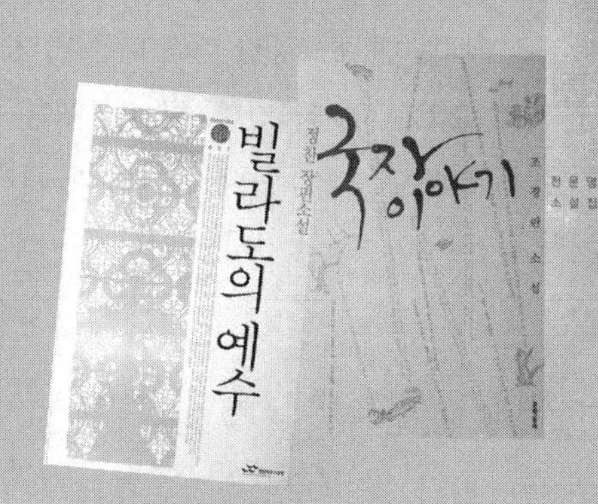

또다른 안으로서의 베를린

— 공지영 소설집 『별들의 들판』, 창비

방 민 호

공지영 씨의 창작집 『별들의 들판』은 공지영 단편소설의 미학에 대해 논의할 수 있도록 해 주는 제3의 근거라고 할 수 있다.

공지영 씨는 대개 장편소설의 작가로 알려져 왔고, 단편소설의 미학과는 거리가 있는 작가인 것처럼 취급되어 왔다. 그런데 이것은 공지영 씨를 통속성이 강할 뿐 문학적 깊이는 부족한 작가로 보는, 세간에 널리 퍼진 오해와 관련성이 있다. 한국에서는 장편소설보다는 단편소설이 미학성을 담보하고 있다는 것이 관성적 사고이므로 공지영 씨를 장편작가라고 말하는 순간 은연중에 그녀는 문학성과는 거리가 있는 작가인 것처럼 취급되는 것이다.

이것은 1990년대 초 · 중반 이래 많은 비평이 공지영 씨의 문학에 행사해 온 폭력적 요소를 상기시킨다. 공지영 씨를 통속성 강한 후일담 장편소설 작가로 취급하면서 과거 속에 묶어둘 때 이러한 과거에 속하지 않은 넓은 현재적 공간은 오늘을 구가하는 비평가와 작가들의 몫이 된다.

그러나 공지영 씨는 이러한 선규정과는 달리 부단히 스스로를 현재화한 작가라고 할 수 있다. 이것은 그녀의 세 권 창작집을 통해서 잘 드러난다. 『인간에 대한 예의』(1994), 『존재는 눈물을 흘린다』(1999), 『별들의 들판』(2004) 등 약 5년만에 한 번씩 간행한 그녀의 단편소설 창작집은 과거가 아니라 당대의 삶의 모습을 묘사하려는 작가적 노력과 의지의 산물이다.

『인간에 대한 예의』에 실린 「무엇을 할 것인가」, 『존재는 눈물을 흘린다』에 수록된 「존재는 눈물을 흘린다」나 「모스크바에는 아무도 없다」, 이번의 창작집에 실린 「귓가에 남은 음성」이나 「섬」 같은 작품들은 단순한 후일담이 아니다. 여기에는 과거의 운동 경험을 반추하면서 인간적인 삶의 논리와 윤리를 찾으려는 주인공들과, 경제성장과 문화 다변화라는 현상에 묻혀 살아가는 사람들의 소외된 노동의 현장과, 한반도 바깥이 아니라 또다른 안이 되어 버린 새로운 시대의 삶이 모습을 드러내고 있다.

또한 이러한 작품들을 통해서 공지영 특유의 문학적 경향을 뚜렷하게 확인해 볼 수도 있다. 그것은 변함없는 휴머니즘이다. 1980년대에 휴머니즘은 포퓰리즘화되었고 그러면서 속화되었던 탓에 1990년대 이후의 문학은 반휴머니즘, 반인생론에 기운 측면이 강하다. 여기서 인간은 현대적 사회기제의 일부로서 묘사되며, 이러한 존재적 양상에 대한 반성적 · 비판적 논평은 계몽주의의 이름으로 삭제된다. 계몽주의에 대한 1990년대 문학의 적의와 반감은 그 문학에서 인간적 가치에 대한 사유와 모색을 단념케 하고, 대신에 구성적 흥미를 통해서 엿보게 되는 현대적 메카니즘이 주인공의 자리를 차지하게 되었다.

그런데 이것은 또 하나의 재현론에 불과한 측면이 있다. 이른바 과거에 운동이나 민중이나 이념을 묘사하고자 했던 문학이 재현론의 틀에 사로잡혀 있었다면 지금은 그것이 외형이 바뀌어 현대적인 삶의 기제를 묘사하려는 것으로 바뀌었을 뿐 재현에 그치는 경향은 여전하다는 것이다. 그리고 이러한 재현이 한계에 봉착하게 될 때 나타나는 것은 그 반정립으로서의 환타지이다. 이러한 경우에 재현과 환타지는 서로에게 삼투하지 못한 채 서로를 기계적으로 보충하는 것으로 남는다. 환타지가 번성하면서도 그 환타지 속에 강렬한 현실 인식이 결핍되어 있음은 이 때문이다.

공지영 씨의 『별들의 들판』은 이러한 문학적 상황 아래서 자기 문학의 가치와 필법을 유지하면서 시대적 상황에 직면한 외로운 인간 존재의 고민과 갈등을 휴머니즘의 입장에서 솔직하게 표현하고자 한 의도를 보여 주는 창작집이다.

그런데 여기서 그 주된 배경 공간이 베를린이라는 사실이 중요하다. 이것은 배수아 씨의 『에세이스트의 책상』이 독일을 다루고, 권리 씨의 『싸이코가 뜬다』가 일본을 정면으로 다룬 것과 일맥상통하는 것으로서, 현금의 한국문학에서 안과 바깥의 경계란 불분명할 뿐더러 한국문학의 개념 규정에 대한 강제 요건의 기능을 상실했음을 증빙해 주는 중요한 사례이다.

이제 작가들은 한반도 안과 바깥을 구분하지 않는다. 따라서 한국인의 사상과 감정을 그리는 데만 머물지도 않는다. 남은 중요한 것은 한국어로 세계에 관해 말한다는 것이다. 한국어로 말하는 그가 한국인인가, 일본인인가, 유럽인가마저도 이제는 중요하지 않다. 공지영 씨의 『별들의 들판』은 한국문학이 어디까지 와 있으며, 또 어디로 가는지를 알려주는 또 하나의 시금석의 의미를 띠고 있는 것이다.

공 지 영 1963년 서울 출생. 1985년 연세대학교 영문학과 졸업. 무크지 《문학의 시대》에 시 「이태원의 하늘」로, 1988년 《창작과 비평》에 소설 「동트는 새벽」으로 등단. 소설집으로 『봉순이 언니』 『우리는 누구이며 어디서 와서 어디로 가는가』 『별들의 들판』 등이 있음.

방 민 호 1965년 충남 예산 출생. 서울대학교 국문학과 및 동대학원 졸업. 1994년 제1회 《창작과비평》 신인평론상으로 등단. 저서로 『비평의 도그마를 넘어』 『납함 아래의 침묵』 『채만식과 조선적 근대문학의 구상』 등이 있음. 《실천문학》 편집위원, 《21세기 문학》 기획위원을 거쳐 현재 《서정시학》의 편집위원으로 있음. 서울대 교수.

경계의 삶에 대한 연민의 시선

— 김영하 소설집 『오빠가 돌아왔다』, 창비

백 지 연

김영하의 세 번째 소설집인 『오빠가 돌아왔다』(2004, 창비)는 대중문화의 감각적 수용을 강조했던 그의 초기작들과 변별되는 특징을 보여 준다. 환상적인 색채가 강했던 초기작에서 일상적인 이야기들로 옮겨지는 소설적 변화는 두 번째 소설집인 『엘리베이터에 낀 그 남자는 어떻게 되었나』(1999, 문학과지성사)에서 이미 감지된 것이기도 하다. 초기작에서 보여 준 현대적인 문화기호나 형식실험의 시도가 새로운 시대의 소설적 변화를 발빠르게 수용했다면, 최근 작가의 행보는 소설 쓰기의 행위에 대한 내재적 탐색으로 향하고 있는 듯하다. 장편소설인 『아랑은 왜』(2001, 문학과지성사)와 『검은 꽃』(2003, 문학동네)이 역사적 기록을 재가공하는 작업을 통해 소설 쓰기란 무엇인가를 탐색한 것도 그 연장선상에서 해석될 수 있다.

표면적으로 볼 때 이전의 단편 작품들이 새로운 형식이나 실험적 기법의 모색에 치중했다면, 이번 소설집에서는 그러한 외재적 변화가 잘 드러나지 않는다. 그보다는 사물과 일상을 바라보는 작가의 시선에 대한 변화가 두드러지게 나타난다고 할 수 있다. 작품들의 스토리 구조나 짜임새는 한결 느슨해지고 인물의 자기 고백이 좀더 직접적으로 노출되고 있는 것이 구체적인 특징이라고 할 수 있다. 여러 작품들 중에서 「크리스마스 캐럴」과 「오빠가 돌아왔다」가 날렵하고 속도감 있는 문체로 김영하 소설 특유의 매력을 뿜어 낸다면 「이사」나 「그림자를 판 사나이」, 「보물선」 등은 일상적 색채가 강화된 작품이라고 할 수 있다.

이번 소설집에서 드러나는 평범한 일상인들에 대한 묘사나, 냉소로 위장된 현대인들의 내면에 공존하는 나약한 감상성에 대한 연민의 눈길은 초기 소설들에서도 부분적으로 감지된 것들이다. 김영하 특유의 속도감 있는 문체가 한껏 빛을 발하는 작품들인 「크리스마스 캐럴」과 「오빠가 돌아왔다」 역시 일상의 강박적인 질서 속에서 쉽게 탈주하지 못하는 존재들에 대한 연민을 노출시킨다는 점에서 흥미로운 작품들이다. 「크리스마스 캐럴」에서 대학동창인 '진숙'의 등장과 살인사건의 발생은 과거 자체에 대한 모독이나 비난이 아니라, 과거와 결코 분리되어 살 수 없는 현재의 자신에 대한 확인으로 마무리된다. 동창생들이 느꼈던 진숙에 대한 맹렬한 살해욕망은 실상 자신이 은폐하고 싶었던 과거로부터의 단절욕구이다. 결국 과거를 미화하거나 망각하려는 동창생들의 은밀한 욕망은 진숙의 죽음을 부르고 이들은 자신들이 잊고 싶었던 과거를 가장 추악하고 현실적인 방식으로 깨닫게 된다. 이 소설에서 '배터리가 완전히 소모될 때까지 끈질기게 울려 퍼질 크리스마스 캐럴'의 상징은 김영하 소설에서 후일담에 대한 강박이 어떠한 식으로 정리되고 있는지를 보여 준다. 초기 소설에서 종종 드러났던 '치졸한 과거에 대한 경멸'은 결국 자신도 그 연대에서 자유로울 수 없다는 자각으로 이행한다. 타인을 향한 결벽증적인 자기옹호가 그 자체로 다시 자기 패러디의 대상이 되고 있는 이 소설은 여러모로 흥미로운 작품임에 틀림없다.

현대적인 삶의 기율로서의 가족관계를 풍자적이고 예민하게 다룬 「오빠가 돌아왔다」에서도 표면적인 냉소의 화법 밑에 연민의 시선과 자기 긍정이 깔려 있다. 이 소설이 보고하고자 하는 것은 위장적인 가족관계에 대한 비판도 아니며, 서로에게 반목과 증오를 쌓아가는 격렬한 애증의 감정적 관계도 아니다. 제대로 된 가장 구실을 하지 못하는 아버지, 동거녀를 데리고 들어와 서슴없이 아버지에게 맞서는 오빠, 아버지와 이혼한 후 함바집을 운영하며 생계를 영위하기 바쁜 어머니는 파편화된 현대적인 가족관계 일반을 암시한다. 오빠의 귀환을 계기로 온 가족이 총출동하여 갑작스러운 '가족체제'를 만들어 내는 우스꽝스러운 풍경 속에서 작가가 인물들에게 보내는 연민의 시선을 발견하기란 어렵지 않다. 특히 엄마와 딸이 밥상 앞에서 생선 눈알을 빼먹으며 나누는 짤막한 대화에서는 일상적인 삶의 질서와 관습을 승인할 수밖에 없는 존재들끼리의 유대감이 희미하게 번져 나온다.

「크리스마스 캐럴」과 「오빠가 돌아왔다」가 전작들과 연결되는 매끄럽고 날렵한 화법 속에서 변화의 징후를 간접적으로 드러낸다면, 「그림자를 판 사나이」와 「이사」는 이번 소설집의 달라진 특징을 명징하게 보여 주는 작품들이라고 할 수 있다. 「그림자를 판 사나이」에서 소설가인 주인공은 미경과 바오로가 지닌 진지한 삶의 열정을 부러워한다. 남편의 죽음으로 인해 정신적 공황에 시달리는 옛 동창 미경과 신부의 삶으로 살아가는 번민을 느끼는 바오로는 삶에 대한 희망과 열정을 잃지 않은 사람들이다. 주인공은 그들을 바라보면서 자신에게 그러한 갈등과 집착의 세계, 순정한 영혼의 세계가 오래 전 사라져 있음을 체감한다. "누군가와 옥닥복닥 부대끼며 지내다보면, 어쩌면 내게도 그림자가 생길지 모른다"라는 주인공의 고백은 일상으로 쉽게 편입할 수 없는 자신의 모호한 정체성에 대한 불만으로도 읽힌다. 그림자를 팔아버렸는지도 모르겠다고 괴로워하는 이 소설가의 자기 고백은 전작인 「흡혈귀」에서 시종일관 작중인물로부터는 거리를 두는 소설가의 모습과 대조를 이룬다. 「흡혈귀」에서 타협하고 싶지 않은 고독한 창조의 세계는 「그림자를 판 사나이」에서 일상현실 속으로 깊숙이 하강하였다. 이는 결벽과 고독을 자처했던 순결한 글쓰기가 결국은 일상 그 자체의 풍경 속에서 새롭게 모색되어야 한다는 작가적 암시로도 읽힌다.

자기의 삶에서 실종되었다고 느끼는 '그림자' 에 대한 강박은 「이사」에서 '가야 토기' 의 비유로 드러난다. 이 작품 역시 일상인들의 정신적 강박과 모호한 불안을 풀어놓음으로써 이전 작품들과는 차별된 면모를 보여 준다. 아파트 평수를 넓혀가는 데서 삶의 안정과 기쁨을 확인하는 평범한 소시민 부부가 이사하는 날 겪는 체험을 다룬 이 작품은 자본주의적 일상이 요구하는 세속화된 가치 속에 편입되어 살면서도 쉽게 그에 적응하지 못하는 현대인들의 불안과 강박을 드러내 보인다. 주인공 진수가 "아파트라는 집단주거공간의 태생적 속물성을 일거에 무화시키는" 상징으로 간직해 온 가야 토기를 포장이사업체 직원이 순식간에 박살내는 것은 그러한 의미에서 암시적이다. 작가는 이 작품을 통해서 사소한 환상조차 허락되지 않는 냉정한 일상의 한 단면을 세련되게 포착하고 있다.

결국 「오빠가 돌아왔다」에서 김영하가 보여 주는 것은 세태적 일상에 묶여 있으면서도 한편으로는 그것을 탈주하고 싶어하는 현대인들의 내면적 갈등 그 자체라고 할 수 있다. 「보물선」에서 민족주의자로 등장하는 형식 같은 인물은 이 평범한 소시민의 갈등을 일거에 해소시켜 줄 수 있는 초월적인 인물이지만 결국 체제 밖으로 튕겨져 나가고 만다. 소설의 인물들이 보여 주는 이러한 갈등과 이탈의 행보는 결국 자기가 살고 있는 일상 그 자체에 대한 새로운 성찰을 요구하는 징후이기도 하다. 타인과 함께 할 수 있는 소통의 가능성 앞에서 갈등하는 주인공들의 내면을 탐색하는 이 변화의 징후들이 앞으로의 작품 속에 어떻게 드러나게 될지 궁금하다.

김 영 하 1968년 강원도 화천 출생. 연세대 경영학과와 동대학원 졸업. 1995년 《리뷰》 2호에 「거울에 대한 명상」으로 등단. 소설집 『호출』 『엘리베이터에 낀 남자는 어떻게 되었나』 『오빠가 돌아왔다』 장편소설 『나는 나를 파괴할 권리가 있다』 『검은꽃』 등이 있음. 현대문학상, 동인문학상, 황순원문학상 등 수상.

백 지 연 1970년 서울 출생. 경희대 국문학과 박사과정 수료. 1996년 《경향신문》 신춘문예 「'아담' 의 글쓰기, 환유적 욕망의 변주」로 등단. 평론집으로 『미로 속을 질주하는 문학』이 있음. 현재 경희대 강사.

연민과 사랑

— 김원일 소설집 『물방울 하나 떨어지면』, 문이당

박 철 화

김원일의 언어는 갈수록 유연함과 감염성을 얻고 있다. 사실 분단 문학의 대표적 작가로서의 김원일은 작품의 성취도와 관계없이 건조한 언어의 주인공으로 알려져 있다. 『노을』부터 『불의 제전』으로 이어지는 일련의 장편 혹은 대하소설은 거의 예외 없이, 김병익이 객관적 묘사체라고 부른 세계 밖으로 잘 벗어나지 않기 때문이다. 『물방울 하나 떨어지면』의 작품 해설을 통해 김병익은 그 점을 다음과 같이 지적하고 있다.

> 이런 유의 문체는 염상섭에게서도 그런 것처럼 글 읽기의 신선한 혹은 자잘한 재미를 주는 효과를 버리는 대신 감정을 절제하고 객관적인 사유로 사건과 정황을 정시하며 그 사태의 내면을 바라보게 만드는 문학적 진지함의 성과를 유도한다. 그러기에 이런 문체는 쉽게 읽히는 것만큼 결코 쉽게 쓰일 수 있는 것이 아니다.

그런데 객관적 묘사체라는 것은 독자로 하여금 글이 묘사하고 있는 대상의 세계를 인식하는 데에는 도움이 되지만, 그 대상의 세계와 하나가 되어 합일의 감동을 주기는 쉽지 않다. 실제로 위에서 지적하고 있는 염상섭의 경우, 그의 세계가 보여 준 뛰어난 성취에도 불구하고 독자 내면의 공감을 이끌어 내는 작가는 아니다. 그것은 김원일의 경우에도 크게 다르지 않았었다.

그런데 어느 순간부터인지 김원일의 문체에 새로운 요소가 담겨 있음을 보게 된다. 결론부터 말하자면 그것은 객관적 인식을 뛰어 넘어 독자를 작품의 세계 속으로 끌어들이는 어떤 주관적 에너지이다. '상황과 인간' 이라 부를 수 있을 김원일의 세계가 바뀐 것은 아니고, 그 대상을 바라보는 작가의 시선이 어느 정도 달라진 것이라 할 수 있다. 즉, 객관적 묘사체의 문장 안에 그 묘사 대상에 대한 작가의 연민, 혹은 그 연민을 감싸 안는 사랑이 자라잡고 있는 것이다. 『물방울 하나 떨어지면』은 그런 변화를 잘 보여주고 있다. 무엇이 이런 변화를 가능케 한 것일까?

김원일은 그 점을 '작가의 말' 을 통해서 잘 표현하고 있다.

> 『그곳에 이르는 먼 길』을 출간한 뒤 12년 만에 여섯 번째 중 · 단편집을 내놓게 되었다. 중편 세 편, 단편 두 편은 여러 계간지에 발표한 근작들이다. 장편에 매달리느라 짧은 소설은 10년 가까이 손놓았는데, 마땅한 글감을 잡지 못한 이유도 있었다. 문학의 사회적 책무가 물신주의 속물화로 치닫는 당대 현실과 맞서서 시대의 상처와 고통을 싸안고 고뇌해야 된다고 반성해 온 나날이었다.
>
> 여기에 실린 소설들은 엄혹했던 시대와 비인간화의 악조건 속에서 힘들게 삶을 붙잡아온 사람들과 죽어 간 이들의 이야기이다. 다섯 편 중 세 편은 장애인의 세계를 들여다본 소설이다. 1996년에 출간한 장편 『아우라지

로 가는 길』 이후 장애인들의 힘든 삶에 관심을 가져온 결과물이다. 중편 두 편은 젊은 시절부터 내 소설의 주류로 들어온 한국전쟁 전후의 흔적을 다루었다. 전쟁 전후 우리 민족이 겪은 이념 갈등, 이산, 빈곤 문제를 다수 소설화했기에 동어 반복이 되지 않게 조심하며 집필했다. 단편 「고난 일지」는 암울한 시대였던 1970년대 중반, '인혁당 사건' 에서 소재를 빌려 왔다. 냉전시대 분단의 희생양으로 유례가 없는 고문 끝에 사형당한 여덟 분은 내가 청소년기를 보낸 대구 사람들이라 그 충격을 언젠가 연작 소설로써 보려 생각을 여투어 왔는데, 30년이 지난 이재야 단편 하나를 만들었다. 주인공을 픽션으로 빌려 왔으나, 아직도 눈물이 마르지 않았을 유족에게 작은 위로라도 되었으면 좋겠다.

먼저 이 『물방울 하나 떨어지면』은 그의 중 · 단편집으로는 12년 만에 나온 것이다. 짧지 않은 그 시간 동안 작가는 자신의 글에 대한 성찰을 해 온 것이라 볼 수 있다. 사실 이 12년이란 내내 '문학의 위기' 가 흉흉한 소문처럼 떠돈 시간이었다. 작가는 그 시간 동안 자신의 소설이 "물신주의 속물화로 치닫는 당대 현실과 맞서서 시대의 상처와 고통을 싸안고 고뇌해야 한다고 반성해 온" 것이다. 이전의 작품세계에서는 상처와 고통에 대한 객관적 인식이 두드러졌다면, 근자에 올수록 작가의 시선이 그 상처와 고통을 감싸 안는 쪽으로 변해 온 것은 그러한 내력을 갖고 있다.

그리고 여기서 다시 이어지는 사실인데, 바로 '장애인' 에 대한 관심이 증폭되고 있다는 점이다. 비장애인의 편견과 열악한 환경 속에 소외된 장애인이란, 어떻게 보자면, 냉전과 분단의 상처와 고통의 현대적 상징일 수 있다. 이 한 권의 작품집 속에 "전쟁이 남긴 상처로 아직도 괴로움을 겪고 있는 나이 든 세대, 인혁당 사건의 연루자들과 그들 가족" 그리고 장애인에 대한 관심이 함께 묶인 것은 그러한 이유에서이다. 그들 모두가 바로 역사의, 불완전한 우리들 삶의 어두운 그늘이자 희생자인 것이다. 이들을 바라보는 작가의 시선은 연민이 가득하다. 물론 그것은 애초에 작가의 개인사에서 유래한 것이겠지만, 그의 시선은 연민으로서의 사적 체험의 영역을 훌쩍 넘어 선다. 그늘에 대한 연민의 표현이, 양지라고 알려진 우리들의 경박한 속물적 삶에 대한 뼈아픈 질문이 됨으로써 우리들 모두에 대한 사랑의 실천이 되기 때문이다.

이처럼 김원일의 문장은 연민의 물기를 얻어 더욱 유연해지고, 사랑의 따스한 온기에 힘입어 감염성 강한 바이러스가 된다.

> 물방울 하나가 고요한 수면에 떨어지면 그 중량으로 파문이 겹으로 커지며 넓게 퍼지다가 스스로 넉넉한 물에 섞여 자취를 감춘다. 그 이치와 같이 베풂이나 선행, 우리네 삶 그 자체도 그런 물방울 하나이리라. 언젠가, 그이와 나도 물방울 하나로 떨어져, 끝내는 그렇게 이 지상에서 흔적 없이 사라지리라.

이 연민과 사랑이야말로 김원일로 하여금 갑년이 지난 지금에도 글쓰기를 멈출 수 없게 만드는 근원적 동력일 것이다. 특히 「고난 일지」와 같은 작품은 그것의 명백한 예증이다. 「손풍금」에서 울려나오는 분단의 상처나, 「미화원」에서의 장애의 아픔은 작가 자신의 것이겠으나, 인혁당 사건의 당사자들에 대한 관심은 그들의 억울한 희생에 대한 연민과 사랑 없이는 글이라는 형식의 옷을 갖춰 입기 어려웠을 것이기 때문이다.

게다가 이러한 관심은 올해 들어 『푸른 혼』이라는 중후한 분량의 연작 소설집을 통해 더 구체화되었다. 이 작가의 투철한 장인정신을 확인하게 만드는 장면이다. 조로(早老)가 당연시되는 우리 문학계의 나약함을 질타하며, 평생의 화두를 부여잡고 더 유연하고 풍요롭게 자신의 언어를 펼쳐

가는 김원일의 작가 정신에 그래서 찬탄과 경의(敬意)의 고개를 숙이지 않을 수 없다.

김 원 일 1942년 경남 진영 출생. 1966년 단편 「1961 · 알제리」로 등단. 장편 소설로 『노을』 『겨울골짜기』 『바람과 강』 『마당깊은 집』 『늘푸른 소나무』 『불의 제전』 『가족』 『슬픈 시간의 기억』 등과 『김원일 중 · 단편전집』(전5권)과 평전 『피카소』 등이 있음.

박 철 화 1965년 춘천 출생. 서울대학교 불어불문학과와 파리8대학에서 불문학 석사, 파리 10대학에서 불문학 박사 과정(DEA) 졸업. 프랑스 파리고등사범학교(퐁트네-오-로즈) 현대시 연구소에서 연구원으로 재직. 2002년 현재 계간 《문학.판》 편집위원, 중앙대학교 문예창작과 교수. 평론집으로 『감각의 실존』, 장편소설 『나는 천년을 산 것보다 더 많은 추억을 갖고 있다』 등이 있음.

상상으로의 초청

— 심윤경 소설집 『달의 제단』, 문이당

김 광 일

소설은 차마 상상이 불가능한 세계를 상상이 가능한 영역으로 초청하는 일이다. 그래서 과거 우리 선대들이 "소설에서나 가능한 일이겠지요, 우리 세상에 뭐 그런 일이 있을라구요."라고 말했던 방식은 급격하게 수정돼야 한다.

어떤 끔찍한 일을 이야기할 때 6하 원칙에 따라 현실에 일어났다는 증거를 들이밀면 화들짝 놀라면서도, 소설이나 영화 속에 그려진 끔찍한 일들에 대해서는 "아무리 그럴 리가 있을라구."라고 말하면서 쉽사리 믿으려 들지 않는다, 그들은.

어떤 소설가는 아이를 둘 데리고 동반 자살한 사람을 소설 속에 묘사해 놓고 전전긍긍했다. 엽기적인 상상력의 작가라고 욕 먹을 게 뻔했기 때문이다. 그러나 그 직후에 아이 셋을 데리고 목숨을 끊어 버린 한 여인의 뉴스가 신문에 보도됐다.

심윤경이 쓴 「달의 제단」도 비슷한 곡절을 겪었다. 이젠 읽을 분은 웬만큼 읽었다는 생각이 들기 때문에 이 소설의 결론 부분에 해당하는 비밀을 말씀드리는 스포일러가 돼 본다면, 한마디로 이 소설은 "손자를 바라던 어떤 시아버지가 며느리가 낳아 놓은 손녀를 밟아서 죽인다"는 내용이다.

필자는 이 작품이 나온 직후에 동인문학상 심사위원들이 이 소설의 내용을 놓고 벌였던 짧은 토론을 기억하고 있다. "아무리 그래도 그렇지. 조선시대 종가집에서 아들로 대를 이어가는 일에 혈안이 돼 있었다손 치더라도 어떻게 며느리가 낳아 놓은 손녀의 목을 밟아서 죽여 버리는 시아버지가 있을 수 있겠는가"라는 이의제기가 있었다. 그러나 다른 심사위원은 "조선시대 우리 여성들의 수난사를 모르시는 말씀이다. 그 당시에는 충분히 그러고도 남았을 것이다"라고 반박을 했다.

이 작품은 소설가 박완서가 "가슴이 떨리는 감동을 받았다"던 소설이다. 남성 지배주의를 당연한 것으로 받아들였던 풍조 때문에 공식 기록은 물론 야사에도 문자화의 흔적을 찾을 수 없고, 따라서 이제는 상상조차 불가능해진 당시의 얘기를 소설의 공간 속에서 상상이 가능한 이야기의 구조로 재창조하는 데 성공했기 때문이었을 것이다. 아직 30대 초반의 젊은 나이이며 더구나 대학에서 이공학도였던 심윤경은 도대체 누구인가.

문학 외적 조건을 잠시 접어둔다면 이 소설은 문학 내부의 황홀함만으로도 많은 얘기를 품고 있다. 제도와 관습에 뜨겁게 저항했던 젊은 인간들은 왕조의 시대든 공화국의 시대든 항상 처절하게 아름다운 비극으로 삶의 무늬를 짠다는 주제를 이만큼 선명하게 드러낸 소설도 드물기 때문이다.

이 소설은 명문 종가를 중심으로 두 개의 이야기가 서로 얽히며 축조돼 있다. 하나는 '서안 조씨 가문 양정공파 17대 종손'인 조상룡이 군대를 제대하고 겪는 현대의 이야기이다. 지방대학 국문과를 다니다 군대에 다녀온 상룡은 제대하던 날 할아버지 손에 이끌려 사당에 들어가 출입고(出入告)를 한다. 종가(宗家)인 효계당은 범속의 경계를 뛰어넘는 서슬에 휩싸여 있다.

쇠락한 효계당을 오늘날처럼 융성케 한 사람은 15대 종손인 나의 할아버지이다. 그는 믿기지 않는 자수성가의 길을 걸었고, 1000억원 가까운 재산을 모은 뒤 정열적으로 족보를 뒤지고, 일가붙이를 모으고, 선산을 복원해 종가의 위신을 세웠다. 가난한 시절 종부의 격에 미치지 못하는 배필을 맞은 것을 평생 후회하는 터라 아들에게만은 완전한 며느리를 들이고 싶어 어느 모로 보나 방짜 규수인 해월당 유씨를 종부로 낙점한다.

그러나 아들은 서울에서 중학교 미술교사인 서영희라는 미인과 혼인신고를 하고 '나'를 낳는다. 아버지는 할아버지의 결기에 밀려 결국 낙향하여 해월당 어머니와 혼인하지만 몇 달 후에 자살해 버리고 만다. 할아버지와 생모의 거래에 의해 나는 두 살 무렵 효계당에 오게 되고, 냉엄한 해월당 어머니 밑에서 서자라는 열패감을 가지고 자라난다. 우유부단한 나를 할아버지는 종손의 재목이 아니라 하여 마뜩찮아 하고, 갈등은 나날이 증폭된다. 제대해 돌아온 나에게 할아버지는 선산에서 봉분을 수습하던 중 나온 십대 조모 소산 할매의 언찰 해독을 맡긴다.

효계당에는 행랑어멈인 달시룻댁과 그녀의 다리병신 딸 정실이가 안살림을 꾸리고 있다. 할아버지에게 엇나가는 심정으로 나는 뚱보에 푼수데기에 혐오와 조롱의 대상인 정실과 몸을 섞게 되고, 마음과는 달리 점점 그녀의 품에서 안정을 찾으며, 정실이 임신하기에 이른다.

또 하나의 이야기는 조상룡의 십대 조모가 되는 여인이 조선조 후반 안동 김씨 집안에서 서안 조씨 집안으로 시집와서 당하는 이야기이다. 두 이야기의 연결고리는 조상룡이 할아버지의 명령에 따라 읽어 나가는 언찰이다.

네 번째 언찰에는 판서 벼슬을 지냈던 14대 조 원찬 할배가 집안 아랫것에 욕정을 품어 그녀의 정인을 때려 죽게 하는 일이 생기고, 아랫것 또한 자살하여 그 흉덕 때문에 아들 둘이 죽고 하나는 생산을 못 하게 되어 대가 끊긴 측문이 기록되어 있었다. 그러나 조상룡의 할아버지는 그런 해석을 믿지 않고 그럴 리가 없다며 고래고래 화를 낸다. 또한 상룡과 몸을 섞은 정실이 임신한 사실을 알고는 분노해 정실을 마구 매질해 어디엔가 납치해 두고 달시룻댁도 집에서 내보낸다.

언찰이 거듭 독해됨에 따라 놀라운 사실들이 밝혀진다. 소산 할매의 어린 아들이 죽고 남편도 병을 얻어 죽자, 가문에 천앙이 내린 것은 새 사람이 부덕한 탓이라고 덮어씌워 시부가 할매를 초막으로 쫓아 낸다. 처음에는 시댁 사람들이 새며느리의 바른 행실을 보고 안동 김씨 집안을 칭송하기까지 했으나, 첫 아들에 이어, 남편까지 죽는 흉사를 치르자 이제는 모든 참절한 흉변의 원인이 며느리에게 있다고 몰아치는 것이다. 소산 할매는 초막에서 딸을 낳았지만 시부가 와서 밟아 죽이고 "자진하라"고 명하자 결국 목숨을 끊는다.

심윤경의 두 번째 장편인 이 작품의 백미는 바로 그 옛날 비극의 며느리가 친정할머니와 주고받았던 의고체의 편지글이다.

> 세월이 옛 같지 않아 인구(人口)의 험악하기가 차마 민망하나 일일이 노신(勞神: '속을 썩임')치 말지며 한가지로 가문을 섬기고 하속에게 베풀면 덕향(德香)이 가내에만 머물지 아니할 것이니 네 몸 씀, 마음 씀으로 흉설을 풍비케 하라. 손서(孫壻)의 쾌차할 길은 내 따로이 알아보리라. 임신 사월 초사일 할미 씀. — (103쪽)

> 비사칠('말을 에둘러 은근히 알아듣게 할' 이란 뜻) 것 없이 말하리라. 일문에 천앙(天殃)이 내렸으니 이는 종부 부덕한 탓이라. 하상(何嘗: 따지고 보면) 태중에 준몽의 씨 들지 않았다면 네 오날까지 존명(存命)할 염치 없었으리라. 딸을 낳거든 그 길로 자진하여 마지막 열행(烈行)을 삼도록 할지라. 오늘 이 말은 허갈(虛喝: '거짓으로 꾸미어 공갈함' 이란 뜻)이 아

님을 명심하여라. — (211쪽)

특히 이 작품은 심윤경의 육성이 담긴 '작가의 말' 때문에 화제가 되기도 했다. 그녀는 "가슴의 뜨거움조차 잊어버린 쿨한 세상의 냉기에 질려버렸다. 맹렬히 불타오르고 재조차 남지 않도록 사그라짐을 영광으로 여기는 옛날식의 정열을 다시 만나고 싶다."고 썼다.

* '달의 제단'의 줄거리를 요약한 부분은 이청해가 쓴 서평에서 재인용했음을 밝힌다.

심 윤 경 1972년 서울 출생. 서울대 분자생물학과와 동대학원에서 석사과정 졸업. 2002년 『나의 아름다운 정원』으로 제 7회 한겨레 문학상 수상. 장편소설로 『달의 제단』이 있음.

김 광 일 1958년 전북 전주 출생. 서울대 불어교육과와 연세대 언론홍보대학원 졸업. 저서로 『우리가 만난 작가들』 『책을 읽은 다음엔 제발 아무 말도 하지 마』 『간지럽고 싶다 한없이』 등이 있음. 현재 조선일보 문화부 부장 대우. kikim@chosun.com

개별적 단독자의 고독과 슬픔, 그 연민의 서사

— 윤성희 소설집 『거기, 당신?』, 문학동네

고 명 철

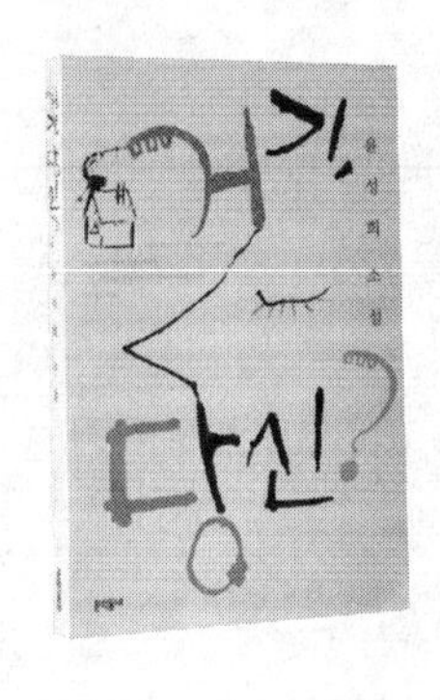

윤성희의 두 번째 소설집 『거기, 당신?』에 수록된 작품들을 읽고 있노라면, 문학이 이 시대에 존재해야 하는 이유를 숙고하게 된다. 속도지상주의가 미덕(?)인 '지금, 이 곳'에서 윤성희의 소설은 바로 이 속도지상주의를 위배하는 서사전략을 적극화함으로써 소설의 자존(自尊)을 지키고 있다. 이에 대한 충분한 이해를 하지 않고서는 윤성희의 소설세계를 제대로 이해할 수 없다. 사실 윤성희 소설의 매혹은, 다소 평이하게 읽히는 단조로움과 산만한 서사에 연유하는 바, 그렇기 때문에 자극적이고 복잡다기한 우리의 삶에 대응할 수 있는 서사적 힘을 갖는다.

이러한 그의 서사적 대응은 이번 소설집 『거기, 당신?』을 통해 일관성을 획득하고 있다. 특이할 것도 없는 인물들, 하여 이들과 연루된 사건들 역시 유별나게 '튀지' 않는다. 말하자면 윤성희의 소설 속 인물들과 사건들은 소설의 그럴 듯한 서사적 구성을 위해 일부러 어떤 유의미한 관계를 맺지 않는다. 윤성희의 표현을 빌리자면, "거기", 그 곳에 있던 존재들이어서,

윤성희는 일부러 그 존재들을 유별나게 부각시킬 필요를 느끼지 않기 때문이다. 다만 윤성희가 소설이란 서사양식을 통해 할 수 있는 최선의 일은, "거기", 그곳에 있는 혹은 있을 수밖에 없는 존재들에게 말을 건네는 것이다. 그리고 그 존재들의 말을 조용히, 부담없이, 편안히 들어 주는 일이다.

가령, 「봉자네 분식집」에서 다음과 같은 부분을 대표적으로 들 수 있다.

> 그녀는 밖으로 나가 라일락나무가 있는 곳으로 걸어 갔다. 나무 아래에 앉아 그가 죽었을 그 시각 자신은 무엇을 했는지 생각해 보았다. 그날 아침, 그녀는 미역국에 밥을 한 숟가락 말아 먹었고 버스를 놓쳐서 지각을 했다. 저녁에 시골에 있는 어머니와 짧은 통화를 하고는 불을 켠 채 잠이 들었다. 잠결에 불이 켜진 걸 알았지만 잠에 취해서 일어날 수가 없었다. 잠을 자면서 그녀는 전기세가 많이 나오면 어쩌지, 고민을 했다. 그가 죽었을지도 모를 시간에 전기세 걱정을 하다니, 난 참 바보야. 그녀는 라일락나무에게 말을 건넸다. 그녀의 말에 대답하려는 듯 라일락은 흰 꽃잎을 사방에 날렸다.
>
> — (173쪽)

위 인용 부분은 그녀가 다니고 있는 어느 중소기업 사장의 외아들 P가 자살할 시각에 일상을 살아가는 그녀의 존재를 담담히 서술하는 대목이다. 그녀가 모르는 낯선 곳, '거기'에서 P가 자살을 할 때, 그녀는 P의 죽음과 아무런 상관 없이 자신의 일상에 고민을 하면서 잠이 들었다. 여기서 주목할 것은 그녀와 P의 어떤 관계가 아니다. 그녀의 입장에서 그녀와 P는 어떤 공간에 놓인 채 각자의 운명을 짊어져야 하는 타자들일 따름이다. 그녀와 P는 서로 간섭을 하지 않는 타자들로서, 개별적 단독자로서 존재성을 갖는다. 하여 그들은 제 나름대로의 '고독'을 살아간다. 고독을 견디며 사랑한다. 타자들과의 어설픈 관계맺기에 집착하지 않는다. 그냥, 거기에 있는 타자들의 존재성을 인정할 따름이다.

이와 같은 인간에 대한 윤성희의 이해는 「고독의 의무」에서 보이는 인물들을 통해서도 살펴볼 수 있다. 작가는 '만우절이 생일인 사람들의 모임'인 인터넷 동호회의 만남을 흥미 있는 사건으로 설정하고 있다. 이 인터넷 동호회 모임의 회원들은 말 그대로 만우절이 생일인데, 만우절에 태어났다는 진실을 거짓이라고 공공연히 말할 수 있다. 자신의 존재의 기원을 자신 스스로 부정할 수 있다. 이것은 동호회 모임의 회장의 말을 통해 드러난다. 그는 자신의 부모님이 자신을 버렸고, 그래서 정확한 생일을 모르기에, "스스로 4월 1일을 생일로 정했"(195쪽)다고 한다. 말하자면 자신의 존재의 기원을 스스로 부정한 것을 기념하는 날을 자신의 생일로 삼은 것이다. 바꿔 말해 존재의 기원을 '자기부정' 함으로써 개별적 단독자로서 위상을 새롭게 확보하였다고 해도 지나치지 않을 터이다. 물론 여기에는 고독을 견디고 살아가야 하는 존재의 숙명이 가로놓여 있다. 하여 고독을 사랑하며, 고독을 견뎌야 하는, 개별적 단독자의 삶은 자칫 그 스스로 삶의 허무와 냉소로 전락할 수도 있다. '어린이 암산왕' 이란 별명을 가진 작중 인물의 개별적 단독자의 삶은 시청 공무원 생활이란 근대적 조직의 삶 속에서 이렇다할 존재성을 확보하지 못하는가 하면(「어린이 암산왕」), 개별적 일상에 적응하지 못한 채 어딘가에 있을 보물을 찾아 떠났고 보물의 부재를 허탈히 확인한 채 야간 고속도로의 주행 속에서 개별적 단독자의 삶을 만족하는 것으로 그친다(「유턴지점에 보물지도를 묻다」).

윤성희의 소설에서 우려되는 것은 바로 이 같은 삶의 허무와 냉소에의 유혹이다. '지금, 이 곳' 의 삶 속에서 관계성을 회복하는 게 결코 쉬운 일이 아니라는 것은 누구나 다 공감하는 문제다. 타자성에 대한 제대로운 이해가 안 되는 현실 속에서 관계의 협소함을 극복하고, 타자들과의 인간적 만남을 욕망하는 게 어쩌면 낭만적 이상으로 비추어질지 모른다. 하지만 그렇다고 개별적 단독자로서의 삶을 추구하는 데만 자족할 수도 없는 일이다. 개별자적 삶의 자족성에 매몰될 경우 이웃들과 함께 사는 삶은 무의미하고 허무할 따름이다. 물론 이 점을 윤성희는 잘 알고 있다. 비록 그의 『거기, 당신?』에 수록된 작품들이 개별적 단독자의 삶의 한계를 뛰어 넘고 있지 못하지만, 그 가능성마저 봉쇄되어 있지는 않다. 그 가능성은 고독과 슬픔에 대한 연민을 함께 나누는 데서부터 실마리를 포착할 수 있지 않을까. 예컨대 「봉자네 분식집」에서 사람들의 뒷모습을 사진 찍기 좋아하는 P와, 「거기, 당신?」에서 음식모형을 제작하는 일에 종사하면서 음식을 씹지 못하고 삼키기만 하는 어머니와, 「만년 소년」에서 친부모를 잃고 도둑 신세로 전락해 버린 작중 인물의 삶 등에서 우리는 그들 각자의 외롭고 쓸쓸한 삶과 연루된 연민을 함께 나누게 된다. 적어도 현재로서는 윤성희의 인물들이 지닌 고통을 함께 하는 일이 최선일 터이다. 과장되지 않고, 있는 그대로, 정직하게 말이다.

윤 성 희 1973년 경기도 수원 출생. 1999년 《동아일보》 신춘문예로 등단. 소설집 『레고로 만든 집』이 있음.

고 명 철 1970년 제주 출생. 저서로는 『'쓰다'의 정치학』『비평의 잉걸불』『1970년대의 유신체제를 넘는 민족문학론』 등이 있음. 성균문학상 수상. 현재 광운대 국문과 겸임교수.

‘이야기 소설’의 가능성

— 이기호 소설집 『최순덕 성령충만기』, 문학과지성사

이 성 혁

혹자가 근래에 가장 ‘재미있게’ 읽은 책을 들라고 하면, 눈물이 날 정도로 깔깔거리며 읽은 이기호의 첫 소설집 『최순덕 성령충만기』라고 답하고 싶다. 이 책으로 이기호는, 현 소설계에서 가장 탁월한 이야기꾼의 한 사람으로 인정받을 것이다. 다채로운 발상과 문체, 이에 걸맞는 기발한 내용, 독특한 형상화 방식 등을 능수능란하게 만들어 내면서 그만큼 자기가 발언하고자 하는 주제를 솜씨 좋게 다루어 내는 능력을 그는 이 책에서 보여주고 있다. 그는 실험적인 정신을 갖고 창작에 임하는 작가이다. 그렇다고 난해함을 가져오는 현대문학적 실험을 한다는 건 아니고, 다채로운 재미를 독자에게 선사하는 실험이다. 그리고 그 다채로움이 한국 소설계에서 흔히 볼 수 없는 이 작가의 문학적 개성이다.

그런데 이 책의 이야기들이 재미만 제공하진 않는다. 정신없이 책장을 넘겨 어떤 소설의 마지막 문장을 읽고 나면, 어떤 쓰라림이 마음에 느껴진다. 이기호는 작금의 현실을 겨냥하는 날카로운 비수를 재미있는 이야기 안에 감추고 있기 때문이다. 그래서 그의 소설들은 가볍게 읽히면서도 가볍지 않다. 가령 「버니」에서 후렴처럼 반복되는 노래의 "아무도 나에게 말하는 법을 가르쳐 주지 않았어/하지만 난 이렇게 말하지/내 말도 가볍고 너희 말도 가벼워"라는 일절에서 볼 수 있듯이, '너희'에 대한 공격성과 어떤 환멸을 그의 소설은 갖고 있다. 그는 재미있는 이야기 안에 소설 장르의 고유한 사회 비판 정신을 녹여 놓고 있는 것이다. 특히, 근대적 현실이 이야기의 파괴를 행하고 있다는 점을 '이야기' 하는 방식으로 비판이 행해진다.

"근대보다는 전근대에 내 소설적 애정이 맞닿아 있"다는 작가의 성향이 "너무 들켜버"린('작가의 말'에서) 소설이라고 생각되는 「발밑으로 사라진 사람들」을 보자. 「발밑으로 사라진 사람들」에서 전개되는 순녀와 우석이의 기묘한 삶은 '이야기' 자체의 알레고리로 읽을 수 있다. 그들의 삶은 누렁이와 흙과 같은 자연의 삶과 유기적으로 통일되어 있다. "순녀가 소의 아들을 낳았다"는 식의, 우리 근대인이 보기엔 말도 안 될 '전 근대적'인 '이야기'는 이런 유기적 세계에서야 숨을 쉴 수 있다. 생명의 순환이라는 관점에서 보면 인간은 소와 별다른 존재가 아니다. 인간(순녀와 우석이)-대지(흙, 씨감자)-동물(소, 누렁이)은 모두 하나의 생명으로 엮여 있는 것이다. 대지는 동물을 낳고 동물은 인간을 낳는다. 그 역도 마찬가지다. 이 상호 소통되는 세계가 의심 없이 받아들여지면 이야기의 세계는 존재할 수 있다. 하지만 이 이야기의 세계가 근대에 놓이게 될 때, 이 소설에서처럼 군대, 매스컴, 학교 등의 근대적 국가 장치와 그것은 부딪치기 마련이다. 그 부딪침의 과정이 「발밑으로 사라진 사람들」의 텍스트를 구성한다. 소설이 쉽게 해소될 수 없는 갈등을 구성의 원리로 삼는 근대적 장르라고 하면, 우석이와 순녀의 '전 근대적 이야기'는 그러한 '근대적 소설'에 결합된다. 그래서 독특한 '이야기 소설'이 마련된다. 이 '이야기 소설'에서 군대는 소유권이라는 자본주의적 법적 권리를 내세워 자연의 생명 리듬에 따라 일하며 살아가는 순녀와 우석이의 터전을 빼앗아 버린다. 매스컴은 '소의 자식' 인 우석이의 쟁기질을 문제삼아 순녀를 자식을 학대하는 파렴치한 어머니라며 매도하여 구경거리로 만든다. 이 구경거리를 보기 위해 현장에 나온 학교의 아이들은 선생님의 선창에 모두 기계적으로 복창하며 순녀를 비난한다.

이러한 세계에서 순녀와 우석이가 대표하는 이야기의 세계는 죽은 누렁이처럼 땅 밑으로 묻힐 수밖에 없다. 그러나 작가는 이 세계가 완전히 사라졌다고 생각하지 않는다. 이 소설의 말미에서, 작가는 독자들에게 상상력을 갖고 시멘트의 세계를 망치로 깨버리고, 그 밑 보드라운 흙 속에 묻힌 씨감자가 싹을 틔우는 모습을 보라고 말한다. 이기호가 말하고 싶은 바는 땅 밑에 묻힌 순녀와 우석이의 이야기는 누렁이처럼 거름이 되어 씨감자-새로운 '이야기' 의 싹을 틔운다는 것일 게다. 그렇다면 이기호의 다른 소설들은 이 싹들을 이 세상으로 끌어올리려는 시도일 것이라고 추측해 볼 수 있다. 하지만 상상력을 동원, 시멘트 밑의 전근대적 이야기를 현실 위로 꺼내 놓는다면 곧바로 저 폭력적인 근대적 현실과 부딪칠 것이다. 만약 그 현실을 무시한다면, 그의 이야기는 소설과 통합되지 못하고 그야말로 '이야기' 에 머물러 버릴 터이다. 하지만 그는 근대적 현실의 폭력성을 무시하지 않는다. 그래서 순희와 같은 저 땅 밑 이야기 세계 속의 인물을 현실의 땅 위로 끌어 올리자, 그녀는 「버니」의 말더듬이나 「햄릿 포에버」의 본드를 흡입하는 무능력자 이시봉과 같은 이들로 나타난다.

작가의 애정을 받고 있는 이들은 근대 세계 속에서 자기 자리를 찾지 못하고 비루하게 살아가다가 스펙터클 사회에 포획되고 착취당하며 파괴되고 마는 인물들이다. 「버니」의 순희는 근대 세계에서의 이야기꾼이라고 생각해 볼 수 있다. "아무도 나에게 말하는 법을 가르쳐 주지 않"았기에 말더듬이가 되었을 그녀는, 막혀 버린 말을 현대판 이야기 방식이라 할 랩을 통해 풀어 내려고 한다. 하지만 그녀는 금방 스펙터클 산업-가수 산업-에 포섭된다. 물론 이는 그녀가 원한 일이지만, 화자에게 마지막으로 건 전화에서의 "나는 돈을 법니다! 계속 돈을 법니다! 그렇게 삽!" 니다라는 그녀의 외침은, '버니' 라는 가수가 된 그녀가 결코 행복하지 않다는 것을 암시한다.

랩과 마찬가지로 일종의 구연(口演)이라 할, '조서' 형식을 통해 '이야기' 가 전개되는 「햄릿 포에버」에서, 이시봉은 본드 흡입을 통해 일어나는 환각을 통해서만 이야기의 복원을 꾀할 수 있을 뿐이다. 그 환각에 등장하는, 이시봉의 분신이기도 한 햄릿은, 『햄릿』에서 아버지 유령을 삭제하여 좀더 '현실적' 인 극을 상연하려는 차서화에 맞서 새로 대본을 씀으로써, 아버지 유령이 나오는 '이야기' 를 복원하려고 한다. 연극 자체보다는 출세에 더 관심이 있는 속물 차서화는 그 환각으로 씌어진 이야기를 구경거리로 만들기 위해 다시 착취하려 한다. 하지만 착취를 위해 무리하게 퍼올린 환각은 실제와 환각의 경계를 무화시키는 데까지 나아가 이시봉의 실제 아버지까지 등장하는 상황을 낳고, 곧 폭력적인 광기로 치닫는다. 이와 유사하게 「옆에서 본 저 고백은」에서도, 팔대이는 일종의 꾸민 고백이라고 할, 또다른 이시봉의 자기소개서를 대신 써 주다가 편집증적 폭력에 빠진다. 이는 삶을 기억하면서 재구성하는 '이야기' 가 고백을 강요하는 편집증적 사회에 의해 심하게 왜곡되고 있음을 보여 준다. 게다가 그 자기소개서는 불행을 전시하여 사람들의 환심과 돈을 얻는 구경거리 전단지로 쓰일 뿐이다.

위의 소설들이 이야기의 파괴를 다룬 이야기라면, 다른 작품들은 사회의 미시 권력에 포박되어 살아가는 삶들을 보여 주는 '소설' 적인 주제를 환상적인 '이야기' 로 감싸서 보여 준다. 또 다른 이시봉의 뒤통수에 박정희 전 대통령의 눈이 달린다는 기발한 설정으로 포복절도의 웃음을 유발하는

「백미러 사나이」가 그렇다. 이 소설 역시 다 읽고 나면 씁쓸한 여운을 남기는 희비극이다. 이시봉은 자기 스스로의 힘으로 살아나가지 못하고 박정희 전 대통령의 눈으로 살아간다. 그러나 사랑을 하게 된 이시봉은 자기의 눈으로 살아나갈 것을 마음먹고 박 전 대통령의 눈과 싸우지만, 그 눈이 시봉의 눈까지 점령하면서 화염병을 시위대에 던지는 해프닝 끝에 그의 사랑은 실패로 끝난다. 한편, 혁명을 외치던 운동권 학생들은 그들이 그렇게 비난하던 권력의 길에 접어든다. 그들 역시 새로운 버전의 박 전 대통령의 눈을 뒤통수에 달고 다니는 것이다.

그런데 이 소설에서 엿보인 이기호의 '의식화된', '운동권' 지식인에 대한 불신—이는 이기호가 품고 있는 어떤 환멸과도 연결되는 것 같은데—은, 좀더 본격적인 소설의 방식으로 전개되는 「간첩이 다녀가셨다」에서도 확인할 수 있다. 이 소설에서 수영으로 대표되는 운동권 지식인은 그의 표면적인 말과는 달리 음험하게 속물성을 품고 있다. 대안교육을 주장하고 냉전 논리를 비판하는 대학원생인 그는, 땅 투기에 몰래 관심을 갖고 정보를 빼내려다가 사기꾼 이방인과 싸우게 되면서 살인을 저지른다. 하지만 그는 자기의 살인을 교묘하게 당시 침투해 있던 간첩의 짓으로 돌린다. 또한 환상적인 '이야기(전설) 소설' 「머리칼 전언」의 파시즘을 연구하는 전교조 교사는, 절에서 자란 어떤 여인의, 제 스스로 살아 있는 기괴한 머리칼에 의해 야수적으로 변모한다. 그 머리칼이 유발하는 무의식적 욕망과 성적 자극에 속수무책으로 끌려 다니면서 강렬한 성적 쾌감에 빠지는 그는, "어금니와 송곳니 사이에 무언가를 채워 놓고 깊숙한 자국을 남기고 싶은 욕구에 시달리게" 된다. 작가도 그렇게 생각했는지는 모르겠으나 이 공격적 욕구는 파시즘적이라고 할 수 있을 것이다. 의식은 욕망을 이기지 못한다. 파시즘을 연구하는 학자가 파시즘적 욕망에 사로잡힌다.

한편, 「최순덕 성령충만기」는 지금까지 언급한 소설들과는 다소 다른 성격을 보여 준다. 성경의 거룩한 어투를 뒤집어 우스꽝스러운 상황을 솜씨 좋게 보여 주어 실소를 유발하는 이 소설은 아이러니컬하게도 이 책에서 가장 따스한 온기를 느끼게 해 준다. 자신이 거주하고 있는 이 세계를 지옥으로 생각하는 한 '변태' 소시민 아담의 삶을, 빗나간 신앙에 빠진 최순덕이 '구원' 해 준다. 최순덕의 비현실적 신앙이 교정되면서 그를 '구원' 하는 것이 아니라, 도리어 최순덕의 극렬한 그 착각 덕분으로—아담 역시 그 착각에 빠뜨렸기에 가능한 것이었겠지만—그를 '구원' 한다. 최순덕과 아담 둘 다 정신적으로 변태적이라고 말할 수 있지만, 작가는 그들을 날카로운 풍자로 공격하기보다는 따스한 해학으로 감싼다. 어쩌면 이야기의 싹을 파괴하는 현실의 폭력을 피해 그 싹을 온전히 키워나간 소설이 이 「최순덕 성령충만기」라고 할 수 있겠다. 한데, 현실의 폭력이 그들을 비껴갈 수 있었던 것은, 최순덕이 가진 비현실적이고 바보 같은, 그러나 우직하기도 한 신앙 덕분일 것이다.

「발밑으로 사라진 사람들」의 "우리 곁에 머물다 어느 날 갑자기 사라져 버린 한 모자(母子)"처럼 이야기는 이전에 우리 곁에 있었지만 지금은 사라져 버렸다. 아니, 사라졌다기보다는, 이야기는 현재 텔레비전 드라마와 상업영화가 보여 주는 구경거리(스펙타클)의 한 소재로 흡수 변형되었다고 말하는 편이 정확할 것이다. 상업적으로 이야기를 이용하여 일방적으로 시청자에게 주입하는 구경거리는 수용자의 주체성을 마비시켜 그를 현 상황에 붙박도록 통제하고 조정하는 기능을 한다. 망치로 시멘트를 깨부수고 이야기의 싹을 찾아 내려는 이기호는 그러한 구경거리로부터 이야기를 해방시키려는 작업을 하고 있다고도 말할 수 있다. 하지만 이 작업이 현실의 제약을 외면하는 방향으로 나가면 공허한 '이야기' 에 빠져 버릴 터, 다행히 그는 '스펙터클 사회' 라는 현실을 비판하는 '소설' 을 포기하지 않는다. 이기호의 기발한 '이야기' 들은, '순녀와 우석이' 가 발견되기 힘든 실제 현실을 환상적인 이야기로 외면하는 게 아니라, 반대로 환상적인 이야기를 통해 우선 시멘트 현실을 깨뜨리기 위한 망치가 되고 있기 때문에 리얼리티를 잃지 않은 이야기 '소설' 이 되고 있다. 한편 이 책에서 온전하게 '이야기의 싹' 을 땅 위에 키운 소설은 「최순덕 성령충만기」로 선보였는바, 편수로 보아 그러한 소설 창작은 이기호에게 있어서 아직 실험 단계에 있는 것 같다. 하지만 이렇듯 이야기의 싹을 키워 형성한, 또 다른 '이야기 소설' 을, 그는 머지않아 세상에 다채롭게 선보일 것이라 믿는다.

이 기 호 1972년 강원도 원주 출생. 추계예대 문예창작과 졸업. 1999년 《현대문학》으로 등단. 2003년 대산창작기금 수혜. 현재 명지대 문예창작과 박사과정 재학.

이 성 혁 2003년 《대한매일》(현 서울신문) 신춘문예로 등단. 현재 한국외국어대, 추계예대 강사.

한 판 해원굿

— 임철우 소설집 『백년여관』, 한겨레신문사

최 재 봉

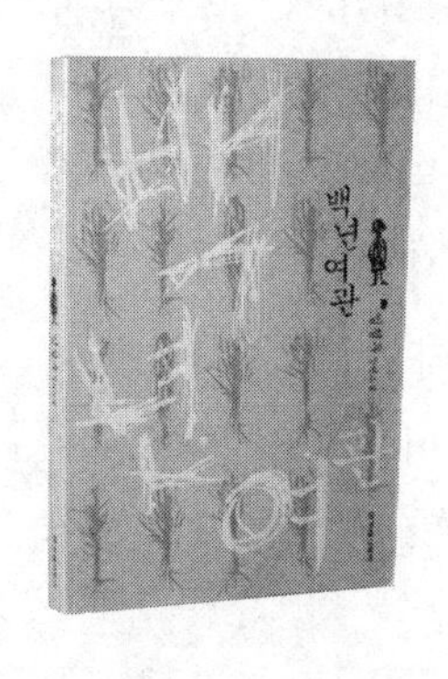

장편소설 『백년여관』의 주인공을 작가인 임철우 자신이라 보면 어떨까. 모든 소설의 주인공이 궁극적으로는 작가 자신이라는 일반론이 아니다. 『백년여관』 속에 작가를 모델로 삼은 '이진우'라는 인물이 상당한 비중을 지니고 등장하기 때문만도 아니다. 이 소설은 임철우의 작가적 고민의 토로이며 그가 생각하는 소설의 존재 의의를 묻고 또 스스로 답하는 작품으로 파악되기 때문이다.

소설에서 프롤로그에 이어지는 제1부 제1장은 작가 이진우가 겪고 있는 창작의 고통에 대한 묘사로 시작된다. 구체적으로는 "꼬박 삼 년의 침묵 끝에"(15쪽) 새로운 소설을 구상하고 스토리 라인도 짜 놓았지만 그로부터 다시 1년 반이 지나도록 소설은 단 한 줄도 진행되지 못하고 있는 것이다. 다시 장이 바뀌면 이번에는 이진우가 1999년 12월 하순의 어느 송년 모임에 참석해 있다. 대부분 이삼십 대의 젊고 낯선 얼굴들이 주도하는 술자리의 한구석에 어쩐지 불편한 심정으로 앉아 있는 그의 귀에 비수 같은 말 한

마디가 와서 박힌다: "까놓고 말해서, 한국 소설은 역사나 정치에 대한 과도한 집착, 그 고질병이 문제야."(19쪽) 그 말은 그나마 이진우를 직접 겨냥한 것은 아니었지만, 잠시 뒤 그와 동년배의 평론가가 덕담 삼아 건넨 말은 그가 이미 입은 상처를 한껏 덧나게 하기에 충분하다: "이젠 제발 오월이니 육이오니 하는 거 좀 벗어나서, 멋진 거 하나 써 보쇼, 에?"(21쪽) 문제는 평론가가 생각하는 '멋진 거'와 이진우가 생각하는 소설이 일치하지 않는다는 데에 있다.

이진우가 생각하는 소설이란 어떤 것인가. 그가 한밤중 거울에 비친 자신의 얼굴을 보며 연상하는 이미지가 그에 대한 간접적인 대답이 될 수 있을 것이다: "가없는 중음의 암흑천공을 형체도 없이 그림자로 떠도는 무수한 원귀들을 불러내기 위해, 두 눈알을 허옇게 까뒤집고 부들부들 떨어대는 사십 대의 박수무당."(17쪽) 무당으로서의 작가란 임철우가 5월 광주를 다룬 다섯 권짜리 소설 『봄날』을 쓰는 동안 자신에게 내렸던 '타이틀'이었다. 이 소설 『백년여관』의 후반부에도 "그 다섯 권짜리 소설"(263쪽)에 대한 언급이 나오거니와, 문제는 『봄날』의 탈고와 출간 이후에도 무당으로서 작가의 역할은 끝나지 않았다는 사실에 있다. 그에게는 여전히 위무해야 할 원귀들이 남아 있는 것이다.

『백년여관』에서 그 원귀들은 오월 광주에 국한되지 않고 제주 4 · 3 사태와 한국전쟁, 그리고 베트남전쟁까지 한국 현대사의 굵직한 사건들로 확산된다. '영도(影島)'라는 상징적인 이름의 연륙도에 자리잡은 '백년여관'이라는, 그 역시 상징적인 이름의 여관을 무대로 삼은 소설은 이들 사건을 직 · 간접으로 겪은 이들을 차례로 불러내어 해원과 상생을 꾀한다. 해원과 상생이라 했거니와, 소설의 말미에서는 '조천댁'이라는 무녀가 원혼들을 천도하는 굿을 마련하기도 한다. 소설 속에서는 조천댁이 굿을 주재하지만, 사실 그 굿을 주재하는 진짜 무당은 작가 임철우 자신이라 해야 마땅하리라.

그와 함께 또한 중요한 것은 소설 안팎의 그 굿이 죽은 자만이 아니라 산 자들 역시 위무하는 기능을 지닌다는 사실이다. 무녀 조천댁의 말을 들어 보자.

> "이 세상은 살아 있는 사람들만의 몫이 아니야. 이 세상엔 산 자들과 죽은 자들이 함께 머무르고 있어. 억울하게 죽음을 당한 넋들이 이승과 저승의 캄캄한 틈새에 영영 갇혀 버렸기 때문이지. 오직 이승의 인간들만이 그 사실을 모르고 있을 뿐이야. 혼령들은 언제 어디서나, 무엇을 하건 그들의 사랑하는 사람들과 항상 함께 존재하고 있어." — 297쪽

죽은 자들은 산 자들과 함께 존재하며, 산 자들의 크고 작은 행사에 언제나 함께한다. 그렇다는 것은 죽은 자들이 거느리고 다니는 미련과 원한 역시 산 자들의 곁에 항상 머무르고 있다는 뜻이다. 그러니 죽은 자들을 위무하는 굿은 결국은 산 자들 역시 달래고 어루만지는 효과를 지니게 되는 것이다. 아니, 사실 굿의 진짜 목적은 죽은 자들이 아니라 산 자들이 맛보게 될 마음의 평화에 있는 게 아니겠는가. 조천댁과, 작가 임철우가 주재하는 굿이 겨냥하는 '산 자들' 가운데 작가 자신이 포함된다는 사실은 흥미롭고도 중요하다. 말하자면 작가는 소설 『백년여관』이 마련한 굿의 주체이자 객체이기도 한 것이다. 작가가 다른 이들과 함께—아니 어떤 의미에서는 다른 이들에 앞서— 자기 자신을 위무하기 위해 쓴 소설이 바로 『백년여관』이라는 설명이 가능해진다.

소설 속 작가 이진우가 '오월 광주' 당시 자신의 비겁에 대해 지나치다 싶을 정도로 자책하고 그의 야학 제자였던 '순옥'이 그를 달랜다는 설정, 그리고 「곡두 운동회」와 같은 임철우의 지난 소설에서 등장한 바 있던, 인

민군으로 위장한 경찰의 '빨갱이 소탕' 이라는 모티브가 또다시 등장한다는 사실 등에서도 이 소설의 자기 위무적 성격을 짐작할 수 있다. 이진우와 임철우의 고통은 세상이 오래 전에 잊어버린 오월의 끔찍한 참상을 자신만은 생생히 기억하고 있다는 사실에 있다. 아니 자신은 기억하는데, "세상은 어느덧 그 날, 그 도시, 그 기다림의 기억을 말끔히 지워 버리고 말았다"(270쪽)는 것이 고통의 진짜 원인이라 해야 정확하리라.

그렇다고 해서 『백년여관』을 임철우의 이전 소설들의 단순한 반복으로 보아서는 곤란하다. 소재만 본대도, 아마도 그의 2년여에 걸친 제주 생활을 반영하는 것이겠는데, 4 · 3 사태와 베트남전쟁의 상흔이 "오월이니 육이오니 하는 거"에 덧붙여졌다. 특히 4 · 3의 끔찍한 전모는 고통스러울 정도로 세밀하게 서술되어 있지만, 사태의 시시콜콜한 재현이 이 소설의 핵심이 아님은 물론이다. 그것은 산 자와 죽은 자들에게 그 사건이 미친 영향의 정도를 설명하는 것일 뿐, 중요한 것은 이제 그 아픔으로부터 벗어나야 한다는 당위, 그리고 그 구체적 방법이라 할 것이다. 어떤 사건이 초래한 아픔에서 벗어나기 위해 오히려 그 사건을 기억하고 의미화해야 한다는 것은 역설적인 진실이다. 임철우는 자신을 포함해, 살아남은 자들을 괴롭히는 역사적 상처를 기억하고 기록함으로써 거꾸로 그 상처에서 벗어나고자 하는 것이다. 소설 『백년여관』은 그런 점에서 '박수무당' 임철우가 한국 현대사의 커다란 상흔들을 치유하고자 벌인 한 판 해원굿이라 할만 하다.

임 철 우 1954년 전남 완도 출생. 1996년 전남대 대학원 영문학 박사. 1981년 《서울신문》 신춘문예로 등단. 소설집으로 『붉은방』 『해변의 길손』 『아버지의 땅』 『등대』 『봄날』 등이 있음. 현재 한신대 문예창작과 교수. 창작문학상, 제12회 이상문학상 수상.

최 재 봉 1961년 경기도 양평 출생. 경희대 영문과와 동대학원 졸업(문학석사). 저서로 『역사와 만나는 문학기행』 『간이역에서 사이버스페이스까지 – 한국문학의 공간탐사』 『최재봉 기자의 글마을통신』 등이 있음. 현재 한겨레신문사 문화생활부장.

빌라도와 권력, 예수와 황금시대

— 정찬 소설집 『빌라도의 예수』, 렌덤하우스중앙

문 흥 술

소설을 두고 몸 무거운 공룡에 비유하면 어떨까. 소설은 느린 걸음으로 사회와 역사의 중요하면서도 무거운 주제를 담아 내야 한다. 이에 대해, 요즘처럼 급속하게 변화하는 시대에 소설이 살아남기 위해서는 가볍고 경쾌해져야 한다고 한다. 그래서 그런지 요즘 소설들 대부분은 찰나적이고 감각적이면서 쾌락적인 내용을 다루고 있다.

그런데 정찬은 그런 유행추수적인 태도에 전혀 동요하지 않고, 여전히 공룡처럼 무겁고 둔중한 걸음으로 하나의 주제를 치열하게 천착해 들어가고 있다. 그것도 여전히 철학적이고 관념적 용어들을 구사해 가면서. 그러기에 정찬의 소설은 쉽게 읽혀지지 않는 작품으로 알려져 있다. 그러나 그 쉽지 않음 속에 정찬 소설이 갖는 강력한 소설적 의의가 내포되어 있다.

정찬의 이번 소설은 전혀 예상치 못하게 본디오 빌라도를 주인공으로 하고 있다. 빌라도는 누구인가. 종교인이 아니더라도 빌라도는 예수를 십자가에 못박히게 한 악령임을 누구나 알고 있을 것이다. 정찬은 예수와 상극의 자리에 있는 빌라도를 주인공으로 하고, 나아가 빌라도와 예수를 연결시켜 '빌라도의 예수'라는 표현을 하고 있다. 그렇다면 이것은 자칫 신성모독이 될 수 있다. 정찬이 그런 위험을 무릅쓰고 악령의 대명사인 빌라도를 주인공으로 하여 예수를 연결시키는 소설을 쓴 이유는 무엇일까. 혹시라도 특정 종교에 대한 신성모독을 통해 세인의 관심을 불러일으켜 책을 많이 팔아보자는 음험한 상업적 전략이 숨어 있는 것은 아닐까? 작품을 읽어 보면 그 해답은 분명해진다.

이 소설에서 작가는 권력과 문명의 질서에 편입된 인물로 빌라도를 설정하고, 그 반대편에 권력과 문명의 질서를 부정하는 예수를 내세운다. 그러면서 빌라도를 작품의 중심인물로 전면에 내세운다. 로마 제국의 몰락한 가문 출신으로 가문의 부흥을 위해 근위대 장교가 된 빌라도는 제국의 2인자로 부상하는 근위대 총수 세야누스의 총애를 받아 유대의 총독으로 부임하고, 결국에는 예수를 십자가로 내몬다. 여기까지는 역사적 사실이다. 이 사실에 작가의 정신이 가미되면서 이 작품은 소설적 상상력으로 충만해진다.

작가는 로마 제국의 권력 다툼의 소용돌이에 휩쓸린 빌라도를 통해 신과 인간과 권력의 관계에 대한 성찰을 행한다. 빌라도에게 있어서 로마의 신이든 유대의 신이든 모든 신은 신화 내지 민담, 전설처럼 꾸며 낸 것에 불과하며, 나아가 지배세력의 권력유지와 강화를 위해 정치적으로 조작된 결과물에 불과하다. 그런 입장에서 빌라도는 예수를 '유대 민중을 이끄는 탁월한 정치적 감각의 소유자'로 보고 있다. 이 지점까지 오면, 이 작품은 '신성모독'이라는 혐의에서 쉽게 벗어날 수 없을지도 모른다.

그런데 이 작품은 결말부분에서 급격한 반전을 꾀한다. 예수를 십자가에 매달리게 한 빌라도는 이후 그의 아내가 그리스도의 신자가 되는 것을 계기로 하여, 자신의 잘못을 참회하고 그 자신 역시 아내와 똑같은 신자가 된다. 그럼으로써 이 작품은 '신성모독' 을 벗어난다.

그렇다고 해서 이 작품이 기독교를 찬양하는 종교소설에 머물고 있는 것은 아니다. 정찬의 주된 관심사는 폭압적인 권력과 문명으로부터 벗어나 신과 인간이 진정으로 합일되는 세계를 지향하는 것이다. 작가는 애초에 5 · 18 광주의 비극에서부터 출발하여 점차 그 시선을 심화 · 확대시켜 나가는데, 그 결과 광주의 비극은 '1980년' 이라는 특정 시대와 '광주' 라는 특정 장소에 국한된 것이 아니라는 결론에 도달한다. 곧 자본주의가 도래한 이래 폭력적인 권력에 의한 무수한 살육이 그 동안 자행되었고, 그 대표적인 폭력 중의 하나가 아우슈비츠 대학살과 광주의 비극이며, 그러한 폭력에 희생된 이들의 피가 흘러 '슬픔의 강' 을 이루고 있다는 것이다.

이번 소설은 작가의 그런 정신의 연장선상에 있으면서, 나아가 그 정신이 더욱 깊고 넓어진 작품이다. 곧 작가는 '한국' 이라는 개별적인 영역에서 벗어나 세계사적이고 인류사적인 측면에서 폭압적인 권력을 비판하기 위해 '예수' 에 시선을 집중시키고 있는 것이다. 이를 통해 작가는, 로마 제국은 물론이고 오늘날의 우리 사회를 비롯하여 인류사에서 모든 문명체는 지배와 피지배라는 권력관계에 입각해, 한 인간이 다른 인간을 폭력적으로 지배하고 억압하며, 나아가 지배체제를 강화하기 위해 신마저 정치적으로 악용한다고 강조하고 있다. 그러면서 작가는 이런 모순을 극복하기 위해 인간과 인간, 인간과 자연이 합일되어 평화롭게 공존하는 세계를 궁극적인 지향점으로 설정한다. 신과 인간과 자연이 교감하면서 대립과 갈등 없이 하나로 공존하는 세계를 두고 위대한 사상가들은 인류가 꿈에도 잊지 못하는 인류사의 찬란한 '황금시대' 로 명명하고 있다. 작가는 지금 이 황금시대에 도달할 수 있는 방법을 성인 '예수' 를 통해 치열하게 탐구하고 있는 것이다.

흔히 정찬의 소설을 두고 관념적이고 철학적이면서 난해하다고 한다. 그러나 가볍고 감각적인 작품들이 난무하는 지금의 우리 문단에서 볼 때, 권력이라는 본질적인 문제를 집요하게 천착하고 있는 정찬의 소설들은 단연 돋보인다. 나아가 세계사적 관점으로 인식의 지평을 확장시켜 권력의 횡포를 문제삼으면서 '황금시대'라는 인류의 본원적 고향을 갈망하고 있는 이번 소설은 더욱 빛난다. 그런 입장에서, 그의 이번 작품에 대한 독자의 호응도가 현재 우리의 문학적 성숙도를 가늠해 볼 수 있는 한 지표라고 한다면 지나친 판단일까.

정 찬 1953년 부산 출생. 서울대학교 국어교육과 졸업. 1983년 무크지 《언어의 세계》로 등단. 소설집 『기억의 강』 『완전한 영혼』 『아늑한 길』, 장편소설 『세상의 저녁』 『황금사다리』 『그림자 영혼』, 중편소설 『슬픔의 노래』 등이 있음. 동인문학상 수상.

문 흥 술 1961년 경남 사천 출생. 경희대 국문과와 서울대 대학원 국문과 졸업. 1993년 《조선일보》 신춘문예로 등단. 저서로 『자멸과 회생의 소설문학』 『작가와 탈근대성』 『시원의 울림』 『존재의 집에 이르는 지도』 등이 있음. 현재 서울여대 한국어문학부 교수.

외로움의 변증법

— 조경란 소설집 『국자 이야기』, 문학동네

이 수 형

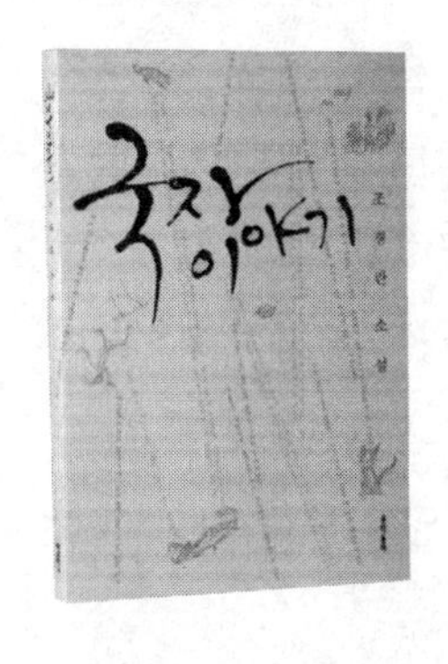

조경란의 『국자 이야기』에 실린 단편들을 묶을 수 있는 주요한 키워드는 외로움이다. 그 외로움은 우선 대화 불가능성이라고 명명할 만하다. "세상에서 가장 말을 잘하는 사람이 되고 싶었"던 남자가 있다. 「입술」에서 친구의 죽음에 죄책감을 느끼고 밤마다 거리를 배회하는 그는 "말이 하고 싶"지만 "주위엔 아무도 없"다. 그는 "마치 막 무슨 말을 하려는 입술처럼 벌어져 있는 듯 보"이는 누군가의 가방을 습관적으로 훔치고, 또 가방을 찾아 주는 척하며 그들에게 전화를 걸어 만날 약속을 한다. 그는 여자와 만나서 할 말을 준비하기 위해 백과사전을 읽고, 약속장소가 가까워지자 "여자에게 해야 할 말들을 머릿속으로 일목요연하게 떠올"리기까지 한다. 그러나 그의 말은 "강낭콩 옆 빈 콩깍지는 완두콩 깐 빈 콩깍지이고 완두콩 옆 빈 콩깍지는 강낭콩 깐 빈 콩깍지이다……"처럼, "말을 잘하기 위해선 이런 연습도 필요할 것 같아서" 혼자 중얼거리는 것과 다르지 않으며, 타자가 아니라 거울에 비친 상상의 상대를 향해 지껄이는 텅 빈 말

(empty speech)에 불과하다.

범행대상이었으며 새로운 대화상대로 불려나온, 별로 말이 없는 여자는 그에게 '자신의 이야기'를 하라고 한다. 여자가 자살하고 나서야 그는 비로소 "난 한 번도 모 못 해본 마 말들이 너 너무나 많아. 이 이제 나는 인생이 너무나 노 놀랍고 신비로워서 입 입을 다물고 있을 수가 없어"라고 띄엄띄엄 '자신의 이야기'를 시작한다.

그런데 문제는 '자신의 이야기'를 하겠다는 의도가 그것의 성공까지를 보장하지는 않는다는 데 있다. '자신의 이야기'를 하라고 그에게 요구했던 그녀 역시 역설적이게도, 동거하는 남자와 별로 말을 하지 않고 지낸다. 누군가에게 변명하고 싶었는데 그렇게 하지 못했다는 등, 다시 말해 '자신의 이야기'를 하고 싶었는데 결국에는 하지 못했다는 것을, 그것도 "제 얘긴 별로 할 게 없어요"라거나 자기가 아닌 친구의 이야기로 둘러대면서, 말할 뿐이다. 결국 '자신의 이야기', 상상의 대상을 향한 공허한 말이 아니라 타자를 향한, 의미가 충만한 말을 하고 싶었던 그녀의 의도는 자기가 '두 번째 입술'을 가지고 있다는 환상으로만 보존된다. 그리고 그 '두 번째 입술'은 소설의 결말에서 암시되듯 커다란 상처이며, 그것이 그녀를 자살로 몰아가고 그녀의 외로움은 영원히 봉인된다.

「좁은 문」의 남자와 여자 역시 서로에게 말을 걸지 못한다. 손님들의 시선을 끌기 위해 카페에서 그네를 타는 여자가 전당포를 찾아와 남자에게 반지를 내민다. 여자는 사물의 가치(=의미)를 잘 판별할 줄 모르고 그래서 그 반지들은 죄다 가짜이다. 짙은 밤안개를 틈타 카페 앞에서 남자가 여자에게 "나를 기억합니까?"라고 말을 건네지만, 가치판단에 서툰 그녀가 그의 팔에 채워져 있는 금장 롤렉스 시계를 여전히 알아차리지 못하듯이, 여자는 남자의 의도를 오해한 채 뒷걸음질친다.

그런데 남자는 할 말이 있었고, 여자는 그의 말을 오해했다는 것이 사건의 전말인가? 그렇게 단순하지만은 않다. 남자는 그네에 매달려 멀어졌다 가까워지는 여자의 얼굴을 "일정한 거리를 두고 봐야만 전체가 제대로 보이는 섬세한 모자이크"이며, 그래서 "사람과 사람 사이에 틈이 있고 중요한 건 그 틈을 없애는 게 아니라 지켜나가는 것"이라고 생각한다. 여자에게도 역시 "밑에서 자신을 쳐다보는 사람들의 시선은 늘 한 뼘쯤 엇나가" 있기 때문에, 그녀는 "자신의 반지를 보관하고 있을 남자를 기다리기도 했고, 기다리지 않기도 했다."

그들은 서로 만나기를 원한다. 그러나 그렇다고 해서 남자와 여자의 외로움이 결코 해소되는 것이 아니다. 오히려 그들이 진정으로 원하는 것은 외로움의 해소가 아니라 만남의 지연, 곧 기다림인 것처럼 보인다. 그것은 외롭고 쓸쓸한 기다림이지만, 그러나 그들은 그 기다림으로부터 벗어날 수 없다.

「국자 이야기」에서 외로움은 (외로움에 대한) 기다림으로 변환된다. 다시 말해, 지금은 외롭지 않지만 언젠가는 외로워질 것이라는 느낌, "무언가 곧 불행한 일이 일어날 것만 같은 두려움의 신념" 같은 것이 「돌의 꽃」, 「잘 자요, 엄마」, 「국자 이야기」에 전조를 드리우고 있다. 「잘 자요, 엄마」에서 "한시도 가족들에게서 떨어지지 않으려고 기를 쓰"는 것이나 「국자 이야기」에서 강박적으로 '균형'에 집착하는 태도는 외로움에 대한 회피이면서 동시에 언젠가는 오고야 말 외로움에 대한 기다림이기도 하다.

「국자 이야기」에서 오갈 데 없는 신세가 된 '나'가 외삼촌의 집으로 들어간다. 중국음식 요리사인 외삼촌이 실직과 노숙의 시련을 극복할 수 있었던 것은 특이하게도 국자 때문이었다. 국자 없는 외삼촌의 삶은 상상할 수 없고, '나'는 그런 외삼촌을 특별한 존재로 생각한다. 어느 날 국자가 사라지고, '나'에게 외삼촌은 이제 평범한 사람으로 보인다. '나'는 외삼촌을 경멸하는 동시에 외삼촌을 경멸하는 자신 때문에 슬퍼한다.

> 나는 내가 누구보다 의존적인 존재이며, 앞으로도 크게 달라지지 않을 거라는 걸 안다. 그러나 그것은 다른 사람의 도움을 받아가며 내가 균형이라고 믿었던 강박행위를 수행하기 위해서가 아니라 내가 믿고 의지하며 기댈 수 있는 것을 찾기 위해서다. 나의 삶은 그것만으로도 이미 한 세계이며, 나의 의지가 그 세계를 관통하리라고 나는 믿는다. 내가 찾아 낸 하나의 가치 때문이다. (……) 그날 새벽 사촌에게 그리고 나에게 일어난 변화는 말로 설명할 수 없는 것이다. 그 전의 나에게는 다만 국자 같은 게 없었을 뿐이다.(35쪽)

그런데 과연 처음부터 국자가 있기는 했던 것일까? '나'는 국자에 의해 외삼촌의 충만한 삶이 완성된 것이라고 마음대로 생각해 버렸지만, 그러나 '국자 같은 것'은 "말해질 수 없는 것, 함부로 말할 수 없는 것"이 아닐까? 이는 소설의 결말 부분에서 밤 하늘의 별을 보면서 '나'도 역시 '국자 같은 것'을 갖게 되는, "말로 설명할 수 없는" 변화를 겪는 장면에서도 확인할 수 있다. '나'의 강박행위는 자신의 빈 곳을 채워 줄 수 있다고 오인한 '국자 같은 것'을 찾기 위한 기다림의 과정이었다. 그러나 뭔가로 규정할 수 있는 속성을 새롭게 획득한 것이 아닌 한, '나'에게는 어떤 실정적인 변화도 일어나지 않았다. 빈 곳은 여전히 빈 채로 있다.

그럼에도 불구하고 이제 '나'는 그 '국자 같은 것'이 있다고 말한다. 그것을 가치라고 불러도 좋지만, 중요한 것은 "말해질 수 없는 것, 함부로 말할 수 없는 것"인 '국자 같은 것'은 궁극에서는 '나'가 알 수 없는, 낯선 어떤 것이라는 사실이다. '나'는 이제 자기 안에 낯선 것—라캉의 언어에 의하면 외밀함(extimacy)—을 품고 있다. 그래서 '나'는 외롭기도 하고 외롭지 않기도 하다. '나' 안에 어떤 것이 있어 빈 곳을 채워주었기에 '나'는 이제 외롭지 않으며, '나' 안에 있는 어떤 것이 낯선 것이어서 '나'와 격리

되어 있기에 '나'는 여전히 외롭다.

대화할 수 없음에서 출발한 「국자 이야기」의 외로움은 사람들 사이의 틈, 혹은 시선의 어긋남으로부터 외로움에 대한 기다림으로 이동한다. 그들의 외로움은, 그것이 외로움을 기다리는 것이면서 동시에 외로움을 채워줄 뭔가를 기다리는 것이라는 점에서 이중적이다. 그 모순되는 두 방향의 벡터가 '국자 같은 것'에서 만날 때, 그것을 외로움의 변증법이라고 부를 만하다.

조 경 란 서울예대 문예창작과 졸업. 《동아일보》 신춘문예 단편소설 「불란서 안경원」이 당선되어 등단. 소설집 『불란서 안경원』 『나의 자줏빛 소파』 『코끼리를 찾아서』, 중편소설 『움직임』, 장편소설 『식빵 굽는 시간』 『가족의 기원』 『우리는 만난 적이 있다』, 산문집 『조경란의 악어 이야기』 등이 있음. 문학동네작가상, 오늘의 젊은 예술가상, 현대문학상 등 수상.

이 수 형 서울대학교 국문과 및 동대학원 박사과정 수료. 2002년 《문학과사회》 봄호로 등단. 현재 서울예술대학 강사.

너의 '죽음 충동'을 즐겨라[1)]

— 천운영 소설집 『명랑』, 문학과지성사

최 성 실

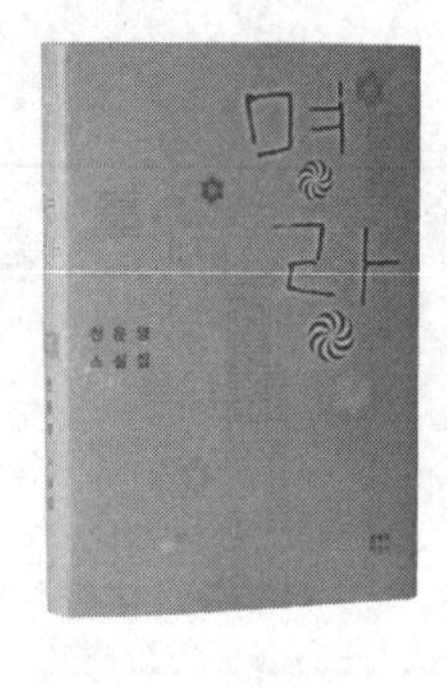

근래에 젊은 작가들은 서사보다는 이야기성에 치중한 소설에 집중적인 관심을 보이고 있다면 천운영은 이보다는 전통적인 서사 문법으로 '소설적인 것'이란 무엇인가를 진지하게 고민하고 있는 몇 명 되지 않는 작가 중에 한 사람이다. 특별한 세대적인 경험과 소위 집단적인 기억에 의존할 수 없는 작가들에게 현실은 1980년대와는 다른 차원에서 가혹하다. 기억과 경험에 의존한 소설보다 자료와 추체험에 의존한 소설들이 많이 나오는 것도 이러한 현실적 조건에 기인한 것으로 보인다. 이러한 어려움에도 불구하고 천운영은 철저한 작가적 자의식을 잃지 않으려고 노력하면서 자신이 속해 있는 세대의 절대적인 경험 속으로 파고 들어간다. 근대적 합리성에 대한 환상을 해체하는 매개로서의 육체, 혹은 동물적인 것에 대한 새로운 인식적 체계에 대한 천운영의 감식안이 무엇보다 빛을 발하는 대목

1) 이 글은 천운영에 대한 짧은 단상들을 다시 정리한 것이다.

이 있다면 바로 이 부분이다. 그녀는 특유의 '감각적 주체'를 통해 동물과 다를 바 없는 인간 육체의 진정한 퇴화 가능성을 모색하거나, 더럽고 추한 육체에 대한 전략적인 자기 근거를 찾아 나선다.

천운영의 「바늘」은 오염된 것, 그러니까 고유한 육체의 한계를 벗어나서 위협적이고 치명적인 것으로 존재하는 것들에 관한 공포가 무엇인가를 묻고 있는 도발적인 소설이다. 부유하는 육체의 가장자리, 혹은 내밀한 구멍에서 빠져나오는 것들은 모두 공포의 대상이다. 왜냐하면 그것은 모두 동물적인 것과 결합되어 있기 때문이다. 그 끝자락에서 천운영 소설이 드러내고 있는 맨살은 인간의 인식이란 동물의 자기보존 본능처럼 자기 안에 갇혀 있으며 그 모든 인식은 사실상 '편집증적'이라는 것에 닿아 있다. 위선을 벗어나려고 하지만 그것조차 위선일 수밖에 없는 세상에서 "나를 속인 또 다른 나의 모습"(「포옹」)을 확인하는 것으로 어렵게 '위선의 공포'를 합리화시키면서 살아간다는 것이다. 위선의 공포를 가능하게 하는 원동력은 어디에 있을까. 천운영은 이를 움직이는 인간의 욕망과 그 흔적에 대해서 집요한 질문을 던진다.

「바늘」은 욕망이 아니라 '욕망의 흔적'을 더듬고 있는 소설이다. '나'는 문신을 새기면서 바늘이 새겨 놓은 '이름'에 만족하는 사람들과는 달리 오히려 그 '이름'이 얼마나 허망한 것인가를 지난 삶의 흔적 속에서 반추해 나간다. 엄마의 죽음은 기억 속에서 무엇보다 선명하게 남아 있는 '흔적'이다. 나는 엄마가 왜 바늘 끝을 잘라먹으면서 서서히 죽어 갔는지 그 이유에 대해서 분명하게 알고 있지 못하다. 그것은 문신을 새기면서 상징적인 가상의 질서를 만드는 것과는 달리 오히려 그 질서를 파괴하려는 행위이다. 어머니의 죽음은 단지 생물학적인 죽음이 아니라 그녀를 가로막고 있는 상징적인 것들에 대한 거부를 의미하기도 한 것이다. 날카롭고 예리한 바늘의 끝은 삶에 치명적인 상처를 내기도 하고, 온 우주를 빨아 들일만한 힘의 표상이 되기도 한다. 그뿐만 아니라 그녀의 어머니가 현실에서 발현하지 못한, 잠재된 욕망의 덩어리에 실체가 무엇이었는지 확연하게 보여주는 것이기도 하다.

「월경」에서 '내' 무의식적 정체성을 확인하는 욕망의 투영 대상은 '은하수'의 그녀다. 그녀는 "두려움에 떠는 날짐승 냄새"를 풍기면서 돌아다닌다. 나는 그녀의 몸 냄새를 좋아한다. 성장이 멈추어버린 내가 할 수 있는 일이란 그녀 육체의 가장자리로부터 떨어져 나온 것들. 예컨대 "손톱 잘라낸 것, 빠진 머리카락, 상처에서 떼어낸 딱정이들"을 화려한 보석함에 모으는 것이다. 그녀의 동물성, 마녀 같은 행위는 내 존재를 확인시켜 줄 수 있는 유일한 통로이자 비극의 시작이 된다. 왜냐하면 나의 무의식적인 정체성은 동물적인 것으로 점철되어 있으며, 이를 확인하는 방식도 동물적인 자기 보존으로만 가능하기 때문이다. 삶에 대한 동물적인 집착을 벗어나려는 저항조차 동물적일 수밖에 없는 것이 현실이라는 사실에 대한 통찰은 천운영 소설과 이전 세대의 소설적 감각이 얼마나 다른 것인가를 보여 준다.

「당신의 바다」에 등장하는 곰장어나 「등뼈」에 곱사등이 여자, 나가서 「숨」에 등장하는 마장동의 의미도 이의 연장선에 있다. 그리고 이 부분이 천운영 소설 배면에 흐르고 있는 운명론의 실체이기도 한 것이다. 물론 「눈보라 콘」에서처럼 자신의 운명에 터부로부터 놓여 나 있는 인물이 등장하기도 한다. 이 소설에서는 무의식적 정체성을 확인하려는 동물적인 성향이 '취향'으로 가볍게 치환되어 있다. 이 치환에는 절망이 존재할 틈이 없다. 부라보콘은 소녀가 즐겨먹는 아이스크림이다. 내가 부라보콘을 좋아하는 이유는 부라보콘의 맛 때문이 아니라 사실은 소녀의 이미지와 병치되는 에로틱함 때문이다. (그는 부라보콘을 핥고 있지만 궁극적으로는 소녀의 육체를 핥아내리고 있는 것이다.) 그 에로틱함이 나의 무의식적 정체성의 일부를 구성하고 있으나 이를 현실 속에서 정확하게 호명하기란 애당초 불가능한 일이며, 엄밀하게 말하면 두려운 일이다. 그러므로 나는 그 공포를 오염된 가짜 부라보콘(눈보라콘)에 투영하여 가볍게 먹어 버린다. 가짜에 대한 혐오나 타자 사이에 존재하는 터부가 '교육받지 않은 미각', 자신만의 취향에 의해서 '거세' 된다. 여기서 천운영은 정체성과 언어의 욕망을 '취향' 이라는 분명한 자기 의지와 선택의 문제로 탈신비화시키고 있는 것이다. 이 탈신비화의 정점에서 작가는 "진화와 소멸" 사이의 긴장력을 극대화시킨다.

천운영은 적어도 인간과 다를 바 없는 동물성을 중심으로 '퇴화의 진정한 가능성' 을 통해 새로운 '소통' 의 가능성을 열어 놓고 있는 것이다. 그렇다고 그녀가 정육점에 너덜너덜 걸린 고깃덩어리에 자신의 서사적 비유를 옮겨 놓은 것은 아니다. 그녀는 인간의 마지막 정점을 치고 돌아서서 더 이상의 어떤 말도 해 주지 않는, 다시 말하면 침묵을 더욱 합리화시키는 것에 불과하다는 것들에 대해서 이미 간파하고 있는 것이다. 그렇기 때문에 천운영 소설은 '인간' 을 중심으로 과도한 휴머니즘의 포즈를 취하지 않으며, 신성한 짐승의 창조적인 역행에 대해서도 말하지 않는다. 어쩌면 집요한 방식으로 결국 인간이 인간으로서 밖에 존재할 수 없음에 대한 비애를 말하고 있는 것인지도 모른다. 천운영 소설은 그렇게 인간과 동물 사이에서 길항하면서 훼손되지 않은 태곳적 시간을 꿈꾼다. 「명랑」은 그 비애감의 극단에 서 있는 작가가 "원시적인 시간의 숭고함"을 위해 바친 최고의 헌사이다.

이 소설집에 수록된 수작 중에 하나인 「명랑」에는 "진화와 소멸"(15)을 육체로 체현하고 있는 할머니가 등장한다. 할머니의 살에서는 "곰팡이 핀 과일, 눅눅한 솜이불, 좀약 냄새"가 섞여 난다. 그런 할머니에게도 세상을 더듬는 마지막 촉수가 있으니 그것은 바로 발〔足〕이다. 노인네의 발은 인간에게 속해 있는 것이기도 하면서 인간 세상이 아닌 다른 곳에 존재하는 것이기도 했다. 항상 삶의 문턱을 넘나들면서 자신의 존재를 알려 주는 매개이기도 했고, 흙더미가 무너져 내린 집에서 압사를 당한 채 마지막 지상 위에 내 놓은 무력한 동물의 발이기도 했던 것이다. 인간이기에 고통을 견디기 어려워 하루하루 명랑을 먹으면서 살았으면서도 결국은 인간을 넘어선 불가항력적인 힘 앞에서 무너질 수밖에 없었던 나약함을 노인이 마지막으로 재현해 놓은 것이다. 그녀의 죽음에 진정한 의미는 바로 여기에 있다. 완전히 동물이 되지 못하는 인간이 현실의 나지막한 폭압을 견디는 방법, 명랑은 부패하지 않으려는 인간과 섞을 수밖에 없는, 즉 동물일 수밖에 없는 (비)인간 사이를 매개하는 일종의 부표인 것이다.

「늑대가 왔다」, 「멍게 뒷맛」, 「모퉁이」, 「세 번째 유방」, 「그림자 상자」 등에 등장하는 늑대가 되고 싶은 소녀, 자신의 불안을 의탁하고 있는 고양이, 칼에 찔려 보고 싶다는 충동과 싸우는 여자, 이 모든 인물들은 근대적인 시간 속에서 인간으로 살면서 끊임없이 훼손되지 않은 시간 속에서 야생의 동물이 되기를 바라지만, 그렇게 되지 못할 것이라는 사실도 예감하고 있다. 이 불길한 예감은 타자와 완전한 동일시를 이루지 못하고 부표하는 인물들의 특성을 만든다. 다시 말하면, 일상적으로 주어진 섹슈얼리티와 가족관계 사이에서 나타나는 '도착'의 배면에는 동물이 되지 못하고 경계선에 서 있는 인간의 진성성이 담보되어 있는 것이다. 그 인간들은 공통적으로 죽음 충동에 시달린다. 천운영 소설의 결말은 대부분 죽음 충동에 사로잡혀 있는 편집증적 시선에 의해서 서술된다.

1) 할머니를 땅에 묻을 수 없었다.—내 내부에는 언제나 나를 바라보며 침묵하는 그녀가 있다. 그녀는 내 속에서 숨쉬고 내 속에서 잠을 잔다. 그녀는 가끔 내 속에서 버선발을 내밀기도 한다. 나는 내 속에 있는 그녀를

위해 명랑을 먹는다. 설탕처럼 하얗고 반짝이는 명랑가루에서는 그녀의 냄새가 난다. —「명랑」

2) 순록은 이제 어디로 가요? 늑대 여인이 데려가지. 늑대 여인이 뼈를 맞추고 숨을 불어 넣으면 순록은 다시 제 무리에서 태어난단다. 우리도 죽으면 늑대 여인이 데려가요? 그럼 데려 가고말고 —「늑대가 왔다」

3) 나는 오늘도 동백나무로 향한다. 그리고 동백나무 그늘에 앉아 당신의 울음소리를 기다린다. 언뜻 나무 뒤로 숨은 붉은 무늬의 뱀 한 마리를 본 것도 같다. 정신이 몽롱해져 온다. 나는 죽어 가고 있다. 그래 당신 이제 만족한가? —「멍게 뒷맛」

4) 너는 지금 한 송이 붉은 꽃이 되었구나. 내가 죽인 것은 네가 아니야. 세 번째 유방을 가진, 저주의 마법을 부리는 밤. 외출을 하고 악마와 교합하는 네 몸뚱이를 빌려 살고 있던 마녀였어. 나를 길들이고 속박하고 파멸로 몰아넣는 마녀. 그러니 마녀를 처형하는 것은 당연한 일이지 않아.

—「세 번째 유방」

5) 그리고 그는 몸을 던졌다. 늙고 흐물흐물한 몸이 승강기 어둠 속으로 빠져들어 갔다. 그는 아래로 떨어졌다. 떨어지면서 그는 아무에게도 발견되지 않기를 바랐다. 그가 추락하는 동안 술렁임처럼 옅은 바람이 일었다. 그는 영원히 건물 속에 머물고 싶었다. 그의 몸에 벌레들이 알을 까고 살이 썩고 뼈가 가루가 될 때까지, 그리하여 건물 구석구석 스며들 때까지 건물에 남아 있고 싶었다. —「입김」

6) 구조대가 와서 다시 내 이름을 물으면 나는 무어라고 대답을 해야 하지? 나는 피투성이가 된 여자의 머리를 쓰다듬는다. 여자는 꼼짝도 않고 누워 있다. 멀리서 요령잡이 선창소리가 들려오는 것 같다. 나는 바람에 흔들리고 있는 보안등을 올려다본다. 불빛 속에 커다란 상여가 나타났다. 그러더니 여자의 그림자를 담고 뚜껑을 닫는다. 그림자를 담은 상자는 그

위에 꽃을 한가득 지고 불빛 속으로 사라진다. 상여다.

1)에서부터 6)까지 이어지는 결론을 이어서 읽으면 한 편의 소설이 된다. 이를테면 할머니의 유골가루를 먹고 죽음을 동경하던 내가 스스로 자살을 선택하고, 다시 살아나고 죽은 다른 여자를 상여 속에 넣는다는 연속적인 사사가 가능하다는 것이다. 즉, 그녀가 다루고 있는 죽음 충동은 생물학적 차원의 것이 아니라는 말이다. 자기 파괴, 자기 해체로도 설명되지 않는다. 이 문제는 결코 단순하지 않은 천운영 소설의 미학적 의미를 만들어낸다. 문명화된 몸 어두운 안쪽에 존재하는 또 하나의 신체, 그녀는 동물과 인간 사이의 경계를 자신과 할머니, 엄마, 아버지, 낯선 남자 등과 같은 주변의 인물들로 확장시켜 놓고 어디에도 분명한 자기 존재의 근거지를 만들어 놓지 않는다. 그 사이에서 부유하면서 끊임없이 '창조적이며 동시적인 이행'으로서 퇴화된 육체의 미학을 건져 올리고 있었으며, 바로 그 심연에 죽음 충동이 자리하고 있었던 것이다. 그러므로 천운영 소설에 등장하는 죽음 충동은 불안을 벗어나려는 것이지 선천적인 본능이나 자기 해체, 자기 파괴의 의미를 갖지 않는다. 오히려 이것은 근원적인 자기 부정과 닮아 있는 어떤 것이다. 자신에게 남아 있는 주체화되지 못한 잉여물, 천운영에게 그것은 '내 안에 있는 내 이상의 것'으로, '내재적이면서 동시에 외재적인 것'에 대한 끊임없는 질문으로 이어진다. 철저한 작가적 자의식과 미학이 행복하게 조우하고 있는 소설. 천운영 소설은 그 정점에 있다.

천 운 영 1971년 한양대학교 신문방송학과와 서울예술대학 문예창작과 졸업. 2000년 《동아일보》 신춘문예에 단편소설 「바늘」이 당선되어 등단. 소설집으로 『바늘』 『명랑』이 있음.

최 성 실 1967년 출생. 서강대 대학원 국문과 졸업. 1994년 《문학과사회》로 등단. 저서로 『육체, 비평의 주사위』가 있음. 현재 계간 《문학과사회》 편집동인.

【추천 소설 목록】

강영숙 갈색 눈물방울/서쪽에 흐르는 불투명한 바다 **고종석** 고요한 밤, 거룩한 밤 **공지영** 귓가에 남은 음성/네게 강 같은 평화 **구경미** 그리고 싱가포르 **구광본** 맘모스 편의점 **구효서** 자유 시베리아 **권지예** 산장까페 설국 1km/이것은 파이프가 아니다 **김경** 당신의 종소리 **김경욱** 나비를 위한 알리바이 **김남일** 중급 베트남어 회화 **김도언** 밤하늘은 시인의 호수다 **김미월** 서울동굴가이드 **김애란** 종이물고기 **김연수** 부넝쒀/이등박문을, 쏘지 못하다 **김영하** 보물섬/은하철도 999 **김영현** 나는 몽유하리라 **김재영** 코끼리 **김종광** 적멸의 날 **김종호** 그곳 **문순태** 은행나무 아래에서 **민경현** 굿나잇 미스터 존도 **박민규** 갑을고시원 체류기/그렇습니까? 기린입니다. **박범신** 감자꽃 필 때 **박병례** 천수만 **박상우** 삼십세 비망록 **박선희** 인라인 **박성원** 세상에 존재하지 않는 모든 것 **박시정** 여명 **박정요** 호박을 찾아서 **배수아** 양의 첫눈 **백가흠** 거기, 너 있어? **백시종** 비아그라 **서정인** 휴양림 **서하진** 농담/시간이 흘러가도 **성석제** 너는 어디에 있었느냐/어머님이 들려주시던 노래/잃어버린 인간 **손홍규** 갈 수 없는 여름/아이는 가끔 돌아오지 못할 길을 떠난다 **신경숙** 숨어있는 눈 **안덕훈** 당신의 괘종시계 **오정희** 목련꽃 피는 날 **유채림** 그늘의 허기 **윤성희** 유턴지점에 보물지도를 묻다/잘 가, 또 보자 **윤영수** 개나리가 활짝 핀 봄날 버스를 타다 **은미희** 나의 살던 고향은 **이기호** 머리칼 **이동하** 사모곡 **이상섭** 그곳엔 눈물이 모여산다 **이승우** 오토바이 **이신조** 그 여름, 요양소에서 마녀와 나는 **이응준** 어둠에 갇혀 너를 생각하기/황성옛터 **이평재** 사이렌 **이현수** 집사의 사랑 **이혜경** 틈새 **이호철** 동베를린 일별 기행 **이화경** 상란전 **임철우** 칠선녀주 **전상국** 물매화 사랑 **전성태** 사형/양의 첫눈/큰집에 모이는 불빛/한국의 그림 **정미경** 무화과 나무 아래 **정영문** 배추벌레 **정이현** 빛의 제국/위험한 독신녀/타인의 고독 **정지아** 숙자의 여름 **정찬** 인간의 흔적 **조경란** 100마일 걷기/달팽이에게 **조명숙** 공원에 있을 때 **조선희** 푸른꽃 **천운영** 그림자 상자/세번째 유방 **최수철** 격렬한 삶 **최윤** 그 집 앞 **최인석** 토템과 터부 **최일남** 소주의 슬픔 **태기수** 스토리숍, pulp **편혜영** 시체들 **표명희** 죽령터널, 지나다 **한강** 몽고반점/채식주의자 **한유주** 죽음의 푸카 **한지혜** 사루비아 **한창훈** 너무 가벼운 생/주유남해 **함정임** 달콤한 눈물/푸른 모래/호퍼의 주유소

【추천 소설집 목록】

공지영 별들의 들판 **김경욱** 누가 커트 코베인을 죽였는가 **김영하** 오빠가 돌아왔다 **김원일** 물방울 하나 떨어지면 **김윤영** 루이뷔통 **김채원** 지붕 밑의 바이올린 **김훈** 화장 **박완서** 그 남자네 집 **방현석** 랍스터를 먹는 시간 **배수아** 독학자/일요일 스키야키 식당 **서성란** 방에 관한 기억 **서정인** 모구실 **서준환** 너는 달의 기억 **서하진** 비밀 **송은일** 도둑의 누이 **심윤경** 달의 제단 **안재성** 경성트로이카 **김훈** 화장 **윤성희** 거기, 당신? **이기호** 최순덕 성령충만기 **이인휘** 내 생의 적들 **이청준** 꽃지고 강물 흘러 **이청해** 악보 넘기는 남자 **임철우** 백년여관 **정도상** 실상사 **정미경** 나의 피투성이 연인 **정영문** 달에 홀린 광대 **정지아** 행복 **정찬** 빌라도의 예수 **조경란** 국자 이야기 **조하형** 키메라의 아침 **천명관** 고래 **천운영** 명랑 **최일남** 석류 **홍석중** 황진이

2005 '작가'가 선정한 오늘의 소설

2005년 3월 15일 초판 1쇄 인쇄
2005년 3월 22일 초판 1쇄 발행

지은이 | 박민규 외
펴낸이 | 孫貞順
펴낸곳 | 도서출판 작가
서울 서대문구 북아현3동 180-22 (우120-193)
전화 | 365-8111~2 팩스 | 365-8110
이메일 | morebook@korea.com
홈페이지 | www.morebook.co.kr
등록번호 | 제13-630호(2000. 2. 9.)

기획위원 | 문흥술 박철화 방민호
편집 | 이기라 손순희
디자인 | 오경은 김민정
영업 | 南鍾譯 설동근
관리 | 이용승

ISBN 89-89251-36-2

값 9,500원